Hugo Kocher
Pfad der Gefahr

Hugo Kocher

Pfad der Gefahr

Abenteuerliche Erzählungen aus aller Welt

4. Auflage 1973
31.–37. Tausend
© 1961 by Arena-Verlag Georg Popp Würzburg
Alle Rechte vorbehalten
Schutzumschlaggestaltung: Herbert Lentz
Textillustration: Hugo Kocher
Gesamtherstellung: Richterdruck Würzburg
ISBN 3 401 03198 8

INHALT

Kontinent der Mitte

Wilde weite Weltmeere

Im Herzen Afrikas, in undurchdring-
lichem Dschungel und sonnenglühender
Steppe beginnt der Pfad der Gefahr:

Geheimnisvoller
Schwarzer Erdteil

Die Sklavenjäger von Njanya

Ein junger Neger geht freiwillig in
die Sklaverei, um die Schleichwege der
Sklavenhändler zu erkunden.

Notlandung im Urwald

Selbst für einen erfahrenen Buschpilo-
ten ist die Begegnung mit einem gereizten Elefantenbullen keine Kleinigkeit.

Die Sklavenjäger von Njanya

Berizza zuckte zusammen und blieb stehen. Ohne daß er es merkte, bohrten sich seine Zehen tief in den Boden, strafften sich seine Muskeln zum Sprung. Keine zwanzig Schritte von ihm entfernt kauerte ein Leopard über seiner Beute, einem eben geschlagenen Wasserbock. Mit einem einzigen Blick erfaßte Berizza alles. Er sah den aus zerrissenem Fell sickernden Schweiß, die summenden Schmeißfliegen, die lohenden Seher und fingerlangen Eckzähne des Leoparden und die gespreizte Pranke, deren Krallen in den Flanken des Bockes wühlten.

Jäh aufsteigende, würgende Angst trieb Berizza zur Flucht, aber er zwang sich zur Ruhe. Während die Rechte den Speer wurfbereit hob, tastete er mit der Linken nach dem aus gegerbtem Fell gefertigten Lendentuch. Seine Finger suchten am Gürtel, bis sie das im Fell eingenähte Kreuz fühlten. Jetzt wurde Berizza ganz ruhig. Flüchtig schoß ihm der Gedanke durch den Kopf, was wohl seine Schüler sagen würden, wenn sie ihren Katechisten so stehen sähen, Auge in Auge mit einem fauchenden Leoparden.

Der Leopard schien von der Begegnung nicht weniger überrascht zu sein als der junge Neger. Berizza sah das drohende Lohen der Katzenaugen, er hörte an dem bösartigen Knurren, daß der Leopard gesonnen war, seinen Raub zu verteidigen. Doch jetzt flackerten die Seher des Leoparden, sein Fauchen verlor an Wildheit. Die überlegene Ruhe des jungen Mannes hatte den Sieg davongetragen. Mit einem Sprung verschwand der gefleckte Räuber hinter einem Dornbusch, und nun schlug über ihm das Gras zusammen, in dem der lange Schwanz wie eine sich ringelnde Schlange untertauchte.

Berizza lächelte. »Gefahr?« murmelte er halblaut. »Gefährlich war es wohl nur im ersten Augenblick. Noch von Gier und Raublust gepackt, hätte mich der Leopard anspringen können. Flucht wäre sicher das verkehrteste gewesen, das hätte die Instinkte des Räubers vollends wachgerufen.« Er schüttelte den Kopf. »Was sind das für Worte? Sie passen zu

Alfons, dem Katechisten, der im Auftrag der Mission in den Wahrheiten des christlichen Glaubens unterrichtet, nicht aber zu Berizza, dem in den Urwald entlaufenen Bantu. Ich muß mich wohl daran gewöhnen, meine Gedanken wieder in die Zeit zurückzuschicken, in der ich im Busch lebte. Sonst wird es mir nicht gelingen, meinen geheimen Auftrag zu erfüllen. Aber warum zögere ich noch? Ich bin hungrig, frisches Wildbret wird mir schmecken.«

Mit ein paar Schritten stand der junge Neger, dessen Haut in der gleißenden Helle des Tages wie matte Bronze glänzte, bei dem vom Leoparden gerissenen Wasserbock. Geschickt löste er mit der Lanzenspitze eine Keule heraus. Dabei sah er sich immer wieder vorsichtig um. »Ich bin überzeugt, daß der gefleckte Räuber in nächster Nähe umherschleicht und nur darauf wartet, daß ich gehe, um sich erneut seiner Beute zu bemächtigen. Nun, es ist übergenug für uns beide, er wird mit mir teilen müssen.«

Der junge Neger warf sich die Keule über die linke Schulter. Den Speer in der Rechten, schritt er zu dem schmalen Negerpfad zurück. Noch war alles ruhig, nur die Zikaden schrillten, Bienenfresser flöteten und schossen in jähem Flug niedrig über Berizza hin.

In schwingendem Trab folgte er dem Pfad. Erst nachdem er eine tüchtige Strecke zwischen sich und den Leoparden gelegt hatte, sah er sich nach einem Lagerplatz um. Bald flackerte ein Feuer, über dem die Wildkeule röstete. Berizza kauerte daneben, und wieder liefen seine Gedanken weite Wege zurück nach Sankt Josef, der Missionsstation, von der er ausgezogen war. Er neigte den Kopf, war es ihm doch, als fühlte er wieder die segnende Hand des Paters Superior auf seinem wolligen Haar. »Gott möge dich schützen in allen Gefahren, denen du entgegengehst. Die größte Liebe ist jene, die ihr Leben hingibt für ihre Brüder und Schwestern. Dieser hohe Gedanke möge dich geleiten. Jeden Tag gedenken wir deiner im Gebet.«

Ja, so hatte der gute Pater Superior zu dem Ausziehenden gesprochen, nachdem die Erlaubnis für das gefährliche Unternehmen endlich in Sankt Josef eingetroffen war. Berizzas Augen blitzten. Er hatte sich viel vorgenommen. Es galt, endlich einmal einen großen Schlag gegen den Sklavenhandel zu führen, der nach wie vor zwischen Afrika und Arabien auf geheimen Pfaden vor sich ging. Nur wenn die mit seiner Bekämpfung befaßten amtlichen Stellen genaue Unterlagen in die Hand bekamen, wenn ihnen die Schleichwege verraten wurden, konnten sie energisch durchgreifen. Namenloses Elend, unendliches Leid verhängten die gewissenlosen Sklavenjäger und -händler über wehrlose Menschen. Tief im Innern Afrikas, in Gegenden, die kaum oder nur gelegentlich überwacht wurden, holten sie ihre Beute und schleppten sie auf die in aller Heimlichkeit in finsteren Gassen und Hinterhöfen abgehaltenen Sklavenmärkte.

Berizza nickte vor sich hin. Er tastete nach den Lederschnüren, die unter und über seinem Lendentuch herunterhingen, zum Schmuck, wie es schien. Mit ihrer Hilfe gedachte der junge Kundschafter alles festzuhalten, was ihm wichtig schien. Nicht umsonst hatte ihn sein Vater dereinst im »Nemele« unterrichtet, in der Geheimsprache der alten Bantustämme. Es galt ja nur, die Haar- und Federknoten richtig zu schlingen, dann konnte der Eingeweihte daran alles wie aus einem Brief ablesen.

Wie er hier am Lagerfeuer saß, unterschied sich Berizza in nichts von einem Eingeborenen aus dem von der Zivilisation kaum berührten Hinterland. Trotzdem war er für seine geheime Aufgabe gut gerüstet. Außer den Eingeborenensprachen beherrschte er das Englische und Arabische. Freilich, mit seinem christlichen Namen zusammen hatte Berizza alles abgelegt, was ihn über einen Urwald- und Steppenbewohner dieser Grenzgebiete zwischen Kongo, Bachr el Ghasal und Uganda erhob.

Während er auf das Garwerden seines Wildbrets wartete, beschlich ihn das unangenehme Gefühl, beobachtet zu werden. Er hatte keinen Laut vernommen, trotzdem richtete er seine Augen genau auf die Stelle, wo ein junger Negerbursche zwischen den Büschen stand.

Er erhob sich und winkte. »Hoheu, komm näher, du, den der Geruch meines Bratens gelockt hat. Es ist genug für uns beide, was uns Nzabai, der Leopard, von seiner Beute übrigließ.«

Zögernd, argwöhnisch und fluchtbereit näherte sich der andere.

»Ich bin Berizza, der Wanderer«, begrüßte ihn der Katechist. »Die Suche nach einem Dorf, in dem ich vor der unerträglichen Hüttensteuer sicher bin, führte mich hierher.«

Nekor nannte sich der heimliche Lauscher, der sich jetzt auf der andern Seite des Feuers niederkauerte und den Speer griffbereit neben sich legte. Er grinste verständnisvoll zu Berizzas Worten.

»Auch ich flüchtete hierher, wo die Macht der Weißen und ihrer Freunde gering ist. Komm mit mir nach Njanya, es ist ein kleines Dorf, Djoko nennt sich der Häuptling, Mokoi aber ist sein Monganga, sein Medizinmann.« Nekor lachte und machte eine verächtliche Geste bei diesen Worten. »Eine keifende alte Hyäne ist Mokoi, ein alter Mann, über den Frauen und Kinder spotten, seitdem Mahmud, der weise Marabut, nach Njanya kam und Allahs Worte verkündigte.«

Berizza nickte. Er wußte längst, daß die Lehre Mohammeds ganz Afrika zu durchdringen begann. Er seufzte bei dem Gedanken, wie wenige Kämpfer ihr die Mission entgegenzustellen hatte.

»Du bist kein Bantu«, unterbrach er den geschwätzigen Burschen, der Streifen um Streifen von der Wildkeule herunterschnitt.

»Nein, ich bin ein Moru aus Mungalla. Warum ich flüchtete, willst du wissen? Nun, ich tötete Makra, den Scheeläugigen. Mehr als einmal hatte er Wasser mit Hirse und Zauberkräutern vermischt und mit seinem schiefen Blick meine Ziegen verhext, daß sie eingingen. Auf der Jagd sprang mich ein Leopard an, sieh hier die Narben. Makra hatte das Raubtier gerufen und ihm mit seinem Zauber meinen Namen in die Ohren gehaucht. War es nicht mein Recht, ihn dafür zu töten? Ich versuchte es mit all den Mitteln, die mir der Stammeszauberer verriet, dem ich viele Töpfe mit Hirsebier dafür bezahlte. Aber seine Medizin war schwach. In meiner Ungeduld schoß ich Makra einen vergifteten Pfeil in die Seite. Danach mußte ich vor den Bluträchern fliehen. Hier in Njanya bin ich sicher.

Hoheu, diese Wilden sind ohne Verstand. Ich lehre sie das Fallenstellen und den Fischfang, wie ihn bei den Moru jedes Kind kennt. Ich bin ein großer Mann, und am Abend sitze ich oft bei den Alten an der Seite des Häuptlings. Es ist gut, mich zum Freund zu haben«, fügte er nicht ohne Absicht hinzu.

Berizza verbarg sein Lächeln hinter der vorgehaltenen Hand. »Führe mich in das Dorf, sobald du gesättigt bist«, sagte er, und der andere nickte bereitwillig. Doch dann rückte er näher. »Sage mir, was dich hierhertreibt«, forschte er neugierig. »Kein Wort, das hier am Feuer gesprochen wird, geht im Dorf über meine Lippen.«

»Ich sagte dir ja schon, ich wollte die Hüttensteuer nicht bezahlen, auch verachte ich die Männer und Frauen, die sich vor der Macht der Weißen beugen. Sie sollten lieber die Fremden aus dem Land jagen, um wieder ein freies Volk zu werden, wie es unsere Väter waren, lange ehe einer der Weißen Afrika betrat!«

Die Lügen quollen Berizza im Mund, aber er mußte sich vorsehen, wenn ihm sein Vorhaben gelingen sollte. Fühlte der andere, daß sich hinter Berizzas Worten ein Geheimnis verbarg? Unzufrieden knurrte er und zuckte die breiten Schultern. Es war ihm deutlich anzusehen, daß er dem neuen Freund mißtraute.

Als verschiedene listige Fragen ihn nicht zum Ziel führten, gab er es auf. Er kratzte sich nachdenklich und erhob sich endlich. »So komm, laß uns zum Dorf gehen. Djoko, der Häuptling, wird dich aufnehmen, es fehlt in Njanya an starken jungen Männern, an tüchtigen Jägern und Kriegern.«

Das Dorf, in dem Berizza jetzt wohnte, lag auf einer weiten Waldlichtung, umgeben von Pflanzungen. Ein Fluß, der auch jetzt in der Trockenzeit noch Wasser führte, umschloß die Lichtung in weitem Bogen. Hundert Speerwurfweiten nördlich ging der Wald in braune, sonnengedörrte Steppe über, in der Schirmakazien einzeln und in Gruppen standen.

Es fehlte nicht an Wild in der Umgebung von Njanya, und Berizza, der sich mehr und mehr seiner Knabenzeit erinnerte, traf sicher mit Speer und Pfeil. Es war auch gut so, denn durch allzu großes Ungeschick auf der Jagd hätte er sich den Spott der Dorfburschen und der Männer zugezogen. Vielleicht wäre er dadurch auch dem einen oder anderen verdächtig geworden, denn sosehr er auch auf alles achtete, manchmal verriet er sich fast mit einem unbedachten, vorschnellen Wort.

Auch heute, während er mit Akandi, dem Häuptlingssohn, beim Fischen am Flußufer kauerte, hatte er wohl zuviel gesagt, als das Gespräch auf das Wolkenvolk, auf Engenenge, das vielköpfige Ungeheuer, und andere böse Geister kam. Er lachte über die alten Sagen, dämpfte nicht einmal die Stimme, legte die Hände nicht zusammen und senkte keineswegs den Kopf, wie es Akandi getreu der Stammessitte tat. Eine gute Weile schwiegen die beiden Angler. Berizza spürte die Verstimmung, die zwischen ihnen lag, und sann, wie er sie überwinden könne. Sollte er Akandi das kleine Taschenmesser schenken, nach dem dieser so oft sehnsüchtige Blicke warf, oder den Kamm mit den feinen Zähnen?

Noch ehe er zu einem Entschluß kam, begann der Häuptlingssohn zu sprechen: »Du bist anders als wir, die wir im Wald und in der Steppe leben. Bedenke es wohl, Worte sind wie Pfeile, sie fliegen hierhin und dorthin, und manchmal trifft eines von ihnen einen Freund ins Herz. Hast du nicht in Spott von Nzambi gesprochen, von unserem Gott, und ihn einen kleinen Waldgeist genannt?« Akandis Stimme bebte vor Entrüstung und Vorwurf. »So wie du sprach auch Mahmud, der Feuerzüngige. Viele hörten auf ihn im Dorf und tragen die Zeichen, die er in Rinde und Knochen ritzte, mit sich herum, vertrauen auf diese Amulette mehr als auf den Zauber des Monganga.« Er seufzte. »Ich nenne dich meinen Freund, seitdem du im Dorf bist, und doch, manchmal klingt deine Sprache fremd und unverständlich für meine Ohren.«

Berizza bedachte sich. Dann legte er dem Häuptlingssohn den Arm um den Nacken. „Mein Freund bist du, ohne dich wäre ich verloren in Wald und Steppe. Du hast die Mamba erschlagen, als sie auf mich zuschoß, du hast ihr den Kopf zerschmettert, daß mich ihre Giftzähne nicht treffen konnten. Vieles von dem, was ich vergessen hatte, lernte ich durch dich: die Fährten der Tiere, die Zeichen, mit denen die Natur zu uns spricht. Dafür möchte ich dir von meinem Wissen geben, aber gelobe mir, daß es geheim zwischen uns bleibt.«

Akandi nickte. Staunend hörte er, was ihm sein neuer Freund von einem großen Gott der Liebe erzählte, von einem Gott, der seinen Sohn zu den Menschen sandte, um sie zu erlösen. Der Kopf summte ihm von all dem Neuen, das er vernahm. Fast hätte Berizza auch etwas von seinem Vorhaben verraten. Im letzten Augenblick hielt er sich zurück. Es war wohl gut so, denn dicht hinter den beiden Freunden hob sich behutsam ein Kopf aus den Büschen. Nekor, der Moru, war ihnen – wie so oft zuvor – nachgeschlichen, um sie zu belauschen. Jetzt zog er sich vorsichtig zurück, denn Akandi war aufgesprungen und reckte sich.

»Vieles von dem, was du sagst, mein Freund, klingt seltsam und verwirrend. Laß mich darüber nachdenken. Gewiß hast du recht, wenn du sagst, daß niemand die Geister, von denen der Monganga erzählt, je gesehen hat. Aber auch du sprichst von einem Gott, den du mir nicht zeigen kannst, damit ich ihn mit meinen Händen berühre. Komm, gehen wir mit unseren Fischen zum Dorf. Dort ist heute der Tanz, der zwischen die Ernten fällt.«

Berizza folgte dem hochgewachsenen Freund. Freilich, sein Sinn stand nicht nach Tanz und Gesang. Oft hatte er sich mit heimlichem Schaudern an die wilden Feste seiner Kindheit erinnert. Heute würde er bei den Alten sitzen, zusehen, darüber nachgrübeln, wie er seine irrenden Brüder dem christlichen Glauben entgegenführen könnte. Wohl war er nicht hierhergekommen als Katechist, als Missionar, vielmehr als Spion und Aushorcher. Aber er konnte nun einmal nicht anders, er mußte von dem sprechen, was sein ganzes Wesen erfüllte, er konnte nicht tatenlos zusehen, wie ein alter Stammeszauberer und ein fanatischer Marabut die Geister verwirrten und in Bann schlugen.

Vielleicht gelang es ihm heute während des Tanzes, wenn der Palmwein die Zungen lockerte, einiges über die Sklavenjagden zu erfahren, die diese Gegenden immer noch bedrohten.

Da saß auch schon wieder dieser Nekor neben ihm, zutunlich, widerlich aufdringlich. Heute spottete er über die unwissenden Bantumenschen, versuchte Berizza zum Sprechen zu bringen, indem er immer wieder Allah und den Propheten erwähnte und von einem Gott sprach, der noch größer sein sollte, von dem er gar zu gern etwas erfahren möchte. Dabei ließ er fleißig seine Blicke umherhuschen, winkte den kichernden Mädchen zu.

Berizza sprang schließlich auf und trat in die Reihe der Tanzenden, nur um den widerlichen Schwätzer, dem er heimlich mißtraute, endlich loszuwerden. Und dann geschah das Merkwürdige. Der dumpfe Klang der Trommel riß ihn mit, weckte Urinstinkte in ihm, die er längst überwunden, vergessen glaubte. Mehrmals wollte er zu den Alten zurücktreten, er konnte es nicht. Wie unter einem Zwang sprang er vor und zurück, stimmte in das Händeklatschen, die anfeuernden Rufe mit ein.

Schließlich wurde er ganz eins mit diesen vor- und zurückwogenden Reihen, mit dieser lärmenden Musik. Lauter dröhnte die Trommel, die Tanzenden wirbelten durcheinander, von einer Raserei gepackt, die sie alles vergessen ließ.

Längst hatte der Mond seinen höchsten Stand erreicht. Noch immer dröhnten die Trommeln. Berizza hätte später nicht sagen können, wann das Fest endete, wann die Feuer verlöschten. Erschöpft, fast bewußtlos lag er an der Seite seines Freundes Akandi, und noch immer dröhnte es in seinen Ohren, in seinem Kopf dumpf und rhythmisch: tam-tam-tam-tam!

Sollte er sich dieses Abenteuers schämen? Sollte er bereuen, im Gebet Verzeihung erflehen? Er wußte es nicht. Mit wüstem, leerem Kopf erwachte er spät am Tag, griff gierig nach einem Krug mit frischem Wasser. Wie zerschlagen fühlte er sich, suchte draußen im Wald, in der Steppe nach einem stillen Ort zur Selbstbesinnung. Ärgerlich zuckte er zusammen, als er schnelle Schritte vernahm. Ließ ihm dieser Nekor nirgends Ruhe?

Doch nein, der Moru kümmerte sich gar nicht um ihn. Geduckt lief er durch das hohe Gras, sah sich von einem Termitenhügel aus nach allen Seiten um. Berizza hatte ihn schon wieder halb vergessen, doch nun wurde er aufmerksam. Wie merkwürdig benahm sich der Moru! Unwillkürlich erhob sich Berizza und folgte ihm, wobei er sich vorsichtig in Deckung hielt.

Jetzt war Nekor auf einem Hügel stehengeblieben und stieß einen durchdringenden Ruf aus, der aus einem Akaziengehölz erwidert wurde. Berizza sah einen hageren, hochgewachsenen Fremden hervortreten.

»Ein Araber, ein Burnusträger«, murmelte er betroffen. »Was sucht der Fremde in der Nähe des Dorfes, und warum trifft er sich in aller Heimlichkeit mit dem Moru?«

Berizza versuchte sich heranzupirschen, aber zwischen ihm und den beiden anderen lag eine Strecke sandiger, nur von niedrigem Gras bewachsener Steppe. Er ließ kein Auge von den beiden. Was schnitt Nekor für Zeichen mit der Speerspitze in den Boden, und was bedeuteten die weitausholenden Armbewegungen des Arabers?

»Der Marabut! Ja, kein Zweifel, das ist Mahmud, von dem ich schon mehrmals im Dorfe reden hörte!« Berizzas Herz schlug höher. Sollte er hier zum erstenmal einem Vertreter des Islam gegenübertreten, sich mit ihm im Kampf messen dürfen? Hatte der schlaue Moru auf irgendeine Art herausbekommen, daß ein Christ in Njanya weilte? Berizza erinnerte sich seiner Anspielungen vom gestrigen Abend. Vielleicht war er zu unvorsichtig gewesen, hatte sich beim Beten verraten.

»O mein Kopf!« Berizza wandte sich ab. Es war ihm heute unmöglich, einen klaren Gedanken zu fassen. Morgen, übermorgen wollte er sich mit Akandi besprechen, vielleicht den Moru zur Rede stellen. Aber bereits in der folgenden Nacht, während Berizza erschöpft, todmüde auf der Matte lag, enthüllte sich das Geheimnis.

Wie war das alles so plötzlich über das friedliche Dorf hereingebrochen? Berizza hörte Schüsse und gellende Schreie. Er fühlte sich von Akandi gepackt, wachgerüttelt. Geblendet taumelte er ins Freie. Ein paar Hütten standen in Flammen und beleuchteten den Dorfplatz.

Männer und junge Burschen liefen ratlos durcheinander. Mit dröhnender Stimme versuchte der Häuptling Ordnung zu schaffen. Er fuhr auf die Zunächststehenden zu. »Zu den Waffen! Zu den Waffen!« rief er. Zu spät! Schon drangen von allen Seiten Araber ein. Ein paar Alte, die sich um den Häuptling geschart hatten, wurden niedergeschossen. Dort stand der Anführer der Sklavenjäger, das Gewehr in der Rechten. Mit krächzender Stimme gab er seine Befehle. Berizza wußte nicht, wie ihm der Speer in die Hand kam. Er fühlte sich von Akandi mitgerissen.

Djoko, der Häuptling, beugte sich zurück zum Wurf. Im selben Augenblick schoß der Araberführer. Akandi stand vorgebeugt, sah mit weitaufgerissenen Augen den Vater fallen. Ein gellender Schrei. Racheschnaubend wollte er sich auf den Araber stürzen, doch er taumelte, fiel. Von der Seite war Nekor, der Moru, gegen ihn geprallt, und ehe Akandi wieder auf die Beine kam, warfen sich drei, vier Angreifer auf ihn. Vor Wut heulend wälzte sich der Häuptlingssohn auf dem Boden, Handgelenke und Beine von Stricken umwunden. Ehe Berizza recht zur Besinnung kam, wurde auch er gepackt, niedergerissen, gefesselt.

Flammen rundum, Geschrei und Wimmern, die rauhen Stimmen der Araber dazwischen. Noch zwei, drei Schüsse. Prasselnd fraß sich der Brand von Hütte zu Hütte. Njanya, das Dorf auf der Halbinsel am Fluß, ging unter. Mitten in der verwüsteten, niedergetretenen Pflanzung wurden die Gefangenen zusammengetrieben, Mädchen und junge Frauen gesondert von Männern und Burschen. Der Anführer, der Araber, besichtigte die Beute. Neben ihm ging ein blatternarbiger hünenhafter Kerl, in der Hand die schwere Sklavenpeitsche. Er grinste, wobei ihm die Eckzähne raubtierartig über die wulstigen Lippen traten: »Gut ist der Überfall gelungen, Omar ben Belgassem. Unser Späher . . .«

»Schweig«, zischte der hagere Anführer, »hüte deine Zunge, Tahar, wenn du nicht willst, daß ich sie dir ausreiße. Und nun laß uns auswählen. Die Schwachen und Kranken, die Verwundeten und Alten bleiben zurück.«

»Töten wir sie?« fragte der Blatternarbige.

Der Hagere schüttelte den Kopf. »Unnötig. Bis die Kunde von unserem Überfall durchsickert, sind wir längst am Meer. So rasch kommen wir nicht mehr hierher. Aber macht schnell. Schont die Peitschen nicht, wenn die Weiber die kleinen Kinder nicht loslassen wollen. Der Teufel hole die kreischende Bande!«

Keiner der Araber ahnte, daß dicht neben ihnen ein gebundener junger Neger kauerte, der jedes ihrer Worte verstand, der sich ihre Namen einprägte, auf alles achtete, was ringsumher vorging.

Jetzt fiel Omars Auge auf den Gefangenen. »Steh auf«, herrschte er ihn in einem kaum verständlichen Bantudialekt an. Berizza versuchte zu gehorchen, doch mußten ihm erst die Fußfesseln gelöst werden, ehe er aufstehen konnte. Der Anführer nickte zufrieden, betastete die Brust, die Arme des Gefangenen. »Er wird einen guten Preis bringen auf dem Markt in Mekka«, grinste er.

»Sieh dir den andern an, den Häuptlingssohn, der dich fast mit dem Speer durchbohrt hätte«, sagte der Blatternarbige. »Stark wie ein Büffel, ein Sklave, um den sich die Käufer reißen werden, wenn er nicht unter meiner Peitsche stirbt. Sagte ich es nicht, er ist wild und bösartig!«

Kaum hatten die Araber Akandi die Fußfesseln gelöst, als er sich auch schon auf den Anführer stürzte und versuchte, ihn im Sprung niederzureißen. Die schwere Peitsche traf ihn mitten ins Gesicht, blendete ihn und warf ihn nieder. Unbarmherzig sausten die Hiebe. Ehe er sich wieder aufraffen konnte, war er mit der Rechten an Berizzas linkes Handgelenk und auf der anderen Seite an Nekor, den Moru, gefesselt. Täuschte sich

Berizza, oder sah er recht? Tahar, der Mann mit der Peitsche, tauschte einen schlauen Blick mit ihm, der Hieb, den Nekor erhielt, war ohne Kraft, auch der Faustschlag, der ihn in die Reihe stellte, war harmlos.

Das Jammern und Klagen der zurückbleibenden Alten verstummte hinter den Abziehenden. Dort lag ein Mann mit zerschmettertem Schädel mitten im Pfad. Mit rohem Lachen trieben die Sklavenjäger ihre Gefangenen darüber hin, und als einer der Burschen sich niederwerfen wollte – war der Tote doch sein Vater –, da sausten die Peitschen.

Nichts mehr als das gleichmäßige Trapptrapp der Gefangenen, das Jaulen und Winseln der Hyänen und Schakale in der Steppe, die rauhen, keifenden Befehle der Araber. Einmal gab es einen kurzen Aufenthalt. Eine der jungen Frauen, deren Säuglinge zurückgeblieben waren, warf sich schreiend zu Boden, ließ sich weder mit Gewalt noch durch den Zuspruch ihrer Freundinnen auf die Beine bringen.

»Macht ein Ende«, fauchte Omar ben Belgassem, und als die andern zögerten, zog er eine Pistole. Ein Schuß krachte, und der letzte Schrei erstarb in einem Röcheln. »Weiter!« Die Ketten klirrten, die Schritte stampften eintönig weiter.

Tage vergingen, ehe Akandi die Lippen öffnete. In wühlendem Grimm schritt er an der Seite Berizzas, ohne auf dessen Zuspruch zu achten. Rache war sein einziger Gedanke. Seine Augen glühten vor Wut, wenn Omar ben Belgassem, der Anführer, in seine Nähe kam. Aber die Fesseln hielten ihn. Er stand da, zitternd in ohnmächtigem Grimm, der durch das Hohnlachen des Arabers noch gesteigert wurde.

Akandi hätte das merkwürdige Benehmen seines Kettengefährten auffallen müssen, wenn er nicht ganz in seinen eigenen Kummer versunken gewesen wäre. Sobald sich Berizza unbeobachtet glaubte, tastete seine Linke an seinem ledernen Lendenschurz umher. Seine Augen prüften den winzigen eingenähten Kompaß, stellten die Marschrichtung fest, die in einem Knoten der Lederschnüre vermerkt wurde. Ständig belauerte er die Araber. Jetzt fing er den Namen eines Flusses, einer Siedlung auf, die umgangen werden mußten. Er wußte, da er die Karte doch hundertmal studiert hatte, ziemlich genau, wo sich der Sklaventransport befand. Zwischen Bachr el Ghasal und Mungalla führte Omar ben Belgassem seine Gefangenen auf den oberen Nil zu. Einmal sprach er von den Segelbooten, die in einer Bucht auf die Sklaven warteten. Es galt dabei, sich vor den Nuba zu hüten. Sorgsam sammelte Berizza die kleinsten Einzelheiten und fügte sie in seinen heimlichen Bericht ein.

Ärgerlich war freilich, daß der verschlagene Moru mit Akandi und Berizza zusammengefesselt war. Vor ihm mußte sich der freiwillig in die Sklaverei Gegangene am meisten hüten. Es war ihm fast zur Gewißheit geworden, daß Nekor den heimlichen Späher und Zutreiber der Sklavenjäger gemacht hatte. Warum aber schritt er jetzt gefesselt in der Reihe? Nun, auch das ließ sich erraten. Berizza merkte, daß der Moru ständig mit gespanntester Aufmerksamkeit auf jedes in seiner Nähe geführte halblaute Gespräch lauschte. Zwei-, dreimal war er auch schon losgeschlossen worden, um bei den Lagerarbeiten zu helfen, und Berizza beobachtete dabei, daß der Moru jedesmal in dem Zelt des Anführers verschwand.

Jetzt endlich erwachte Akandi aus seinem Betäubungszustand. »Nzambi hat meine Welt vergehen lassen«, flüsterte er. »Alles ist hinter mir in Flammen untergegangen, was mir lieb war: das Dorf, die Männer und Frauen, die auf meines Vaters Wort hörten, Djoko, der Häuptling, und mit ihm der Monganga, dessen Ohr den Geisterwarnungen verschlossen blieb. Er hätte das Unheil vorhersehen, verkünden müssen. Aber die Tage sind dahin, in denen die Geister ihre Kinder schützten. Eine neue Zeit bricht an, vielleicht ist es die Zeit deines Gottes, wer vermag es zu sagen? Du nennst ihn einen Gott der Liebe, sein Gebot ist das Verzeihen. Du sollst nicht töten, so lehrte er dich. Nun, Berizza, wir sind Freunde geworden am Tag, da wir uns begegneten, gemeinsam tragen wir die Kette, gemeinsam ist unser Leid. Aber ich gelobe dir, nicht eher will ich mein Ohr deinen Worten öffnen, ehe ich nicht meinen Vater Djoko gerächt habe. Schweig, ich will nichts hören.«

»Trotzdem muß ich sprechen, dich für eine große Aufgabe gewinnen«, flüsterte Berizza. »Höre, solange Nekor, der Verräter, im Zelt ist.«

»Du nennst ihn einen Verräter? Er trägt Sklavenbande wie wir.«

Berizza teilte Akandi mit, was er beobachtet hatte. Dann weihte er den Freund in sein Vorhaben ein.

»Ich muß alles erlauschen und erspähen, was den Mächtigen not tut, die sich gegen die Sklaverei verschworen haben. Es sind kluge und starke Männer. Hilf mir, Akandi, vier Augen und Ohren sehen und hören mehr als zwei.«

Der Häuptlingssohn schwieg eine Weile. Dann schob er sich näher an den Freund heran. »Ich will dir beistehen. Du denkst an Flucht, wohlan, eines Tages werde ich diese Fesseln zerbrechen und mit dir fliehen. Aber nicht, ehe ich Omar ben Belgassem erschlagen habe.«

»Schweig, Tahar bringt Nekor zurück. Sieh, wie er die Peitsche schwingt und klatschend auf den Boden schlägt, anstatt auf den Rücken des Moru. Ich sage dir, er ist ein Verräter.«

Akandi knirschte mit den Zähnen. Kaum hatten sich die Fesseln um die Handgelenke des Moru geschlossen, als er auch schon herankroch. »Sind die Bantu Feiglinge und Hyänen, daß sie sich von diesen Schurken binden und mißhandeln lassen?« tuschelte er. »Sag mir, Akandi, denkt keiner der Männer an Aufruhr, an Empörung? Ich habe im Lager erlauscht, wie und wo die Wachen stehen. Frage die andern, wie sie denken, und wenn es gilt, will ich als vorderster in der Reihe der Empörer stehen.«

Der Häuptlingssohn biß sich in den Arm, um nicht die Selbstbeherrschung zu verlieren. Erst nach einer Weile versetzte er, ruhiger geworden: »Die Peitsche hat unsere Kraft zerbrochen. Wir sind wie welkes Rohr unter der Faust der Araber.«

Aber der verschlagene Moru gab sich damit nicht zufrieden. Bald hier, bald dort schnappte er ein unvorsichtiges Wort auf. Einmal, mitten in der Nacht, stieß Akandi den Seite an Seite mit ihm schlafenden Freund an. »Berizza, sieh einmal hierher«, flüsterte er. »Nekor ist fort. Er versteht es, die Armfesseln abzustreifen. Wie eine Schlange kriecht er im Lager umher, um die Männer zu belauschen.«

Die Warnung vor dem Moru lief von Reihe zu Reihe. Nekor stieß überall, wo er die Männer auszuhorchen versuchte, auf mürrische Ablehnung. Um so aufmerksamer belauerte er seine beiden Kettengefährten. Wieder einmal war es Berizza gelungen, die Araber zu belauschen. Die Orte Eliri und Kaka hatte er, zusammen mit der Richtung Nord-Nord-Ost, eben in seine Schnüre eingeknotet. Sorgfältig band er einige Rinderhaare mit einem kleinen Federkiel zusammen, als er sich beobachtet fühlte. Akandi war, vom Fieber ermattet, neben ihm eingeschlafen, auch der Moru lag tief atmend im Gras.

Als jetzt Berizza vorsichtig den Kopf hob, sah er das Mondlicht in den Augen Nekors glänzen. Der Moru ließ zwar sogleich die Lider sinken, aber der Ertappte fühlte, wie ihm der kalte Schweiß auf die Stirn trat. Was sollte er tun? Noch in dieser Nacht würde Omar ben Belgassem erfahren, daß Berizza eine Botschaft mit sich herumtrug. War es nicht das klügste, die Knoten zu lösen, sich auf das Gedächtnis zu verlassen? Vorsichtig stieß er Akandi an und flüsterte ihm seinen Verdacht ins Ohr. Der Häuptlingssohn, dem das Fieber im Kopf summte, legte sich auf die Lauer. Er wollte Nekors Hand packen, wenn sie aus dem Eisenring schlüpfte. Aber ein neuer Anfall ließ ihn zusammenschauern.

Eben war der Mond hinter den Baumwipfeln verschwunden, das Sklaven-
lager, das im Schilf über dem Fluß lag, versank in Dämmerdunkel. Die
Moskitos summten blutgierig, Frösche quakten, ab und zu sprang ein Fisch.
Niedrig strichen die Nachtschwalben über die Sklaven hin.

Wo war Nekor, der Moru? Akandis Hand griff ins Leere, als er an der
Kette zog, spürte er keinen Widerstand. Da richtete er sich halb auf dem
Ellbogen auf und preßte die Hand auf den Mund. Zweimal schallte der
Eulenruf, eintönig dumpf, dann nach kurzer Pause noch einmal.

»Was tust du?« flüsterte Berizza, immer noch unschlüssig.

Der Eulenruf wurde erwidert. Von zwei Seiten kam die Antwort. Gleich
darauf glaubte Berizza einen unterdrückten Schrei zu hören. Einer der
Wächter am Feuer erhob sich und lauschte. Aber als alles still blieb, ließ
er sich wieder zu Boden sinken.

Leises Kettenklirren, Raunen und Flüstern. Dann rollte ein willenloser
Körper gestoßen und geschoben durch das Lager. Jetzt griff Akandi zu.
Seine Augen leuchteten unheimlich, als er sich zu Berizza hinüberbeugte.

»Sieh hierher, mein Bruder«, flüsterte er. Im matten Sternenlicht lag das
im Todeskampf verzerrte Antlitz Nekors vor Berizza. »Er hat den Lohn
für seinen beabsichtigten Verrat erhalten«, murmelte Akandi voller Genug-
tuung. »Amoi mag ihn in den Fluß rollen, er liegt am Ende unserer Reihe.
Schweig, was geschehen mußte, geschah. Die Bantu sind keine Weiber. Du
aber bist mein Bruder, ich wache über dich. Laß deinen Bericht in der
Nemele-Geheimschrift ruhig an deinem Lendentuch hängen. Niemand weiß
davon als du und ich. Hörst du? Jetzt treibt Nekor im Fluß, und die Kro-
kodile mögen ihn fressen.«

Berizza hatte das Aufklatschen vernommen, mit dem der Körper des Ge-
richteten in das Wasser rollte. Auch die Wächter am Feuer waren aufmerksam geworden. Sie erhoben sich und umkreisten das mit einem Dornenhag umgebene Lager, das nur nach dem Fluß zu offenstand, mit schuß-
bereiten Gewehren.

Aber erst am Morgen wurde das Fehlen Nekors entdeckt. Omar ben
Belgassem ließ die Sklaven immer zu dreien, wie sie zusammengefesselt
waren, vor sich bringen. Aber weder mit Drohungen noch mit Verspre-
chungen kam er ans Ziel. Nicht einmal die Peitsche, die Tahar und zwei
andere Araber unbarmherzig schwangen, brachte das Geheimnis an den
Tag.

Keiner der Sklaven hatte Nekor gesehen. Akandi wußte am allerwenigsten
von ihm. Fiebernd hatte er dagelegen und nicht bemerkt, wie sich der

Moru fortstahl. Störrisch blieb der Häuptlingssohn dabei: »Nekor ist geflüchtet«, und alle andern wiederholten seine Worte.

»Wir müssen die Wachen verdoppeln und beim geringsten Anzeichen eines Aufruhrs rücksichtslos schießen«, rief Omar seinen Gefährten zu. »Sie haben unsern Späher ermordet, der sie aushorchen und überwachen sollte. Versucht es, Amoi zu gewinnen. Er ist ein halber Knabe, und vielleicht verrät er die Anstifter, wenn wir ihm etwas mehr zu essen geben.«

Berizza übersetzte die Anweisungen des Arabers, und ehe sich Tahar an den halbwüchsigen Amoi heranmachte, war der Junge gewarnt.

Weiter ging der Marsch der Gefangenen. Eine Wolke von Dunst und Schweiß lag über den Geknechteten. Ständig folgten die Geier dem Zug, hoch am gleißend hellen Himmel hängend. Immer wieder fanden sie eine Beute am Rand dieser Straße des Jammers. Frauen und Mädchen, Burschen und starke Männer erkrankten, wurden schwach und hinfällig. In die Wunden, die Peitschen und Eisenketten schnitten, legten die Schmeißfliegen ihre Eier. Maden krochen aus. Niemand kümmerte sich um die kranken Sklaven. Wer nicht mehr marschfähig war, der blieb liegen, und die Geier besorgten den Rest, die Geier, Hyänen und Schakale.

Zwei Knoten in Berizzas Schnüren bezeichneten den Verladeplatz am Weißen Nil. Jetzt trieben die Schiffe flußab mit geschwellten Segeln. Die Sklaven lagen enggepfercht unten im Raum, dessen verbrauchte, dumpfe Luft sie fast erstickte. Nur in den Nächten durften sie für kurze Zeit an Deck kommen, während ein Trupp die verpesteten Quartiere säuberte. In solchen Stunden sah Berizza nach den Sternen, er lauschte auf die Gespräche der Araber, knotete die Namen der Siedlungen ein, die er auffing. Einmal lagen die Schiffe tagelang im Schilf. Die Sklavenjäger hatten eine Warnung erhalten und warteten, bis die Luft wieder rein war. Weiter ging der Marsch dem Roten Meer entgegen. Berizza und Akandi hatten manche heimliche Beratung. Der Katechist hielt seinen Auftrag für nahezu erfüllt. Es galt jetzt, eine Gelegenheit zur Flucht zu erspähen. Höher schlug Berizza das Herz. Wenn er auch den Gefährten aus Njanya nicht helfen konnte, so wollte er doch das Seine tun, um diese schlimmste Barbarei, dieses größte aller Verbrechen aufzudecken, den Kämpfern gegen die Sklaverei eine der heimlichen Straßen bekanntzumachen. Immer wieder tasteten seine Finger nach den Knotenschnüren. Er mußte entkommen, es mußte gelingen, die wichtige Botschaft in die Hände der internationalen Polizei zu spielen. Freilich, Berizza fühlte sich oft schwach und elend. Seine Chinintabletten hatte er redlich mit Akandi geteilt. Er betete manche

Stunde um Hilfe und Kraft für sein Werk. Gelang es ihm nicht zu fliehen, trieben ihn die Sklavenjäger mit den andern Gefangenen in eines der Schiffe, die am Roten Meer die schwarze Fracht übersetzten, dann waren alle Opfer umsonst, dann wurde auch er auf dem Sklavenmarkt verkauft, er, Alfons, der Katechist von der Missionsstation St. Josef.

Nacht über einer Seriba, einem offenbar schon häufig zu Sklaventransporten benützten befestigten Lager. Freilich, die Umzäunungen waren morsch und alt, stellenweise von den Termiten zerfressen, aber der dichte Dornenhag, der das ganze Lager in weitem Kreis umgab, machte jede Flucht unmöglich. Zudem, die Gefangenen waren ja aneinander gekettet.

»Hariga!« Der Schreckensruf riß Berizza aus dem Schlaf. »Hariga, Feuer!« Ein Steppenbrand raste über die Ebene. Taghell wurde es in der Seriba, alles schien wie mit Purpur übergossen.

»Akandi, so hör doch, Akandi!« Der Häuptlingssohn stöhnte. Er hatte sich einen fingerlangen Dorn in den linken Fuß getreten, die Wunde war vereitert.

»Da ist die Gelegenheit zur Flucht, und wir können sie nicht nützen«, knirschte Berizza. »Sieh nur, wie die Wächter laufen, um dort vorn die fliegenden Brandfetzen zu löschen. Keiner achtet auf uns. Und im Zaun ist eine Lücke, durch die wir ungesehen schlüpfen könnten. Die Kette, die uns an dem Pfahl hält, ist durchgerostet. Ein Ruck, und sie bricht.«

Akandi griff nach der Fessel. »Höre, Bruder, ich will dich befreien. Fliehe, auf dich allein kommt es an. Du bist der Herr des Geheimnisses. Geh, nütze die Verwirrung.«

Aber Berizza griff nach den Händen des Freundes und entwand ihnen die Kette. »Wie sollte ich fliehen ohne dich, mein Bruder. Du würdest der Wut dieser Barbaren zum Opfer fallen, wenn sie meine Flucht entdeckten. Ich bleibe. Du bist krank, dein Fuß schmerzt. Bis in einigen Tagen wird die Wunde heilen. Dann laß es uns versuchen.«

Akandi legte den Kopf auf die Arme und schwieg. Er dachte über diesen seltsamen Freund nach, der lieber Ketten und Schmach auf sich nahm, als daß er ihn verließ. Vielleicht bot sich nie mehr solch eine günstige Gelegenheit zur Flucht wie heute. Das sagte er auch Berizza, aber der Freund blieb bei seinem Entschluß.

Weiter ging der Marsch der Sklavenkolonne durch Tage mit sengender Sonne, mit drückender Schwüle. Zuweilen strich ein Wind über die dürre Steppenlandschaft, die sie durchzog, aber er brachte keine Kühlung. Im Gegenteil, der glühheiße Hauch, ein Vorbote des Roten Meeres, wirbelte

Wolken von feinem Sand auf, der in Nase, Mund, Augen und Ohren drang. Geblendet, keuchend, stapften die Sklaven dahin und wehe, wenn einer von ihnen stolperte, fiel, die Reihe in Verwirrung brachte. Sogleich spornten die Araber ihre Pferde, sie hatten sich in einer der letzten Raststationen beritten gemacht, und dann sausten die Peitschen. Je näher das Ziel der langen Wanderung rückte, um so übermütiger, verächtlicher behandelten die Araber ihre menschliche Beute.

Die vom Marsch und der kärglichen Verpflegung geschwächten Sklaven dachten nicht mehr an Widerstand. Das weckte die bösen Instinkte der Bedrücker. Omar ben Belgassem machte es ein teuflisches Vergnügen, Akandi, den Häuptlingssohn, zu reizen. Manche der Sklaven krochen auf dem Bauch, sobald er sie nur ansah. Wagte es dieser Bursche, ihm zu trotzen?

Omar ließ keine Gelegenheit vorbeigehen, Akandi zu demütigen. Auch heute, wütend über die unerträgliche Hitze und den Wind, der seine Sandschleier über die Steppe hing, ritt der Araber wieder und wieder an der Marschkolonne entlang, und suchte nach Gelegenheit zu kleinen Scherzen. Trug denn dieser Akandi nicht tatsächlich noch ein Amulett auf der Brust? Eine gedörrte Eidechse schien es zu sein. Omar verhielt sein Pferd. »Akandi!« Seine heisere Stimme traf wie ein Peitschenhieb. Mit rotgeränderten Augen sah der Häuptlingssohn auf. Haß ließ ihn Müdigkeit und Erschöpfung vergessen.

Omar deutete auf das Amulett. »Friß diesen Zauber! Hast du nicht gehört? Auffressen sollst du das Zeug!«

Ein ganzer Trupp Araber sammelte sich an der Stelle. Akandi wurde gepackt, niedergedrückt, während ihm Tahar hämisch grinsend das Amulett in den Mund stopfte. Er mußte es hinunterwürgen, denn die Bande hätte ihn sonst erschlagen. Die Peitsche trieb ihn wieder auf die Beine. Welch ein Spaß! Der Häuptlingssohn von Njanya hustete und würgte. Die Araber hüpften vor Vergnügen in den Sätteln. Omar hatte wieder einmal ein neues Spiel entdeckt, das die Langeweile des Marsches vertrieb. Sie ritten mitten durch die Kolonne, und wo sie ein Amulett entdeckten, ruhten sie nicht, bis der Besitzer es hinuntergewürgt hatte.

Schon wieder tauchte Omars bösartiges Gesicht aus den Staubwolken auf. Er verhöhnte Akandi, schlug ihn, weil er schwieg. Er hätte ihn auch geprügelt, wenn er etwas zu sagen gewagt hätte. Der Anführer der Sklavenjäger wußte nur zu gut, daß Akandi sein Todfeind war, daß dieser Bursche nur darauf wartete, ihm an die Kehle zu fahren. Aber die Gelegenheit dazu kam nie, und gerade die machtlose Wut des Gefangenen machte die Quälerei für Omar so belustigend.

Manchmal war Berizza davon überzeugt, daß Akandi, der schwerer unter der Knechtschaft litt als viele andere, nur durch den Haß, den Willen zur Rache alles ertrug. Vielleicht wäre der Häuptlingssohn, von Fieber und Entbehrung geschwächt, längst zusammengebrochen und am Wegrand liegengeblieben. Vergebens suchte Berizza den Schlüssel zu dieser stolzen, trotzigen Seele. Gar zu gern hätte er den Freund mit der Kraft seiner Liebe gestützt.

Fern im Osten lag eine Wand von Dunst. Das Rote Meer rückte mit jedem Schritt näher, und noch immer trug Berizza die eisernen Fesseln. Würde es ihm gelingen, sie zu brechen?

Ein befestigtes Dorf mit Mauern und Wachttürmen, offenbar schon seit undenklichen Zeiten als Durchgangslager für Sklaventransporte benützt, erhob sich auf einem felsübersäten Hügel. Die Araber riefen einander zu und lachten. Berizza verstand. Hier sollte die Karawane ein paar Tage rasten, während ein schneller Bote zum Roten Meer vorausritt, um dort die Schiffe herbeizurufen. Es galt ja, die Sklaven möglichst rasch und unauffällig hinüberzuschaffen nach Arabien. Für die Sklavenjäger bot das befestigte Dorf kühlen Schatten und Erholung. Sie brauchten nicht Tag und Nacht Wache zu stehen, die Mauern von El Dschinn waren fest und verläßlich, alle Türen und Fenster zu den Kellergelassen stark vergittert. Dumpf und modrig war die Luft, die den Sklaven entgegenschlug. Nur notdürftig erhellten die Fensterluken die Gelasse. Fußtritte und Peitschenhiebe halfen nach, wenn der und jener zögernd stehenblieb. Stürzte einer der Gefangenen und riß andere mit sich zu Boden, so erhöhte das den Spaß der Peiniger.

»Wie gut die Bande schon Arabisch gelernt hat«, höhnte Tahar, der roheste der Wächter, und schwenkte die Peitsche. »Diese Sprache versteht auch der dümmste Bantu.«

Berizza und Akandi waren mit dem an ihre Kette angeschlossenen Amoi in eine kleine Kammer hineingestoßen worden. Noch ein halbes Dutzend Gefährten taumelte in den engen Kerker, dann klirrte eine Gittertür hinter ihnen, ein Riegel wurde vorgestoßen.

Träge krochen die Stunden dahin. Nichts war zu hören als die schweren Atemzüge, Röcheln und Stöhnen. Fledermäuse flogen durch die vergitterten Luken aus und ein. Einmal stieß Akandi mit dem Fuß gegen die Gittertür.

»Berizza«, flüsterte er, »Berizza, schläfst du?«

»Nein, mein Freund, ich bete.«

Näher schob sich der Häuptlingssohn heran. »Amoi hat seine magere Hand aus der Kette gezogen«, flüsterte er. »Nur noch die Fesseln an deiner Linken und an meiner Rechten halten uns. An der Mauer hinter mir ist ein Haken. Hilf mir, die Kette darüber zu hängen und einmal um den Haken zu schlingen.«

In der Dunkelheit tasteten sich die Freunde an der Mauer empor. Hier war der Haken. Als die Kette fest saß, stemmte sich Akandi ein. All seine Kraft nahm er zusammen, seine Zähne knirschten, mit den Sohlen stemmte er sich gegen die Mauer. Endlich ein Knirschen. Akandi sank keuchend zu Boden. Der Schweiß lief ihm in Strömen über Gesicht und Brust. Berizza flüsterte ihm mit unterdrücktem Jubel zu: »Ein Kettenglied ist gerissen, wir sind frei!«

Akandi richtete sich auf. Die von seinen Fesseln herabhängenden Ketten klirrten, aber die in schwerem Erschöpfungsschlaf liegenden Mitgefangenen rührten sich nicht.

Der Häuptlingssohn tastete an der Gittertür nach dem Riegel. »Das Gestein ist morsch, wir können das Gitter ausheben«, flüsterte er. Die Freunde stemmten sich ein. Es knirschte, das Gitter hob sich, gab nach. Berizza zwängte sich hinaus. Vor ihm lag ein finsterer Gang, an dessen Ende eine Treppe einige Stufen emporführte. Ein zweites, festeres Gitter verwahrte den Ausgang nach oben. Akandi, der dem Freund folgte, hatte ein Gitterfenster entdeckt. Er rüttelte an den Stäben und lachte leise.

»Der Stein ist morsch und kann mir nicht widerstehen. Sieh her, der erste Stab ist locker, ein Ruck, und auch der zweite bricht aus. In wenigen Augenblicken schlüpfen wir durch die Fensterluke.«

Er hatte nicht zuviel gesagt. Es klirrte, ein paar losgebrochene Steine polterten an der Außenmauer hinab. In atemlosem Schweigen preßten sich die Freunde an die Wand. Hatte ein Wächter den verdächtigen Laut vernommen? Schritte klangen auf der Treppe.

»Laß uns zurücklaufen in die Kammer«, flüsterte Berizza, aber der Freund zog ihn hinter einen Mauervorsprung. Keinen Augenblick zu früh, denn schon fiel zuckender Lichtschein durch das Gitter. Tahar stand dort, murmelte einen Fluch und stapfte wieder nach oben.

Noch eine Weile warteten die Freunde. Dann beugte sich Berizza vorsichtig aus der Fensterluke. »Wir können von hier aus leicht in eine tiefe ausgespülte Regenrinne hinabklettern«, flüsterte er triumphierend. »In ihrem Schatten gelingt es uns, ungesehen den Hügel hinabzuschleichen. Nur eine

Gefahr droht uns. Die Mauer, auf der die Wachen stehen, führt über dem Fenster hin.«

Akandi schob sich in die Luke und lauschte angespannt. Endlich kroch er zurück. »Ich hörte Stimmen auf der Mauer, aber sie sind weit links von uns. Wir wagen den Abstieg.« Er half Berizza hinaus. Mit tastenden Füßen suchte der Flüchtling nach Ritzen im Gestein. Frei hing er an der vom hellen Sternenlicht beschienenen Wand. Ein paarmal bröckelten kleine Steine unter seinen Zehen und Fingern ab. Doch nun tauchte er in den Schatten der Rinne. Geduckt stand er hinter einem Felsblock. Schon kam Akandi hinter ihm hergeklettert. Fast hatte er den Fuß der Wand erreicht, als sich Stimmen und Schritte auf der Mauer näherten. Regungslos blieb der Häuptlingssohn hängen. Seine feinen Ohren fingen die in der stillen Nacht weithin vernehmbaren Laute auf. Er zitterte am ganzen Körper. »Komm rasch«, flüsterte Berizza. »Warum zögerst du noch?«

Was war nur mit Akandi los? Anstatt herunterzusteigen, begann er lautlos wieder nach oben zu klettern. Berizza stand fassungslos in der Rinne. Er konnte nichts tun, um den Freund zurückzuhalten. Nun sah er, wie Akandi sich über den Rand der Umfassungsmauer schwang. Er hörte einen rauhen Schrei. Omar ben Belgassem, der Anführer der Sklavenjäger, der Mörder Djokos, hatte ihn ausgestoßen. Ein klirrender Schlag, dem ein Röcheln folgte. In schwerem Sturz kam ein Körper von oben, prallte auf und rollte in die Rinne. Berizza starrte mit weitaufgerissenen Augen in das entstellte Gesicht des toten Arabers.

Was sollte er tun? Über sich vernahm er das Keuchen zweier Männer. Er glaubte Tahars Stimme zu erkennen, die kreischend um Hilfe rief. Schüsse krachten, und nun war dort oben nur noch das erregte Durcheinander der Araber zu vernehmen. Berizza ahnte, was geschehen war. Sein Freund Akandi hatte die kühne Rachetat mit dem Leben bezahlt. Köpfe neigten sich über die Mauer. Berizza duckte sich in den Schatten. Er mußte fliehen. Allzulange schon zögerte er.

Wie eine Schlange glitt er in der Rinne abwärts. Nun stand er am Fuß des Hügels. Wohin sollte er sich wenden? Ein Wiehern ließ ihn zusammenzucken. »Die Pferde!« Geduckt zwischen Büschen und Felsen schlich er zum Weideplatz. Der Wächter war zum Dorf gelaufen, um zu erfahren, was die Schüsse zu bedeuten hatten.

An der Umzäunung hingen Halfter. Berizza ergriff einen davon und ging auf ein weidendes Pferd zu. Das Tier reckte den Hals und schnoberte, wollte flüchten, aber im Sprung gelang es Berizza, die Mähne zu packen, und nun ergriff er auch die Stirnlocke des scheuenden Braunen. Er sprach ihm gut zu, tätschelte den schlanken Hals.

Gutwillig ließ sich das Pferd den Zaum überstreifen. Im nächsten Augenblick saß Berizza auf seinem nackten Rücken. Er ließ das Pferd traben. Im Sprung setzte es über den Zaun, und nun war nichts mehr um den Flüchtling als die weite Steppe, über der sich ein klarer Sternenhimmel wölbte.

Das geheime Vorhaben war geglückt. In wenigen Stunden erreichte Berizza die Küste und fand auf einem Schiff im Hafen Zuflucht. Mit Hilfe seiner Aufzeichnungen würde es gelingen, einen vernichtenden Schlag gegen die Sklavenhändler zu führen.

Menschen in Ketten

Die Geschichte der Sklaverei ist mit Blut und Tränen geschrieben. Sie beginnt in frühesten Zeiten, denn die eine oder andere Form der Sklaverei war in allen Kulturen des Altertums bekannt. Verlorene Kriege versklavten oft ganze Völker; das bekannteste Beispiel ist die Babylonische Gefangenschaft des jüdischen Volkes.

Die griechisch-römische Antike ist ohne Sklaverei undenkbar. Dabei waren die Haussklaven oft hochgebildet und dienten ihren Herren als Lehrer, Sekretäre und Vertraute. Auch der griechische Philosoph Epiktet war ein Sklave.

In der Neuzeit waren es vor allem die schwarzen Eingeborenen Afrikas, die das traurige Los der Sklaverei erdulden mußten. Zwischen 1517 und 1860 wurden rund 30 Millionen Neger nach Nord- und Südamerika verschleppt; etwa die gleiche Anzahl starben infolge der unmenschlichen Behandlung auf dem Transport.

Die katholische Kirche sprach sich bereits 1537 grundsätzlich gegen den Sklavenhandel aus, später setzten sich besonders die Quäker für die Befreiung der Sklaven ein. 1833 wurde für alle englischen Kolonien die Sklaverei aufgehoben, 1848 geschah das gleiche in den französischen Kolonien. In den USA machte der Bürgerkrieg 1865 der Sklaverei ein Ende, und 1888 erhielten endlich auch in Brasilien die Sklaven die Freiheit.

Heute gelten Sklavenjagd und Sklavenhandel als Verbrechen im Sinn des Völkerrechts, aber dennoch gibt es noch immer eine große, schwer zu schätzende Zahl von Sklaven, besonders in den arabischen Ländern. In Saudi-Arabien z. B. ist die Sklaverei gesetzlich zulässig. Moderne Formen der Sklaverei sind die Arbeits- und Konzentrationslager totalitärer Staaten.

Notlandung im Urwald

Max Häberle, der in Ehren ergraute Pilot und Sportflugzeugbesitzer, beugte sich vor und lauschte. Dann nahm er die Zündung heraus und das Gas weg. Die plötzliche Stille weckte Doktor Harper, der eben ein kleines Schläfchen gemacht hatte. »Was ist los?«

Der Pilot antwortete mit einem Knurren, schob den Zündhebel wieder nach vorn und gab kräftig Gas.

»Hören Sie nichts?« schrie er dem Arzt in die Ohren. »Der Motor spuckt! Das verflixte Gnu!«

Doktor Harper wußte, daß Max Häberle sein Sportflugzeug, mit dem er sich die eintönige Farmarbeit auf seiner Kakaopflanzung erträglich gestaltete, damit meinte. Der alte Eindecker, an dem sein stolzer Besitzer schon jedes einzelne Teil herausmontiert und wieder zurechtgeflickt hatte, erinnerte mit seinen Luftsprüngen oft wirklich an das eigenwillige Bocken eines Gnus. Überhaupt war die Maschine nur noch flugfähig, weil sie ein tüchtiger Fachmann, ja ein Fanatiker des Flugsports in Händen hatte. Sonst wäre sie längst auf dem Schrotthaufen gelandet.

»Ausgerechnet heute, wo es darauf ankommt, einen verunglückten Sportjäger aus der Steppe zu holen, macht ihr Flugzeug schlapp«, wetterte der Arzt in gleicher Lautstärke.

»Was heißt hier schlappmachen«, fauchte der Pilot zurück. »Mein Gnu ist eben ein empfindsames Tierchen, aber gut zureden hilft meistens. Wollen mal sehen, ob es Höhenluft braucht.« Behutsam zog Max Häberle das Höhensteuer an. Jetzt wurde auch der Arzt nervös, denn der Motor hustete, spuckte und lief unregelmäßig.

»Heißgelaufen, ich muß auf Leerlauf schalten«, knurrte der alte Flieger. Der Arzt beugte sich zur Seite. »Geht ganz hübsch schnell nach unten. Wenn wir so weitermachen, sitzen wir in einer Viertelstunde in den Baumwipfeln.«

Max Häberle gab keine Antwort. Mit gerunzelter Stirn und vorgeschobenem Kinn saß er am Steuer. Sein Blick streifte den Höhenmesser, dessen Nadel immer tiefer fiel. »Zum Donnerwetter, wir schaffen es nicht mehr. Da, Fehlzündungen!«

Der Doktor packte den Piloten am Arm: »Was ist denn das? Eine Explosion?«

»Loslassen!« brüllte der Pilot in das Knattern und Bellen des Motors hinein. Ganz plötzlich wurde es still, nur noch das Pfeifen des Fahrtwindes war zu hören, die keuchenden Atemzüge der Männer. Max Häberle stoppte die Benzinzufuhr, schob die Hebel nach unten. »Aus! Wir sind fertig.« Eine Sekunde dachte er daran, dem Doktor den Befehl zum Aussteigen zu geben. Er tastete mit dem Ellbogen nach dem Fallschirmpaket. Dann biß er die Zähne zusammen, daß sie knirschten. Mit dem Handrücken wischte er sich den Schweiß von der Stirn. Er arbeitete mit den Rudern.

»Mensch, Häberle, sagen Sie mir doch, wie steht es? Stürzen wir?«

»Unsinn. Merken Sie denn nicht, daß ich die Maschine abgefangen habe? Wir gleiten. Sehen Sie mal nach, wie es da unten steht, ob irgendwelche Aussicht ist, das verrückt gewordene Gnu zu landen. Wenn Sie eine Lichtung finden, was sage ich, ein Stück, so groß wie ein Handtuch, dann garantiere ich, daß ich es aufsetze. Wie ist's Doktor?«

»Voraus halb links eine Lichtung!« sprudelte der Arzt aufgeregt hervor. »Sieht aus wie ein schmaler Einschnitt, nein, es muß ein Fluß sein. Links und rechts Sandbänke, in der Mitte eine dunkle Rinne.«

Der Pilot nickte. »Klar, der Fluß ist jetzt gegen Ende der Trockenzeit nur noch ein Rinnsal. Versuchen wir es. Festhalten, Doktor!« Die Maschine beschrieb eine enge Kurve und befand sich dann über der Flußrinne. »Schmal, aber es geht!« knurrte der Flieger und ließ die Maschine vollends durchfallen. So dicht ging es über die Wipfel der Urwaldbäume hin, daß der Doktor jeden Augenblick erwartete, daß sie hängenblieben. Aber Max Häberle war ein erfahrener Buschpilot. Das Flugzeug setzte im Sprung über den letzten Wipfel hinweg und senkte sich, setzte auf. Der Sand wirbelte in Wolken, zwei-, dreimal schien es, als wollte das Flugzeug einen Kopfstand machen, aber das stark ansteigende Gelände kam dem Piloten zu Hilfe.

Ein paar Stöße gab es, einmal prallten die beiden Männer mit den Köpfen zusammen, dann flogen sie wieder nach vorn, um ebenso jäh in die Sitze zurückgeschleudert zu werden. Es knackte und brach. Aber die Geschwindigkeit mäßigte sich spürbar. Und jetzt, wahrhaftig, jetzt war die tolle Landung geschafft. Nachträglich wurde Max Häberle ganz bleich. Um sich hatte er sich wahrhaftig keine Sorgen gemacht, aber er war sich der Verpflichtung für den Arzt sehr wohl bewußt – und dann sein Gnu! Es hätte ihm das Herz gebrochen, wenn er es zu Bruch geschmissen hätte.

Der Arzt fand als erster die Sprache wieder. »Das ist noch einmal gutgegangen«, sagte er und griff nach dem Zigarrenetui. »Auch ein Stengel gefällig, Mister Häberle? Sie haben sich eine Zigarre verdient.«

Nach den ersten Zügen erholte sich der Pilot wieder. »So, das Schlimmste wäre geschafft. Mir tut nur der arme Sportjäger leid, der jetzt umsonst auf uns wartet. Aber sehen wir uns die Gegend einmal an, in die wir geraten sind. So ungefähr ahne ich ja, wo wir sitzen. Der Fluß ist sicher der Arumwi, eine harmlose Rinne in der Trockenzeit, ein reißender Strom, wenn es regnet. Sieht mir ganz danach aus, als könnte es dieser Tage kommen. Zeit wäre es. Wir müssen so rasch wie möglich wegkommen!«

Doktor Harper war inzwischen hinausgeklettert. »Soviel ich davon verstehe, müßte unsere Sandbank als Startbahn genügen«, meinte er. Der Pilot folgte ihm und musterte die Umgebung mit kritischen Augen.

»Wir haben mehr Glück als Verstand gehabt. Das war wirklich Dusel.« Der Arzt schmunzelte. »Wohl auch ein gut Teil Geschicklichkeit des Piloten. Nun, was meinen Sie, kommen wir aus eigener Kraft weg, oder müssen wir uns auf einen Fußmarsch einrichten?«

Der Flieger kroch in den Rumpf der Maschine und holte den Werkzeugkasten hervor. »Hier sind Säge und Beil. Damit werden Sie, Herr Doktor, alles aus dem Weg räumen, was da an Knüppelholz herumliegt. Wir können nicht hoffen, ein zweitesmal, nämlich beim Start, so sicher zwischen all den Hindernissen hindurchzugleiten. Ein paarmal war es ohnedies nahe daran, daß wir kippten.« Der Pilot deutete auf abgerissene Äste, frischen Bruch an Büschen und niedergewalzte Sträucher. »Das alles muß weg.«

Doktor Harper stöhnte. »Und das bei dieser schwülen Hitze! Ich ziehe es vor, eine Urwaldwanderung zu machen bis zum nächsten Dorf, und dort einige Helfer anzuwerben.«

Der Flieger schmunzelte. »Wir können auch die Rollen tauschen, wenn Sie lieber die Reparatur am Motor übernehmen wollen, Doktor.«

»Dann schon lieber Holzfäller. Geben Sie mal her. Puh, wenn ich bedenke, daß ich seit der Bubenzeit kein Beil mehr in der Hand hatte! Aber was sein muß, muß sein.«

»Das ist die richtige Einstellung, Doktor. Also los! Sehen Sie zu, daß Sie die Hälfte der Startbahn bis zum Abend freikriegen. Morgen machen wir dann den Rest.«

»Sie glauben, daß wir die ganze Nacht hier festsitzen«, fragte der Arzt mit merkwürdig dünner Stimme.

»Wenn wir Glück haben, schaffen wir es bis morgen mittag«, versetzte der Pilot. »Und nun ans Werk. Gelegentlich können Sie dann auch mal unseren Proviant mustern. Für heute wird es ja wohl reichen, was wir mitgenommen haben.«

Den ganzen langen Nachmittag sägte und hackte der Doktor. Ab und zu blieb er stehen, um sich den Schweiß aus den Augen zu wischen. Die Hände, die Arme, der Rücken schmerzten ihn. Dicke Blasen bildeten sich an seinen Fingern. Dazu das Ungeziefer! Es war gerade, als regnete es Mücken, Zecken, Käfer und Stechfliegen auf ihn herab. Unerträglich brannte die Sonne. Einmal bildeten sich fern über dem Wald weiße Wolken. Der Arzt begann auf Regen, auf Abkühlung zu hoffen, und zugleich flüsterte er ein Stoßgebet. Alles, nur keinen tropischen Wolkenbruch, wie sie so gern zu Beginn der Regenzeit mit Wirbelsturm und Gewitter heranzogen! Das hätte die Sandbank in grundlosen Morast verwandelt, den Fluß in einen schäumenden, brausenden Strom. Dann schon besser die Hitze mit all ihrem Ungemach.

Welch seltsame Laute aus dem flußauf liegenden Sumpfdickicht ertönten! Zuweilen ein Brechen und Stampfen, ein Prusten und Brummen. Ob eine Büffelherde dort in der Suhle stand?

Doktor Harper war kein Jäger, schon als Junge war er hochgradig kurzsichtig gewesen, ein Übel, das sich mit den Jahren nicht gebessert hatte. Mit heimlichem Schaudern dachte er an die Erzählungen der Freunde im Klub. Mit Kaffernbüffeln war nicht zu spaßen. Sie griffen bei der geringsten Störung an. Er hatte oft genug staunend vor den breitausladenden klobigen Gehörnen der schwarzen Wildrinder gestanden. Jeden Augenblick konnte solch ein Ungeheuer aus dem übermannshohen Gras hervorbrechen. Und er trug nichts bei sich als einen kleinen Revolver, gerade gut genug, um einen harmlosen Neger in Schrecken zu versetzen.

Jetzt aber ließ der Arzt sein Beil in dem zähen Knorren stecken, mit dem er sich schon eine Viertelstunde herumärgerte. Das war wirklich Gefahr! Und dieser Lärm kam nicht von Büffeln; das waren Elefanten!

Er lief, was er laufen konnte, auf das Flugzeug zu. Max Häberle kroch eben ölig und verschmiert heraus und sah sich erstaunt um.

»Elefanten, eine ganze Herde. Scheinen auf uns zuzukommen!« keuchte Doktor Harper und kletterte am Flugzeug empor.

»Bleiben Sie ruhig unten«, brummte der Flieger und zog ein Jagdgewehr aus dem Rumpf der Maschine. »Hilft ja nicht viel, wenn es ernst wird, aber vielleicht genügt der Krach, um die Herren zu verscheuchen.«

»Das ist das reinste Weltuntergangsgetöse«, stammelte der Arzt. »Ich irre mich nicht, der Boden zittert unter meinen Füßen. Sie sind ganz nahe.«

»Stimmt, Doktorchen, dort drüben schwanken die Bäume. Gejagt wird die Herde nicht, sonst wäre sie längst da. Hört sich eher an wie ein Familienkrach. Dergleichen kommt vor bei den Dickhäutern.«

»Was machen wir nur?«

»Zu machen ist da gar nichts«, meinte der Flieger. »Abwarten. Vielleicht verzieht sich die Herde wieder. Wenn nicht, dann bleibt uns immer noch der Versuch eines Fußmarsches quer durch den Urwald. Das heißt, wenn wir den Zusammenstoß überleben, was durchaus nicht sicher ist.«

»Das ist doch nicht Ihr Ernst?« fragte der Arzt und hatte Mühe, das Zittern seiner Stimme zu unterdrücken.

»Keine Sorge«, lächelte der Pilot. »Ich bin schon aus ganz anderen Lagen herausgekommen. Übrigens scheint es, als hätte sich der Lärm ein wenig flußauf verzogen. Laut genug geht es noch zu. Ich hätte Lust, einmal nachzusehen, was los ist. Könnte recht interessant sein. Was meinen Sie zu einer Pirschjagd?«

»Ich danke. Mein Bedarf an Urwald ist bereits gedeckt«, versetzte der Arzt und zeigte seine übel zugerichteten Hände, deutete auf die Stiche an Hals und Armen. »Wie geht es unserem Gnu, ist das Innenleben bald wieder in Ordnung?«

»Halb so schlimm, Doktor. Bis zum Abend ist der Schaden behoben. Was das anbetrifft, können Sie ganz beruhigt sein. Wenn wir nur die Startbahn klar kriegen bis morgen nachmittag. Aber nun ist die Herde wahrhaftig abgerückt. Ich gehe wieder an die Arbeit.«

Auch der Doktor schritt wieder zu seinem liegengebliebenen Werkzeug zurück und machte sich seufzend daran, den widerspenstigen Knorren vollends zu zerschlagen. Aber noch einmal an diesem Nachmittag ließ der Doktor die Arbeit im Stich und stand im Begriff, zum Flugzeug zu laufen, denn es schien, als käme das Trampeln und Trompeten wieder näher.

Am Abend saßen die beiden Notgelandeten bei einem einfachen Mahl unter dem einen Flugzeugflügel. Der Pilot war guter Dinge. »Wir schaffen es, Doktor. Die Startbahn ist zwar etwas kurz, aber das Gnu kommt damit zurecht, wird sich schon im richtigen Augenblick auf die Hinterbeine stellen und abspringen. Der Motorschaden ist behoben. Morgen früh greife ich mit zu!« Er straffte die Armmuskeln und schmunzelte.

»Wenn uns nicht die Elefanten – da, nun ist es so nahe, daß man meinen könnte, sie kommen im nächsten Augenblick!« Auch der Flieger war aufgesprungen. »Gibt die Bande denn gar keine Ruhe? Ich habe fast den Eindruck, als kämpften da zwei Bullen um die Herrschaft in der Herde. Genauso hört es sich an. Ich habe einmal zufällig solch einen Zweikampf miterlebt, freilich nur in der Nacht. Aber es war hell genug, die Riesen aufeinanderprallen zu sehen. Ringsum stand die Herde, trompetete und wartete auf das Ende.«

»Dann wollen wir nur hoffen, daß der Besiegte nicht gerade auf unsere Sandbank zuflüchtet«, versetzte der Arzt.

»Das wäre freilich ein recht unangenehmer Zufall«, meinte der Flieger. »Aber es zuckt mir in den Fingerspitzen. Gar zu gern möchte ich der Geschichte auf den Grund gehen.«

»Bleiben Sie, Häberle. Ich bin müde, so fertig, daß ich gleich nachher wie tot schlafen werde, trotz dem Lärm vor unserem luftigen Hotel.«

»Ich übernehme die erste Wache«, nickte Max Häberle.

»Wache?« staunte der Arzt. »Fürchten Sie etwas? Raubtiere, feindliche Eingeborene?«

»Fürchten tu' ich gar nichts. Aber man kann nie wissen.« Er hatte noch nicht recht ausgesprochen, als ein gellendes Trompeten die Luft wie mit einem schartigen Messer zerriß. Die ganze Herde fiel ein. »Das war das Ende. Nun ist einer der Bullen abgeschlagen oder tot.«

Das Stampfen und Trompeten entfernte sich, verstummte zuletzt ganz. Nun senkte sich auch bereits die Nacht auf die Sandbank herab. Doktor Harper machte sich im leeren Laderaum der Maschine ein notdürftiges Lager zurecht, während der Pilot sich in der Kabine einrichtete, so gut es gehen wollte. Er war noch damit beschäftigt, als ihn ein Elefantentrompeten in nächster Nähe herumfahren ließ. Da stand in den Büschen, riesengroß, der abgeschlagene alte Herdenbulle und starrte das Flugzeug aus blutunterlaufenen Augen an.

»Doktor Harper, Doktor!«

Eilig kroch der Gerufene aus dem Rumpf. Im hellen Mondlicht war jede Einzelheit zu erkennen. »Sehen Sie sich den Burschen an. Ich habe richtig vermutet, sie kämpften«, flüsterte Häberle. »An der Brust und an der linken Seite, die dunklen Flecke, das sind Wunden. Er hat tüchtig was abgekriegt. Wie wäre es, Doktor, wenn Sie ihm ärztliche Hilfe angedeihen ließen?«

»Sie können noch scherzen in dieser Lage«, stammelte der Arzt.

»Der rechte Stoßzahn gebrochen«, murmelte Max Häberle. »Junge, Junge, wie er knurrt und brummt. Der hat eine böse Wut im Leib, und nun kriegt er den Benzingestank unseres Gnu in den Rüssel. Das macht ihn vollends verrückt. Wetten, daß er seinen Zorn an uns ausläßt.«

»Schießen Sie doch, Mister Häberle, schießen Sie. Oder noch besser, wir drücken zusammen ab, Sie das Gewehr, ich den Revolver, das macht mehr Krach.«

Aber der Flieger stellte die Büchse beiseite. »Keine unnötige Bewegung, Doktor. Warten Sie ab. Schießen Sie in die Luft, wenn er angreift, ehe ich fertig bin.«

»Was haben Sie vor?«

Der Flieger gab keine Antwort mehr. Er war bereits im Rumpf verschwunden. Jetzt kam er mit einem Benzinkanister zum Vorschein. Die Augen fest auf den Elefanten gerichtet, der, den Rüssel schwingend, noch immer schwarz und drohend in den Büschen stand, kletterte er hinab. Der Arzt sah ihn am Rande des Graswaldes gebückt umherhuschen. Und jetzt flammte ganz plötzlich der Busch auf. Die Flammen schossen empor wie aufsteigende Raketen. Es sah aus, als stünde im Nu der ganze Buschwald in Brand. Wieder trompetete der Elefant schrill und gellend, aber es klang nicht mehr drohend.

Max Häberle lachte: »Da läuft er, so rasch ihn die Beine tragen. Und nun können wir Brandwache machen. Sagte ich es nicht, da fliegen schon die Fetzen! Herunter, Doktor, oder noch besser, bleiben Sie oben, schlagen Sie alles aus, was heranfliegt. Der Wind steht gut, treibt den Brand in den Sumpf hinein. Wahrscheinlich erstickt er darin, denn links in den Urwald kann er nicht eindringen.«

Eine Stunde später war alle Gefahr vorbei. Es knackte und brach noch im Schilf, aber nur noch gelegentlich stieg da und dort eine Flamme auf. Eine dicke Wolke beizenden Rauches lag über dem Fluß im Urwald.

Ruhig verging die Nacht. Am Morgen kroch der Arzt wie zerschlagen aus dem Flugzeugrumpf. Der Pilot rauchte bereits seine Morgenzigarre und machte dabei einen ersten Rundgang um den Notlandeplatz. »Guten Morgen, Doktorchen«, rief er, »gut geschlafen? Das Frühstück, bestehend aus etwas Zwieback und einem Schluck brackigen Wassers, steht bereit. Lassen Sie sich's gut schmecken. Ich seh' mal zu, ob nicht irgendwo ein Ducker oder ein Wasserbock zu erwischen ist. Frisches Wildbret wäre nicht so übel. Bin bald wieder da. Dann geht es an die Arbeit.«

Der Arzt sah ihm nach, während er die schmerzenden Arme reckte. Dem zähen alten Flieger machte eine Nacht im Urwald nichts aus. »Man merkt eben, wie verwöhnt und verweichlicht man ist! In Zukunft sollen die Herren Sportjäger sehen, wie sie fertig werden. Zum Kuckuck, da habe ich mir was Schönes eingebrockt.«

Max Häberle pirschte inzwischen im hohen Gras. »Eine verwünscht unangenehme Geschichte«, flüsterte er. »Jeden Augenblick kann man Überraschungen erleben. Überhaupt, wenn man auf Schritt und Tritt Büffelspuren findet.« Er wehrte die bereits wieder zudringlich werdenden Mükken ab. Seine Augen suchten die gelbgrünen Wände zu durchdringen. Unzufrieden stieß er die Luft aus. »Riecht immer noch scheußlich nach Rauch. Der Brand wird alles Wild verscheucht haben.«

Was war denn das? Sein geübtes Ohr hatte ein hartes Brechen aufgefangen. Großwild, schoß es ihm durch den Kopf. Im nächsten Augenblick sah er einen riesigen dunklen Schatten vor sich aufragen. Der abgeschlagene einsame Elefant! Da stand er und tastete mit dem Rüssel die sachte Morgenbrise ab, die seitlich auf ihn zuzog. Dem Piloten stockte der Herzschlag. Er sah die von Fliegen umschwärmten bereits verkrusteten Wunden des Alten. Gleich Speerspitzen blinkten die Stoßzähne des Bullen. Besonders der gesplitterte Zahn sah häßlich aus. Häberle war es, als fühlte er die zackigen Spitzen bereits zwischen den Rippen. Zwanzig Schritte von einem Bullen entfernt, dem noch die Wut der Niederlage im Blut spukte! Er hatte schon manchmal in seinem abenteuerreichen Leben dem Tod gegenübergestanden, doch so nahe war er ihm selten gewesen. Er wagte kaum mehr zu atmen. Wenn nur der Wind nicht dreht, dachte er, während seine Hände die leichte Büchse umklammerten, aus der er im günstigsten Fall einen Schreckschuß abgeben konnte. Dort starrten die rotunterlaufenen kleinen Augen durch die Büsche. Dem Flieger war es, als richteten sich die Blicke durchdringend auf ihn. Doch er wußte, daß Elefanten äußerst kurzsichtig sind. Wenn er sich nicht bewegte, wenn er sich durch kein Geräusch verriet und wenn der Wind ihm keinen Streich spielte, dann ging alles vielleicht noch einmal gut ab. Die Minuten dehnten sich unerträglich. Ganz langsam ließ sich der Pilot Zoll um Zoll niedersinken, schob sich, als der drohende dunkle Schatten über ihm verschwand, behutsam rückwärts. Als er sich nach zehn Schritten wieder aufzurichten wagte, war von dem Bullen nichts mehr zu sehen. Aber die Lautlosigkeit verriet dem Jäger, daß der Alte noch immer mißtrauisch auf der Lauer stand, bereit, beim geringsten Geräusch vorzubrechen, alles zu zerstampfen, was ihm unter die Säulen kam.

»Da sind Sie ja, ich glaubte schon, Sie wollten sich vor der häßlichen Arbeit drücken«, begrüßte der Doktor, der bereits wieder das Beil schwang, den zurückkehrenden Flieger.

»War nur da hinten im Wald«, versetzte Max Häberle gleichmütig. »Wild fand ich keines, aber ich begegnete unserem Elefanten, dem bösartigen Bullen von gestern abend. So nahe wie Sie jetzt eben, stand er vor mir.«

»Und, und . . .« stotterte der Doktor.

Der Pilot zuckte die Schultern und sagte mit einem etwas gezwungenen Lachen: »Was sollte ich mit einem toten Elefanten. Zuviel für uns und sicher lederzäh. So ließ ich ihn laufen. Aber nun an die Arbeit. Je eher wir wegkommen, um so besser. Ich habe ein ungutes Gefühl, als könnten wir sonst noch eine Überraschung erleben.«

»Das denke ich schon den ganzen Morgen«, bestätigte der Arzt und schlug im nächsten Augenblick zu, daß die Späne flogen.

Endlich, den Doktor wollten die Kräfte verlassen, erklärte der Flieger die Startbahn für lang genug. »Wenn alles gut geht, wenn wir nicht unterwegs einsinken, wenn wir beim Rollen über die beiden unsicheren Senken bereits genug Fahrt haben . . .« Mit einem Achselzucken tat Max Häberle alle in Betracht zu ziehenden Möglichkeiten ab. »Glückte es uns mit der Landung, und das war wahrhaftig die tollste Sache, die ich mit dem Gnu je gedreht habe, dann schaffen wir es auch mit dem Start. An Bord, Doktor, und wenn ich wirklich etwas von der Fliegerei verstehe, dann sind wir in einer Viertelstunde 'raus aus der verfluchten Klemme.«

Der Motor lief an, gleichmäßig, ruhig. Sand wirbelte im Luftzug. Jetzt begann das Gnu zu rollen, zu hopsen und zu springen, schnell und immer schneller. Die beiden Stellen mit sumpfigem Grund flogen vorbei, rasend schnell näherte sich das Ende der viel zu kurzen Startbahn. Würden sie es schaffen? Wie zum Sprung geduckt saß der alte Pilot an seinem Steuerknüppel. Der Arzt schloß für Sekunden die Augen, um die auf ihn zustürzenden Wände des Urwaldes nicht mehr zu sehen, in die sie im nächsten Moment hineinrasen mußten. Doch nein, sie schwebten. Irgend etwas schlug gegen das Fahrgestell. Dicht unter ihnen senkte sich die schlammige, von starrendem Geäst gefüllte Flutrinne des Flusses. Senkte sich, denn das Gnu hatte den Absprung geschafft. Sicher und steil hob es sich in enger Schleife über den Urwald hinweg, der mit gierigen Ästen nach ihm griff, als wollte er das schon sicher geglaubte Opfer noch einmal herunterreißen. Eine zweite Wendung. »Sehen wir uns die Startbahn noch einmal an, damit wir sie den Fluggesellschaften genau beschreiben können. Gerade das

Richtige für eine Düsenmaschine neuester Bauart, meinen Sie nicht, Doktor?«

Der Arzt packte den Piloten am Arm: »Sehen Sie doch, der Bulle!«

Wahrhaftig, da stand er mitten auf der Sandbank, der alte Griesgram, mit pendelndem Rüssel. Max Häberle schnippte mit den Fingern. »Wetten, daß der Bursche die ganze Zeit auf der Lauer stand, daß ihn unsere Hackerei bis zum Wahnsinn reizte. Zuletzt, als der Motor anfing zu brummen, wurde es ihm zuviel. Er brach hervor, ist nur um zwei, drei Minuten zu spät gekommen, der Brave.«

Vier Tonnen Wut

Elefanten sind merkwürdige Tiere. Vieles ist von ihrem Herdenleben bekannt geworden. Mit unendlicher Geduld haben Forscher und Jäger immer neue Einzelheiten zusammengetragen. Da wird von der Fürsorge berichtet, die nicht nur den Kälbern und Jungtieren gilt. Ein älteres zu Fall gekommenes Tier, das sich nicht mehr selber zu erheben vermag, wird von hilfreichen Gefährten wieder auf die Beine gestellt. Die Herde schickt von Zeit zu Zeit Erkundungstrupps aus, die nach neuen Äsungsstellen suchen, zurückkehren und die Herde führen. Ständig trotten einige Tiere Wache haltend um die äsende oder ruhende Herde herum. Bei Gefahr kann eine Elefantenherde gelegentlich in aller Stille verschwinden, sich ein anderes Mal tobend und trompetend, alles vor sich her niedertrampelnd, Bahn brechen. Wie jedes hochentwickelte Tier vermag der Elefant in jeder Situation, in jedem Fall anders zu handeln, sich anzupassen, Schlüsse zu ziehen, Erfahrungen zu verwerten.

Alternde Elefanten werden von der Herde ausgeschieden, schließen sich meist in kleineren Gesellschaften zusammen. Häufig sondern sich einzelne dieser Elefantengreise ab, um zu der Herde, der sie einst angehörten, zurückzukehren, einige Tage bei ihr zu verweilen, so, als wollten sie Besuch machen, sich nach den Angehörigen erkundigen.

Früher oder später muß sich jeder Herdenbulle einem jüngeren zum Kampf stellen. Wird er besiegt, so ist es mit seinem aktiven Leben im Familienkreis vorbei. Er wird sich seiner Ohnmacht mehr und mehr bewußt, frißt seinen Groll in sich hinein, wird unverträglich, bösartig. In Wutanfällen greift er Kälber und Kühe an, stampft sich trompetend bis zum Bauch in die Erde ein. Er wird der Herde lästig. So schließen sich die Bullen unter Führung des neuen Herdengewaltigen zusammen und vertreiben den Alternden, den Unruhestifter. Mürrisch, reizbar, bösartig trottet der Alte seinen einsamen Weg. Wehe dem, der ihm jetzt entgegentritt, Mensch oder Tier, er wird ihn vernichten. Erst nach und nach beruhigt er sich, wird zum Greis, der sich, wenn er andere Alttiere findet, mit ihnen zu einer neuen kleinen Herde zusammenschließt.

Auf dem Weg durch den gewaltigen südamerikanischen Kontinent führt der Pfad der Gefahr nach Brasilien, Argentinien und Mexiko:

Von Feuerland bis zum Äquator

Der Cabanga

Die gnadenlose Durststeppe Brasiliens zwingt den flüchtenden Banditen Domingo zu einer Entscheidung über Leben und Tod.

Die Armee des Grauens

Gefährliche Gäste bringt das Hochwasser der kleinen Pflanzung auf der Insel im gewaltigen Paraná-Strom in Argentinien.

Die Senke der bösen Geister

Vielleicht hat Don Emilio eine Ölquelle entdeckt, und es ist nur gut, daß der braune Elfego nicht geschlafen hat.

Der Cabanga

»Pucha, der Kerl ist fertig!« Der kleine Estanislão, den seine Companheiros Einohr nannten – das linke Ohr war ihm bei einer Messerstecherei abgeschnitten worden –, richtete sich auf. »Mußte uns der Händler gerade noch in die Quere kommen, als wir die Geschichte erledigt hatten! Warum hast du auch wieder mal gleich zugeschlagen wie ein Schmied auf seinen Amboß«, fauchte er Bartolo, den Neger, an.

Der riesige Schwarze zuckte die Schultern und schwenkte seine klobigen Fäuste. »Was kann ich dafür, daß der Dicke einen Schädel wie eine Eierschale hat. Das da wollte ich gar nicht. Mußte aber den Schreier zur Ruhe bringen, er hätte uns alle seine Peãos, seine Knechte, auf den Hals gehetzt. Zudem, sieh dir das dort an. Der Dicke hatte schon den Revolver in der Hand.«

»Laßt doch die Schwätzerei«, knurrte der dritte der Banditen, ein hagerer Bursche mit einem Gesicht, dunkel wie das eines Matakoindianers, mit einer vorspringenden Hakennase, die ihm einen Ausdruck von Kühnheit, Verwegenheit verlieh. Domingo nannte er sich, aber die andern nannten ihn den Estrangeiro, den Ausländer. Von irgendwoher jenseits des Meeres mochte er auch gekommen sein. Vielleicht, ja, sicher hatte er bessere Zeiten erlebt, ehe er absackte und ein Cabanga, ein Gangster wurde.

»Wir müssen weg, und das so rasch wie möglich«, fuhr Domingo fort. »Mit der Geschichte sind wir ja so ziemlich klar.« Er leuchtete mit der Taschenlampe noch einmal den Raum ab, der aussah wie ein Schutthaufen. Alle Kisten und Kästen waren aufgebrochen, Papiere und Bücher, Flaschen, Kannen, Töpfe bildeten am Boden ein wüstes Durcheinander. »Steckt alles im Sack, Einohr?« Der Kleine nickte. Blitzschnell fuhr der Hagere herum und schlug dem Neger eine Schnapsflasche aus der Hand, die dieser eben zum Mund führen wollte. »Habe ich es dir nicht ausdrücklich verboten, dich zu betrinken! Das fehlte noch, daß du unterwegs schlappmachst nach dieser Bescherung hier. Los, nimm den Sack, Bartolo, und du, Tani, sieh nach, ob die Luft rein ist. Auf Felipe ist ja doch kein Verlaß. Der Kerl schläft noch einmal unter dem Galgen ein, ehe sie ihn hochziehen. Raus aus der Bude!«

»Cachorro«, knurrte der Neger und ließ mit einer geschickten Handbewegung eine der umherliegenden Flaschen in seiner rechten Hosentasche verschwinden, während er mit der Linken den Sack mit dem Raubgut auf die Schulter schwang. Seine Augen blickten voll Haß auf den Anführer, diesen Estrangeiro, der sie alle immer so verächtlich behandelte und auf den sie doch angewiesen waren. Er spürte die guten Gelegenheiten auf, entwarf stets den Plan und sorgte dafür, daß alle Spuren verwischt wurden. Auch diesmal hatte er wieder alles bedacht beim Überfall auf den Kramladen des dicken Amadeo, des Latexhändlers, der viele Kolonnen von Seringueiros, von Kautschuksuchern beschäftigte, sie mit seinen Tricks in Schuldknechtschaft hielt, hier am Rio wie eine Spinne im Netz saß und auf ihre Ausbeute lauerte. In seinem Eisenkasten lag das Geld in dicken Bündeln, und auch sonst hatte die Bande allerlei Wertvolles gefunden, das sich leicht zu Geld machen ließ. Freilich, der Mord war ein unvorhergesehenes Ereignis.

»Barbaridade«, knurrte der Estrangeiro, »mußte der Nigger auch gleich mit den Fäusten zuschlagen, anstatt dem Dicken ein wenig den Hals zuzudrücken. Aber wer weiß, vielleicht war es ganz gut so. Der Dicke hätte den einen oder andern von uns hinterher beschreiben können.« Er blieb stehen und wandte sich nach seinen Gefährten um. »So beeilt euch doch, daß wir aus dem Schilfbruch herauskommen. Oben in der Bucht liegt unser Boot, dort teilen wir.«

»Teilen? Heißt das, daß du allein türmen willst?« fragte der Einohrige mißtrauisch.

»Hast ein helles Köpfchen«, grinste der Estrangeiro, »merkst auch alles. Natürlich trennen wir uns. Ihr drei setzt euch in das Boot und verschwindet damit im Urwald. Ich besorge mir irgendwo in der Nähe ein Pferd und locke die Polizei südwärts, sonst sucht sie hier die ganze Gegend ab und erwischt euch.«

Endlich erreichten sie flußauf die Bucht, in der ihr Boot lag. Beim Licht der Taschenlampe musterten sie die Beute. Vier Augenpaare leuchteten vor Gier. Der kleine Felipe grinste. »Wer hätte gedacht, daß der Dicke soviel bares Geld liegen hatte.«

»Sagte ich doch schon vorher«, tat der Estrangeiro überlegen. »Aber macht rasch; ich muß, ehe der Morgen graut, einige Leguas hinter mir haben.

Das Geld geht in vier gleiche Teile. Ich nehme noch die beiden Revolver und das Zaumzeug, alles andere gehört euch. Verschwindet im Wald, wartet acht Tage, dann fahrt hinab zum alten Laurentio, er ist verschwiegen, versteht sich auf die Hehlerei wie kein zweiter. Verkauft ihm die Sore. In ein paar Wochen, wenn Gras über die Geschichte gewachsen ist, treffen wir uns unten in Fortaleza im ›Jacaré‹. Até à vista, Companheiros!«

Schritte im Busch, die sich rasch entfernten, vom Schrillen der Zikaden und Quaken der Frösche übertönt wurden, ein paar halblaute Worte, Ruderschläge. Ein dunkles Boot im hellen Mondlicht auf dem Strom. Nun tauchte es in den Uferschatten, verschwand, von der Nacht verschluckt.

Tage später. Auf müdem Pferd ritt Domingo durch den Kamp. Ohne Sattel und Bügel saß er auf dem Rücken seines Tieres, lässig und doch kraftvoll. Seine Augen belauerten raubvogelscharf die Umgebung, suchten von Zeit zu Zeit den Kamp ab, der in eintönigem Graugrün unter sengender Sonne lag.

»Nichts, die Luft ist rein. Ob es mir gelingt, der Polizei eine Nase zu drehen? Wär ja nicht das erste Mal.« Der Reiter fuhr sich mit der knochigen Rechten über die stacheligen Bartstoppeln. »Höchste Zeit, daß ich wieder einmal in kultiviertere Gegenden komme. Hemd und Hose in Fetzen, wie ein waschechter Cabanga sehe ich aus. – Wenn ich bedenke, daß ich heute als leitender Ingenieur irgendwo da unten in Volta Redonda sitzen könnte, in einem Haus mit Klimaanlage und Eisschrank! – Pucha, wie komme ich nur auf solche Phantastereien! Weib und Kind, langweilige Gesellschaften und Arbeit, Arbeit und noch einmal Arbeit hätte ich. Ist es nicht trotz allem ein anderes Leben, frei und ungebunden durch Kamp und Urwald zu reiten, die Tasche voll Geld und immer das prickelnde Wissen um die Gefahr, dieses Spiel mit dem Feuer! Was liegt daran, wenn sie mich erwischen, die Polizisten, die sich damit großtun, daß ihnen keiner, aber auch kein einziger entschlüpft, auf dessen Fährte sie sich legen. Pah, so viel für die Greifer!« Er schnippte mit den Fingern und schlug mit der Hand auf den Kolben seines Gewehrs. »Solange ich noch eine Waffe habe, kriegen sie mich nicht. Und wenn ich dran glauben muß, dann im offenen Kampf. Eine gut gezielte Kugel, und Schluß. Kein Hahn kräht nach einem solchen Burschen, einem Cabanga. Und die Eltern in der Heimat? Wer weiß, ob sie noch leben. Die Geschwister – für sie bin ich das schwarze Schaf. Sie haben ja recht in ihrer Art. Was wissen die in ihrer wohlanständigen Bürgerlichkeit von den Schlingen und Fallen, die das Schicksal für den bereit hält, der sich da draußen Sattel und Herd erkämpfen will. Was ahnen sie von dem, das mich aus der Bahn geworfen, zum Abenteurer gemacht hat!«

Der einsame Reiter zuckte die Schultern und schüttelte sich, als wollte er lästige, böse Erinnerungen abwerfen. Er tätschelte seinem Pferd den Hals. »Nur so weiter, Pancare, dann kommen wir bald an den Rio. Dort kannst du dich volltrinken.«

Er lachte, aber es war ein böses, bitteres Lachen. Er fuhr sich mit der Hand an den Hals. »Pucha, mir ist, als spürte ich den Strick. Auf mein Gefühl kann ich mich verlassen. Die Burschen sind hinter mir her. Ich muß es riskieren und in die Caatinga, die Trockensteppe, hineinreiten. Dort ist es leichter, die Fährte zu verwischen. Wird ein verdammt böser Ritt werden!«

Domingo, der Cabanga, sollte mit seiner Vorhersage recht behalten. Die Caatinga, die Trockensteppe empfing ihn mit glühender Hitze und trockenen, dörrenden Winden. Gelb verbrannter Kamp mit Dornenbüschen und stachligen Ananasgewächsen, mit hartem Gras, dessen Halme unter den Tritten des Pferdes wie dürres Stroh raschelten. Da und dort ein verkrüppelter Baum, der seine kahlen Äste wie in Qualen in die hitze-flirrende Luft reckte, die ihm in ihrem zitternden Aufsteigen gespenstisches Leben zu verleihen schien. Kein Laut ringsum, kein Vogelruf, im leise unter dem Windhauch rieselnden Sand keine Fährte eines Wildtieres. Doch nein, jetzt scheute das Pferd vor dem Rasseln einer Klapper-schlange.

Um die schmalen Lippen des Reiters zuckte ein höhnisches Lächeln. Er, der alte Abenteurer, wurde auch mit dem Durstgespenst der Caatinga fertig. Am Sattel seines Pferdes hingen zwei gefüllte Schläuche, in denen brackiges, warmes Wasser gluckerte.

Freilich, manchmal umdüsterte sich sein Gesicht, auch sein im rauhen Wildnisleben hart gewordenes Gemüt bedrückte die furchtbare Öde. »Es ist zum Verrücktwerden, hier kann man begreifen, wie ein Mensch in Schwermut verfällt«, murmelte er und lauschte auf die Atemzüge seines Pferdes, auf den Hufschlag. Es tat gut, ein lebendes Wesen bei sich zu wissen angesichts der Visionen des Todes, die vor ihm aufstiegen. Halb im Sand versunken ragten die Gerippe von Rindern, Maultieren und Eseln empor. Daneben lag im Stachelgestrüpp ein zusammengebrochener

Wagen. Ob unter den drei, vier Hügeln nebenan die Menschen ruhten, deren Tiere hier zugrunde gegangen, verdurstet waren?

Hütten, eine Siedlung in der Caatinga, verlassen, wie Domingo feststellte. Er lächelte verächtlich, als er an tiefen Gruben vorbeiritt. Hier hatten die Hirten versucht, das fliehende Grundwasser aufzuspüren, ehe sie den Kampf aufgaben und mit ihrem Vieh dem rettenden Fluß entgegenzogen. Später am Tage stieß der einsame Reiter auf ein etwas größeres Dorf. Er zügelte sein Pferd, hielt hinter einer Baumgruppe an, die ihn deckte. Sein Atem ging schwer. Wieder erwachten Erinnerungen, mit denen er lange schon fertig geworden zu sein glaubte: Da vor ihm zogen mit Kreuz und Fahnen Kamphirten in Prozession über ihre Weiden. Dumpf klangen die Litaneien, die Kerzen flackerten im heißen Wind. Die Menschen der Caatinga erflehten rettenden Regen. – Wie lange war das her? – Der Estrangeiro sah aus der hitzeflimmernden Ferne ein Dorf auftauchen, eine Kirche auf steilem Hügel, den Kreuzweg unter blühenden Apfelbäumen. Und der Prozession voran schritt ein Junge mit dem Vortragekreuz in den Händen. Wie weit lag jene Zeit zurück! Aber das Hohnlächeln, mit dem er den flüchtigen Traum abtun wollte, gelang ihm nur halb, erstarrte zur Grimasse auf seinem düsteren Gesicht.

»Weiter!« Mit ungeduldigen Fersenstößen trieb er das Pferd an, das, die Nähe der Menschen und Tiere witternd, nach Rast, Wasser und Weide verlangte.

Flucht-Ritt durch die Trockensteppe. Fauchender, heißer Nordostwind, raschelndes welkes Laub, rieselnder Sand, sengendes, schmerzhaft grelles Licht, das auch den letzten armseligen Schatten aufsog. Nicht nur vor den Häschern, den harten, wildnisgewohnten Polizisten floh der Cabanga, nein, auch vor sich selber, vor der unbarmherzigen, durchdringenden Klarheit dieser Stunden und Tage in der Caatinga.

Mußte ihn auch der Zufall zu dieser halbverfallenen Hütte führen, zu diesem von der Dürre geschlagenen, verfluchten Ort! Die Sehnsucht nach einem Menschen, nach irgend jemand, mit dem er sprechen konnte, hatte ihn hierhergetrieben, fast wider Willen. Hatte der Mensch überhaupt noch einen Willen in der Trockensteppe, wurde er nicht wie ein welkes Blatt vom Winde getrieben, seinem Schicksal entgegen?

Auf Geselligkeit, wohl gar auf ein frohes Lachen, ein Lied zur Rassel Maracà und zum Kratzholz durfte er nicht hoffen, das sah er schon von weitem. Trotzdem trieb ihn die Neugier weiter. Im Korral verdurstetes Vieh, zwei tote Maultiere. Neben der Hütte und ein Stück seitab Erd-

haufen, Gruben. In einem Loch steckte noch die Hacke, mit der der Siedler nach Wasser gegraben hatte. Büsche, ihrer Zweige beraubt, und ausgerissene Wurzeln erzählten von dem letzten verzweifelten Kampf gegen die Dürre. Ob noch jemand lebte in der armseligen Hütte? Gleichviel, sein Pferd brauchte Ruhe. Er stieg ab.

Erschüttert stand Domingo, der Abenteurer, der Cabanga, unter der Tür. Mit einem Blick erfaßte er die Tragödie, deren Ende nahe bevorstand. In der Ecke auf einem dürftigen Lager kauerte ein Kind, ein Mädchen — er schätzte es auf fünf bis sechs Jahre — und starrte ihn mit großen, dunklen Augen an, in denen das Wissen um den Tod stand.

Ein Wimmern: »Wasser, Wasser!«

Domingo trat näher. Der Junge, der hinter dem Mädchen lag, war tot, wohl erst vor Stunden gestorben. Spitz stachen die Knochen aus der gelben, von Dürre und Hitze eingeschrumpften Haut, der Mund war zu einem Grinsen verzogen, als lache der Tote über irgendeinen bösen Scherz.

»Wasser, Wasser!« Ein dünnes Stimmchen flehte. Domingo biß die Zähne zusammen, daß sie knirschten. Er sah zur Seite, um nur ja nicht wieder in diese dunklen Kinderaugen blicken zu müssen. Waren es nicht die Augen seiner kleinen Inés, war das nicht ihre zärtliche Stimme, mit der sie einst ihn, ihren Vater, gerufen hatte, wenn sie sich etwas wünschte? Übermächtig wurde das Erinnern.

»Wasser — als ob ich es nicht für mich selbst brauchte, die letzten Tropfen aus meinem Schlauch, für mich und mein Pferd! Ohne das Tier bin ich verloren. Wasser! An diesem letzten, kleinen Vorrat hängt mein Leben, mehr noch, meine Freiheit. Ich spüre es, sie sind hinter mir, die Greifer. Aber ich habe einen Tag oder noch etwas mehr Vorsprung. In zwei Tagen bin ich am Rio und kann sie verlachen.«

Domingo verließ das Haus. Dort stand sein Pferd, halb verdurstet, nach Wasser gierend, und ihm selber lag die Zunge wie getrocknetes Leder im Mund. »Zum Teufel, was schert mich die Kleine! Jeder ist sich selbst der nächste, wenn es um Sein oder Nichtsein geht.«

Da stand er und hob den Fuß in den Bügel, um davonzureiten vor sich selbst, vor diesen Kinderaugen, vor dem eigenen Gewissen. Er wandte den Kopf. »Ist es schon so weit mit mir, daß ich das über mich bringen könnte? Da wäre ich ja so gemein wie Estanislão, der die eigene Mutter verdursten ließe, so gefühllos wie Bartolo, der Neger!«

Was nun kam, das geschah wie unter einem Zwang. Domingo sattelte sein

Pferd ab und trieb es mit einem Schlag auf die dürre Weide. »Sieh zu, wie du dir hilfst, ich kann dir keinen Schluck Wasser abgeben«, murrte er, und als der Gaul den Kopf senkte und an dem Lederschlauch schnupperte, versetzte er ihm einen derben Hieb.

Dann saß Domingo, der Gangster, auf der Pritsche in der Hütte und hielt das Kind im Arm, reichte ihm in einem Blechbecher das abgestandene Wasser, gab es ihm in kleinen Schlucken zu trinken. Er lächelte, hielt die mageren Händchen des Kindes, das mehr, immer mehr verlangte.

»Langsam, mein Kleines. Paciência, Geduld, du bekommst ja alles, was du brauchst. Und nachher wirst du auch essen, Mais und Bohnen; das ist alles, was ich bei mir habe. Es wird dir schmecken. Laß mich nur erst da draußen ein kleines Grab auswerfen für deinen Bruder. Es muß sein, er wird gut darin schlafen, erlöst von aller Not der Caatinga.«

Die Kleine faßte Zutrauen zu dem bartstoppeligen, finsteren Fremdling. In kargen Worten erzählte sie, wie erst die Mutter starb, der Vater verunglückte, und wie sie beide versucht hatten, sich durchzuschlagen. »Antonio war ja so gut zu mir. Alles, was er fand an saftigen Wurzeln, an süßen Zweigen, gab er mir. Noch am Morgen lachte er und tröstete mich, als ich vor Hunger und Durst weinte. Und dann ist er auf einmal so still geworden, so still und so merkwürdig, daß ich mich fürchtete und davonlief. Aber wohin sollte ich gehen, ich hatte doch nur noch meinen Antonio, nachdem Vater und Mutter gestorben waren.«

»Ja, du hattest nur noch ihn. Und nun hast du mich, und alles wird gut. Hier, trink noch einmal, mein Kleines, und dann will ich dir zu essen geben.«

Als der Morgen graute, sah Domingo nach seinem Pferd. Es stand mit hängendem Kopf in den Büschen. Hatte er bisher noch gehofft, mit ihm und dem Kind weiterzuziehen – jetzt gab er es auf. »Es nützt nichts, ich muß bleiben, die einzige Hoffnung ist die Polizei. Wenn sie kommen – und ich weiß, daß sie hinter mir her sind –, ist die Kleine gerettet. Zu Fuß erreiche ich nie und nimmer den Fluß, schon gar nicht mit einem Kind auf dem Arm.«

Am Abend waren sie da, ein Sargento und zwei Mann auf abgehetzten Pferden.

Widerstandslos hob Domingo die Hände, als sie mit den Karabinern im Anschlag die Hütte betraten.

»Haben wir dich endlich«, knurrte der Sargento in seinen Schnauzbart. »Hetzt uns der Bursche bis hierher in den Busch!«

Seine Augen wurden groß, er deutete auf das Kind. »Was soll denn das heißen?«

»Was das heißen soll?« Der Estrangeiro ließ die erhobenen Arme sinken und setzte sich zu der Kleinen, die vor Schreck weinte. Er wiegte das Kind sacht auf den Knien. »Still, mein Liebes, die Männer wollen dir ja nur helfen. Sie bringen dich zu guten Menschen.«

»Was das heißen soll?« Er hob den Kopf, deutete auf den leeren Wasserschlauch. »Als ich gestern hier ankam, war das Kind am Verdursten. Ich hatte nur eine Wahl: mein Pferd zu tränken und weiterzuziehen, oder aber das Kind zu retten und auf euch zu warten.«

Die Gewehre senkten sich. Mit einem Wink schickte der Sargento seine Reiter zu den Pferden. »Absatteln, tränken, dann kommt herein.«

Kein Wort wurde weiter gesprochen. Der Truppführer nagte an seinen Lippen. Immer wieder warf er einen Blick auf den hageren Estrangeiro, einen verlorenen Mann, einen, der eigentlich schon tot war. Er schüttelte den Kopf, spuckte aus, drehte sich eine Zigarette und zerkrümelte den Tabak, so war er in Gedanken. »Das ist denn doch das Tollste, was ich je erlebt habe«, brummte er schließlich. Als seine Leute kamen, fragte er sie: »Wie steht es mit dem Pferd des Burschen?«

»Der braucht wohl keines mehr«, grinste einer der Polizisten, ein gelbhäutiger Mestize.

Ein Knurren war die Antwort.

»Liegt da und streckt die Beine, hat aber getrunken. Es wird wohl durchkommen, braucht nur Ruhe und Wasser. Ich wette, bis in einer Stunde beginnt es zu fressen.« Der Mischling klirrte mit den Handschellen und sah seinen Sargento fragend an.

Der schüttelte nur den Kopf.

War es zu begreifen, was dann während der Nacht geschah? Der Sargento hatte die Wache. Er saß am Feuer. Neben ihm lag der Gefangene auf der Pritsche, das Mädchen im Arm. Mit dem linken Bein war er an die Bettstelle gefesselt. Mitternacht mochte nahe sein. Da erhob sich der alte Sargento. Die Kette klirrte leise, als er Domingo, den Cabanga, losschloß. Er winkte ihm. Behutsam legte der Estrangeiro das Kind auf das Lager und trat hinter dem Sargento ins Freie. Ein fragender Blick.

»Dort am Korral steht mein Pferd, der Rappe mit der Blesse ist's. Ein kräftiges Tier. Es wird Sie sicher zum Fluß tragen; dorthin wollen Sie ja wohl. Proviant und Wasser sind aufgeschnallt. Guten Ritt, und lassen Sie sich hier nicht mehr sehen.«

Domingo machte zwei, drei Schritte auf das Pferd zu. Dann wandte er sich um, trat zu dem Polizisten und reichte ihm die Hand. »Ich danke Ihnen, Senhor, und ich glaube nicht, daß Sie mich wiedersehen werden. Irgendwo da hinten ist die Grenze, dahinter liegt ein neues Land und ein neues Leben für mich, ein Leben, das nichts mehr mit dem zu tun hat, was gestern war.«

Lange stand der Sargento an den Türpfosten gelehnt und blickte in das nächtliche Dunkel, in dem der Abreitende verschwunden war. Dann trat er zu der Pritsche. Seine rauhe Hand fuhr streichelnd über die Haare des geretteten Kindes. Er nickte, denn er wußte, seine Juanita würde keinen Augenblick zögern, es an Kindesstatt aufzunehmen, und auf eines mehr kam es bei ihm wahrhaftig nicht an. Wo seine fünf satt wurden, konnte auch noch ein sechstes mitessen.

Die Geißel des Nordostens

Als gewaltige Naturkatastrophe bricht die Secca, die Dürre, immer wieder über die nordöstlichen Staaten Brasiliens herein. Ganz besonders leidet Ceará unter dieser Geißel. Hinter dem schmalen, fruchtbaren Streifen entlang der Küste, in dem Bananen, Zuckerrohr, Orangen und Palmen gedeihen, beginnt der Trockenwald, und dahinter liegen die Trockensteppen, die Caatingas. Mit Dornenbüschen, stachligen Ananasgewächsen und hartem Gras bewachsen, werden die Caatingas als Viehweiden genutzt.

Im April zeigen kurze Regenschauer, die spurlos aufgesogen werden, die nahende Secca an. Die Wildtiere flüchten, verkriechen sich, fallen in Trockenschlaf. Das Wasser versickert, der Boden wird rissig, dörrt zu einer glühenden, steinharten Kruste zusammen.

Die Sertanejos, die Hirten der Caatinga, ziehen mit Kreuz und Fahnen durch die Steppe, machen Wallfahrten, flehen den Himmel um Regen an. Tiefe Brunnen werden gegraben, wasserhaltige Wurzeln gesucht. Sengend, erbarmungslos liegt die Hitze über der Steppe, grell und peinigend ist das Licht, bleicht die Pflanzen, die Knochen verdursteter Tiere. Heiß fegt der Nordost über den dürren Kamp.

Ergeben, mit fanatischer Tapferkeit, dulden die Sertanejos. Erst wenn alle Hoffnung auf Regen vergebens bleibt, verlassen sie ihre Weiden, treiben ihr Vieh den rettenden Flüssen entgegen. Oft genug ist es zu spät, Herden und Hirten verdursten, der ausgeglühte Boden bedeckt sich mit Skeletten.

Die Caatinga ist auch die Heimat der mordenden, räuberischen Cangaceiros, die seit eh und je die Steppen durchziehen und von deren Taten die Sertanejos am Lagerfeuer erzählen.

Versuche, die katastrophale Secca zu bekämpfen, stecken noch in den Anfängen. Der Servico geologico hat einen Plan ausgearbeitet, aber die Durchführung würde Milliarden erfordern. So wird es noch eine gute Weile dauern, ehe es gelingt, der Secca wirksam zu begegnen.

Die Armee des Grauens

Der letzte Packen wurde in das hochbordige, schwerfällige Motorboot gehoben. Jetzt waren die Toriellis zur Abfahrt bereit. Giuseppe Torielli, der Vater, überprüfte seine Besatzung. Seine beiden Ältesten, Antonio und Alfonso, waren dabei, die Bündel und Körbe zu verstauen, während sich die drei Jüngsten wie Küken um ein Huhn an die Mutter drängten, die gewichtig im Bug saß. Vor ihr standen die Körbe mit den Hühnern, und so oft eines der Kinder daranstieß, ertönte ein empörtes Gegacker.

Den Siedler schüttelte ein Fieberschauer, trotzdem blieb er am Steuer vor dem klappernden, fauchenden Motor sitzen, den Antonio eben angeworfen hatte.

»Das haben wir nun davon«, schimpfte Maria, seine Frau, »wie die Zigeuner müssen wir wieder davongehen. Jedes Jahr dasselbe. Wenn die Flut kommt, ist es auf der Insel nicht mehr auszuhalten. Schön wird es wieder aussehen, wenn wir zurückkehren. Der mit Mühe und Not ge-grabene Grundwasserschacht ein stinkender Schlammpfuhl, die Chacra, die Pflanzung, verwüstet, die jungen Bäume ausgerissen. Und das Saat-gut!« Sie schnaufte hoffnungslos. »Aber du läßt ja nicht mit dir reden, Giuseppe, zahlst obendrein ein Sündengeld als Pacht an diesen schäbigen Argentinier, diesen Don Alfredo in Rosario. Schämen sollte sich der Filz, für dieses Moskitoloch Pacht zu fordern; er müßte uns noch etwas be-zahlen dafür, daß wir auf der Insel hausen.«

Giuseppe Torielli fühlte sich zu erschöpft, zu sehr von einem noch nicht ganz überwundenen Fieberanfall geschwächt, als daß er seiner stimm-gewaltigen Frau hätte richtig antworten können. »Nun laß schon, Maria«, seufzte er, »das alles haben wir schon so oft besprochen.« Er hüstelte. »Warte doch ab, bis wir die sumpfigen Niederungen trockengelegt haben, dann wird unser ›San Antonio‹ ein blühender Fruchtgarten, um den man uns beneiden kann. Sieh dir doch die Nachbarinsel an, auf der die Cancios hausen.«

»Als ob man je dieses Sumpfloch trockenlegen könnte! Du bist ein Narr, Giuseppe. Weiß Gott, wir wären besser in der alten Hütte in Riccione geblieben, statt uns hier von den Moskitos bei lebendigem Leib auffressen zu lassen.«

»Und was wäre ich in Italien? Noch heute Landarbeiter, Hungerleider. Hier haben wir wenigstens jeden Tag genug, um uns satt zu essen. Ich bin freier Siedler, besitze zwei Kühe, drei Ziegen und bin über Jahr und Tag Herr auf eigenem Grund und Boden. Geduld gehört dazu und Ausdauer, Fleiß. Daran fehlt es den italienischen Siedlern in Argentinien wahrhaftig nicht. Überall trifft man wohlhabende, ja sogar reiche Landsleute.«

Der Motor, der nun endlich richtig lief, machte eine weitere Unterhaltung unmöglich. Dabei hätte Maria Torielli die Gelegenheit so gern benützt, ihrem Giuseppe einmal in aller Deutlichkeit Bescheid zu sagen. Hier auf dem Boot konnte er ihr nicht entwischen wie auf der Insel, in der auf Pfählen stehenden Hütte. Sie hatte so vieles auf dem Herzen, die rundliche Maria. Ihre Kinder wuchsen auf wie die Wilden. Die Großen, Antonio und Alfonso, waren nur allzugern dem Schulzwang entlaufen und hatten begeistert die Insel, ein Stück sumpfigen Urwaldes, in Besitz genommen. Freilich, auch sie hatten schon lange genug. Wie geräuchert saß man jeden Abend am offenen Feuer, mit tränenden Augen, hustend, nach Luft schnappend. Tagsüber arbeitete die ganze Familie in der Chacra, der angelegten Pflanzung. Dumpfe, brütende Schwüle machte jede Bewegung zur Qual.

Die Buben hatten davon geträumt, als Gauchos durch die Pampa zu reiten, das Lasso zu schwingen. Auch für sie hatte die Auswanderung eine bittere Ernüchterung gebracht. Heute freilich waren sie vergnügt und guter Dinge. Das Motorboot fuhr keuchend und knatternd auf das ferne Ufer zu, wo Don Guillermo, der reiche Estanciero, schon auf sie wartete. Er war froh, Arbeitskräfte zu bekommen, versuchte sicher wieder, den Vater zum Bleiben zu überreden. Auf der Estancia gab es Pferde, richtige Gauchos. Jeden Tag war etwas anderes los, und man brauchte nicht ununterbrochen das bittere Chinin zu schlucken wie auf der Insel.

Auch Maria Torielli hing ähnlichen Gedanken nach, während das breitbauchige Boot pustend und stampfend dahinfuhr. Endlich würde sie wieder Gelegenheit zu einem Schwätzchen finden, das sie so sehr entbehrte. Sie konnte sich bei den Gevatterinnen einmal alles, was sie bedrückte, von der Seele reden. Und vielleicht gelang es doch, Giuseppe zu überreden, wenn er sah, wie gut es Don Guillermo mit der Familie meinte. Ein Stück

Land, etwas Vieh, und das alles nur dafür, daß man bei der Arbeit auf der Estancia aushalf, besonders während der Ernte. Aber nein, ein solches Leben erinnerte Giuseppe zu sehr an sein früheres Landarbeiterdasein! Er wollte sich freischaffen, eigenen Grund und Boden erwerben.

Jeden Tag ging Giuseppe Torielli zum Strom, zum Paraná hinab. Freilich, mit den Flüssen zu Hause durfte man dieses kilometerbreite Süßwassermeer nicht vergleichen. Seine Insel, die er »San Antonio« getauft hatte, war nur ein kleiner dunkler Fleck in der braungelben Unendlichkeit des gewaltigen Stromes. Ja, häufig war sie gar nicht mehr zu sehen im treibenden Dunst, und Giuseppe bekam Herzklopfen. War der Paraná wirklich so hoch gestiegen, daß er seine Insel, an der er so zäh hing, die schon soviel Schweiß geschluckt hatte, ganz verschlang? Er dachte an seine Kühe und Ziegen, die reichlich mit Futter versehen, auf dem höchsten Teil der Insel zurückgeblieben waren. Dort stand auch das aus gespaltenen Palmstämmen erbaute Haus auf hohen Pfählen, in dem er alles, was er zur Aussaat brauchte, zurückgelassen hatte. Ständig kreisten seine Gedanken um diesen kleinen Hügel. Doch da – der Madonna sei Dank, er wollte ihr eine dicke Kerze opfern – der Nebel lichtete sich, trutzig behauptete sich »San Antonio« im schäumenden, gurgelnden Paraná. An den Uferbäumen, an einigen Marken, die er sich eingeprägt hatte, verfolgte der Siedler das Steigen und Sinken der Flut.

Endlich lief die Hochwasserwelle ab. Morgen, übermorgen wollte er es wagen, auf die Insel zu fahren, nach dem Vieh zu sehen. Er freute sich auf die Rückkehr, nur um endlich wieder den ständigen Drängeleien Don Guillermos zu entgehen, der die fleißigen Toriellis unbedingt halten wollte. In Maria hatte Don Guillermo eine eifrige Verbündete gewonnen. Gewiß, die Estancia auf dem festen Land bot mancherlei Vorteile. Da war einmal Padre Pablo, der die Kinder der näheren Umgebung unterrichtete. Man lebte wie ein Mensch und nicht wie ein Wilder, konnte allsonntäglich zur heiligen Messe gehen. Es gab ein Boliche, eine Schenke, in der Nähe, in der man ein Glas Mendozawein trinken, ein Spielchen machen konnte. Wahrhaftig, er wußte gar nicht mehr, wie behaglich es sein konnte, mit Leuten seinesgleichen zusammenzusitzen, eine Zeitung zu lesen oder gar im Radio Nachrichten aus der alten Heimat, aus Italien, zu hören.

Aber eine eigene Insel zu besitzen, selbst ein Caballero wie dieser reiche Don Guillermo zu werden, das wog doch wohl die Plackerei auf. Und schaffte er es nicht, so erreichten doch Antonio und Alfonso das hohe Ziel.

Nein, beim Gedanken daran verblaßten die Lockungen des Estanciero, des gesicherten Lebens auf dem Festland, sogar die Aussicht auf geregelten Schulbesuch der Kleineren.

Zu dumm, daß Giuseppe gerade jetzt wieder Fieber bekam. Mit den Zähnen klappernd, lag er unter den Decken, die Maria über ihn häufte. Immerzu redete er von seinem Vieh, dem Saatgut, nach dem man sehen müsse. Um ihn zu beruhigen, rief Maria Torielli die beiden Ältesten, Alfonso und Antonio. Dreizehn- und vierzehnjährig waren sie, zwei tüchtige Burschen, die kräftig zupacken konnten, wenn es sein mußte.

»Ihr müßt mit dem Boot nach San Antonio fahren«, bestimmte die Frau. »Der Vater will es haben. Seht nach dem Vieh, der Hütte. Werft auch einen Blick in den Brunnen.« Sie seufzte. »Wenn die Chacra bereits trocken liegt, dann, nun ja, dann kann Antonio gleich drüben bleiben. Alfonso kehrt zurück, sagt Bescheid, und wir kommen in ein paar Tagen nach, sobald der Vater wieder soweit ist.«

Eine Fahrt auf die Insel, allein als Kapitän und Steuermann an Bord der »Jacaré«, wie die Burschen das morsche Boot nannten, damit waren sie gerne einverstanden. Zwar hatten sie heute mit dem alten Gaucho Tani ausreiten, beim Blockieren helfen wollen, aber Vater Giuseppe duldete keinen Widerspruch.

Es dauerte eine Weile, bis die beiden Buben den stinkenden Ölmotor in Gang brachten. Für alle Fälle lagen die Ruder griffbereit auf den Sitzbänken. Die »Jacaré« ächzte und knarrte, gehorchte aber dann dem Steuer und begann am Ufer aufwärts zu laufen. Antonio und Alfonso wußten, daß sie nur mit der Strömung fahrend die Insel erreichen konnten. Also mußten sie ein Stück stromaufwärts fahren, ehe sie es wagen konnten, querüber zu halten.

Sie schwatzten und lachten, sangen ein italienisches Schifferlied und waren so munter, wie nur zwei Jungen sein konnten, die einem Abenteuer entgegenfuhren. Denn irgend etwas wollten sie erleben, am liebsten etwas Aufregendes. Wie, wenn sich ein Viehdieb auf der Insel befand, wenn sie eben recht kamen, ihm die Kühe und Ziegen abzujagen? Antonio zog bei diesen Worten einen rostigen Trommelrevolver aus der Hosentasche, den er von dem alten Tani geschenkt bekommen hatte, während Alfonso ein Machete, ein Buschmesser, schwang.

Welch ein grausiges, unheimliches Abenteuer sie erwartete, das hätten sie sich freilich nicht träumen lassen. Sie lachten über die Besorgnisse der Mutter, die ihnen bis zum Ufer das Geleit gegeben hatte und immer noch etwas wußte, das sie ja nicht vergessen durften. Was konnte ihnen schon geschehen? Das schlimmste war, wenn der Motor versagte. Aber wenn schon, dann trieben sie eben ein paar Leguas stromab, bis es ihnen gelang, das klobige Fahrzeug an Land zu rudern. Oder sie liefen irgendeine der bewohnten Inseln an und blieben dort, bis der Motor repariert war.

Von Zeit zu Zeit lösten sich die Buben am Steuer ab. Einer mußte überdies fast ständig schöpfen, denn das Boot leckte beträchtlich. Jetzt waren sie wohl auch weit genug oben.

»Hart Steuerbord!« kommandierte »Kapitän« Antonio. Der runde Bug der »Jacaré« drehte sich schwerfällig. Allmählich gerieten sie in die Strömung. Das Wasser gurgelte und rauschte. Dort schwamm ein Baumstamm mit starrendem schlammbehangenem Geäst, dem das Boot eben noch ausweichen konnte. Gleich darauf wäre es fast in eine treibende Insel hineingeraten. Die Fahrt begann interessant zu werden. Einer der Buben stand am Bug und späht scharf voraus, um rechtzeitig den Steuermann warnen zu können. Sehr seemännisch ging es dabei zu. Mit dem größten Ernst gaben sie Kommandos, die sie während der Überfahrt auf dem großen Passagierdampfer aufgeschnappt hatten, auch wenn diese hier keinen Sinn hatten. Es hörte sich so männlich, so seefahrerisch tüchtig an.

Das Ufer verschwand hinter ihnen in blaugrauem Dunst. Voraus tauchten die Inseln auf, zwei, drei von den größeren und nun ganz hinten die plumpe Kuppe der Erhebung von San Antonio. Also weggeschwemmt hatte sie der alte Paraná nicht, wie die Buben heimlich gehofft hatten.

»Wenn ich an die Hitze denke, an die Arbeit in der Chacra...« seufzte Antonio. Sein Bruder nickte. »Und dann die Moskitos und das Fieber, das eintönige Essen. Reis, Mais und Bohnen, einen Tag wie den andern. Auf der Estancia gibt es alle paar Tage Fleisch. Wie das duftet, wenn ein ganzer Ochse am Spieß steckt, und wie es schmeckt!«

»Essen darf man, soviel man mag, bei den Gauchos«, maulte Alfonso. »Ich hätte Lust, durchzubrennen.«

»Hm, habe ich auch schon gedacht«, sagte Antonio mit gerunzelter Stirn. »Wir sind beide alt genug, um uns hier allein durchzuschlagen. Jeder Estanciero nimmt uns in Dienst. Aber wenn ich an die Mutter denke und an die Kleinen – nein, es geht doch nicht. Wir müssen durchhalten. Schließlich plagt sich der Vater am meisten ab, und er tut es nur für uns.«

»Es wäre eine Gemeinheit, ihn im Stich zu lassen«, gab auch Alfonso zu. »Fahren wir. Dort liegt die Insel, du mußt mehr steuerbord halten.«

Mit der Strömung fahrend, näherte sich die »Jacaré« nun rasch der Insel.

»Wir müssen links an ihr vorbei, sonst geraten wir in den Sumpf, und dann legen wir an der Südseite in der kleinen Bucht an.« Alfonso ließ während des Schöpfens kein Auge von der Insel. »Eigentlich müßte man die Kühe doch schon sehen«, meinte er. »Huhu, Rocha, Rocha!« rief er seine Lieblingskuh.

Nichts regte sich auf der Insel. Nur ein Geier, der in einem der Bäume gesessen hatte, strich mit schwerfälligem Flügelschlag ab. Antonio beschlich ein merkwürdiges Unbehagen. Um darüber hinwegzukommen, stimmte er ein Lied an. Aber seine Stimme klang gezwungen, unfrei, er verstimmte wieder, zumal Alfonso nicht mitsang.

Jetzt kämpfte das Boot schwer mit der Strömung, die es seitlich an der Insel vorbei zur Strommitte ziehen wollte. Das Wasser gurgelte und schäumte. Antonio stemmte sich gegen das Ruder. Endlich hatten sie es geschafft, die Südspitze war umschifft, und der kreiselnde Sog zog sie nun selbst in die Bucht, die einen natürlichen Hafen bildete.

»Da wären wir.« Alfonso stellte den Motor ab. Dann sprang er in den Bug und griff nach der Kette. »Ein klein wenig steuerbord, Antonio«, rief er. »So, das tut's. Achtung!«

Er sprang in die aufspritzende Flut, die ihm bis über die Knie reichte, und wollte die Kette um einen fußhoch aus dem Wasser ragenden Pfosten schlingen. Der Ältere bückte sich nach dem kleinen Korb mit Maiskuchen und Trockenfleisch, den die Mutter unter die Bank gestellt hatte. Da ließ ihn ein gellender Schrei auffahren, den Alfonso ausgestoßen hatte.

Mit einem Sprung stand Antonio im Bug. Seine Augen weiteten sich vor Entsetzen. Dort, wo Alfonso stand, brodelte das Wasser von Ratten! Ratten, wohin er blickte. Aus den Büschen brachen sie hervor, sie planschten und schwammen im Schilf, liefen auf schräg liegenden Stämmen hinaus und schnellten sich im Sprung herab.

Alfonso hatte die Kette losgelassen. Er lief zum Boot, schrie vor Schreck und Schmerz, denn bereits hing ein Dutzend der ekelhaften Tiere verbissen an seinen Beinen, an Brust und Rücken. Er schlug um sich, taumelte gegen den Bug des Bootes. Antonio zog ihn herein, schlug zugleich mit der Linken nach den Ratten, die ihr Opfer nicht losließen. Der Junge wollte dem schreienden, kämpfenden Bruder helfen, doch zugleich sah er, daß immer neue Rattenschwärme in die Bucht stürzten und auf das Boot zuschwammen. »Wir müssen fort! Schlag die Biester tot!« schrie er und stieß zugleich das Ruder in den sumpfigen Grund. Im Nu hingen ein paar Ratten daran, kletterten empor, sprangen an Bord, und nun bekam auch

Antonio ein paar scharfe Bisse ab. Zum Glück war die Bootswand der bauchigen »Jacaré« hoch und glitschig. Nur einige wenige Ratten konnten sie erklettern. Inzwischen hatte die Strömung das Boot ein Stück weiter in die Bucht hinausgetrieben.

Antonio hatte die an ihm hängenden Ratten abgeschüttelt und über Bord geworfen, wobei er wieder einige Bisse abbekommen hatte. Er griff nach dem Buschmesser, schrie im selben Augenblick laut auf, denn jetzt hing ihm eines der hungrigen Tiere im Nacken. Er brauchte alle Kraft, um es loszureißen; ein Stück Haut blieb zwischen den Zähnen der Ratte, als er sie ins Wasser warf. Inzwischen kämpfte Alfonso verzweifelt. Er strampelte, schlug um sich und rief immer wieder des Bruders Namen mit einer vor Schreck zitternden Stimme.

»Nimm das, du Bist, und das und das!« Antonio schlug mit dem Buschmesser drein. Blutende, verstümmelte Ratten kollerten im Boot umher, zappelten in dem Bodenwasser, flogen in das aufklatschende Wasser der Bucht, wo sogleich die ausgehungerten Gefährten über sie herfielen. Endlich war es Antonio gelungen, den Bruder von der letzten Ratte zu befreien.

»Wirf den Motor an, oder wir sind verloren«, keuchte er. Ein Blick über die Bucht lähmte ihn fast vor Entsetzen, denn Hunderte, nein, Tausende von Ratten planschten im quirlenden Wasser.

Aus einem Dutzend Wunden blutend, wimmernd vor Schmerz, gehorchte der Jüngere. Zuerst mußte er sich gegen Ratten wehren, die ihn ansprangen. Endlich tuckerte der Motor, die »Jacaré« kam in Fahrt. Mitten durch einen Schwarm beutegieriger Ratten suchte sich das Boot seinen Weg. Was war das? Der Motor hustete, spuckte. »Santa Maria, wenn er nur jetzt aushält!« stöhnte Antonio. Da, nun lief er wieder regelmäßig. Vor dem Bug tat sich der weite, mächtige Paranástrom auf.

Ein Schwarm von Ratten, der sich immer mehr in die Länge zog, folgte dem flüchtenden Boot.

»Gerettet!« Mit einem Seufzer der Erleichterung ließ sich Alfonso auf eine Bank sinken – und sprang im nächsten Augenblick mit einem Schrei auf. An seinem nackten linken Fuß hing zäh verbissen eine Ratte, die, bereits mit dem Tod kämpfend, noch immer gierig nach Beute schnappte. Antonio war dabei, die toten und verendenden Ratten über Bord zu schaufeln.

Er schüttelte sich vor Ekel und Grauen. »Was sagst du dazu?«

Alfonso zuckte die Schulter. »Möchte nur wissen, woher diese verfluchten Biester kamen, und wie sie auf unsere Insel gelangten? Mamma mia, wie weh das tut, überall haben sie mich gebissen. Als ich im Wasser stand, war es, als ginge ich durch ein Feuer. Wäre ich gefallen, hättest du mir nicht hereingeholfen, dann hätten sie mich zerrissen. Es waren Hunderte.«

»Tausende!« rief Antonio. »Sieh doch nur, wie sie hinter uns herschwimmen, die Biester sind nicht umzubringen! Wenn unser Motor versagt, fallen sie erneut über uns her.«

»Sie sollen nur kommen«, drohte Alfonso, der den Schreck überwunden hatte. Er packte ein Ruder. »Damit schlage ich sie im Wasser tot.«

»Besser, wir flüchten. So rasch wie möglich an Land und Hilfe geholt.«

»Ob meiner Rocha, den Tieren noch zu helfen ist?« versetzte Alfonso. »Ich glaube, die sind verloren, aufgefressen.«

Er hatte recht, denn als am nächsten Tag ein Trupp Männer mit Gewehren, Macheten und scharfen Hunden auf der Insel an Land ging, fanden sie nach einem erbitterten, stundenlangen Kampf nur noch ein Häufchen blankgenagter Knochen auf der höchsten Erhebung der Insel. Die Hütte war von den Ratten ausgeplündert, verunreinigt, alles zernagt und zerfressen, nicht ein Korn des Saatgutes mehr vorhanden.

Maria Torielli, Antonio und Alfonso waren im Grunde gar nicht so unglücklich über den Schicksalsschlag, der sie – und vor allem den Vater – getroffen hatte. Noch einmal von vorn beginnen, zu Don Alfredo nach Rosario gehen und um Pachtaufschub bitten, Schulden machen zur Anschaffung von Vieh und Saatgut: Das ging über die Kräfte des fiebergeschwächten Giuseppe Torielli. Gern willigte er ein, in Don Guillermos Dienste zu treten, und bezog mit den Seinen das ihm zugewiesene Haus auf der Enstancia. Er hatte es nicht zu bereuen und machte die Erfahrung, daß es auch andere Wege zum Glück in Argentinien gab als das mühsame Urbarmachen einer sumpfigen Insel. Und Antonio und Alfonso ritten stolz mit den Gauchos.

Gefräßige Gäste

Rosario de Santa Fé in Argentinien ist wohl der bedeutendste Getreidehafen der Welt, den Ozeanschiffe mit größtem Tiefgang anlaufen können. Der Hafen am Paraná nimmt ein Ufergelände von zehn Kilometern ein. Der Flußlauf verliert dort durch ungeheure Uferwindungen einen Teil seiner Strömung. An der Mündung ist er ja hundert Kilometer breit.

Nach der Ernte häufen sich am Hafen entlang riesige Berge von Weizen und Mais. Tausende von Schiffen laufen ihn an, um sie wegzuschaffen.

Noch in den dreißiger Jahren wurde das Verladen nur von Arbeitern ohne alle mechanische Hilfsmittel besorgt. Die Bezahlung war ungewöhnlich hoch, aber die Arbeit auch besonders schwer. Man forderte von jedem Mann täglich das Verladen von siebenhundert Sack zu achtzig Kilo. Eine Arbeit, die unter sengender Sonnenglut selbst kräftige Männer zum Aufgeben zwang. Die Säcke scheuerten die Haut vom Hals, vom Nacken und vom nackten Rücken.

Die größte Plage der Arbeiter aber bildeten die Ratten, von denen es im Hafen wimmelte. Häufig sprangen die gefräßigen Tiere auf die Säcke, suchten zwischen Hals und Sack ein Versteck. Mit einer Hand den Sack haltend, mit der anderen nach der Ratte greifend, um sie gegen die Schiffswand zu schleudern, stapften die Arbeiter über den Steg.

Die Wanderratte, die ja die Hausratte überall verdrängt und ausgerottet hat, ist außerordentlich zäh, dreist und auch mutig. In die Enge getrieben, greift sie den Menschen ohne Umstände an. Hafen- und Schiffsratten sind besonders bissig. Ihre Frechheit und Findigkeit ist erstaunlich. Welche Schäden die Ratten anrichten können, das ergibt sich aus der Angabe, daß durch sie allein in dem genannten Hafen jährlich mindestens 5000 Tonnen Getreide vernichtet werden. Mit dressierten Hunden, mit Fallen und Fanggruben, Giftgasen, Bazillen bekämpft man die Nager. Wächter, die neben der Prämie ein festes Gehalt beziehen, jagen sie. Bis heute wurde noch kein wirksames Allheilmittel gegen die Rattenplage gefunden, da die Tiere überraschend schnell gegen Gifte und Krankheiten immun wurden.

Fälle wie der geschilderte sind mehrfach verbürgt. Hochfluten treiben die nach Millionen zählenden Rattenschwärme oft genug auf die Inseln, und auch die ganze Ufergegend leidet dann mehr als sonst unter den Nagern.

Die Senke der bösen Geister

Es war reiner Zufall, der Doktor Emil Decker mit dem braunhäutigen Elfego zusammenführte. Señor Emilio, wie der Käfer- und Schmetterlingssammler im mexikanischen Busch hieß, hatte eben wieder einmal Ärger mit seiner weißen Packmula, die sich unbedingt mitsamt dem Gepäck im Staub wälzen wollte. Er band erst sein Reitpferd fest, daß es nicht Reißaus nehmen konnte, und lief zu der Mula, die ihren Vorsatz bereits zur Hälfte ausgeführt hatte. Endlich war es ihm gelungen, das störrische Tier wieder auf die Beine zu bringen. Noch ehe er aber zu Atem kam, um der weißen Mula für den Fall einer Wiederholung alle Höllenstrafen in Aussicht zu stellen, da geschah es.

Aus der Richtung, in der sich der dürftig ausgehauene Pfad im Busch verlor, gellte ein Schrei, durchdringend, verzweifelt. Der Naturalist, Señor Emilio, war mit einem Sprung bei seinem Reitpferd, riß den Machete, das schwere Buschmesser, vom Sattel und lief den Pfad entlang.

Wieder ein Notschrei, ein Schrei, der diesmal in ein verzweifeltes Wimmern überging.

Ein Ast fegte Señor Emilio den Hut vom Kopf, er stolperte über zähe Ranken, riß sich Löcher in die Hose. Dann brach er durch die Büsche, eine Biegung des Pfades abschneidend.

»Señor, Señor, Erbarmen!«

Vor ihm kauerte ein braunhäutiger Mischling, ein blutiges Messer in der Hand, mit dem er eben eine Wunde am linken Bein ausgeschnitten hatte. Er deutete, Entsetzen in den Augen, auf etwas, das wie ein grauer Strick aussah und im Sande rollte.

Ein Blick genügte dem Doktor. Eine Klapperschlange hatte den Burschen gebissen. Da gab es kein Zögern. Freilich, der Naturalist trug nur eine einzige Serumspritze gegen Klapperschlangengift in der Medikamententasche, die er am Gürtel hängen hatte. Heraus damit. »Keine Sorge, Amigo, das werden wir gleich haben. Das ist ein Serum gegen Schlangengift.«

Mit scheuen Blicken, in denen bereits die Ergebung in sein Schicksal zu
lesen war, folgte der Mischling den Hantierungen des Gringo, des Aus-
länders. Er zuckte zusammen, als ihm die Spitze der Nadel in die Haut
fuhr, doch hielt er geduldig still, ließ alles mit sich geschehen. Was lag
auch daran, er war ja doch verloren. Oder gab es wirklich dieses Wunder-
mittel, von dem Señor Antonio, der Haciendeiro, immer gesprochen hatte?
Ein Mittel gegen das Schlangengift?

Noch immer lief es dem Mischling wie Feuer durch die Adern. Er sank
erschöpft, Schweiß auf der Stirn, nach hinten. Aber es war wohl mehr der
Schreck, der ihn lähmte, denn Señor Emilio stellte fest, daß das Herz wieder ganz regelmäßig schlug; auch die Atmung ließ nicht zu wünschen übrig.

Nun ja, wenn einer das Serum so unmittelbar nach dem Biß eingespritzt bekam, dann mußte es helfen. Zwei, drei Tage Ruhe mußte der Bursche freilich haben. Es war wohl am besten, wenn er sich gleich nach einem geeigneten Lagerplatz umsah.

Elfego – so hieß der Verunglückte – war, wie er dann erzählte, auf dem Weg zu den Minen. In dem neben ihm liegenden Bündelchen verwahrte er alles, was er besaß, und das war wenig genug. Außerdem trug er einen schartigen Machete, ein Buschmesser, mit dem er die Klapperschlange nach dem Biß in zwei Teile zerhauen hatte. Er war mit allem einverstanden, was der Gringo, der Ausländer, den er mit wundergläubigen Augen anstarrte, bestimmte. Willig ließ er sich auf das Reittier heben.

Die weiße Mula war ausnahmsweise einmal nicht störrisch. So hatte der Naturalista bald einen passenden Lagerplatz mit Weide, Schatten und einer leidlich sauberen Wasserlache gefunden. Er machte es seinem Schützling so bequem wie möglich. Dann sah er sich um. »Ich werde wohl ein wenig jagen müssen, denn außer Reis und Bohnen habe ich nichts bei mir«, sagte er halb zu sich selbst. »Sieht gar nicht übel aus, die Gegend, irgendein Reh, ein paar Hühner oder etwas Ähnliches werde ich schon vor die Flinte bekommen.«

Er nickte Elfego zu und wollte in eine buschbewachsene Senke eindringen. Aber der Mischling, der sich den Umständen nach ganz wohl zu befinden schien, rief ihn an. »Nicht dort hinab, Señor; kein Wild, nicht eine einzige Fährte ist zu spüren. Schlechtes Wasser!«

Hm, wenn es Elfego sagte, der die Senke eben durchwandert hatte, dann mußte es wohl stimmen. Der junge Doktor der Naturwissenschaften pflegte sich in solchen Fällen auf das Urteil der Eingeborenen zu verlassen. Wenig später kehrte Emilio mit einem stattlichen Hocko, einem Wildhuhn, über der Schulter zu dem Lagerplatz zurück. Er fand seinen Gefährten schlafend unter dem Moskitonetz. Serumbehandlung war doch eine großartige Sache. Hätte er kein Serum zur Hand gehabt, wäre der Bursche nicht zu retten gewesen. Bei dem heißen, trockenen Wetter wirkte das Schlangengift besonders rasch. »Noch einmal Glück gehabt«, nickte er dem Schlummernden zu und machte sich daran, den Braten zu bereiten.

In der Nacht fieberte Elfego, doch dann erholte er sich zusehends, und am übernächsten Tag war er wieder auf den Beinen. Auch die Wunde – er hatte sich am Bein ein paar tiefe Schnitte beigebracht – verheilte rasch. Er humpelte diensteifrig im Lager umher, nahm seinem Lebensretter alle Arbeit ab, die er verrichten konnte. Immer wieder zog er die zwei Pesos, seine ganze Barschaft, aus der Tasche seiner löcherigen Hose und bot sie dem Naturalista an. Er hatte nicht mehr, aber alles, was er besaß, gehörte Señor Emilio.

Der Mischling wollte bei dem Señor bleiben. »Sie brauchen jemanden, der Ihnen die Tortillas bäckt, der für Sie wäscht, auf die Jagd geht, das Wildbret zubereitet. Dann haben Sie viel mehr Zeit für die Schmetterlinge und das andere Viehzeug, hinter dem Sie her sind«, meinte er. »Und bedenken Sie doch, wie gefährlich die weiße Mula ist; ein Schläger und Beißer. Niemand kann so gut mit ihr umgehen wie ich. Kein Ärger mehr im Lager und auf dem Marsch. Ich kann es gar nicht begreifen, daß Sie ohne mich bisher zurechtgekommen sind. Ganz mager und abgearbeitet sehen Sie aus. Das muß anders werden. Wenn ich bei Ihnen bleibe, werden Sie rund und fett.«

Emilio mußte lachen. »Alles schön und gut, Elfego, aber ich habe kein Geld. Wenn du mit mir kommst, müßte ich dir Lohn bezahlen, das kann ich nicht. Soviel wirft meine Arbeit nicht ab. Was ich treibe, das ist mehr eine Ferienbeschäftigung, ein Sport.«

Elfego machte eine wegwerfende Handbewegung. »Wer spricht denn von Lohn unter Amigos, unter Freunden. Gut, ich bleibe ohne Lohn bei Ihnen. In die Minen komme ich noch früh genug.«

Der Mischling zeigte deutlich genug, daß er den Doktor für nicht ganz richtig im Kopf hielt, denn welcher vernünftige Mann läuft hinter Schmetterlingen und dergleichen Viehzeug her, das in kaum vorstellbarer Menge im Busch vorhanden ist! Immer wieder kam Elfego auf seinen Lieblingsgedanken zu sprechen. Meist fing es damit an, daß er sich gründlich den schwarzen Schopf kratzte, das Ergebnis unter den Fingernägeln studierte und zwischendurch grübelnde Blicke auf den Naturalista warf.

»Señor Emilio«, eröffnete er eines Tages das Gespräch, »haben Sie sich meinen Vorschlag überlegt? Ein Mann wie Sie, ein Zauberdoktor, hat es doch nicht nötig, im Busch herumzukriechen, sich von Moskitos auffressen zu lassen, gar nicht zu reden von den wilden Tieren, die hinter jedem Busch sitzen. Wir brauchen nur loszuziehen in die Dörfer, hübsch weit weg von den großen Straßen und Bahnlinien, dorthin, wo die Menschen noch gut sind.«

Unter gut verstand der schlaue Elfego einfältig und dumm; das hatte Doktor Emilio längst herausbekommen.

Eifrig fuhr der Mischling fort: »Sie setzen sich in den Schatten der nächstbesten Hütte, und Sie haben nichts anderes zu tun, als die Kranken zu behandeln, die ich zusammenrufe. Wir nehmen alles, was wir kriegen können, als Bezahlung, Truthühner, Eier, Ferkel, Schafe, Bohnen, Melonen, und verkaufen das Zeug in der nächsten Stadt. Über ein Jahr sind Sie reich, Señor Emilio, ein feiner Caballero, der mit dem Auto umherfährt, anstatt hinter Maultierschwänzen herzuzockeln. Das ist so sicher wie das Amen in der Kirche.«

Señor Emilio wehrte lachend ab. »Wie oft soll ich dir noch sagen, ich bin ein Naturalista, ein Mann, der sich für Tiere und Pflanzen deiner Heimat interessiert. Von Krankheiten und Heilen verstehe ich gar nichts!«

Elfego machte zu solchen Beteuerungen kugelrunde Augen. Er deutete auf seine halbverheilte Wunde am Bein. »Señor Emilio!« Entrüstung und Vorwürfe lagen in diesen zwei Worten. So faustdick durfte man doch nicht lügen! – Kein Arzt! Und dabei hatte ihm der Doktor das Leben gerettet! Seufzend ergab sich Elfego in das Schicksal, weiter durch den Busch pirschen und das bare Geld, die herrlichen Pesos unverdient herumliegen lassen zu müssen. Er zuckte die Achseln, und als ihn der Doktor allein ließ, brummte er hinter ihm her: »Gringo!« Das konnte in diesem Ton gesprochen soviel wie »Dummkopf« heißen.

Jetzt wollte Señor Emilio auch tatsächlich wieder mit Gewalt hinab in die Senke, an deren Rand sie seit Tagen entlangzogen. Elfego fuchtelte mit den Händen. »Aber Señor, da gibt es nichts zu holen, nichts als Dornen und Dickicht; kein Wild, keine Käfer, nicht einmal Schlangen halten sich da unten auf. Schlechtes Wasser, ich sagte es doch schon oft!«

»Richtig, und das ist gerade der Grund, warum ich das Gelände untersuchen will. Warum nimmt das Wild hier keine Tränke an?«

Elfego zuckte die Schultern und machte ein geheimnisvolles Gesicht. »Daran sind die Poras, die Hexen schuld, sie und die Sumpfgeister.« Er zog unter seinem zerrissenen Hemd ein Medaillon der heiligen Jungfrau heraus, unter dem ein Stück Jaguarschwanz baumelte. »Mir können sie nichts anhaben, Señor, ich trage einen starken Schutz bei mir. Aber wenn Sie darauf bestehen, den verfluchten Grund zu durchschreiten, so will ich Ihnen das Amulett um den Hals hängen. Ja, das will ich, obschon die Poras dann Macht über mich gewinnen.«

»Hexen und Geister sollen den Busch hier verflucht haben? Ob nicht etwas anderes dahintersteckt, Elfego? Wo der Boden ölhöffig ist, da wird das Wasser oft ungenießbar. Auf jeden Fall wollen wir die Sache einmal untersuchen. Ich würde im Leben keine ruhige Stunde mehr haben, wenn ich mir sagen müßte, daß ich hier an einem Petroleumfeld vorbeigezogen bin. Es bleibt dabei, wir sehen uns morgen den vom Wild gemiedenen Grund näher an.«

Elfego rechnete an den Fingern. Er brauchte eine gute Weile dazu. Dann rückte er mit einem neuen Einwand heraus. »Señor, bedenken Sie, morgen ist Dienstag.«

»Na, und?«

»Wer am Dienstag abreist oder wie wir etwas Neues unternimmt, dem stößt ein Unglück zu, das weiß doch jedes Kind.«

»Aberglaube, mein lieber Elfego.«

Aber der Mischling führte viele Beispiele an. Tani hatte sich das Genick gebrochen, Guillermo verlor seinen einzigen Esel, Amelia war ertrunken – das hatte er selbst mitangesehen –, und das alles nur, weil sie an einem Dienstag aufbrachen.

»Nun, wenn du es einmal so haben willst, reiten wir am Mittwoch«, lenkte Emilio ein. Er hatte die Erfahrung gemacht, daß es immer am klügsten war, wenn man auf solche Eigenarten Rücksicht nahm. Diesmal handelte es sich freilich um reinen Aberglauben, aber hinter manchen Ansichten der Eingeborenen steckte Erfahrung.

Elfego grinste. »Haben wir nicht nötig, Señor. Heute ist Montag. Also brechen wir gleich auf.«

»Unmöglich, ich muß erst packen, meine Sammlung gut verwahren.«

Abermals wußte Elfego Rat. »Wir reiten gleich jetzt, packen nur das Nötigste. Am Abend aber kehren wir auf einem Umweg zurück und machen alles fertig für morgen früh. Die Poras sind so dumm wie böse. Sehen sie uns heute abziehen, dann glauben sie, wir seien weg und merken nicht, daß wir eigentlich doch am Dienstag aufbrechen.«

»Na, wenn es so einfach ist, die Geister zu betrügen, dann geht ja alles klar.« Señor Emilio hatte durchaus nichts gegen einen kleinen Jagdritt einzuwenden. Gelang es, ein paar Gürteltiere oder einen Sumpfbock zu erlegen, dann brauchten sie sich morgen nicht mit der Jagd aufzuhalten.

In der Senke am Riacho Tacaclé vergaß der junge Naturalista alle Käfer und Schmetterlinge Mexikos. Mit Poras und Geistern hatte die Senke wahrhaftig nichts zu tun, noch weniger war das Wasser, das da und dort in Lachen stand, verflucht. Aber es zeigte deutlich eine in allen Farben spielende Ölhaut. Hier ging es nun wahrhaftig um mehr als um ein paar hundert Pesos oder Dollars, die ihm seine Sammlungen im besten Fall einbrachten.

Señor Emilio geriet in Eifer, und schließlich begriff auch Elfego. Er half, so gut er es verstand beim Vermessen des künftigen Petroleumfeldes. Es galt ja, eine möglichst genaue Karte anzufertigen. Um jeden Verdacht von vornherein abzulenken, verlegten die beiden ungleichen Gefährten ihr Lager auf einen Hügel und begaben sich immer nur auf Umwegen zu ihrem eigentlichen Betätigungsfeld. Elfego fand zwar diese Vorsichtsmaßnahmen reichlich übertrieben, aber er fügte sich. Gewiß, zweimal begegneten sie während der Arbeit einem Neger, der auf einem Esel Holz zum Kohlenbrennen mitführte. Auch ein abgerissener Indio kam einmal in Sicht. Aber was wollte das schon heißen.

Nun war das Feld auch, soweit es Señor Emilio fertigbrachte, abgesteckt. Die Karte zeigte wichtige Merkpunkte an, den Hügelrücken, einen Bachlauf, die Himmelsrichtungen. Das Lager wurde ein gutes Stück weit zum Fluß hinab verlegt. Und wiederum beugte sich Señor Emilio über seine Kartenskizzen, die er mit aller Sorgfalt vervollständigte. Er hatte Zeit dazu, denn die weiße Mula war, durch das lange Stehen übermütig geworden, wieder einmal ausgerückt, und Elfego hatte es übernommen, sie zurückzuholen.

Der Mischling hatte es nicht leicht. Die Mula schien diesmal die Plackerei und Knechtschaft endgültig abschütteln zu wollen. Stundenlang folgte Elfego ihren Spuren, bis er sie endlich in den Sümpfen verlor.

Müde, hungrig und durstig erreichte er einen kleinen Rancho an einem Riachuelo, einem trägen, warmen Rinnsal. Señor Amadeo betrieb hier einen Kramhandel mit Schnapsausschank. Kein schlechtes Geschäft hier im Hinterland, wo er die Preise nach eigenem Gutdünken festsetzen konnte.

Elfego traf nur die beerenäugige Marita im Rancho an. Der Händler selbst war mit dem Ochsenwagen unterwegs, um Ware zu holen. Elfego war so mitgenommen von dem heißen, langen Tag, daß er nur ein paar krächzende Laute aus der Kehle brachte. Sie genügten. Marita brachte ihm Mais und Bohnen und vor allem einen Krug Wasser. Danach hatte sie wichtigeres zu tun, als einem hergelaufenen Burschen beim Essen und Trinken zuzusehen. Sie kramte in der nebenan gelegenen Küche herum und kam erst wieder in den Schankraum herein, als zwei Mestizen nach ihr riefen.

Die finsteren, schweigsamen Burschen setzten sich mit einer Flasche Schnaps in die Türecke und warteten, bis Marita wieder hinausging. Dann begannen sie ein halblautes Gespräch, wobei sie sich einige Male scheu umsahen.

Elfego, der lang ausgestreckt auf dem Boden hinter dem Ladentisch lag, hatten die beiden Ankömmlinge nicht bemerkt. Der Schein der Öllampe, die auf ihrem Tisch blakte, reichte nicht bis zu ihm hin. So müde auch Elfego war, das Ungeziefer, das aus alten Decken, Ponchos und Kleidern über ihn herfiel, hielt ihn wach. Lauschend beugte er sich vor. Hatte er nicht eben etwas von einem Gringo und Kartenskizzen gehört? Da, wieder! Jetzt wurde er neugierig.

»Und ich sage dir, Ramirez, es steckt etwas dahinter. Umsonst kriecht der Gringo nicht wochenlang im Busch herum.« Der eine der beiden Burschen schlug mit der Faust auf den Tisch. »Eine Mine, ein Indianerschatz. Nicht umsonst erzählen die Alten hier herum von vergrabenem Gold aus der Spanierzeit.«

»Unsinn, Enrique. Wenn wirklich etwas da war, haben es die Burschen längst ausgescharrt. Die sind dahintergekommen, was es mit Gold und Silber auf sich hat.«

Der andere geriet in Eifer. »Und ich sage dir, ich bin bis auf drei Schritte an den Gringo herangeschlichen, ich sah es mit eigenen Augen, daß er Karten zeichnete.«

»Warum hast du ihm nicht eins gegeben und bist mit den Skizzen abgerückt?«

»Daß du ein Schaf bist, wußte ich«, höhnte Enrique. »Was fängt unsereins mit dem Gekritzel an. Ich sagte dir doch, er ist ein Gringo. Kannst du ein Wort von dem lesen, was er aufgeschrieben hat? Du bist auf diejenigen angewiesen, denen du das Ganze anbietest. Wir müssen es anders anfangen. Morgen reiten wir los, Tani macht mit. Wir schnappen den Gringo. Er ist allein. Der Mestize, der ihm hilft – du weißt doch, Pedro, der Neger hat sie zusammen gesehen und belauscht –, läuft hinter einer durchgegangenen Mula her, die ich da hinten bei unsern Pferden festgebunden habe.«

»Und dann?« wollte der schwerfällige Ramirez wissen, wobei er die Augen zusammenkniff und sich vorbeugte wie zum Sprung.

»Und dann«, – Enrique grinste tückisch –, »dann lassen wir das Vöglein singen. Es gibt allerlei Mittel, solche Burschen zum Sprechen zu bringen. Alles wird er uns erzählen, und zu der Mine hinführen. Wir können ja erst so tun, als wollten wir halbpart mit ihm machen. Wissen wir, was wir wissen müssen, dann . . .«

Ramirez nickte. »Schön. Und jetzt soll uns Marita noch eine Flasche bringen. He, wo steckt das Mädchen?« Er griff nach dem Licht und trat an den Ladentisch.

»Que cosa!« stieß er hervor. »Was ist denn das? Liegt die ganze Zeit ein Kerl hier und horcht! He, Enrique, komm doch mal her.«

Elfego, der sich schlafend stellte, bekam einen Stoß in die Seite. Er stöhnte, wälzte sich herum, öffnete die Augen und blinzelte. Was sollte er tun? Er überlegte fieberhaft. Aus dem Gespräch der Burschen wußte er, daß sie ihn nicht kannten, nie bei Señor Emilio gesehen hatten.

Die beiden Mestizen tauschten einen Blick, der Elfego einen kalten Schauer über den Rücken jagte. Er fühlte sich gepackt, hochgerissen. »Nun komm uns klar, Bursche«, fauchte ihn einer der beiden an, ein gelbgesichtiger Kerl mit einer brandroten Narbe auf der Stirn. Enrique hatte ihn der andere genannt.

Elfego schoß ein rettender Gedanke durch den Kopf. Er lallte und deutete auf die Ohren, schüttelte dann verneinend den Kopf.

»Taubstumm«, stellte Ramirez fest und lachte. »Da haben wir Glück gehabt, brauchen uns die Hände nicht mit dem Kerl rot zu machen.«

»Ob es stimmt? Sicher ist auf jeden Fall sicher.« Enrique ließ kein Auge von Elfego, der den Gleichgültigen spielte und auf die Bank gesunken war. »Laß ihn laufen«, brummte Ramirez. »Was weiß der Bursche, selbst wenn er etwas gehört hat, von unserem Plan, er kennt den Gringo ebensowenig wie den Burschen, der mit ihm herumzieht.«

Der mit der Narbe gab dem andern ein Zeichen. Er trat zur Seite, stieß wie aus Versehen die leere Flasche vom Tisch, daß sie hinter Elfego zu Boden fiel. Dabei behielt er den Mischling scharf im Auge.

»Nichts gehört, nichts gesehen«, lachte Ramirez, »wirklich stocktaub. Auf den Trick wäre jeder andere hereingefallen.«

Noch immer schien der Narbige nicht beruhigt. Als Marita in die Schankstube trat, winkte er ihr und flüsterte ihr ein paar Worte zu.

Das Mädchen besann sich. »Taubstumm, schon möglich. Gesprochen hat er kein Wort, seit er da ist, nur so etwas vor sich hingekrächzt.«

Elfego atmete auf. Lallend trat er an den Schanktisch und deutete auf die Blechschüssel, die noch an seinem Platz stand. Dann zog er einen Peso aus der Hosentasche. Gähnend sah er sich um und legte den Kopf in die flache Hand. »Ah, er sucht ein Lager für die Nacht«, deutete Enrique die Geste. »Hinaus mit ihm, er soll bei dem Wollkopf im Schuppen unterkriechen. Und jetzt her mit der nächsten Flasche, Marita. Na, wie ist's, setz dich zu uns, sing uns ein Lied, bist doch sonst nicht so.«

Elfego starrte immer noch fragend das Mädchen und die Männer an. »Ach so, der Tölpel begreift nicht«, lachte Enrique. Er packte Elfego am Arm und zog ihn aus der Tür. Dann deutete er auf den Lagerschuppen und versetzte dem Mischling einen derben Stoß in den Rücken.

Lallend torkelte Elfego in das Dunkel. Erst unter dem Vordach des Schuppens, im Schatten geborgen, wagte er sich umzusehen. Niemand achtete mehr auf ihn. Er lauschte auf das Gelächter im Rancho, auf das Kreischen der Händlerstochter. Dann huschte er zum Korral hinüber. Richtig, da stand die weiße Mula bei den Pferden der beiden Mestizen.

Elfego überlegte. Es mußte so aussehen, als sei das Maultier allein ausgebrochen. Er legte eine der Stangen des Eingangs nieder, so, als sei sie von den Tieren aus dem Haken gestoßen worden. Dann ging er auf die Mula zu, die die Ohren spitzte. Ehe sie dazu kam auszubrechen, hatte Elfego sie an Stirnlocke und Nasenrücken gepackt. Er zog sie zu der Umzäunung und streifte ihr ein Halfter über.

Die Pferde waren unruhig geworden, trabten hin und her. Elfego versetzte der Mula einen scharfen Hieb. Sie fügte sich erstaunlicherweise. Mit stelzenden Beinen stieg sie über die schräg liegenden Eingangsstangen und trabte dann willig hinter Elfego her, der es nach einer Weile sogar wagte, sich auf ihren Rücken zu schwingen.

Es ging schon gegen Morgen, als Elfego das Lager im Busch erreichte, wo ihn der Doktor erwartete. Der Mischling schilderte sein Abenteuer. Er lachte, daß es ihn schüttelte. »Hoho, wie ich sie hereingelegt habe! Freilich war auch etwas Glück dabei. Besonders in dem Augenblick, als der eine hinter mir die Flasche herunterwarf. Daß ich dabei nicht zusammenzuckte!« Aber dann wurde er wieder ernst. »Wir müssen abrücken, Señor; eine Schießerei im Busch ist immer gefährlich. Zudem haben wir nur ein Gewehr. Die Burschen kommen zu dritt.«

»Natürlich reiten wir augenblicklich los. Es ist alles gepackt, und die Mula haben wir ja auch wieder. Ob wir es schaffen?«

Elfego war sorglos. »Pah, die beiden saßen sicher die halbe Nacht bei der Flasche, steigen nicht vor dem späten Mittag in den Sattel. Bis sie dann noch ihren dritten Mann geholt haben und hierherkommen, wird es Abend. Ein halber Tag Vorsprung, das holen sie nicht auf, wenn wir uns beeilen.« Eine gute Stunde später hielten sie an, mit durchschwitzten Hemden, keuchend und erschöpft. Die weiße Mula hatte heute den Teufel im Leib. Sie biß, schlug, sprengte die Gurte des Tragsattels, indem sie sich unförmig aufblähte. Wenn es so weiterging, saßen sie noch am Abend in Sichtweite ihres eben verlassenen Lagers.

»Eine Bestie, eine Pora«, stöhnte Elfego. »Ich habe noch nie solch ein widerspenstiges Vieh unter den Händen gehabt.«

»Was fangen wir nur an?« überlegte Emilio.

Die Mula gab selbst die Antwort. Ganz unvermutet stieg sie, schlug mit fuchtelnden Hufen nach Elfego, der den Halfterstrick loslassen mußte, und galoppierte in die Savanne hinein.

»So lauf meinetwegen zum Teufel«, rief ihr der Doktor nach. »Bleib, Elfego, das Biest hält so rasch nicht an. Wir versäumen nur kostbare Zeit.«

»Aber die Sammlungen, Señor?«

»Die sind eben verloren. Was liegt daran? Die Pläne, der Fund, darauf allein kommt es jetzt an – und auf unser Leben. Los, reiten wir!«

Elfego war nur allzu bereit davonzulaufen, denn er war durchaus nicht so sicher, daß die Bande erst am Abend kam. Er hielt sich am Bügel des Pferdes fest und trabte unermüdlich nebenher. Als ihm Emilio einmal anbot zu reiten, schüttelte er lachend den Kopf. Sein Atem ging leicht. »Mir macht das nichts aus, Señor; Sie kämen zu Fuß nicht weit.«

Einmal hielten sie kurze Rast an einem Wasserloch. »Ob die Banditen schon hinter uns her sind?« grübelte Señor Emilio.

Elfego zuckte die Schultern. »Es ist auf jeden Fall besser, wenn wir wieder aufbrechen, sobald das Pferd ein wenig gefressen und genug Wasser bekommen hat.«

Eintönig graugrün lag die Savanne vor den beiden Flüchtlingen. Heiß brannte die Sonne, der Staub wölkte unter den Tritten. In den Senken, die sie durchzogen, wurden winzige Mücken zur Qual. Sie drangen in Augen und Ohren, in Nase und Mund. Ein einziger unvorsichtiger Atemzug führte zu krampfhaften Hustenanfällen.

Señor Emilio, der Naturalista, wollte eben wieder einmal über die verfluchte Hetze wettern, sich den Grimm von der Seele brüllen, da wurde es um sie her lebendig. »Die Banditen!« stöhnte Elfego und griff zum Machete. Doch schon erkannte er seinen Irrtum. »Milicos, die Polizei, Señor Emilio, das nenne ich ein Glück.«

Ja, es war ein Streiftrupp der berittenen Polizei, auf den sie gestoßen waren. Die Burschen verstanden ihr Handwerk. Sie hatten sich mitsamt den Pferden so gut verborgen, daß ihnen die beiden Flüchtigen ahnungslos in die Arme gelaufen waren. Emilio sah sich um. Er nickte anerkennend. Der Sargento hatte seine Leute so aufgestellt, daß ein Entkommen unmöglich gewesen wäre.

Mißtrauisch, den Karabiner unter dem Arm, trat der Sargento näher. »Sie haben es sehr eilig, Señor, darf ich fragen warum?«

Der junge Naturalista sprang aus dem Sattel. »Das dürfen Sie, Señor, und ich bin heilfroh, daß wir auf Sie gestoßen sind. Ich bin Wissenschaftler, auf einer Studienreise, sammle Insekten. Elfego hilft mir dabei. Durch Zufall erfuhr mein Bursche, daß uns eine Bande von Wegelagerern auflauert. Meine Sammlungen, die ich einer Mula aufgepackt hatte, sind verloren, das Tier ging durch. Aber wir selber sind ja nun sicher in ihrer Gesellschaft.« Das Gesicht des Sargento blieb verschlossen. Erst als ihm Elfego ausführlich sein Abenteuer erzählt hatte und die beiden Burschen beschrieb, wurde er freundlicher.

»Eine Narbe auf der Stirn, über dem rechten Auge?« Der Sargento nickte seinen Leuten zu. »Dann sind wir also doch nicht umsonst bis hier herauf geritten. Der Bursche wird seit langem wegen Mord und Raubüberfall gesucht. Wetten wir, daß auch die andern beiden irgend etwas ausgefressen haben! Und Sie sagen, Señor, daß Sie bestimmt verfolgt werden?«

Emilio nickte. »So leicht geben die Banditen nicht auf. Von meinen naturwissenschaftlichen Studien halten sie nichts; bestimmt vermuten sie irgend etwas anderes hinter mir, Gold, Edelsteine, was weiß ich?« Obwohl er es mit der Polizei zu tun hatte, hielt er es für besser, seine Entdeckung zu verschweigen. Über solche Dinge sollte man nicht reden.

Der Sargento überlegte, während er sich eine Zigarette drehte. »Gut, Señores, warten wir. Reiten Sie ein Stück in ihrer Fährte zurück und lagern Sie. Wir legen uns rund herum auf die Lauer. Kommen die Vögelchen, dann packen wir zu, und kommen Sie nicht, dann holen wir sie morgen aus dem Nest. Irgendwo in der Nähe sitzen sie noch, das steht fest.«

Emilio war es keineswegs wohl in seiner Haut, als er mit Elfego am Lagerfeuer saß. Er war ja nicht sicher, ob die Banditen nicht ohne weiteres schossen. Gewiß, sie wollten ihn lebendig unter die Finger bekommen. Daran mußte er sich halten, und zudem würde der Sargento nicht zögern, wenn es Ernst wurde.

Es war Nacht geworden. Der Sargento kam vorsichtig herangeschlichen und hielt sich außerhalb des Feuerscheins. »Pst, Señores, schlafen Sie ruhig, nur lassen Sie bitte das Feuer nicht ausgehen. Wir stellen Wachen aus. Jetzt in der Nacht wird die Bande kaum anrücken, sie finden ja die Fährte nicht, aber früh am Morgen sind sie sicher hier. Also unbesorgt, wir wachen. Wenn Sie dreimal den Ruf der Nachtschwalbe hören, ist Gefahr im Verzug. Am Morgen ahmen wir den Carancho nach, auch dreimal hintereinander. Einverstanden?«

Doktor Emilio nickte. »Es ist gut, Señor Sargento. Wir verlassen uns ganz auf Sie. Und jetzt gute Nacht oder gute Wacht, wie Sie wollen.«

Der Sargento hatte recht gehabt. Die Nacht verging ohne Störung, aber im Morgengrauen kamen die drei Banditen angeritten.

Enrique, der Mann mit der Narbe, machte den Wortführer. »Da sind Sie ja, Señor«, wandte er sich an Emilio. »Sie zogen so eilig ab, daß Sie die weiße Mula vergaßen. Wir haben sie mitgebracht.«

Seine beiden Spießgesellen grinsten wie über einen guten Witz. Der Naturalista stand auf. »Schön von Ihnen, Señores, dafür laden wir Sie zum Frühstück ein. Steigen Sie ab, der Mate ist gleich fertig.«

Ramirez und Enrique tauschten Blicke. War der Gringo wirklich so einfältig oder machte er ihnen etwas vor? Und sein Begleiter, den sie sofort erkannt hatten – war der Bursche wirklich taubstumm? Enrique sah sich mißtrauisch um, als fürchte er eine Falle. Aber ringsum sah er nur die morgenfrische Savanne, nichts rührte sich.

Enrique gab den andern einen Wink und sprang ab. Mit zwei Schritten stand er vor dem Naturalista. Ganz plötzlich hatte er den Revolver in der Hand. Seine Narbe lief brandrot an. Er fletschte die Zähne. »Wozu sollen wir länger mit verdeckten Karten spielen. Sie haben in der Gegend herumspioniert, nach einer Mine gesucht ohne Lizenz. So etwas ist verboten. Sie kommen mit uns zur nächsten Polizeistation, verstanden?«

»Gerade dahin wollte ich Sie einladen, Señores«, versetzte der Doktor. »Und nun stecken Sie das Schießeisen weg. Wir sind uns ja einig.«

»Caramba, Sie haben wohl den Verstand verloren!« brüllte Enrique. »Her zu mir, Ramirez, binde dem Burschen auf alle Fälle einmal die Hände zusammen, vielleicht ist er mit ihnen gerade so fix wie mit der Zunge. Nehmt den beiden die Waffen ab.«

»Paciencia, Señores!«

Die drei fuhren herum. Aus den Büschen traten die Polizisten, die Karabiner im Anschlag. Einer stand bereits bei den Pferden der Banditen. An Flucht war nicht mehr zu denken. Enrique knirschte mit den Zähnen. Einen Augenblick schien es, als wolle er sich auf den Gringo stürzen, der ihm die Falle gestellt hatte. Zu spät, der eben noch so harmlose hatte bereits das Gewehr im Anschlag. »Das Spiel ist aus, ehe es recht begonnen hat, Señor Enrique«, sagte er kalt. »Ich danke Ihnen, daß Sie sich meiner Sammlungen angenommen haben und die störrische Mula hinter mir hertrieben. Alles übrige wird der Sargento mit Ihnen erledigen.«

Eine knappe Stunde später brach der Trupp auf. Voran Emilio und der Sargento, der den Doktor ein über das andere Mal seinen Amigo, seinen Freund, nannte. Er schwatzte und lachte, rauchte und spuckte von Zeit zu

Zeit im Bogen aus. Das hatte sich wirklich gelohnt. Alle drei Burschen wurden seit langem gesucht, und eine fette Belohnung, wohl gar eine Beförderung stand in Aussicht.

Mit hängenden Köpfen trotteten die drei Gefangenen, die Hände auf dem Rücken gebunden, hinterher. Ab und zu streifte Elfego ein tückischer Blick. Daß er, der so geschickt den Taubstummen gespielt hatte, der Verräter war und den Anschlag vereitelt hatte, das hatten sie längst begriffen.

Zwei Tage später trennte sich Señor Emilio von dem Streiftrupp. Er gedachte die Studienreise mit einer Dampferfahrt abzuschließen. Was wohl aus den drei Gefangenen werden würde, erkundigte er sich beim Abschied. Der Sargento lächelte: »Nicht viel, Señor Doctor; ein kurzes Verhör und dann ab auf den Cementerio, den Friedhof. Hierzulande macht man mit dem Gelichter kurzen Prozeß.«

Ein Geschenk der Urzeit

Auf einer Bergwanderung kann es uns geschehen, daß wir plötzlich seltsame Versteinerungen in der Hand halten: Muscheln und kunstvoll gewundene Schnecken, Ammonshörner genannt. Sie erinnern daran, daß wir hier in tausend und mehr Metern Höhe auf dem Grund urzeitlicher Meere stehen.

Auch das Erdöl stammt aus den Urmeeren. Das Schwebende, das Plankton nennen wir jene kleinsten Lebewesen des Meeres, die in unvorstellbaren Mengen auftreten, in Wolken, die die Farbe des Wassers verändern. Milliardenfach sank und sinkt das Plankton absterbend in die Tiefe, bildet dort ungeheure Bänke. Wo besondere Umstände die Verwesung verhindern, bilden sich die Tier- und Pflanzenleichen in Kohlenwasserstoff um. Aus diesem Grundelement aber besteht das Erdöl.

Wie kommt es aber nun dorthin, wo wir es heute fördern? Zunächst wurden die Ablagerungen von Schlamm überdeckt. Ungeheurer Druck entstand auf dem Meeresgrund, und mit ihm stieg die Temperatur im Faulschlamm. Erst bei 160 Grad Wärme bildet sich das Erdöl. Öl ist aber bekanntlich leichter als Wasser. Demgemäß drängte es nun nach oben, sickerte durch das über ihm liegende Gestein. Stieß es auf undurchlässige Schichten, so staute es sich dort. Später begann sich die Erdrinde zu wölben, zu falten, Felsbuckel hoben sich aus den Wogen, und mit den emporgedrückten Gesteinsmassen wurde auch das Öl gehoben. An manchen Stellen tritt das Erdöl offen zutage, sammelt sich in Senken und Gruben. Das Benzin verdunstet, zurück bleiben Paraffin und Asphalt, das Erdpech, das schon die Menschen der Steinzeit verwendeten. Freilich, meist läßt sich die Erde ihren Schatz nicht so leicht entreißen. Geologen stellen durch Messungen, an Gesteinsproben und durch Echolotung fest, wo Öl liegen könnte. Dann beginnen die Bohrungen. Ausströmendes Erdgas ist meist das erste Anzeichen, daß man fündig wird. Das bedeutet Alarm am Bohrturm, denn ein Funke genügt, um das Gas zu entzünden. Oft sind ungeheure Brände entstanden, die sich schwer oder gar nicht eindämmen ließen.

Am Pfad der Gefahr liegt eine Groß-
stadt in den USA ebenso wie eine
Eskimosiedlung im höchsten Norden
Kanadas:

Lärmende Städte,
schweigende Wildnis

Ray rechnet ab

Nur eines trennt den jungen Neger
Ray von der ersehnten Boxerlauf-
bahn: die Erinnerung an die Black-
Hand-Bande.

Im Nordland verschollen

Daß sie niemals eine Spur verlieren,
ist der besondere Stolz der Beamten
der berühmten Royal Canadian
Mounted Police.

Ray rechnet ab

»Hier bringe ich Ihnen Ray Clifford, Mister Parker«, sagte Father John Hawkins und schob einen grobknochigen, hageren Negerburschen vor sich her in das kleine Büro der Tankstelle. »Ray Clifford, von dem ich Ihnen schon am Telefon erzählte. Ich las ihn obdachlos auf und nahm ihn in unser Heim für heimatlose Jugendliche auf. Dort wohnt er fürs erste.«

Davis Parker erhob sich. Seine massige Gestalt schien das niedrige, kleine Büro zu sprengen. Ray, der junge Negerbursche, warf ihm einen unsicheren Blick zu. Das also sollte sein Boß, sein neuer Chef werden. Besonders vertrauenerweckend sah er nicht aus, dieser Mister Parker. Sein Gesicht machte den Eindruck, als sei es einmal unter eine Dampfwalze geraten. Die Nase eingedrückt, die Ohren wulstig, wie verschwollen. Richtig, Blumenkohlohren nannte man das, soviel wußte Ray. Nur die Augen dieses Riesen flößten ihm Vertrauen ein. Von ihnen ging eine warme Kameradschaftlichkeit aus, und in den Augenwinkeln saß so etwas wie gutmütiger Humor.

Wie merkwürdig: Mister Parker erkundigte sich gar nicht nach Rays bisheriger Tätigkeit, und noch weniger fragte er nach Zeugnissen. Er ließ Ray die Arme ausbreiten, fast berührten die Fingerspitzen des jungen Burschen die Seitenwände des Büros. Der Tankstellenbesitzer grunzte, das war offenbar der Ausdruck seiner Zufriedenheit. Dann schlug er mit seiner Pranke Ray auf die Brust, betastete seine Schultern und Arme und grunzte abermals.

»Mager wie eine Vogelscheuche«, grinste er. »Wie alt ist er, Father John? Knapp sechzehn? Wetten, daß er es mit zwanzig zum Schwergewicht bringt, wenn er in die richtige Küche kommt. Und dafür lassen Sie Mammy Parker nur sorgen. Seine Reichweite ist großartig, wenn er auch sonst gute Anlagen zeigt . . .«

»Ray wird sich bestimmt Mühe geben. Aufs Wagenwaschen versteht er sich, und das übrige bringen Sie ihm nach und nach bei. Die Hauptsache ist, daß Ray endlich mal in geordnete Verhältnisse kommt. Alles andere findet sich.«

»Richtig, Father, alles andere findet sich, das heißt, wenn er etwas taugt.«

»Wird schon werden, Mister Parker. Ich lasse Ihnen den Jungen gleich da. Nach Feierabend schicken Sie ihn wieder ins Heim.«

»Hm, wenn der Bursche verläßlich ist, und das kann man ja wohl annehmen, wenn er aus Ihrer Hand kommt, dann könnte ich ihm gelegentlich die Kammer hinter dem Büro einrichten. Es wäre wahrhaftig für mich eine feine Sache, nur noch jede zweite Nacht herausgeläutet zu werden, einmal wieder so richtig ausschlafen zu dürfen. Dem jungen Bengel wird es nichts ausmachen, wenn er zwei-, dreimal aufstehen muß. In dem Alter legt man sich aufs Ohr und schläft in der nächsten Minute wieder ein, während unsereins manchmal ins Sinnieren hineingerät.«

Unter den kritischen Augen Mister Parkers mußte Ray Autos waschen, beim Ölwechsel und kleinen Reparaturen mit anfassen. Daß es dabei manchmal einen etwas handgreiflichen Wink setzte, das nahm Ray nicht tragisch. Das Leben hatte den in den Slums der Großstadt aufgewachsenen jungen Burschen nicht gerade sanft angefaßt. Für den in Aussicht stehenden anständigen Lohn, eine behagliche Bude mit zwei andern jungen Burschen zusammen und für das Essen, das Mammy Parker auf den Tisch stellte, hätte er mehr als einen Puff in Kauf genommen. Ray war mit dem neuen Posten, den er Father John verdankte, durchaus zufrieden.

Freilich, ein wenig merkwürdig war dieser riesige Tankstellenbesitzer schon. Immer wieder ertappte ihn Ray dabei, wie er seinen jungen Gehilfen mit kritischen Blicken musterte, und manchmal trat ein grüblerischer Ausdruck in die unter mächtigen Augenbrauenwülsten liegenden Augen.

Was will er nur von mir? Ob er am Ende nur mißtrauisch ist? Schließlich hat mich der Father ja wirklich auf der Straße aufgelesen, mitgenommen, ohne viel nach meinem Woher und Wohin zu fragen, rätselte Ray.

Ein Gefühl der Hoffnungslosigkeit stieg wieder in dem jungen Burschen auf, der sich eben noch vorkam wie ein Schiffbrüchiger, den eine Glückswelle an Land geworfen hat. Heute, morgen würde er wieder arbeitslos auf der Straße stehen, und seine einzige Hoffnung blieb Father John; an ihn glaubte er, der würde ihn nicht im Stich lassen.

Jeden Morgen betrat Ray die Tankstelle mit einem unsicheren Gefühl, und doch blieb die fristlose Entlassung aus. Er wusch Wagen, kassierte mit breitem Schmunzeln Trinkgelder, er ging Mister Parker an die Hand und gab

sich redlich Mühe, des Fathers Empfehlung zu rechtfertigen. Ganz allmählich änderte sich Rays Benehmen, wie sich sein Äußeres ummodelte. Der in allen Nähten brüchige, viel zu weite Rock flog in die Mülltonne, und die geflickten, fleckigen Hosen folgten. Von seinem ersten selbstverdienten Geld kleidete er sich neu ein. Für Zigaretten hatte er keinen Cent übrig, noch weniger für Spielautomaten, Eis und Getränke. Was er brauchte, bekam er überreichlich von Mammy Parker, die ihn, wo immer sie ihn zu sehen bekam, mit mütterlich sorgenden Blicken betrachtete.

Ray wäre zufrieden gewesen, wenn er nur endlich mit seinem Boß klar gekommen wäre. Warum belauerte ihn der Alte immer noch auf Schritt und Tritt, hatte er nicht längst bewiesen, daß er Vertrauen verdiente?

Eines Tages machte Ray eine überraschende Entdeckung. Die Blicke Mister Parkers, die ihm hierhin und dorthin folgten, hatten nichts mit Mißtrauen zu tun. Als der Boß einige dringende Geschäftsfahrten zu machen hatte, überließ er Ray das Büro. Der Schlüssel steckte in dem klobigen Kasten, in dem das Geld verwahrt wurde. Ray machte den Boß darauf aufmerksam.

»Schließlich mußt du doch herausgeben können«, grunzte der Riese. »Manchmal zahlen die Leute mit unverschämt großen Scheinen. Vergiß nicht, alles zu notieren, was vorkommt. Bye, bye!«

Mißtrauen also war es nicht, was hinter Parkers oft so merkwürdigem Benehmen steckte. Was also sonst? Schon einer der nächsten Abende brachte Ray die Lösung. Ein wenig eiliger als gewöhnlich brachte er am Abend die Werkstatt in Ordnung. Zu Hause – wie herrlich das war, von einem Zuhause reden zu können! – stieg heute das Rückspiel um die Heimmeisterschaft im Tischtennis, eine große Sache. Ray war freilich noch Anfänger, schied nach zwei, drei Partien aus, aber er hatte den brennenden Ehrgeiz, es dem rothaarigen Mac gleichzutun, der die Bälle wie mit dem Rasiermesser schnitt und eine einfach unhaltbare Rückhand hatte.

»Alles okay, Mister Parker?«

Der Dicke nickte, dann legte er Ray seine Bärenpranke auf die Schulter. »He, Boy, komm einmal mit. Mammy hat dir noch eine Kleinigkeit zurückgelegt von der Pastete, die dir so geschmeckt hat. Sie ist heute abend im Kino. Na, wie ist's?«

Ray zauderte, aber nur einen Augenblick. Schließlich – Tischtennis spielen konnte er ja fast täglich. Für einen Teller voll Pastete aber hätte er auf noch ganz andere Dinge als auf einen Klubabend verzichtet. Er hatte nun einmal einen unstillbaren Hunger. Zudem war er neugierig. Ob es ihm endlich einmal gelang, einen Blick in die Wohnstube der Parkers zu werfen? Die Mahlzeiten bekam er immer in der Küche vorgesetzt, es eilte ja meist damit.

Mit einem behaglichen Grunzen schob ihn der Boß in die gute Stube und beförderte ihn mit einem freundschaftlichen Stoß in einen Sessel. »Na, nun zier dich nicht, laß dir's schmecken. Nachher wollen wir mal ein vernünftiges Wort miteinander reden.«

Ray spitzte die Ohren, das klang ja sehr verheißungsvoll. Er sah sich während des Essens im Zimmer um. An der Wand über dem zusammengesessenen Sofa hingen mehr als ein Dutzend Bilder, die einen Boxer zeigten, in Kampfstellung, mit dem Siegeskranz um den Hals, beim Training und da und dort sogar im Kampf. Ray blieb der Bissen im Hals stecken. Das war ja – nein, er täuschte sich nicht – das war Mister Parker, freilich in jungen Jahren, als er noch kein Fett angesetzt hatte.

»Ja, sieh sie dir nur an, die Fotos«, schmunzelte der Boß und sog behaglich an der Zigarre. »Das bin ich, das heißt, das war ich, damals, als ich noch im Ring stand und hoffen durfte, einer der Großen zu werden. Zweimal stand ich in der Ausscheidung zur Schwergewichtsmeisterschaft, aber es war zu spät. Zwei, drei Jahre früher, da hätte ich es geschafft, aber die Manager wußten es zu verhindern. Überall, wo der Sport zum großen Geschäft wird, gibt es Lumpereien, Tricks, von denen der Außenstehende nichts ahnt. Na ja, zugegeben, ich trug mit die Schuld, ließ mich einmal kaufen, ging k.o. auf Bestellung. Es ist für mich keine sehr angenehme Erinnerung, das darfst du mir glauben, mein Junge.«

Das war die längste Rede, die Ray von Mister Parker gehört hatte, seit er bei ihm arbeitete. Aber es kam noch besser. Der Boß erzählte lang und breit von seiner Laufbahn als Berufsboxer:

»Ich mag so in deinem Alter gewesen sein, als man mich entdeckte. Viel anders sah ich nicht aus; da, auf dem dritten Bild links unten siehst du mich, knochig, unausgewachsen, unfertig. Wirklich, als ich dich zum erstenmal sah, mein Junge, da glaubte ich mich selbst wiederzuerkennen, bis auf die Schokoladenfarbe, die du nun mal mitgekriegt hast. Ich hab' dich nicht aus den Augen gelassen, seit du da bist, und ich will noch heute abend zwei Liter Benzin statt meines Bieres trinken, wenn ich falsch tippe. Du bist der geborene Champion, ein Kerl, der nur in die rechten Hände kommen muß!

Junge, Ray, überlege mal, was das heißt! Eine von den großen Kanonen werden, denen die ganze Welt offensteht! Mit einem Schlag Hunderttausende verdienen! Na, was sagst du? Freilich, geschenkt wird dir nichts, wenn du dich für die Laufbahn eines Berufssportlers entscheidest. Dann heißt es verzichten und noch einmal verzichten, trainieren und arbeiten, Rückschläge einstecken, ohne zu mucken und den Mut zu verlieren, an sich selbst zu glauben und unbeirrbar das große Ziel verfolgen.«

»Boxer werden, Berufsboxer!« Der junge Bursche stolperte über die Worte. Er starrte Mister Parker an, als ob er ihn zum erstenmal sähe.

Behaglich legte der Boß seine mächtigen Arme auf den Tisch. Er nickte Ray schmunzelnd zu. »Ja, das meine ich. Vielleicht bist du einer von den wirklich Berufenen, einer, dem die Natur das große Geschenk in die Wiege gelegt hat. Begabung, Instinkt gehören dazu, das laß dir gesagt sein, und dann eiserner Fleiß, Geduld und Ausdauer. Wir wollen ganz offen miteinander reden. Natürlich kann ich mich irren, aber ich habe so das Gefühl, daß du das Zeug hast, das zu werden, was ich hätte werden können, wenn mich die Gauner nicht verkauft hätten. Etwas, was dir nie passieren kann, wenn du dich auf Joe Parker verläßt. Was meinst du, versuchen wir es miteinander? Die Geschichte kostet natürlich Geld, das stecke ich in das Geschäft, wir machen einen richtigen Vertrag miteinander. Das ist wie in der Lotterie. Bringst du's zu nichts, ist mein Geld futsch. Wird etwas aus dir, dann verdiene ich klotzig, denn du mußt mir etwas von deinem Verdienst abgeben. Nicht zu viel, nicht so viel, mein Junge, wie dir die Geschäftemacher des Sports abnehmen würden. Und glaub mir, die Prozente sind gut angelegt, denn ohne mich, ohne die richtige Führung und Beratung, brauchst du gar nicht erst anzufangen, da bist du verkauft, ehe du die Handschuhe anziehst. Die stellen dich unfertig in den Ring, lassen dich von ein paar rauhen Burschen zusammenschlagen und werfen dich weg wie eine ausgepreßte Zitrone.

Na, was meinst du zu dem Vorschlag, brauchst nicht gleich einzuschlagen, besprich dich meinetwegen mit Father John.«

Ray wurde ganz schwindlig an diesem Abend. Immer wieder vom Schrillen der Tankstellenglocke unterbrochen, sprach der alte Berufsboxer auf ihn ein. Er beschönigte nichts, zeigte ihm auch die Schattenseiten, die Gefahren der Berufssport-Laufbahn. Aber zuletzt war es Ray zumute, als stünde er schon im Ring und hörte, wie die Massen ihm zujubelten.

Boxen können, richtig boxen, das hatte er sich schon oft gewünscht. Er kannte aus seinen Jahren im Elendsviertel manchen, mit dem er gern abgerechnet hätte. Wenn er an die Black-Hand-Bande dachte, die ihn fertiggemacht hatte, damals, als er es mit dem Alteisenhandel versuchte! Die ihm dreimal mit roher Gewalt die mühsam aufgebauten Jobs abnahm, den Zeitungsstand, den Parkwächterposten und die große Sache mit dem fliegenden Obsthandel, die sich so gut angelassen hatte! War nicht diese Bande jugendlicher Gangster schuld an seiner elenden Lage, aus der ihn Father John herausgeholt hatte?

Ob er wirklich dazu geschaffen war, mit seinen Fäusten ein Vermögen zusammenzuboxen? Ray erinnerte sich an einige Freunde seiner kargen Jahre, denen er gern geholfen hätte. Da war die alte Mary, eine Wäscherin in den Slums, die ihm manchmal etwas abgegeben hatte, obwohl die arme Frau selbst nichts zu nagen und zu beißen hatte. Dann Jonny, der halbgelähmte Bursche, sein einziger Freund in jener schweren Zeit, und Onkel Dan, ja, der hatte es am meisten um ihn verdient. Er hatte ihn 'rausgeholt, als ihn die Black-Hand-Bande zusammenschlug, obwohl er wußte, daß er sich damit die Rache der Burschen zuzog. Sie waren ihm auch nichts schuldig geblieben, hatten seinen klapperigen alten Lieferwagen in den Kanal geworfen. Onkel Dan sollte ein nagelneues Auto von ihm erhalten!

Wohin verlor sich Ray mit seinen Gedanken! Einstweilen war er Autowäscher, Hilfsarbeiter, und hauste in einem Heim für Heimatlose, brauchte jeden Cent, um endlich selbst einmal wie ein Mensch zu leben. Und doch, und doch ... Mister Parker mußte es schließlich wissen. Nicht umsonst lief er mit eingeschlagener Nase und Blumenkohlohren durch die Welt. Hm, eigentlich war es nicht schön, wenn man so zugerichtet wurde, aber das gehörte wohl dazu. Und es kam ja auch nur darauf an, sich entsprechend zu decken. Ray erinnerte sich an die Bilder mancher Berufsboxer, die er auf den Plakaten und in den Sportzeitungen gesehen hatte, es gab ganz manierlich aussehende Burschen darunter. Er lächelte. Hatte er sich bei den Raufereien mit der Black-Hand-Bande nicht immer etwas auf seinen harten Kopf zugute getan?

Der Hinterhof, der nur von Lagerschuppen umgeben war und zu der Tankstelle gehörte, wurde zum Trainingsring. Unter einem Schuppendach dahinter hingen Ball und Sandsack. Und jetzt hatte Ray zum erstenmal die Handschuhe übergezogen. Wie oft hatte er über den dicken Boß heimlich gelächelt, der schwerfällig wie ein Bär an den Autos herumhantierte. Er stellte es sich ganz leicht vor, dem Riesen seine Treffsicherheit und Schlagkraft zu beweisen.

»Nur keine Hemmungen«, hatte Mister Parker gesagt, als er, ein Trikot über der gewaltigen Brust, seinem jungen Gehilfen gegenübertrat. Wohl war der Alte mit den Jahren schwer und etwas ungelenk geworden, aber was ihm an Beweglichkeit fehlte, das glich er mit dem Auge aus. Stets wußte er um eine Sekunde früher, welchen Haken, welche Gerade Ray ansetzte. Eine Kopfdrehung, ein kleiner Seitenschritt, ein Abducken, und Rays Fäuste schossen ins Leere.

Ausgepumpt, arg mitgenommen, fast verzweifelt über seine Unfähigkeit, auch nur einen einzigen richtigen Treffer anzubringen, stand der Bursche hinterher wieder bei den Wagen. Zum Donnerwetter, er hatte sich das Boxen doch viel einfacher vorgestellt! Und wie elend fühlte er sich am nächsten Morgen. Von den Haarwurzeln bis zu den Zehen schmerzte ihn jeder Muskel, er hatte richtiges Fieber; denn sein Lehrmeister schenkte ihm nichts.

Aber nach und nach überwand er die ersten Schwächeanwandlungen, das Spiel mit dem zurückfedernden Ball machte ihm Spaß, der Sandsack dröhnte, wenn er alle Kraft in die Schläge legte, die er noch durch das eigene, nach vorn geworfene Gewicht verstärkte, und manchmal mußte Mister Parker schnauben und den Kopf schütteln, wenn ihn Ray haarscharf auf den Punkt traf. Jedesmal, wenn dies geschah, grunzte der Riese anerkennend. Trotzdem war er mit seinem jungen Schüler nur halb zufrieden. Es fehlte Ray weder an Eifer noch an Instinkt, der junge Bursche reagierte bei Angriff und Abwehr so selbstverständlich, wie man es sich nur wünschen konnte. Aber etwas fehlte ihm: das Selbstvertrauen, der Glaube an sich selbst. Kopfschüttelnd klagte Mister Parker sein Leid Father John, der gelegentlich in der Tankstelle vorsprach, um nach seinem Schützling zu sehen. »Alles kann ich ihm beibringen, die Technik, die Tricks, den sicheren Blick für die Unsportlichkeiten, mit denen sich manche Burschen helfen, wenn sie sich unterlegen fühlen, aber gerade das eine, auf das es ankommt, das muß er sich selbst erwerben. Fragt sich nur, wie? Steht er erst einmal im Ring, ganz auf sich selbst gestellt, so wird er todsicher einem weit schwächeren Gegner unterliegen, wenn er das Kleinod des absoluten Selbstvertrauens nicht hat.«

Father John rieb sich das Kinn, wie immer, wenn er angestrengt nachdachte. »Es mag daran liegen, daß Ray in den schweren Jahren seiner Kindheit und nachher, als er sich mehr schlecht als recht durchschlug, zuviel einstecken, wehrlos hinnehmen mußte. Sie wissen doch, Mister Parker, wie es in den Slums zugeht. Jugendliche Banden terrorisieren ganze Viertel. Ich habe Ray nie nach jenen Zeiten gefragt, aber ich bin sicher, daß eine Geschichte von Demütigungen und Leiden herauskäme.«

»Schön und gut, Father, sicher haben Sie recht. Wie aber kurieren wir Ray von seinen Minderwertigkeitskomplexen? Gelingt es nicht, ihn davon zu heilen, dann stellen wir ihn besser nie in den Ring. Dabei wäre alles so glatt gegangen. Charles Hetson, ein alter Bekannter von mir, würde ihn in seinen Trainingsstall aufnehmen. Er könnte dort als Partner Henry Murphys eine Menge lernen, fit werden. Was ihm fehlt, das sind schnelle, junge Burschen als Partner und, wie gesagt, das Selbstvertrauen, das in seinen Bubenjahren aus ihm herausgeprügelt wurde.«

»Nun, vielleicht kommt uns da der Zufall einmal zu Hilfe«, tröstete Father John den alten Boxer. »Irgendwann könnte Ray einmal mit dem Kerl zusammentreffen, dem er die Narben verdankt, die er über der Stirn und im Nacken trägt. Ich bin sicher, die ganz natürliche Wut auf jene Burschen, die ihn gehetzt und geprügelt haben, täte ein übriges. Lieber wäre es mir freilich, wenn er das, was ihm fehlt, von sich aus gewinnen könnte. Auf alle Fälle bleibt es bei unserer Abmachung. Ray besucht weiterhin die Abendschule, er arbeitet bei Ihnen. Wenn das Experiment mit dem Boxen fehlschlägt, soll er nicht erneut entgleisen, er muß einen festen Halt, eine Heimat haben.«

Mister Parker drückte dem Geistlichen die Hand, wobei dieser die Zähne zusammenbeißen mußte, um nicht aufzuschreien. »Ein Mann, ein Wort. Ray bleibt bei uns, solange er uns braucht, und auch später steht immer ein Stuhl für ihn an unserem Tisch. Die Mammy, meine Frau, hat den Bengel ja sowieso wie einen eigenen Sohn ins Herz geschlossen. Aber schade, jammerschade wäre es um ihn.«

Manche Stunde grübelte Mister Parker darüber nach, wie er Ray zu dem goldenen Kleinod des Selbstvertrauens verhelfen könnte. Zum Kuckuck, das war ein richtiges Problem! Mit freundschaftlichem Zureden war es nicht zu machen, ebensowenig mit energischem Dreinfahren. Und hätte es genützt, Ray gegenüber den Unterlegenen zu spielen? Das hätte ihn am Ende leichtsinnig gemacht. Nein, so ging es nicht.

Auch heute hatte er sich beim Abendtrunk wieder über Rays wunden Punkt Gedanken gemacht. Als er zu Bett ging, stellte er die Tankstellenglocke ab. Wie gut es doch tat, eine ungestörte Nachtruhe vor sich zu haben. Ein zufriedenes Lächeln lag auf seinen Lippen, als er sich in die Kissen sinken ließ. Das Geschäft ging in letzter Zeit recht flott, besser als je zuvor. Zwei unliebsame Konkurrenten hatten in der nächsten Umgebung aufgehört, und die kürzlich nur zwei Straßen weiter eröffnete Kunsteisbahn brachte allerlei feine Kundschaft zu Joe Parkers Tankstelle. Wenn es so weiterging, konnte er trotz der Steuern bald an eine Vergrößerung und an das kleine Haus weit draußen mit der Hühnerfarm denken. Dorthin gedachte er sich zurückzuziehen, wenn er genug beiseite gebracht hatte und wenn die Sache mit Ray zum Klappen kam. Nun, bis dahin hatte es noch gute Weile.

Da war er auch richtig schon wieder bei seiner Hauptsorge. »Der verflixte Junge«, murmelte er und ballte die Fäuste. »Hineinprügeln möchte ich es ihm, das fehlende Selbstvertrauen, den Glauben an den Sieg!« Er klopfte sich auf die behaarte breite Brust. »Da drinnen muß er es haben, da drin!« Mit einem Seufzer löschte er das Licht, lauschte auf das Surren eines vorfahrenden Autos. Jetzt stand Ray an der Pumpe. Wahrhaftig, er war ein guter Junge, anständig und auch verläßlich. Joe Parker fiel ein, daß er vergessen hatte, das Geld mit nach oben zu nehmen. Nun, unter Rays Aufsicht war es sicher. Wieder schmunzelte er. Eine hübsche runde Summe lag unten im Kasten.

Ray hatte den nächtlichen Kunden rasch abgefertigt. Er stand bereits unter der Bürotür, als er erneut Motorengeräusch zu vernehmen glaubte. Doch nein, es wurde still.

»Hat in der Nähe gehalten, war wohl Harry Smith mit seiner alten Benzinkutsche.« Er gähnte, trat zu dem klobigen Geldkasten mit den starken Eisenbändern und schloß das Geld ein. Den Schlüssel schob er lose in die Hosentasche. »Leichtsinnig vom Alten, den ganzen Zaster unten zu lassen«, murmelte er. Eben wollte er das Licht ausschalten, als sich hinter ihm die Tür öffnete.

»Hände hoch, keinen Laut, oder es kracht!«

Er fuhr herum. Da standen drei Burschen, die wollenen Halstücher bis zu den Nasen hochgezogen. Der eine von ihnen hielt eine Pistole in der Hand. »Na, wird's bald?« Der Ton ließ keinen Zweifel aufkommen. Ray hob die Hände. Er fühlte, wie ihm ein Würgen in die Kehle stieg, abwechselnd wurde ihm heiß und kalt. Überfälle auf Tankstellen waren in den letzten Wochen immer wieder gemeldet worden. Heute war also Joe Parker dran. Was sollte er tun? Es gab im Büro keine Alarmklingel, schon oft hatte er den Boß daran gemahnt, und an die alte Pistole in der Schreibtischschublade kam er nicht heran.

Ray war bleich geworden unter seiner braunen Haut. Aber nun schoß ihm das Blut plötzlich wieder zu Kopf.

»Nun, heraus mit dem Zaster. Wo ist der Schlüssel, wird's bald?«

Der Anführer der drei Banditen war dicht an Ray herangetreten und griff ihm in die Taschen, während ihm der andere den Lauf der Pistole in die Seite bohrte. Ray Clifford spürte, wie ihn trotz der Gefahr eine eiskalte Wut packte. Er hatte die Stimme des Gangsters erkannt. Das war Snake, die Schlange, der Anführer der Black-Hand-Bande, und der mit der Pistole, richtig, das war Nasen-Murphy, und der dritte – wie ein Stich fuhr ihm der Schmerz in den Nacken – das war der Killer-Bill. Erbarmungslos hatte ihm dieser junge Verbrecher damals, als sie ihn abgepaßt hatten, eine Art Tigerklaue ins Fleisch gedrückt, die er in der gehöhlten Hand zu verstecken pflegte.

Ray mußte an sich halten, Murphy nicht die Faust ins Gesicht zu schlagen. Im letzten Augenblick erinnerte ihn der schmerzhafte Druck des Pistolenlaufes an die Gefahr. Snake, die Schlange, hatte richtig den Schlüssel zum Geldkasten gefunden. Grinsend hielt er ihn Ray unter die Nase.

»Nun wollen wir mal sehen, was der Onkel für uns hergerichtet hat.« Im gleichen Augenblick fuhr er herum, riß den hüllenden Schal herunter. Das Brummen eines Motors war draußen zu hören. Im Sprung stand der jugendliche Gangster an der Tür.

»Murphy, weg dort, setz dich auf den Stuhl, deck die Pistole mit der Zeitung zu. Du, herunter mit den Händen, und verrate mit keinem Mucks, daß hier etwas los ist. Ich geh 'raus und gebe dem Burschen Benzin. Killer, weg mit dem Schal, setz dich auf den Schreibtisch, steck 'ne Zigarette an, spielt kleine Abendgesellschaft. Fertig!«

Blitzschnell hatten die andern gehorcht. Ray straffte die Muskeln. Das war die Gelegenheit, die einzige, die sich ihm bot. Nasen-Murphy hatte den Kopf gedreht und lugte durch das Fenster. Snake stand an der Tür, auch der Killer gab nicht auf Ray acht. Der Anführer der Bande grinste. »Alles okay, der Bursche benützte nur die Anfahrt der Tankstelle zum Wenden.« Erleichtert atmeten die andern beiden auf. Da fuhr Rays Faust blitzschnell nach vorn. Murphy kam gar nicht dazu, die Pistole zu heben. Sein Kopf knallte gegen die Wand, er kippte wie ein leerer Sack zur Seite um.

Killer-Bill, ein Bursche mit Muskeln wie ein Pferd, glitt vom Schreibtisch herunter und fuhr auf Ray zu. Ein Abducken, ein Doppelschlag, und stöhnen krümmte sich der Gangster.

Wie eine Schlange, von der er ja den Namen trug, schoß der Anführer auf die am Boden liegende Pistole zu. Er war der gefährlichste, das wußte Ray. Ohne sich zu besinnen, schlug er ihn wuchtig ins Genick.

Als sich Nasen-Murphy mit schwimmenden Augen langsam aufsetzte, der Killer wieder etwas Luft bekam, stand Ray an der Tür, die Pistole in der Hand. Der Anführer lag noch immer bewußtlos am Boden. Ray schaltete das Telefon um und griff mit der Linken nach dem Hörer. Endlich meldete sich Mister Parker. »Sofort herunter, ein Überfall!«

Hatte nicht Snake eben nach Ray hingeblinzelt? Der verschlagene Gauner spielte den Bewußtlosen, um im nächsten Augenblick aufzuschnellen, Ray von der Seite anzuspringen. Er kam nicht dazu. Ein Fußtritt schleuderte ihn zurück, gerade dem anspringenden Killer vor die Beine. Als er vorn-überstürzte, versetzte ihm Ray noch einen wuchtigen Haken.

Schritte näherten sich. Da stand auch schon Mister Parker in der Tür. Mit einem Blick erfaßte er die Lage. »Das nenne ich ganze Arbeit, Ray, großartig. Bleib, wo du bist und halte die Burschen nieder, ich rufe an.«

Zehn Minuten später fuhr die Polizei an der Tankstelle vor und nahm die jugendlichen Gangster mit. Zum zweitenmal mußte Ray den Hergang des Abenteuers schildern.

»Fein gemacht«, nickte ihm der Sergeant zu. »Sollte mich nicht wundern, wenn das die Burschen wären, hinter denen wir schon seit Wochen vergeblich her sind.«

Eine halbe Stunde später stieg Mister Parker wieder mit wuchtigem Schritt nach oben. Auf der Treppe blieb er stehen und blinzelte auf Ray herab. »Übrigens, noch eins: Du brauchst mich nicht mehr anzurufen, wenn solche Burschen kommen. Wie ich gesehen habe, wirst du ganz gut allein mit ihnen fertig.«

Er lachte breit und behaglich, und während Ray zum Büro zurückschritt, murmelte er vor sich hin: »Das war der Zufall, von dem Father John gesprochen hat. Wetten, von heute ab hat Ray das, was ihm noch zum künftigen Meister fehlte. Gleich drei der gefährlichsten Gangster erledigte er mit einer Hand. Mit einer Hand, sage ich. Wenn das nicht die Spritze ist, die er brauchte, dann versteh' ich nichts, rein gar nichts vom Boxen! Und das glaubst du wohl selbst nicht, alter Junge.«

Boxen ist roh

– dieses Urteil hört man oft. Und tatsächlich spricht viel für die Ablehnung des Boxsportes: schwere Verletzungen, ja tödliche Unfälle im Ring, das Absinken des Sportes zur billigen Sensation (das man freilich auch bei anderen Sportarten beobachten kann) und die Geschäftemacherei skrupelloser Manager.

Wer die Vorzüge des Faustkampfes kennt, drängt trotzdem weniger auf eine Ablehnung des Boxens überhaupt als vielmehr auf eine vernünftige Reform der Boxregeln. Zunächst einmal ist nämlich das Boxen ein ausgezeichnetes Körpertraining – von den Zehen bis zum Schopf: Wer nach längerer Pause in den Ring steigt und einige Runden scharf boxt, empfindet am ganzen Körper Muskelschmerzen, während sie sich bei fast jeder anderen Sportart nur hier und dort einstellen.

Hinzu kommt die Übung in Körperbeherrschung, Geschmeidigkeit, Konzentrationsfähigkeit, die für den Boxer unerläßlich sind.

Schließlich steigt mit dem sportlichen Erfolg das Vertrauen in die eigene Kraft, wie andererseits ein gewisses Maß dieses Vertrauens Voraussetzung für den Erfolg ist. Das spielt eine sehr große Rolle für den Boxer, der allein im Ring steht und für den jeder Kampf eine neue Entscheidung bedeutet.

Gleichzeitig aber verlassen wir mit dieser Überlegung den Ring und erkennen ihre allgemeine Bedeutung: Ein gesundes Maß an Selbstvertrauen ist für jeden Menschen erstrebenswert; und jeder sollte, wenn es sein muß, den Mut aufbringen, sich in schwieriger Lage zu bewähren, sich selbst auf die Probe zu stellen. Er wird mit dem Vertrauen in die eigene Kraft diese Kraft selbst wachsen sehen.

Im Nordland verschollen

Sergeant Jack Gardner schlug mit der flachen Hand auf die Meldung, die er vor sich liegen hatte: »Begreifst du noch immer nicht, Minik, daß die Zeichen auf dem Papier eine wichtige Nachricht enthalten, Gedanken von Männern, deren Befehl ich gehorchen muß. Hier steht, daß John Faulkner und Olaf Christiansen nicht an der Ungvabucht und auch nicht in Fort MacPherson eingetroffen sind; nirgends hat man von ihnen gehört. Sie sollten längst von ihrer großen Reise zurück sein.«

»Und nun schickst du dich an, hinter ihnen herzufahren, nur um zu sehen, wo sie sind?« Minik, der Eskimo, konnte ein Lächeln über das Unbegreifliche nicht unterdrücken. »Sind sie Frauen und Kinder, auf die man achten muß, für die andere denken, oder erwachsene Männer?« fragte er.

»Natürlich sind beide Männer, und tüchtige Männer dazu. Aber es sind Männer des Südlandes, und sie gehören zu uns. Vielleicht sind sie in Not geraten, vielleicht sind sie krank. Sie warten auf Hilfe, und die soll ihnen werden.«

Wieder lächelte der Eskimo und verbarg es hinter der vorgehaltenen Hand. Er schwieg eine Weile, um seine Gedanken zu ordnen.

»Ich bin Minik, der Weitgereiste«, versetzte er schließlich, »ich habe mehr gesehen von dem Land, aus dem du kommst, als viele andere. Ich war dort, wo das Holz, das nur schwimmend an unsere Küsten gelangt, aufrecht im Boden steht und dicke Köpfe aus Laub und Zweigen trägt. Ich sah Dörfer, die größer waren als alle Eskimosiedlungen zusammen. Aber ich lernte dabei auch die Art der weißen Männer kennen. Der immerwährende Handel hat ihre Herzen kalt gemacht und ihre Gedanken böse. Sie fordern für alles, was sie besitzen, Tausch. Nichts verschenken sie, nichts teilen sie, ohne Bezahlung dafür zu fordern. Die aber, von denen du sprichst, sind nordwärts gezogen zu meinem Volk. Dort ist es Sitte, alles miteinander zu teilen, reichen Fang und Notzeiten. Keiner braucht um seinen Anteil zu bitten. Für den, der große Vorräte besitzt, ist es eine Ehre, demjenigen zu helfen, der Hunger leidet. Darum sage ich dir, es ist unnötig, nach den beiden Männern mit den schwer auszusprechenden Namen zu suchen. Gewiß haben sie erfahren, was ich längst weiß, daß das Leben im Südland, wo jedermann handelt und feilscht, böse und schlecht ist, daß sie im Norden unter Menschen sind, deren Sinn freundlich und deren Hand offen ist. Darum sind sie geblieben, ohne Sehnsucht nach dir und den Deinen.«

Der Sergeant lachte. »Wir sind Freunde seit vielen Jahren, Minik, darum darfst du mir auch sagen, was hart klingt und unangenehm zu hören ist. Aber es nützt alles nichts, wir müssen reisen, du und ich. Wir fahren denselben Weg, den die Gesuchten einschlugen. Nicht eher kehre ich zurück, als bis ich am Ende der Spur John und Olaf stehen sehe, oder bis ich an ihrem Grab angekommen bin!«

Schweigend machte sich Minik daran, die Hunde einzuschirren. Er wußte wirklich mehr vom Wesen der weißen Männer als andere Eskimos. Wenn einer der Südländer solch starke Worte sprach wie sein Freund Jack, dann mußte seinen Befehlen gehorcht werden.

Als er fertig war, sah er sich nach dem Sergeanten um. Der hatte die Tasche mit seinen Papieren zugeschnallt und umgehängt. Er nickte nur. »Hok, hok«, spornte Minik die Hunde an und ließ die Peitsche sausen. Heulend warf sich das Gespann in die Stränge. Nordwärts ging die Fahrt, entlang dem Kupferfluß. Der kurze Tag ging in graue Dämmerung über. Dann kam die Nacht, die viele lange Stunden währen sollte. Aber unermüdlich folgte der weiße Polizist dem voranfahrenden Schlitten. Erst als Minik sich mehrmals nach ihm umsah und mit der Peitsche auf die Hunde wies, nickte er und erklärte sich damit einverstanden zu lagern.

Jack war ein »Mounty«, ein Angehöriger der kanadischen Bundespolizei, wortkarg, verschlossen, aber im Grunde gutmütig und hilfsbereit, ein pflichteifriger Beamter und guter Kamerad. Der Auftrag, das Schicksal zweier Uransucher aufzuklären, war ihm lieber als eine Verbrecherjagd und erst recht als der eintönige Dienst auf weltabgeschiedenem Posten, wo er Sheriff, Postmeister und Wetterbeobachter zugleich war.

Eigentlich hätte noch ein zweiter Mann mitkommen sollen, der junge Charles Dunmore. Gerade im rechten Augenblick war er erkrankt, so hatte Jack allein losziehen können.

Gewiß, manchmal am Lagerfeuer wäre es ganz nett gewesen, sich mit einem Kameraden aussprechen zu können, ein wenig daran herumzurätseln, was den beiden Forschern zugestoßen sein könnte. Ob sie Erfolg gehabt hatten? Sie waren beim Aufbruch voll Zuversicht gewesen. Jack er-

innerte sich noch gut an die beiden, den bebrillten Wissenschaftler, Doktor Faulkner, und an den grobknochigen, hochgewachsenen Norweger. Ein ungleiches Paar: Geologe der eine, Bergwerksingenieur der andere. Nun, sicher verstanden sie ihr Geschäft, und es war ja auch durchaus wahrscheinlich, daß das Nordland neben den Edelmetallen, die man entdeckt hatte, auch reiche Uranlager barg.

Fast mechanisch half der Sergeant dem Eskimo bei der Lagerarbeit. Seine Gedanken folgten den Forschern durch die Eiswüsten des Nordens. Eigentlich mußte es so spannend wie ein Glücksspiel sein, wenn man mit dem Geigerzähler dahinfuhr, der jeden Augenblick anschlagen konnte. Freilich, ob die Menschheit mit der entdeckten Atomkraft glücklicher, ob das Leben dadurch schöner und reicher würde? Jack kratzte sich den Kopf, während er in den Schlafsack kroch. Minik, der Eskimo, den keinerlei Probleme beunruhigten, schlief längst. Er war mit dem Leben zufrieden, so wie es war. Schnelle Fahrt, gute Hunde, genügend Proviant und herrlichen, gezuckerten Tee alle Tage – was wollte er mehr?

In Paktok, einer kleinen Siedlung an der Küste, stießen sie auf die erste Spur der Vermißten. Sergeant Gardner nickte zufrieden. Es war ja so viel leichter, in diesen unendlichen weißen Einöden nach einem Vermißten zu suchen, als südlich in Wäldern und Felsbergen. Ganz besonders, wenn es sich um einen weißen Mann handelte. Er konnte ja keinen Schritt tun, der nicht von spöttischen, bewundernden, auf alle Fälle aber neugierigen Augen belauert wurde. Der alte Uvdluriak war der Glückliche, der die großen Neuigkeiten, die von Iglu zu Iglu liefen, erzählen durfte. Ihm waren die Reisenden begegnet, während er draußen nach den Atemlöchern der Robben suchte.

Von allen Wohnplatzgenossen beneidet, geleitete er den Schlitten Jacks und Miniks zu seinem Iglu. Er wollte sie zuerst bewirten, er bekam zuerst von dem herrlichen Tee zu trinken, in den der Sergeant eine ganze Handvoll des weißen Pulvers schüttete, das wie Sonne schmeckte. Auch Tabak und eine neue Pfeife gab es für Uvdluriak. Der Alte ließ es aber auch an nichts fehlen, bot den Gästen, was er zu bieten hatte: fette, in Würfel geschnittene Walhaut, in Speck eingemachtes gedörrtes Fleisch und zum Schluß gar noch Walroßleber.

»Freude ist mit deinem Besuch zu uns gekommen«, lächelte Uvdluriak. »Freilich, du bist im Iglu eines alten Mannes, der kein Großfänger mehr ist.«

Jack klopfte ihm auf die Schulter. »Ich bin so satt, daß ich keinen Bissen mehr essen kann. Guter Uvdluriak, du hast uns bewirtet, wie es nur ein Akhayut, ein Starker, tun kann, ein Mann, von dem die ganze Küste spricht. Ich will den Ruhm des Festmahles, das du uns bereitet hast, überall verkünden. Fast schäme ich mich, dir als Geschenk ein paar armselige Patronen, ein Messer, Nadeln und Faden für deine Frau und ein wenig Tee, Zucker und Tabak zu bieten.«

»Ich bin nicht ohne Scham«, versetzte der Alte, dessen Augen vor Stolz und Freude glänzten. »Wenn du ein paar elende Fuchsfelle von mir nehmen willst, gerade genug, den Boden deines Iglu damit aufzuwischen, so will ich deine Reichtümer annehmen.«

Sergeant Gardner hatte alle Mühe, den freigebigen Alten davon abzuhalten, ihm wirklich die herrlichen Felle auf den Schlitten zu schnüren. Nun aber war nach der Sättigung die Stunde des Erzählens gekommen. Jack Gardner kam auf den Zweck seines Besuches zu sprechen. Die beiden Forscher waren vor ungefähr Jahresfrist in Paktok gewesen. Was war aus ihnen geworden? Uvdluriaks Gesicht verfinsterte sich. »Es waren Männer von deinem Stamm«, sagte er. »Einer von ihnen besaß vier Augen, der andere hatte Haare von der Farbe eines Wiesels im Sommerfell.«

»Sie sind es, nach denen ich frage«, bestätigte der Sergeant. Er hatte sofort begriffen, daß mit den vier Augen die Brille des Doktors und mit dem Wieselfell der Blondschopf des Norwegers gemeint waren.

»Ich muß dir harte Worte sagen«, fuhr Uvdluriak fort, »aber du forderst von mir die Wahrheit. Hier ist sie. Die beiden Männer verschmähten die reiche Beute, die ihnen das Nordland bot. Sie kümmerten sich nicht um die Robben, um die fetten Walrosse im Meer. Sogar einen Eisbären, der vor ihrem Schlitten vorbeilief, schossen sie nicht. Sie prügelten ihre Hunde, die den Bären verfolgen wollten. Immerzu liefen sie umher, seltsame Kästen vor der Brust. Sie zerschlugen Steine, luden sie auf den Schlitten. Viele lachten über ihr merkwürdiges Gebaren, andere wurden zornig über die Männer, die das Land beleidigten mit der Verachtung seiner Gaben.

Niemand wunderte sich, als die Erde sich über sie empörte und mit Stürmen, frühzeitigem Wintereinbruch und grimmiger Kälte ihrer Weiterreise ein Ende machte. Weit nördlich von hier, hinter dem großen Vorgebirge, saßen sie einen Winter lang in einer Hütte, die sie unter die Felsen gebaut hatten.

Orfik, der Großfänger, und seine Sippe weilten bei ihnen, aber als die Männer krank wurden, reisten sie ab, still und in aller Heimlichkeit, damit sich die Krankheit der weißen Männer nicht auf ihre Schlitten setze.

Seitdem sind wir ohne Kunde von den beiden Männern mit den Kästen auf der Brust.«

Jack Gardner war zufrieden. Er hatte die Fährte, und er würde sie nicht mehr verlieren. Zwei Tage später fuhr er mit seinem getreuen Minik nordwärts zum großen Vorgebirge. Es war eine beschwerliche Reise, und als sie ihr Ziel erreichten, lag die Dunkelheit über das Land gebreitet. Nur im Süden zeigte sich noch ein roter Schein, der täglich schwächer wurde.

Minik deutete auf den Mond. »Er läuft am Himmel umher und sucht nach seiner Schwester, der Sonne«, schmunzelte er.

»Ob wir Menschen antreffen unter den Felsen?« fragte der Sergeant.

»Niemand hier«, versetzte Minik und deutete auf die Hunde.

»Richtig, sie hätten längst angeschlagen, wenn sie Rauch, die Witterung einer Siedlung gespürt hätten. Aber hier in der Nähe ist sicher die Hütte, in der die beiden Weißen den letzten Winter verbrachten. Wir müssen sie finden.«

Minik trieb, ohne zu antworten, die Hunde an. Mit dem Instinkt des Wildnismenschen fand er die Siedlung, von der Uvdluriak gesprochen hatte. Leere, steingebaute Iglus, daneben die leeren Vorratsgerüste, die Steinsockel, auf denen die Kajaks der Eskimos gelegen hatten. Im Dämmerschein suchte Jack die nächste Umgebung ab. Wieder war es Minik, der mit einem Ruf einen Fund anzeigte.

Richtig, dort lag die Hütte der beiden Forscher unter der überhängenden Wand eingekeilt. Eigentlich war es nur noch ein Trümmerhaufen.

»Wir müssen nachsehen, vielleicht finden wir etwas, das uns weiterhilft.«

Minik runzelte die Stirn, aber er wußte, daß er den Sergeanten nicht von seinem Vorhaben abbringen konnte, auch wenn er ihn vor dem Zorn der Geister warnte, die die Hütte zerstört hatten.

Mit sichtlichem Widerwillen ging er dem Mounty zur Hand. Als es gelungen war, ein Loch durch das aus Robbenhäuten gebildete Dach zu schlagen, war er nur allzu bereit, dem Geheiß des Sergeanten zu folgen und auf die Jagd zu gehen.

»Fang in Zeiten der Dunkelheit ist Zufall«, meinte er, »aber es ist hier lange nicht gejagt worden, das macht die Robben sorglos. Sie vergessen, auf ihre Feinde zu achten. Ja, ich will gehen, aber hüte dich vor dem Zorn der Geister.«

Jack Gardner hatte den Eskimo nicht ohne Absicht fortgeschickt. Lagen unter den Trümmern Tote, so hätte er ihm doch nicht bei der Untersuchung geholfen, ja, wahrscheinlich hätte er sie ihm erschwert oder gar unmöglich

gemacht. So einfach war es ja nicht, einen Eskimo von der Notwendigkeit einer gründlichen Nachschau zu überzeugen. Vielleicht wäre Minik auch heimlich geflohen, um nicht von den Seelen der im Schlaf Gestörten verfolgt zu werden. Schon mancher Unerfahrene war hier im Nordland ums Leben gekommen, erschlagen worden, weil er – ohne es zu ahnen – irgendein Gesetz der Eskimos übertreten hatte.

Mit der Axt brach sich Jack vollends Bahn. Es gelang ihm, die Öffnung so zu erweitern, daß er in die halb eingestürzte Hütte kriechen konnte. Der Schein seiner Lampe huschte in dem moderig riechenden Loch umher. Wohl war Jack auf alles gefaßt, trotzdem zuckte er zusammen, als er auf einem niedergebrochenen Lager den zusammengeschrumpften, gefrorenen Leichnam eines Mannes entdeckte.

Der Sergeant zwang sich zur Ruhe. »Es ist der Doktor«, stellte er nach einer ersten Untersuchung fest. »Hier liegt seine zerbrochene Brille.«

Der Detektiv in ihm erwachte. Freilich, in dem Loch war nicht viel zu entdecken, was Aufschluß über den Tod des Forschers gegeben hätte. Vergebens suchte er nach dem zweiten Mann. Ein paar Gerätschaften lagen umher, vermoderte Säcke. In der Brusttasche des Toten fand Jack ein dickes Notizbuch, das er an sich nahm. Das war auch alles. Eine sorgfältige Untersuchung des Toten ergab, daß er an Skorbut gestorben war. Dafür sprachen die verkrümmten, verstümmelten Hände und Füße. Wo aber war der zweite Mann?

Als Minik mit zwei Robben auf dem Schlitten vergnügt und zufrieden zurückkam, hatte Jack den Trümmerhaufen über dem Grab bereits wieder geschlossen, Steine und Geröll darübergehäuft. Er schrieb einen kurzen Bericht über seine Feststellungen.

Die Nacht verbrachten sie in einem der Häuser des verlassenen Wohnplatzes, in dem es, nachdem zwei Tranlampen brannten, bald gemütlich warm wurde. Minik aß bis zur Erschöpfung. Auch der Sergeant ließ sich das Frischfleisch schmecken. Dann aber griff er voll Ungeduld nach dem Notizbuch des Toten, von dem er weitere Aufklärung erhoffte.

Er stutzte. Der Doktor hatte seine Aufzeichnungen stenografiert. Jack schmunzelte. »Es ist wahrhaftig nichts umsonst, was man lernt, wenn man ein Mounty wird«, murmelte er und begann zu lesen, während Minik rülpste, gähnte und sich zur Ruhe legte.

Zunächst war der Bericht Doktor John Faulkners recht eintönig. In Stichworten hatte der Forscher seine Eindrücke festgehalten.

»Beschwerliche Reise, Eskimos feindselig, weil ihnen unser Umhersuchen verdächtig scheint. Keinerlei Ausschläge des Geigerzählers.

Ermüdende Fahrten. Olaf widerwärtig, reizbar, ungeduldig. Gerät oft in Streit mit Eskimos. Versuche zu vermitteln, mache mit kleinen Geschenken manches gut. Keinerlei Eignung zu Kameradschaft, nackter, gieriger Egoismus.

Mehrfach auf uranhaltiges Gestein gestoßen, aber nicht abbaufähig. Hoffnungen steigen. Olaf verträglicher, macht schon Pläne für die Zukunft als reicher Mann.

Der große Fund! Uranerzlager, Küstennähe, Gelände abgesteckt. Wir sind beide Millionäre. Abtransport während des Sommers möglich mit Schiffen. Merkwürdig! Appetit kommt mit dem Essen. Auch mich hat das Uranfieber gepackt. Kann nicht aufhören, stimme Olaf bei, der entschlossen ist, ganzes Land bis zur Baffinbai abzusuchen, erst umzukehren, wenn wir sicher sind, nichts ausgelassen zu haben. Zwei, drei solche Minen wollen wir finden.«

Einträge über weite Reisen folgten. Dann las Jack wieder mühsam buchstabierend:

»Zweite Mine, nicht ganz so reichhaltig wie die erste. Genaue Karten angelegt, Mine abgesteckt. Reichtum über Reichtum liegt zu unsern Füßen. Dritte Fundstelle in den Felsklüften des großen Vorgebirges. Olaf schwer gestürzt, Fußverstauchung. Machen uns zur Überwinterung fertig. Orfik und seine Sippe lagern nebenan. Gutes Einvernehmen, immer wieder gestört durch Olafs Auftreten, der sich trotz Mahnungen nicht um die Anschauungen und Sitten der Eskimos kümmert. Sieht in ihnen Wilde, Barbaren. Wie wenig unterscheidet er sich von ihnen!

Olafs Fuß bessert sich langsam. Aber bei mir Anzeichen von Skorbut. Wie soll das werden, noch liegen lange Monate der Dunkelheit und Abgeschlossenheit vor uns. Vorräte schrumpfen. Hunger überwindet langsam Ekel vor dem Tran, den seltsamen, oft unappetitlichen Leckerbissen der Eskimos. Rätsel, wie sie durchhalten, ohne an Skorbut zu erkranken. Meine Hände und Füße sehen schlimm aus. Olaf, dessen Fuß besser ist, besorgt alle Lagerarbeiten, schimpfend und murrend. Scheint gegen Skorbut gefeit. Böse Entdeckung. Olaf hat alles von den Vorräten beiseite geschafft, was vitaminreich ist, dem Skorbut vorbeugt. Täusche oft Schlaf vor, nur um seinem Gerede zu entgehen. Er platzt vor Hochmut und Einbildung, spielt sich bereits als Millionär auf. Hohlköpfig, gemein. Qual, mit ihm zusammen in einer Hütte zu hausen. Erholung in Iglus der Eskimos.

Nun auch das zu Ende. Orfik und seine Sippe bei Nacht und Nebel ausgerückt, geflüchtet. Allein mit Olaf, der sich kaum mehr Mühe gibt, seine bösen Gedanken zu verheimlichen. Sitzt oft da, starrt mich neugierig, abschätzend an. Wartet auf meinen Tod. Dann gehören die Minen ihm, ihm allein. Merkwürdig, wie gleichgültig mich das alles läßt.

Liege stunden-, tagelang in der Hütte allein. Olaf viel auf Jagd oder Uransuche, trotz Kälte und Frost. Unbezwinglich stark, dieser Norweger. Beneidenswert.«

Seitenlang folgen philosophische Erwägungen, Betrachtungen über Wert und Unwert des Lebens, über Gut und Böse. Erinnerungen an Freunde und Angehörige, zum Schluß so etwas wie ein Testament. Dann noch ein paar Bemerkungen über den Gefährten:

»Olaf hat bereits den Schlitten zur Abfahrt beladen, wartet nur noch auf

meinen Tod. Spricht viel davon, wie einfach es sei, solch einem Elend mit
einem kurzen männlichen Entschluß ein Ende zu machen. Sorgt dafür, daß
meine Pistole geladen und entsichert in Reichweite meiner verkrüppelten,
verschwollenen Hände liegt. Manchmal greift er selbst zum Gürtel. Bin
überzeugt, er tut es nicht. Vielleicht nur, weil er weiß, daß ich sowieso
zum Tod verurteilt bin, daß er nur noch warten muß, zwei, drei Tage.«
Zerfahren, kaum mehr leserlich, folgten ein paar Worte:
»Alles aus, es geht zu Ende, Gott sei meiner Seele gnädig, John . . .«
Jack fand in dieser Nacht lange keinen Schlaf. So war das also gewesen.
Zwei Menschen hausten in einer elenden Hütte, zusammengezwungen von
einem erbarmungslosen Geschick. Zwei Schatzsucher, so verschieden in
ihrer Art, wie nur zwei Menschen sein konnten. Der empfindsamere war zugrunde gegangen, elend, ohne Gegenwehr. Und der andere? Der Sergeant
mußte ihm folgen, mußte wissen, ob er lebte.
Schon in der zweiten Siedlung, die der Mounty und sein Eskimo erreichten,
stießen sie auf eine neue Spur. Seltsam genug klang, was sie erfuhren.
Arkusak und Apilak, zwei weitgereiste Großfänger, erzählten von Olaf,
dem Norweger.
Er war mitten im Winter während der Dunkelheit hier in Oypat angekommen, voller Ungeduld, schnaubend wie ein wütendes Walroß. Zwei
Männer, die Brüder Mayrak und Mala, hatte er überredet, mit ihm weiterzufahren. »Er wünsche alle Länder des Nordens kennenzulernen und mit
seinem Kästchen, das er vor der Brust trug, auf die Stimmen derer zu
lauschen, die unter der Erde in Fels und Stein lebten, hat der Weiße gesagt.
Er wolle auch Zeichnungen über die Länder machen, die er bereiste. Dergleichen haben andere auch schon vor ihm getan. Mayrak und Mala aber
versprach er große Reichtümer. Er wollte ihnen ein ganzes Schiff voller
Dinge zum Geschenk machen, nach denen die Menschen des Nordlandes
verlangen. Ganze Säcke von dem weißen süßen Pulver sollten sie bekommen, viele Gewehre, Patronen dazu, ganze Kisten voll Tabak und Holz
für Kajaks und Schlitten, daß sie für ihr Leben lang genug davon hätten.«
Apilak, der jüngere, hatte ungeduldig gewartet, bis Arkusak der Atem
ausging. Jetzt begann er weiter zu erzählen: »Mayrak und Mala glaubten
dem weißen Mann, obwohl seine Hunde elend, seine Schlittenlast gering
und ohne besonderen Wert war. Sie zogen mit ihm fort über die großen
Gletscher im Westen. Die Reise ging nur langsam vonstatten, denn die
beiden Brüder hatten ihre Frauen und Kinder mitgenommen und große
Vorräte. Der Winter war lang, kaum einmal kam neuer Fang in die

Schneehütten der Wandernden, denn der Mann mit dem hellen Haar wurde nicht müde, das Land kennenzulernen, seltsame Zeichen aus Steinen aufzubauen und immerzu mit dem Zauberkasten umherzulaufen, aus dessen Innern eine merkwürdige Stimme zu ihm sprach, fast so wie das Klopfen eines Herzens.

Viele von uns sprachen darüber, daß ein böser Geist in dem Kasten sitze, und schmähten Mayrak und seinen Bruder Mala, daß sie Gefährten eines Mannes geworden waren, der das Land verzauberte.«

»Ja, er verzauberte es, der Mann mit dem hellen Haar«, fiel Arkusak ein. »Wie anders wäre es zu erklären, daß einer der Schlitten der Reisenden in eine Gletscherspalte stürzte und verlorenging mit allem, was darauf war, daß sich nirgends ein Wild zeigte, daß große Not über die Menschen kam.«

Gespannt wartete Jack Gardner auf das Ende des Berichtes. Aber er wurde enttäuscht. Obwohl den beiden Eskimos die Erzählerfreude auf den Gesichtern stand, in ihren schrägen Augen blitzte, schwiegen sie auf alle Fragen. Sie wußten weiter nichts, als daß die Reisenden verschollen waren. Niemand hatte mehr von ihrem Schicksal gehört.

»Die Geister des Nordlandes lassen ihrer nicht spotten«, murmelte Apilak dumpf.

»Frage die Winde, frage die Gespenster, die in Zeiten der Dunkelheit über das Eis kriechen und mit ihren Krallen an den Hüttenwänden scharren, vielleicht sagen sie dir, wo dein Bruder mit dem hellen Haar geblieben ist«, setzte Arkusak hinzu.

»Irgend etwas verheimlicht man mir«, murmelte Jack Gardner, als er mit Minik allein in der eigenen Schneehütte saß. »Arkusak und Apilak wissen mehr, als sie mir sagten.«

Der Eskimo lächelte schlau. »Gib mir von dem Tee und dem Zucker aus unserem Vorrat, gib mir Tabak und ein paar Pfeifen. Dann warte, bis ich zurückkehre. Manches bleibt den Ohren eines weißen Mannes verborgen, was der im Lande geborene erfährt.«

Der Sergeant nickte. »Nimm, was du brauchst, und höre dich am Wohnplatz ein wenig um. Große Belohnung wartet auf dich, wenn es dir gelingt, die Fährte weiter zu verfolgen.«

Spät in der Nacht kroch Minik in die Hütte, prügelte die Hunde hinaus, die sich in den Eingang geschlichen hatten, und kauerte sich neben dem Lager des Mounty nieder.

Flüsternd berichtete er: »Mayrak und Mala wohnen mit den Ihren hinter dem großen Festland auf der Windseite. Dorthin sind sie gezogen, um dem

Fluch des weißen Mannes und den Bluträchern zu entkommen. In der Höhle am Bärenrücken aber liegt ein toter Mann – der, den du suchst.«

Jack Gardner ließ sich nicht halten, obwohl die Männer von Oypat es nicht an Bewirtung fehlen ließen, faule Walroßleber, in Walhaut eingemachte Seekönige und herrlichen Tran herbeischafften. Die Walroßtrommel ging von Hand zu Hand, und jeder gab ohne Scheu seiner Freude in Gesang Ausdruck.

Doch eines Morgens stand der neuerbaute Iglu leer, der Mounty und sein Eskimo waren verschwunden. Einige, die zuviel gesagt hatten, liefen mit ängstlichen Gesichtern herum. Doch dann vergaß man das ganze, die Dunkelheit legte ihren Mantel über die Hütten und über alles, was vergangen war und was die Zukunft bringen sollte. Wozu sich Gedanken machen über Dinge, die im ungewissen liegen?

Es war für Minik nicht schwer, die Höhle am Fuß des Bärenrückens zu finden. Abermals wälzte Jack die Steine von einem Grab. Diesmal war sein Gesicht hart und verschlossen, während er den Bericht schrieb. Es gab keinen Zweifel. Olaf Christiansen, der Norweger, war ermordet worden. Eine Kugel hatte ihn in den Rücken getroffen, ehe ihm die Harpunen seiner Begleiter in die Brust fuhren. Mayrak und Mala hatten die Tat vollbracht, und Jack schwor sich, nicht ohne die Mörder zurückzukehren.

Minik kamen Bedenken. Auf der Windseite wohnten zwei Brüder der Mörder. Vier starke Männer und ihre Sippen fügten sich, so fern von den Stationen der weißen Männer, nicht ohne weiteres dem Machtspruch eines einzelnen, auch wenn er so stark und mutig war wie Jack Gardner. Nur allzugern wäre der Eskimo in einem der Wohnplätze zurückgeblieben, die sie durchfuhren. Aber ungeduldig drängte der Sergeant zur Weiterreise.

Der Mounty war ein erfahrener Polizist. Er kannte das Nordland, wußte, wie schnell die Gerüchte an seinen Küsten entlanglaufen. Es war, als triebe sie der Wind vor sich her, als jagte sie der Schneesturm von Wohnplatz zu Wohnplatz. Er hatte deshalb mit Minik eine ernsthafte Beratung.

»Kein Wort mehr über den Norweger, keines über Mayrak und Mala, und noch weniger über ihre Tat. Nur durch geschickt gestellte Fragen wollen wir in Erfahrung bringen, ob die Brüder noch auf der Windseite wohnen. Unsere Fahrt gilt der Nachforschung nach einem gestrandeten Schiff.«

Minik grinste verständnisvoll. Wo immer sie einkehrten, wollte er nur von einem aufgelaufenen Schiff und seiner verschollenen Besatzung hören. Wenn jemand auf den Wohnplatz an der Windseite zu sprechen kam, achtete er kaum darauf. Fielen gar die Namen Mayrak oder Mala, so waren das für ihn Männer ohne jede Bedeutung.

Trotz dieser Vorsicht tat Jack noch ein übriges. Als sie sich dem Kap näherten, an dem die Brüder hausten, vermied er es, die Wohnplätze zu berühren. Im Bogen umfuhren die beiden Reisenden die Siedlungen. So gelang es ihnen, ganz unerwartet in Nequa einzufahren. Nur die Hunde verrieten mit ihrem Gebell, daß ein fremdes Gespann ankam. Da standen Männer, Frauen und Kinder im ungewissen Dämmerlicht und warfen neugierige Blicke auf die Reisenden.

Jack, dem es bei dem Gedanken an eine wochenlange Verfolgungsfahrt hinter flüchtigen Mördern insgeheim schauderte, atmete erleichtert auf, als er hörte, daß der untersetzte, breitschultrige Eskimo, der sich jetzt durch die Umstehenden drängte, Mala gerufen wurde. Jener starke Mann mit dem fettigen, gelblichen Gesicht und den wulstigen Lippen war Mayrak. Die Mörder waren also nicht geflohen, sie schienen hier in Nequa das große Wort zu führen. Mayrak zeigte, daß er die Sitte der weißen Männer kannte und zog den Sergeanten an der Hand. Er lachte gutmütig.

»Freude, übergroße Freude über deinen Besuch«, sagte er. »Beschämt stehen wir da, denn wir haben nichts zu bieten, woran du gewöhnt bist. Wir waren faul und untätig in der vergangenen Jagdzeit, darum werden wir jetzt zum Spott wegen unserer Ungastlichkeit.«

»Laß uns nicht an Fleisch und gutes Essen denken, Mayrak, auch ich komme mit leichtem Schlitten und vergaß aufzupacken, was dir und den Deinen Freude gebracht hätte. Aber ein wenig Tee und Zucker ist in meinen Säcken. Auch fehlt es nicht an Tabak.«

Die Umstehenden spürten, wie ihnen das Wasser im Munde zusammenlief. Bereitwillig halfen sie Jack und Minik beim Abladen ihres Schlittens, trieben die eigenen Hunde mit Scheltworten und scharfen Peitschenhieben zurück, als sie sich knurrend und steifbeinig näherten.

Und nun saßen der Sergeant und die beiden Mörder Olafs beisammen wie gute Freunde. Sie aßen und tranken miteinander. Duftender Rauch entstieg den Pfeifen. Kein Wort fiel über die Tat in der Höhle am Bärenrücken. Jack beobachtete die beiden Brüder, ohne sich etwas merken zu lassen, aus den Augenwinkeln. Der kleinere der beiden, Mala, lachte gern und oft, sein Gesicht war voller Freundlichkeit. Trotzdem war seinen schnellen Bewegungen anzumerken, daß er im Kampf ein gefährlicher Gegner sein konnte. Sein Bruder Mayrak hieß nicht umsonst der Starke. Wenn er von der Jagd erzählte, dabei die wulstigen Lippen zusammenkniff, die klobigen Fäuste ballte, sah er gefährlich aus, und in seiner Kehle zitterte ein Knurren, das an einen zornigen Bären gemahnte. Es war wohl gut, diese Männer mit Vorsicht zur Rede zu stellen. Heute, da sich Männer und Frauen des ganzen Wohnplatzes in der Hütte drängten, alle begierig nach dem gesüßten Tee und andern guten Dingen, die der weiße Mann austeilte, war keineswegs die richtige Stunde. Wenn die Sippe fest zusammenstand, hatte Jack keine Möglichkeit, die Mörder festzunehmen.

Daß er gemütlich plaudernd mit zwei Männern zusammensaß, an deren Händen das Blut Olafs klebte, das berührte ihn nicht. Aus langer Erfahrung wußte er, daß keineswegs Mord ganz einfach Mord war, schon gar nicht im Nordland, dessen Gesetze die unerbittlich harte Natur schrieb. Morgen, übermorgen würde sich die gewünschte Gelegenheit bieten.

Drei Tage faßte sich der Sergeant in Geduld. Jetzt endlich war es soweit. Mala und Mayrak waren allein zu ihm in die Hütte gekommen, um ihm ein paar Fuchsfelle zum Tausch gegen Patronen anzubieten. Sie besaßen beide Gewehre, in deren Kolben die Namen der früheren Besitzer eingraviert waren: Faulkner und Christiansen. Jack tauschte einen Blick mit Minik. Der andere verstand, setzte sich so, daß niemand zum Ausgang kommen konnte, ohne an ihm vorbeizugehen. Wie zufällig legte er die Axt bereit, so daß er sie mit einem Griff fassen konnte. Er wußte, daß eine unbehagliche Stunde bevorstand.

Jack liebte es, die Eskimos zu überrumpeln, ihnen keine Zeit zur Vorbereitung zu lassen. Sein Gesicht war hart und kantig geworden. Die Brüder mit den Blicken messend, begann er zu sprechen.

»Im letzten Winter ist in einer Höhle am Bärenrücken ein Mann erschlagen worden. Ein Schuß traf ihn in den Rücken, zwei Stiche durchbohrten seine Brust. Es ist ein Mann meines Stammes, und der große Akhayut im Süden, dem auch das Nordland untertan ist, hat mich gesandt, Rechenschaft von denen zu fordern, die ihn töteten.«

Mayrak hörte auf zu lächeln, seine wulstigen Lippen preßten sich zusammen, in seinen Augen erwachte ein gefährliches Glitzern. Mala duckte sich. Seine schnellen Augen huschten zu Minik hinüber, blieben an der Axt haften. Er wußte, sie saßen in der Falle.

»Du sprichst von Dingen, die nicht mehr zu ändern sind«, sagte Mayrak hart.

»Unter Freunden pflegt man dergleichen nicht zu erörtern«, fügte Mala vorwurfsvoll hinzu.

Jack räusperte sich. »Wir sitzen beisammen als gute Freunde, und ich hoffe, wir bleiben es auch. Aber wenn mich der große Mann im Süden fragt nach meinem Bruder Olaf, dem Mann mit dem hellen Haar, dann bin ich ohne Antwort, wenn ihr beide nicht sprecht.«

Mayrak dachte nach. So war nun einmal die Art der weißen Männer. Sie glaubten nicht daran, daß jeder Eskimo nur das tat, was die Stunde und die Umstände von ihm forderten. Und notwendig war die blutige Tat am Bärenrücken gewesen, das sagte er jetzt ruhig und nüchtern.

»Du willst von unserer Winterreise mit dem hellhaarigen Mann hören? Es sei. Wir brachen mit ihm und unsern Frauen und Kindern auf, um ihm all das Land zu zeigen, wonach er verlangte. Seltsam war sein Gebaren, und wir hatten oft Ursache, die Rache der Geister zu fürchten. Trotzdem taten wir nach seinem Geheiß, wir fuhren hierhin und dorthin.

Ein Schlitten ging verloren, der Proviant wurde knapp. Die Tiere mieden uns, und wir sagten dem Hellhaarigen, daß nun die Zeit gekommen wäre, unsere versprochene reiche Belohnung zu empfangen und damit zum nächsten Wohnplatz zu fahren.

Er aber brüllte wie ein zorniger Bär. In die Einöden wollte er weiterreisen, in denen es weder Menschen noch Wild gibt. Ja, noch mehr verlangte er von uns. Da ein Schlitten verlorengegangen war, Hundefutter und Proviant fehlten, sollten wir unsere Frauen und Kinder zurücklassen und mit den beiden Schlitten weiterfahren, dorthin, wo die Geister hausten, die zu ihm durch seinen Kasten sprachen, den er mit sich trug.«

Jetzt mischte sich Mala ein, der seines Bruders Rede durch eifrige Gebärden unterstützt hatte. »Der weiße große Mann sprach harte Worte. Weder unsere Bitten, noch die Tränen der Kinder, die Klagen der Frauen rührten ihn. Er schlug mit der Peitsche nach mir, trieb uns mit dem Gewehr zu den Schlitten, zwang uns seinen bösen Willen auf.«

»Was konnten wir tun?« nahm Mayrak den Faden der Erzählung wieder auf. »Wir hatten nur unsere Harpunen, die Speere, er aber trug zwei Gewehre. So fuhren wir ab, und unsere Frauen und Kinder blieben hinter uns in der Höhle und in der Dunkelheit ohne Essen und ohne alle Hilfe zurück. Wir versuchten mit einem Schlitten zu fliehen. Aber der Hellhaarige schoß den vordersten Hund unseres Gespannes nieder. Seine Wut war schrecklich. Mit Schlägen und Flüchen trieb er uns vor sich her.

Da geschah es am zweiten Tag der unseligen Fahrt. Während der Weiße schlief, gelang es Mala, ihm eines seiner Gewehre zu nehmen. Als er sich erhob, krachte der Schuß, er stürzte, und wir bohrten ihm die Harpunen in den Leib. So ist er gestorben. Noch im Tode verwünschte er uns, sandte uns seine Flüche nach. Sie waren aber ohne Kraft, denn sieh, wir kamen ohne Gefahr in Nequa an, nachdem wir unsere Frauen und Kinder aus der Höhle geholt hatten. Dort auch häuften wir Steine über den Toten, obwohl er ein Fremder ist und von den Geistern unseres Landes keinen Schutz verlangen kann.«

»So ist es geschehen, wie es Mayrak schilderte«, murmelte Mala. »Minik mag die Axt ruhig beiseite legen. Es ist unnütz zu kämpfen, niemand kann von uns Blutrache fordern für den Hellhaarigen, der uns zwingen wollte, unsere Frauen und Kinder dem Hungertod zu überliefern.«

Eine Weile war es still in der Hütte. Nur die Tranlampe knisterte leise. Jack Gardner sann vor sich hin.

»Ihr habt recht. Niemand kann von dir, Mayrak, und von dir, Mala,

Blutrache fordern, auch nicht der große Akhayut im Süden, unter dessen Gesetz wir alle stehen. Das Unrecht lag auf seiten des Hellhaarigen, der in der Höhle am Bärenrücken schläft.«

Als die Brüder gegangen waren, setzte er das Schlußwort unter seinen Bericht: »Weitere Verfolgung der beiden Brüder Mayrak und Mala nicht zu empfehlen, da sie zum Schutz ihrer Familien und somit in berechtigter Notwehr handelten.« Mit markigem Schriftzug setzte er seinen Namen darunter: »Jack Gardner, Sergeant der Royal Canadian Mounted Police.«

Draußen vor der Hütte heult ein Hund, ein anderer fiel ein. Die ganze Erbarmungslosigkeit und Härte des Nordlandes schwang in dem Geheul. Fern, fern im Süden glutete ein roter Schein. Dort zog die Sonne ihre Bahn über einem Land, das nichts von dem harten Gesetz ahnt, unter dem die Kinder des Nordens ihren Lebensweg wandern.

Die interessantesten Polizisten der Welt

»Mounties« nennt man die Angehörigen der kanadischen Bundespolizei, die auch den Grenzschutz und die Küstenwache ausüben. In acht der zehn Provinzen bilden sie auch die Gendarmerie. Trotz des riesigen Gebietes, das sie zu betreuen haben (3 600 000 Quadratmeilen), war ihre Zahl nie besonders groß. Ihr »Jagdrevier« reicht von den großen Städten im Süden bis hinauf in den hohen Norden. Ja, gerade dort oben erwachsen ihnen neue Aufgaben, dort sind sie nicht nur Polizisten, sondern auch gleichzeitig Richter, Sheriff, Postmeister und Wetterwart. Die Mounties sind eng mit der Geschichte Kanadas verbunden, bestand die Truppe doch bereits 1873, war mit der Überwachung der Kolonisierung betraut und hatte natürlich auch den Feuerwasserhändlern das Handwerk zu legen, die den Indianern Whisky brachten. Verwegene, abenteuerliche Ritte haben die Reiter im scharlachroten Rock unternommen, unvermutet tauchten sie da und dort auf, um nach dem Rechten zu sehen. Ihr Stolz war es, eine einmal aufgenommene Fährte nicht mehr zu verlieren, nicht eher zu ruhen bis der Verbrecher gestellt war. Mochten darüber Monate oder Jahre vergehen, die Mounties vergaßen nichts. Viele Mounties vollbrachten mit aller Selbstverständlichkeit richtige Heldentaten, die sich spannender als die spannendsten Detektivgeschichten lesen. Daß auch mancher Mounty im Dienst sein Leben einsetzte und verlor – mußten die Männer doch oft genug nicht nur mit verbrecherischen Elementen, sondern auch mit den eisigen Stürmen, mit Naturkatastrophen kämpfen – versteht sich von selbst.

5400 Mann zählt heute die Royal Canadian Mounted Police, deren Hauptquartier in einem fünfstöckigen Gebäude in Ottawa liegt. Von hier aus gehen die Befehle und Weisungen an die Divisional-Headquarters und an die zweiunddreißig Subdivisions. Ein Dutzend Flugzeuge, Boote und Schiffe, Autos, Motorräder, Lastkraftwagen und Snowmobile erleichtern den Mounties den Dienst. Natürlich haben sie auch tüchtige Polizeihunde, deren Einsatz mancher Erfolg zu verdanken ist.

Quer durch die gegensatzreichen Wei-
ten Asiens folgen wir dem Pfad der
Gefahr und lernen Sibirien, Indien
und Thailand kennen:

Zwischen Schneesturm
und Tropenglut

Alioscha und sein Wolf

Im sibirischen Schneesturm begegnet
der Junge dem Wolf wieder, den er
aufzog und dem er die Freiheit
schenkte.

Der Menschenfresser

Tiger und Banditen lauern am Weg
des reisenden Händlers in Indien.

Phya, der Wegelagerer

Arbeitselefanten sind wertvoll im
Dschungel Nordsiams, und deshalb
verzeiht man dem mächtigen Bullen
seinen tollen Streich.

Alioscha und sein Wolf

Ringsum dehnen sich ebenes Ackerland und Weidegrund, am Fluß entlang steht der dunkle Saum des Waldes, der sich hinter den Sümpfen zu einer Mauer, einer düsteren Masse zusammenschließt, aus der in den Nächten die Tiere der Wildnis geschlichen kommen, um von der Weite Besitz zu ergreifen, die ihnen die Menschen geraubt haben.

An einer Flußbiegung liegt ein kleines Dorf mit niedrigen, strohgedeckten Hütten, mitten darunter ein langgestreckter Schuppen, in dem die Traktoren und Mähmaschinen stehen. Das ist das Dorf, in dem Alioscha aufwächst, der älteste der vier Fjodorowitsch-Kinder. Eigentlich müßte er auch der vernünftigste sein, den Eltern bei ihrer schweren Tagesarbeit an die Hand gehen. Aber er vergißt gar zu oft die ihm aufgetragenen Pflichten.

Auch heute ist es so. Er sitzt mit dem um zwei Jahre jüngeren Iwan auf der Weide, um auf die beiden mageren Kühe und die sechs Schafe zu achten. Seine Augen huschen unruhig hin und her. Es ist ihm anzusehen, daß ihn die Langeweile plagt. Er schlägt nach den Mücken, die ihn zudringlich umsummen. Dann tut er einen tiefen Atemzug.

»Iwan, ich will ein wenig zum Sumpf hinabgehen, ein klein wenig nur. Vielleicht finde ich eine Mütze voll Eier, oder ich kann ein paar Fische fangen. Schmeckten sie nicht das letztemal lecker, als wir sie am Hirtenfeuer rösteten?«

Iwan nickt und schmunzelt vergnügt. Aber gleich wieder verdüstert sich sein braungelbes Gesicht mit den vorstehenden Backenknochen. Frühzeitige Verantwortung hat es gezeichnet. Da ist Alioscha ein ganz anderer Kerl. In seinen Augen blitzt die Abenteuerlust, die Sehnsucht nach der Ferne, nach dem Geheimnisvollen, das in den Wäldern und Mooren Sibiriens umgeht. Es wird noch eine gute Weile dauern, ehe sich seine Wildheit legt, ehe er so wird wie sein Vater, der geduldig, ohne links und rechts zu sehen, dahinstapft und sich in alles fügt, der das Leben nimmt, wie es kommt, ohne große Wünsche und Hoffnungen.

Nein, für Alioscha hat das Wasser nicht nur Fische, sondern auch Geheimnisse, der Wald ist nicht nur Brennholz, sondern ein Bezirk voller huschender Schatten, voller Zeichen, Laute und Fährten. Am liebsten würde der Junge ein wandernder Jäger, wie sie früher die wildreichen Weiten Sibiriens durchzogen.

»Wir sollten doch auf die Schafe achten. Vor drei Tagen holte der Wolf ein Lamm aus der Herde Fjedors. Bleib, ich fürchte mich vor den Wölfen.« Alioscha stampft ärgerlich auf. »Sie kommen nie hierher«, lügt er kaltblütig. Dabei hat er doch deutlich genug eine Wolfsfährte im Sand des Feldweges gesehen. »Und dann, ich will dir die Pfeife schenken, die ich vorgestern gemacht habe, wenn du dem Vater nichts verrätst.«

Begehrlich blitzt es in Iwans etwas schrägstehenden Augen. Er selbst ist ungeschickt im Basteln, nie gelingt es ihm, eine Pfeife aus Rohr zu schneiden oder gar aus saftigem Holz zurechtzuklopfen. Und jetzt sitzt Iwan auf einem Grashügel, die Pfeife an den aufgeworfenen Lippen, und entlockt ihr schrille Triller, gelegentlich so etwas wie eine einfache Tonleiter. Dabei vergißt er seine Tiere nicht, immer wieder mahnt er den grauzottigen Hund, die kleine Herde zu umkreisen.

Alioscha ist längst im Sumpfdickicht verschwunden. Lautlos pirscht er sich gegen den Wind in die Wildnis hinein. Er vermeidet jeden Laut, wird ärgerlich, als einmal ein Ast unter seinen nackten Sohlen knackt. In der Rechten trägt er einen Knorren, eine Art Keule, die er sich zurechtgeschnitzt hat und die er in einem hohlen Weidenstamm verwahrt. Dort liegt auch sein einfaches Angelgerät, Haken und Schnur neben einer roh zurechtgemachten Harpune.

Die Augen des jungen Burschen funkeln, bei jedem Gluckser im Sumpf zuckt er zusammen, und als einmal vor ihm irgendein Wildtier flüchtig wird, spannt er alle Muskeln zum Sprung. Er gleicht einem Raubtier, das Beute wittert.

Aber das Lager, in dem der Rehbock gesessen hat, ist leer. Nur die Schalentritte und ein wenig Losung geben Alioscha Bescheid. Das Nest, zu dem er hinaufklettert, ist bereits von der jungen Brut verlassen, und selbst die Frösche lassen sich heute nicht greifen, sitzen aufgeblasen und fett im Sumpf und sehen den Buben mit glitzernden spöttischen Äuglein an. Es wimmelt von Blutegeln in den Wasserlachen, und Alioscha ekelt sich vor den wurmähnlichen Tieren. Ob er im Wald mehr Glück hat? Der Weg dorthin ist weit und beschwerlich. Alioscha folgt einem Wildwechsel. Ein paarmal muß er über breite Sumpflachen und Wasserarme springen. Bis über die Knöchel, ja, bis zu den Knien sinkt er in den Morast. Jetzt aber bleibt er stehen. Ein Laut ist an seine scharfen Ohren gedrungen, ein Winseln.

Fester packt er die Keule und arbeitet sich in das Dickicht hinein. Sogar die Blutegel vergißt er, steht lauschend, spähend in einem Wasserloch. Jetzt schwingt er sich auf einen gestürzten Stamm. Er lacht, daß seine starken weißen Zähne blinken. Da unter ihm bewegt sich ein grauer Knäuel. Eine Nase, zwei unschuldige dunkle Augen erkennt er. Soll er das junge Wölflein totschlagen? Er bringt es nicht übers Herz, schon gar nicht, als das Tierchen, das gar keine Furcht kennt, zu ihm herankriecht und an seinen Fingern zu lutschen beginnt.

Alioscha nimmt es auf den Arm und streichelt es. Er hat sich immer einen jungen Hund gewünscht, ein Tierchen, mit dem er spielen kann, das ihm ganz allein gehört. Nun, er hat es jetzt in den Armen, und eine scharfe Falte kerbt sich über seiner Nasenwurzel ein. Niemand darf ihm seinen Chrabryi, wie er das Tierchen nennt, nehmen, auch der Vater nicht!

Der Junge erschrickt. Er denkt an die Wölfin, die vielleicht in diesem Augenblick bereits nach ihrem Jungen sucht. Er weiß, daß die Wölfe, so scheu sie auch dem Menschen im Sommer ausweichen, im Kampf um ihre Brut tollkühn werden können. Einen Augenblick ist er versucht, das Junge wieder in das Gras zu setzen. Doch dann packt er seine Keule. Eiliger als er gekommen ist, macht er sich auf den Rückweg. Ein paarmal stapft er durch Wasser, um seine Spur zu verwischen, falls er verfolgt wird. Doch alles bleibt ruhig, nur die Mücken summen, und das junge Wölflein winselt.

Dort ist auch schon die Weide. »Iwan, Iwan!« Laut gellt Alioschas Stimme. »Schau, was ich gefunden habe, einen jungen Wolf!« Da wirft auch der Jüngere seine Schläfrigkeit ab. »Wie hübsch das Tierchen ist, wirklich ganz wie ein junger Hund.«

Der rauhborstige Boiko, der Hirtenhund, ist anderer Ansicht. Er sträubt die Nackenhaare und umkreist die Buben steifbeinig. Ein böses Knurren entblößt seine Zähne. Gar zu gern würde er den Welpen schütteln. Aber energisch treiben ihn die Brüder zurück. Er soll auf die Herde achten, während sie unablässig einen Stoffzipfel in ein Schälchen Milch tauchen und das Wölflein lutschen lassen. Es trinkt begierig, offensichtlich ist es ganz ausgehungert.

Vater Fjodorowitsch ist keineswegs begeistert von dem neuen Hausgenossen. Es geht knapp genug zu in der Hütte, wozu so einen unnützen

Fresser großziehen! Aber Alioscha bittet und bettelt, und auch die Geschwister stehen ihm bei. So kommt es, daß der Älteste seinem kleinen Wolf im Schafstall ein Nest zurechtwühlen darf. Der Hof- und Hirtenhund scharrt während der Nacht ein paarmal an der Tür. Zum Glück für den Jungwolf hat Alioscha nicht nur den Riegel verkeilt, sondern auch noch die Tür mit Stricken festgebunden.

Ein paar Tage später hat sich Boiko mit dem Wolf abgefunden. Auch die andern Hunde des Dorfes wissen bald, daß sie dem Fremdling nichts antun dürfen, nachdem ihnen Alioscha ein paarmal Prügel und Steine nachgeworfen hat. Rasch wächst der Jungwolf heran. Alioscha legt ihn an die Kette. Merkwürdig, obwohl sich alle vier Kinder um Chrabryi bemühen, hat er nur mit dem Ältesten, mit seinem Retter Freundschaft geschlossen. Allen andern weist er die Zähne. Überhaupt unterscheidet sich der Jungwolf in manchem von einem Hund. Er liebt es nicht, gestreichelt zu werden. Sein Wesen ist aus Mißtrauen und dem Wunsch einzuschüchtern zusammengesetzt. Immer fluchtbereit, ist er gleich dabei, hinter einem Ängstlichen oder gar Flüchtenden herzufahren. In wilden Spielen zähmt ihn Alioscha halb und halb. Überall sind die beiden Freunde beisammen, im Haus, auf der Weide, sogar in Sumpf und Wald.

Einmal reißt das Lederhalsband, ein andermal der Strick, an dem Alioscha den Wolf herumzieht. Aber der flieht nicht, läßt sich geduldig wieder anbinden. Jetzt trägt er ein Halsband aus festgeschmiedeten Kettengliedern, das Alioscha schon zweimal weiter machen mußte, denn Chrabryi wächst schnell. Manchmal seufzen Vater und Mutter über seinen Hunger. Alioscha sorgt dafür, daß sein Wolf zu seinem Recht kommt. Er jagt eifrig Hamster und Mäuse, richtet Chrabryi unschwer zur Jagd ab.

Manchmal schleicht sich Alioscha in den Nächten aus der Hütte, um draußen bei seinem Wolf zu schlafen. Seite an Seite liegen sie im Stroh der Hundehütte, und manchmal leckt der Wolf Gesicht und Hände seines Freundes und Lebensretters.

»Wartet nur, bis er alt genug ist, bis ihn die Grauhunde rufen«, brummt der alte Michail Galkin, der in seiner Jugend ein großer Jäger war. »Im Winter brennt der Wolf durch, und wenn er sich halten läßt, dann bestimmt im beginnenden Frühjahr zur Paarungszeit.«

Michail schüttelt verwundert den Kopf, als seine Vorhersage nicht eintrifft. Wohl heult Chrabryi zum Ärger der Dorfhunde Antwort, wenn die Wölfe im Schneegestöber das Dorf umkreisen, aber er bleibt bei der Hütte. Erst in dem Zweijährigen erwacht der Freiheitsdrang. Er ist ja nun ein ausgewachsener, starker Wolfsrüde geworden, wild und bissig. Das bekommen die Hunde zu spüren, die sich ihm unvorsichtig nähern. Als er einem Bauern an die Beine fährt und ihm eine böse Wunde zufügt, da kommt es in der Hütte zu schweren Kämpfen. Vater Fjodorowitsch besteht darauf, den Wolf totzuschlagen, den Balg zu verkaufen. In der Nacht löst ihn Alioscha von der Kette. Das Halsband vergißt er seinem Freund abzunehmen. Chrabryi hat es eilig. Hastig fährt er mit der heißen Zunge dem Jungen über die Hände, dann verschwindet er in der grauen Nacht. Ein paarmal kommt er noch zurück, schläft in der Hundehütte, dann bleibt er aus.

Alioscha hat seinen wilden grauen Freund verloren. Schluchzend liegt er in der Ecke auf seinem Bett. Er verweigert das Abendbrot, weint sich in den Schlaf. »Sich um einen Wolf so anzustellen!« wundert sich der Vater, während die Mutter dem Ältesten die Decke heraufzieht und ihm mit der arbeitsrauhen Hand über die struppigen Haare fährt.

Es wird noch manchmal bei den Fjodorowitschs von Chrabryi, dem Wolf, gesprochen, aber nach und nach gerät er in Vergessenheit. Und wieder kommt ein Winter mit Schnee und Sturm, mit Frost und grimmiger Kälte. Mit dem Winter schleicht sich die Sorge in die Hütte am Dorfrand. Alioschas Vater wird krank. An seinem linken Bein bildet sich ein Geschwür, das immer größer wird. Bald zeigen sich blaue Streifen unter der Haut. »Sieht nach Blutvergiftung aus«, meint der alte Michail und rät, den Arzt zu rufen.

Den Arzt, der viele Stunden weit weg wohnt, dessen ratterndes Auto bei dem tiefen Schnee gar nicht durchkommt? Mit einem Schlitten wäre es vielleicht zu machen. Aber was nützt es? Wenn man vor dem Arzthaus ankäme, läge der dicke rotgesichtige Pjotr Kulischow ja doch betrunken im Bett und ließe sich weder durch Bitten noch durch Drohungen dazu bewegen aufzustehen. Nein, mit dem Doktor ist es nichts. Aber der Schäfer weiß sicher Rat, der weise Alexei. Vater Fjodorowitsch hätte ihn gleich im Anfang aufsuchen sollen. Dazu ist es nun zu spät. Aber einer, irgendeiner müßte gehen, um Alexeis Rat und Heilmittel zu holen. Freilich, niemand hat so recht Lust, jetzt, vor einem losbrechenden Schneesturm in das Nachbardorf zu gehen. Später, wenn sich das Wetter beruhigt hat, wollen zwei Nachbarn mit den Pferden losreiten.

»Bis der Schneesturm sich verzieht, ist der Vater verloren«, jammert die Mutter. »Was soll aus mir, aus den Kindern werden?« Ihre Augen suchen den Ältesten. Alioscha erhebt sich gehorsam. Er weiß, da draußen lauert die Gefahr. Wer in einen Schneesturm gerät, und es sieht aus, als sollte es richtig losbrechen, der kann von Glück sagen, wenn er eine Hütte erreicht. »Wenn du am Flußufer entlanggehen würdest, könntest du dich nicht verirren«, sagt die Mutter. Der Vater stöhnt und legt das dick geschwollene Bein auf die Ofenbank. »Bleib hier, es hat doch keinen Zweck. Besser, einer stirbt, als daß zwei umkommen«, sagt er und ächzt sogleich wieder laut. »Es muß sein!« Alioscha ist entschlossen aufgesprungen. Er zieht die wattierte Jacke an und bindet sich ein Schaffell um die Schultern, um Rücken und Brust. Er greift nach dem Knotenstock, tastet noch einmal nach dem Messer im Gürtel. Dann sagt er fest und bemüht sich, seiner Stimme männliche Tiefe zu geben: »Verlaß dich auf mich, Vater, ich hole dir die Medizin. Alexei wird dich retten.«

Draußen faucht der Sturm dem jungen Burschen ins Gesicht. Er treibt Wolken von Schneekristallen vor sich her, die wie spitze Nadeln in die Haut dringen. Mit einem halb verächtlichen, halb trotzigen Blick streift Alioscha die Nachbarhäuser. Dort sitzen jetzt starke, erwachsene Männer am warmen Ofen, während er, der Halbwüchsige, dem losbrechenden Sturm gerade entgegengeht.

Am Flußufer entlang stehen die Telegrafenstangen, ragende, sichere Wegweiser. Noch kann man die nächste erkennen, wenn man bei der einen steht. Rüstig schreitet Alioscha aus. Stellenweise hat der fauchende Sturm das Eis blank gefegt. Das erleichtert dem Burschen den Marsch. Seine Holzsohlen schurren hurtig über das Eis hin. Ab und zu wirft er einen Blick nach den Wolken, die mit giftgeschwollenen Bäuchen vor dem Sturm herfliegen. Jeden Augenblick kann es losbrechen. Der Junge denkt an den kranken Vater, an die Mutter, die Geschwister, die sich ängstlich und bedrückt im Herdwinkel zusammendrängen. Auf seinen Schultern ruht die ganze Verantwortung. Er beißt die Zähne zusammen, hastet weiter mit keuchendem Atem.

Einmal vernimmt er halb vom Sturm verweht ein langgezogenes Au-ooh. Wölfe! Seitdem er mit Chrabryi Freundschaft geschlossen hat, fürchtet er die Grauhunde nicht mehr. Und doch, während er heute durch die weiße Einsamkeit dahinstapft, kommen ihm seltsame Gedanken. Ein paarmal glaubt er im treibenden Schnee Schatten huschen zu sehen. Geschichten fallen ihm ein von Wolfskämpfen, von Überfällen auf Schlitten, auf einsame Wanderer. Er versucht zu lächeln. »Wolfspack ist feige«, murmelt er, »wagt sich nur vom Hunger getrieben an den Menschen heran. Chrabryi freilich, der war mutig, tollkühn. Wo er wohl stecken mag?« Der Wunsch steigt in ihm auf, jetzt den grauen Gefährten neben sich laufen zu sehen. In seinem Schutz hätte er unbesorgt den weiten Weg hin und zurück machen können. Alioscha bleibt stehen und legt die Hände um den Mund: »Chrabryi, Chrabryi!«

Der Wind reißt ihm den Ruf von den Lippen und verweht ihn. Nur das Summen der Telegrafendrähte ist zu hören, das Rieseln des Treibschnees. Alioscha lauscht. Dieses Summen und Raunen der Drähte verbindet ihn mit den Menschen, mit seinem Dorf. Er ist nicht allein, nicht verloren in der Schneewüste. Und irgendwo dort vorn liegt Alexeis Hütte. Zu ihr muß und will er.

Noch immer bricht das Unwetter nicht los, ja, fast scheint es, als lichteten sich die Wolken. Ganz fern sieht Alioscha ein Licht aufblinken. Das muß das Dorf sein, an dessen äußerstem Rand die Hütte des Schäfers liegt.

Als Alioscha eine gute Stunde später wieder in den Winterabend hinaustritt, ist er guten Mutes. Er hat wärmenden Tee getrunken, Speck und Brot gegessen. Sein Kopf summt von den Anweisungen Alexeis. Um den Hals trägt er eine Schnur, an der ein Beutel mit Medizin hängt.

»Wenn der Schneesturm kommt . . .« hatte Alexei gesagt und ein bedenkliches Gesicht gemacht. Alioscha schüttelt die Besorgnis von den jungen Schultern. Eilig stapft er voran. Tief sinken seine Schuhe ein.

Keuchend geht sein Atem, lastender wird die Dunkelheit. Aus dem Treibschnee greifen die Arme der Weiden entlang dem Ufer, als wollten sie ihn zurückreißen. Drei-, viermal hört er die Wölfe, oder täuscht er sich, ist es nur das Sausen des Windes, das Summen der Drähte? Doch nein. Dort huscht ein Schatten, irrlichtern grüne Raubtierseher. Fester packt er den Knüttelstock. Nicht einen Augenblick denkt er daran umzukehren, auch dann nicht, als das Geheul näher und näher kommt, als er sicher weiß, daß er verfolgt wird.

Alioscha beginnt zu beten, er denkt an die Ikonen neben dem Ofenwinkel. Tapfer kämpft er sich weiter. Der Schnee sticht ihn ins Gesicht, dringt ihm in alle Ritzen seiner Kleidung. Die Kälte beißt ihn in die Wangen, in die Ohren. Immer wieder muß er das Gesicht reiben, das alles Gefühl verliert. Müde, todmüde ist Alioscha, so müde, daß er sich einmal niedersinken läßt, um einen Augenblick, nur einen einzigen Augenblick zu rasten. Doch Jegoritsch fällt ihm ein. Jegoritsch, der Herumtreiber. Er hat es so gemacht wie Alioscha. Er hat sich niedergesetzt – und ist nie mehr aufgestanden.

Der junge Bursche erhebt sich mit einem Ruck. Er lehnt sich gegen den Wind, der ihm mit hohlem Sausen entgegenkommt. Bald, noch vor Mitternacht, wird er in die Stube treten, durchgefroren und erschöpft, aber begrüßt als Held und Retter. Wie schön das sein wird, wie beglückend! Aber davor liegt noch ein stundenlanger·Marsch, liegen tiefe Schneewehen. Mehr noch, er wird von Wölfen umlauert, verfolgt. Eben, während er das denkt, sieht er vor sich einen großen dunklen Schatten auftauchen. Ein Wolf, der ihn dreist anstarrt, der nur zögernd zur Seite weicht, als der Junge den Knüttel schwingt. Unheimlich beklemmend ist die Nähe dieser Tiere mit dem hechelnden Atem, den spitzen Fängen, den grünen Sehern. Wie Schatten werden sie vom Dämmern der Winternacht aufgesogen, sind hier und dort. Ihr Geheul zerrt an den Nerven. Alioscha möchte laufen, flüchten, und er weiß doch, daß er dann verloren ist. Er darf die Telegrafenmasten nicht aus den Augen verlieren, muß auf dem Eis bleiben!

Dort endlich wieder ein Mast, daneben eine Baumgruppe. Der junge Bursche sucht sich zu erinnern, an welcher Biegung des Flusses er sich befindet. Wolfsgeheul in nächster Nähe läßt ihn herumfahren. Dort kommen sie herangeprescht: drei, fünf, zehn Wölfe, mitgerissen vom Hunger, überwältigt von der Raubgier. Vor ihnen ein Mensch, ein Wesen aus Fleisch und Bein. Sein Tod bedeutet für sie Leben, wildes, raublustiges Leben.

Alioscha läuft mit keuchendem Atem, er gleitet, stürzt, schnellt empor und erreicht einen Baum, der ihm rettend die Äste bietet. Er läßt den Stock fallen, greift in das Gezweig, stemmt den rechten Fuß ein. Mit einem Ruck arbeitet er sich hinauf. Was hat es zu bedeuten, daß ihm starrendes Geäst ins Gesicht fährt, ihm die Wange blutig reißt. Hinauf, hinauf, ehe die Wölfe angreifen!

Da sind sie auch schon. Der vorderste, ein großer grauer Rüde, setzt zum Sprung an, schnellt aus dem stäubenden Schnee, wirbelt mit grimmigem Kampfgeknurr herum und fährt dem nächsten Wolf an die Kehle.

Alioscha, der sich schon gepackt, hinabgerissen fühlte, sieht sich um. Am Fuße des Baumes wälzt sich ein Knäuel von Tieren, ineinander verbissen, knurrend, winselnd, heulend. Blitzschnell wirbeln sie durcheinander, und doch glaubt er zu erkennen, daß einer der Wölfe das Rudel zurücktreibt, jeden Ansprung vereitelt. Das Rudel stiebt auseinander. Zwei, nein drei der Raubtiere liegen verendend im Schnee. Ganz dicht neben dem Stamm aber steht ein großer grauer Wolf. Irrt sich Alioscha, oder sieht er eben jetzt, als sich die Wolken lichten und ein Mondstrahl aufleuchtet, das Blinken einer Kette am Hals des Wolfes?

»Chrabryi, Chrabryi!« Er ruft es zagend, jubelnd. Der Graue hat sich am Stamm aufgerichtet, die Pfoten eingestemmt, und er winselt, grollt genauso wie einst sein Wolfsfreund gewinselt hat, wenn er zu ihm kam. Einer der todwunden Wölfe schleppt sich ein Stück abseits, wird vom Rudel niedergerissen, zerfleischt. Alioscha achtet nicht mehr darauf. Er steigt furchtlos tiefer, streckt die Hand, fühlt eine heiße Wolfszunge, fühlt zottiges Fell und darunter eine schmiedeeiserne Kette. Und nun steht er unten, Tränen rollen ihm aus den Augen, und immer wieder stammelt er ein atemloses »Chrabryi«.

Endlich rafft er sich auf, hebt den Knüttelstock aus dem Schnee. »Chrabryi, ich muß nach Hause, hilf mir, wie du mir geholfen hast, verlaß mich nicht in meiner Not.«

Versteht der Wolf die Bitte? Er trottet mit gesenktem Kopf neben dem Jungen her, der ihn einst als hungernden Welpen aufgehoben und zu seiner elterlichen Hütte getragen hat. Ab und zu knurrt er über die Schulter, aber das Geheul der Rotte wird leiser und leiser, verstummt endlich ganz. Erst kurz vor dem Dorf, als der Rauchgeruch stärker wird, bleibt der Wolf stehen. Er winselt, läßt sich noch einmal den zottigen Hals kraulen. Dann verschwindet er im Treibschnee, während Alioscha auf die Hütte zuwankt, hineintaumelt und in den Armen seiner Mutter zusammenbricht.

Doch schon richtet er sich wieder auf. Es gilt ja, die Anweisungen Alexeis auszurichten, die Medizin und ihre Anwendungsart der Mutter zu erklären. Erst als der Topf mit den Kräutern über dem Herdfeuer zu summen beginnt, läßt er sich zurücksinken und fällt in tiefen traumlosen Schlaf.

Es wird fast wieder dunkel, ehe Alioscha erwacht. Die Mutter steht vor ihm mit heißem Tee und berichtet glücklich, daß das Geschwür am Bein des Vaters aufgegangen ist, daß er ohne Schmerzen daliegt und gerettet ist, gerettet durch Alioschas Heldenmut. »Und durch Chrabryi, den Wolf, der Treue mit Treue vergalt«, murmelt Alioscha, ehe er sich wieder zurücksinken läßt.

Der Wolf als Freund

Sicher stammen unsere Hunde von Wildhundearten ab, die zuerst wohl nur die menschlichen Siedlungen umlagerten, dann allmählich in ein loses Freundschaftsverhältnis gerieten, wie wir es heute noch bei den Hunden südamerikanischer Indianer sehen. Bestimmt versuchte auch mancher Urzeitjäger einen Wolf zu zähmen.

Berichte über zahme Wölfe tauchen immer wieder auf. Einödmenschen nehmen sich gelegentlich des einen und anderen Jungtieres an. Nun ist ja die individuelle Verschiedenheit bei solch hoch entwickelten Tieren sehr bedeutend. So ist es ohne weiteres erklärlich, daß der eine dieser gefangen gehaltenen Wölfe wirklich zahm, hundeähnlich in seinem ganzen Benehmen wird, während ein anderer mißtrauisch, bissig, bösartig bleibt. Im allgemeinen werden viele Tierarten zahm, bis sie ein gewisses Alter erreichen, in dem die Wildheit und Unzuverlässigkeit zum Durchbruch kommen. Andererseits ist es ja auch bekannt, daß manche Hundearten im Alter bösartig und bissig werden.

Es ist unzweifelhaft verbürgt, daß es gelingt, den einen oder anderen Wolf wirklich zu zähmen. Ebenso weiß man auch von solchen Freundschaften zwischen Mensch und Wolf, die über die ersten Jugendjahre des Tieres hinausgingen. Besonders interessant aber ist das mehrfach beobachtete Wiedererkennen des menschlichen Freundes durch den Wolf nach manchmal jahrelanger Trennung. Toll vor Freude lief der Wolf seinem einstigen Herrn entgegen, sprang an ihm hoch, versuchte ihn zu lecken. Er zeigt seine Freude nach Hundeart, wedelte mit dem Schwanz und winselte. Wie tief die Zuneigung des klugen Tieres gehen kann, beweist auch die wochenlange Trauer, die er an den Tag legt, wenn er von seinem Freund getrennt wird.

Im allgemeinen gilt der Wolf als feige, sein Mut steht in gar keinem Verhältnis zu seiner Kraft. Natürlich gibt es auch da Ausnahmen. In Gegenden, in denen Wölfe vorkommen, erfährt man immer wieder von Angriffen auf Menschen, aber diese erfolgen nur, wenn der Hunger die Meute toll macht. Daß ein in die Enge getriebener Wolf sich wie jedes Wildtier zur Wehr setzt, ist ja selbstverständlich.

Der Menschenfresser

Die Ochsen trotteten, die klobigen Köpfe fest mit dem Jochbalken ver-
schnürt, von Mücken und Fliegen umsummt, durch den Dschungel. Der
hochräderige Wagen ächzte und knarrte. Mit halbgeschlossenen Augen saß
der alte Haria unter dem schwankenden Bambusgestänge, über das er ein
Stück verblichenen Tuches gespannt hatte. Ab und zu hob er die wimper-
losen, geröteten Lider, wenn ihn ein Stoß des Wagens aus dem Halb-
dämmern aufrüttelte. Dann trieb er mit einem gurgelnden Laut die säu-
migen Ochsen an, ließ einen Blick über das üppig wuchernde Grün schwei-
fen, das mauergleich den Dschungelpfad säumte, und versank wieder in
Halbschlaf.
Der knarrende Karren war hochbeladen. Haria schickte sich eben an, mit
einer Fracht von Tuch aus den Handwebereien von Morabad ins Innere
des Landes zu fahren. In der Truhe, auf der er saß, klirrte manchmal bei
einem Stoß des Wagens der Silber- und Schaumgoldschmuck, mit dem
Haria manches gute Geschäft zu machen gedachte. Er hatte auch massiv
goldene Armreifen, Nasenringe und andere Kostbarkeiten mitgenommen.
In einem Beutel um den Hals trug er Edelsteine. Nicht die kostbaren,
hochwertigen Brillanten, mit denen die Großen Indiens sich schmückten,
es waren meist nur unreine Steine mit gelblichem Schimmer und andere,
die recht ansprechend aussahen und nur von Kennern von echten Saphiren
und Rubinen unterschieden werden konnten. Haria war ein recht wohlhabender und angesehener Mann im Hinterland, wenn er sich natürlich
auch nicht mit den Händlern in den großen Städten messen konnte.
Wenn irgendwo ein wohlhabender Landbesitzer seine Tochter zu verhei-
raten gedachte, wartete man sehnsüchtig auf Haria, den Händler, um bei
ihm neben den nötigen Stoffen auch den geschätzten Schmuck einzuhandeln.
O ja, der alte Haria verstand sein Geschäft, und bei der Rückkehr von
seinen Dschungelfahrten war der Lederbeutel auf seiner Brust meist schwer
von Geld, der Wagen hochgetürmt mit Waren aus dem Hinterland.

Was kümmerten Haria die schrillenden Zikaden, die nektarsaugenden Vögel, die wie lebende Edelsteine um die Blütenbüsche huschten, die Fische in den kristallklaren Bächen, durch deren Furten sein Wagen knarrte. Er machte sich keine Gedanken darüber, wenn ein Stück Wild im Dickicht flüchtig wurde. Als einmal ein Sambarhirsch, von Wildhunden verfolgt, über den Pfad flüchtete, hob er kaum den Kopf. Noch weniger kümmerte er sich um die tief eingetretenen Fährten an einer Tränkestelle am Rande der Lichtung, die er eben überquerte. Und doch standen hier neben Büffeltritten und den zierlichen Schalenabdrücken von Hirschen auch die Spuren gewaltiger Tigerpranken im weichen Grund.

Erst als der Händler am Wegrand eine hohe Stange stehen sah, an der gelbe Tuchfetzen schlapp herabhingen, wurde er bedenklich. Haria mußte zweimal rufen, ehe die Ochsen standen. Mit seinen rotumränderten Augen blinzelte er nach dem Mahnmal, das an die Mordtat eines Tigers erinnerte. Er schüttelte den kahlen Kopf, mummelte mit den zahnlosen Kiefern. Warum hatte ihm der Banja, der Händler im letzten Dorf, nichts davon erzählt, daß ein menschenfressender Tiger die Straße nach Baijnath unsicher machte? Was sollte er tun? Umkehren? Der Weg zurück ins Naimital war vermutlich ebenso gefährlich wie die Weiterfahrt.

»Ein menschenfressender Tiger auf meinem Pfad! O Götter«, jammerte Haria, »was soll ich tun, ich, ein alter Mann, der noch nie Schwert oder Speer führte.« Ein beruhigender Gedanke kam ihm: Sein Lebenswandel war untadelig. Nie hatte er den Zorn der Götter herausgefordert. Warum sollten sie ihn jetzt verlassen? Er erinnerte sich, so manchen Pfad entlang gefahren zu sein, vorbei an kleinen Tempelchen mit Stangen, an denen blaue und gelbe Tücher hingen zur Erinnerung an die Taten menschenfressender Tiger. Nie war ihm etwas geschehen. Schließlich war solch ein Raubtier nur der Vollzieher einer lange schon beschlossenen Götterrache. Haria beschloß weiterzufahren. Er rief seine trägen Ochsen an, trat sie mit dem nackten Fuß, bis sie aufwachten und wieder gemächlich zu trotten begannen. Aber der Halbschlaf, in den Haria das Knarren der Räder und das Schaukeln des Wagens zu versetzen pflegten, wollte sich nicht mehr einstellen. Immer wieder spähte der Händler in das Dickicht, zuckte zusammen, wenn ein Wildtier flüchtig wurde. Er murmelte Gebete. Jetzt aber atmete er befreit auf. Nahe am Wegrand im hohen Schilf hörte er die singende Stimme eines Knaben, sah er die Rücken von Kühen und Stieren. Wo ein Junge so sorglos mit seiner Herde umherzog, da war keine Gefahr mehr.

Dort vorn lugten auch schon Hüttendächer aus den Büschen. Gleich war er in Baijnath bei dem Dorfvorsteher, seinem guten Freund Kunwar Singh, mit dem er den Abend verplaudern würde, um ganz nebenbei die Gelegenheiten zu guten Geschäften zu erkunden.

Betel kauend, rauchend saßen die beiden Männer beisammen, Haria, der Händler, und Kunwar Singh, der Thakur, der Bürgermeister.

»Ja, gewiß, der Tiger macht mir Sorgen. Er hat im vergangenen Jahr zahlreiche Menschen gerissen, Männer, Frauen, Kinder. Sogar einen Hindupriester überfiel er, der gerade zum Ort seiner Andacht wandelte.« Kunwar seufzte. »Wir hatten nun so lange Ruhe, aber wenn es so fort geht, müssen wir wie in meinen Kinderzeiten das Dorf mit einem hohen Dornenwall umgeben, um uns zu schützen. Wir lebten so friedlich in unserem Dorf; der Tiger, dem wir gelegentlich einen alten Ochsen am Waldrand festbanden, war unser Freund. Er schützte unsere Felder vor den wilden Büffeln, vor Wildschwein und Hirsch, und dasselbe taten auch die Leoparden. Jetzt aber ist ein Dämon in den Gestreiften gefahren. Menschenblut, Menschenfleisch, nichts anderes verlangt er mehr.

Aber das ist noch nicht alles. Hast du von den Bhantus in Naya Gaon gehört?«

Haria nickte. »Den Göttern sei Dank, daß ich ihnen nie begegnet bin, diesen gefährlichen Räubern und Wegelagerern. Aber es hieß doch, daß sie von den Behörden zerstreut, die Schlimmsten der Bande getötet oder in die Gefängnisse gesteckt wurden.«

Der Thakur dämpfte die Stimme. »Einer von diesen Schakalen lebt in meinem Dorf. Still, frage nicht, ich nenne ihn nicht beim Namen. Die Rache der Bande würde mich treffen. Es ist besser zu schweigen, sich mit den Burschen zu vertragen. Früher oder später finden sie sich wieder zusammen und verschwinden hoffentlich aus unserer Gegend. Wahrhaftig, die Bhantus sind schlimmer als der schlimmste Tiger.«

Haria war froh, daß ihn der Thakur gewarnt hatte. Er gedachte sich vorzusehen. Am besten ließ er hier in Baijnath möglichst wenig von seinen Schmucksachen sehen und schon gar keine Edelsteine. Ein armer Mann, ein kleiner Stoffhändler, lohnte keinen Überfall. Besser, er verzichtete auf das eine und andere Geschäft und sah zu, daß er weiter kam in Dörfer, in denen weder von menschenfressenden Tigern noch von geflüchteten Räubern die Rede war.

Auf der Holzterrasse vor dem Haus des Thakur saß der Händler am andern Tag mit Kunwar Singh und dem örtlichen Banja, dem Kramladeninhaber, um mit ihm ein kleines Geschäft abzuschließen. Während sie verhandelten, stieß ihn der Thakur an und blinzelte ihm zu. Haria verstand. Der Bursche, der da zu ihnen heraufstieg, war der Bhantu, der Räuber. Izat – so hieß der Mann – gab sich so harmlos wie möglich, drehte sich eine Zigarette und erkundigte sich dabei nach Neuigkeiten. Ob irgendwo nach Verbrechern gefahndet würde, ob Haria Polizeistreifen begegnet wäre? Ganz nebenbei streute er seine Fragen ins Gespräch. Der alte Händler hatte Muße, Izat zu mustern. Ein sehniger, schmächtiger Bursche, der eigentlich ganz alltäglich aussah. Nur seine Augen ließen seine Verschlagenheit ahnen. Gierig blitzten sie, als der Banja beim Wechseln Geld sehen ließ. Der Thakur hatte sicher nicht zuviel gesagt, dieser Mann hatte die Seele eines Schakals, einer aasfressenden Hyäne, man mußte sich vor ihm vorsehen. Haria vermied es, im Dorf von seinem nächsten Ziel zu erzählen. Er kam sich besonders klug und pfiffig vor, als er es zwei Tage später in aller Stille verließ, just um die Mittagszeit, als die Hitze groß und klein in den Hüttenschatten trieb.

Niemand hatte ihn abfahren sehen, so glaubte er. Der Mann, der unweit der letzten Hütte hinter einer zum Schutz der Felder gegen Wildschweine errichteten Hecke kauerte, war seinen alten Augen entgangen.

Kaum war der hochräderige Ochsenwagen vorbeigefahren, als sich Izat erhob. Er hatte es sehr eilig. Der Pfad, den der Händler eingeschlagen hatte, wurde nur selten begangen, war stellenweise überwuchert. Man brauchte ihn nur an einer bestimmten Stelle zu verbauen, dann geriet der Alte ganz von selbst hinab in den Sumpf, in das Bambusdickicht. Und dort hatte Izat früh am Morgen auf einem seiner heimlichen Gänge die Fährte eines riesigen Tigers gesehen, des Menschenfressers, der auf dem linken Hinterlauf hinkte.

Der Räuber rieb sich die knochigen Hände, wußte er doch, wie er seinen leeren Beutel füllen konnte, ohne sich einer Anzeige, der Verfolgung durch die Polizei auszusetzen. Eilig glitt er neben dem Pfad dahin, überholte, in den Büschen geborgen, den langsameren Ochsenkarren und stand bald an einem Ort, der sich zu seinem Vorhaben besonders eignete. Ein wenig unbehaglich war es Izat, sich so nahe der Stelle zu schaffen zu machen, an der kurz zuvor der Menschenfresser vorbeigewechselt war. Scheu sah er sich nach allen Seiten um. Er arbeitete hastig, aber trotzdem mit aller List. Es genügte ja, ein paar Büsche geschickt in den Pfad zu stecken. Izat besah sich sein Werk. Er lächelte böse. Kein Zweifel, der Ochsenkarren würde hier nach rechts abbiegen, einem alten Büffelwechsel folgen, der zu den

Sümpfen hinabführte. Dort unten kam der Karren nicht mehr weiter. Der Lärm, den der Händler mit seinen Ochsen und seinem knarrenden Fuhrwerk machte, rief den Tiger. Was dann geschah, das konnte sich Izat denken.

Wieder rieb er sich die Hände. Morgen, am hellichten Tag, würde er wiederkommen. Dann lag irgendwo da unten im Bambusdickicht das, was der Tiger von Haria, dem Händler, übriggelassen hatte. Ein paar Kleiderfetzen, ein paar Knochen und dabei der Beutel, den der Alte so scheu verborgen um den Hals trug. In der Kiste auf dem Wagen aber befanden sich Harias Geld und der Schmuck. Dutzende von schweren Goldringen, von Ketten und Ohrgehängen. Ein stilles, sauberes Geschäft, bei dem sich Izat nicht einmal die Hände rot zu machen brauchte.

Der alte Haria durfte hoffen, mit seinem Gespann noch vor dem Abend eine kleine Siedlung zu erreichen, in der er zu nächtigen gedachte. Bei Sher Sing, dem Schlangenfänger, war er sicher vor Tigern und Räubern. Während sein Wagen langsam dahinrumpelte, dachte er über die Bhantus nach, diesen berüchtigten Räuberstamm, gegen dessen Untaten die Behörden seit Jahrzehnten erfolglos kämpften. Wie anderwärts die jungen Burschen in Tierzucht und Ackerbau unterwiesen wurden, so lehrten bei den Bhantus die alten Männer die heranwachsende Jugend Raub und Diebstahl, brachten ihr alle Schliche und Ränke bei, mit denen sie einmal Erfolg gehabt hatten. Schlau waren diese Räuber, das mußte man ihnen lassen, und sie hielten sich bei ihren Taten an bestimmte Regeln und Vereinbarungen. Jeder junge Mann mußte seine Lehrzeit im Rauben mit einer kühnen Tat abschließen. Diese durfte er nur weitab vom Stammesgebiet ausführen, damit kein Verdacht auf die Alten fiel. Kehrte er mit reicher Beute beladen zurück, so warfen ihm die Schönen des Stammes feurige Blicke zu. Kein Mädchen hätte einen unerprobten Burschen zum Mann genommen.

Bis nach Kalkutta und Bombay wanderten die Bhantus, um sich dort bei reichen Leuten als Diener zu verdingen, die Gelegenheit zu Diebstählen auszuspähen. Damit sie einander nicht ins Gehege kamen, genügte es, wenn der als Nachtwächter angestellte Bhantu seine Schuhe vor die Tür des von ihm bewachten Hauses stellte; dann stieg hier kein anderer ein.

Kein Wunder, daß es den Behörden nur selten gelang, die Räuber zu fassen, denn alle Bauern und Dschungelbewohner führten die Beamten in die Irre, verheimlichten die Zufluchtsstätten der Bhantus aus Furcht vor der Bandenrache, die jeden Verräter traf.

Haria seufzte. Es gab eben überall böse Menschen, die selbst die sichere

Aussicht, im nächsten oder übernächsten Leben für verübtes Unrecht bitter büßen zu müssen, nicht davon abhielt zu stehlen, zu morden und zu rauben. Dieser Izat, den er in Baijnath kennengelernt hatte, war sicher ein böser Mensch. In seiner Nähe hatte Haria ein Unbehagen beschlichen genau wie damals, als er unter seiner Schlafmatte eine Kobra entdeckte, oder wie vor zwei Jahren, als ihm auf einsamer Dschungelfahrt ein bösartiger Elefantenbulle begegnete. Merkwürdig, eben während er daran dachte, lief ihm ein eiskalter Schauer über den Rücken bis zu den Haarwurzeln empor. Schweiß trat ihm auf die Stirn, er fühlte, wie ihn alle Kraft verließ, und duckte sich, während seine Augen das Dickicht zu durchdringen versuchten. Irgendwo im Urwalddüster lauerte eine Gefahr!

Keine zehn Schritte neben dem Pfad kauerte Izat, der sich bereits auf dem Rückweg zum Dorf befand. Seine zusammengekniffenen Augen, in denen Gier und Tücke brannten, waren starr auf den alten Mann gerichtet. Sein Mund stand offen, die spitzen, vom Betelkauen geröteten Zähne traten hervor, gaben seinem Gesicht ein wahrhaft dämonisches Aussehen.

Vielleicht wäre es doch klüger gewesen, noch zwei Tage in Baijnath zu bleiben und dann in Gesellschaft zweier anderer Männer waldein zu fahren! Haria war nahe daran umzukehren, aber vergebens suchten seine alten Augen nach einer Verbreiterung des Dschungelpfades, wo er den Karren wenden könnte. Und nun hatte er seine Schwäche auch bereits überwunden. Die Ochsen trotteten geduldig dahin, der Wagen knarrte sein altes Lied. Noch ehe der Abend nahte, war er bei Sher Sing in Sicherheit.

An die zahllosen Windungen der Dschungelwege gewöhnt, fiel es dem Händler nicht auf, daß der eben so gerade dahinlaufende Pfad plötzlich scharf zur Rechten abbog. Der Boden war von Büffelhufen zerstampft, auch das machte ihn nicht stutzig. Im Urwald pflegten oft genug Mensch und Tier gemeinsame Wege zu benützen. Die Ochsen, die erst stehengeblieben waren, gehorchten dem Ruf und bogen in den Wildwechsel ein, der allmählich in eine Senke hinabführte, die morastig und sumpfig wurde. Hufe und Räder sanken tief ein, und ein paarmal drohten die dichtstehenden Bambusstengel das wackelige Schutzdach des Wagens abzustreifen.

Immer schwieriger wurde der Pfad. Stellenweise sanken die Ochsen bis zu den Knien ein, der Wagen schwankte, als wolle er umstürzen. Haria wurde bedenklich. Er ließ sein Gespann halten, stieg ab, stapfte in der sumpfigen Senke umher, um den offenbar verlorenen Pfad zu suchen. Schwärme von Mücken umsummten ihn, dumpfe Schwüle legte sich ihm schwer auf die Brust.

Jetzt glaubte er den Ausweg gefunden zu haben. Dort vorn wölbte sich ein Hügel, versprach festeren Grund. Ochsen und Wagen mußten nur noch eine Wasserlache, eine Büffelsuhle durchqueren. Haria rief, die Ochsen schnaubten. Bis zu den Achsen gerieten die hohen Räder in den Morast, doch langsam, Zoll um Zoll, schleppten die geduldigen, starken Tiere die Last zu dem Hügel, dessen dichten Bewuchs eine Schneise teilte. Freilich, Haria erkannte, daß die von einem stürzenden Baum gerissene Lücke kein Pfad war. Seine Ochsen waren stehengeblieben, stumpf, ergeben.

Haria sah ein, daß er sich verirrt hatte. Seine Augen suchten den Himmel, der fahl zu werden begann. Der Abend nahte. Es war zu spät, umzukehren, noch einmal diesen schrecklichen Morast zu durchqueren. Wenn er es versuchte, überfiel ihn die Dunkelheit sicher an der schlimmsten Stelle. Was dann?

Der Händler ergab sich in sein Schicksal. Er löste den Jochbalken von der Deichsel, gab so den Ochsen Gelegenheit, im Schilf zu weiden. Durch das Joch zusammengebunden, konnten sie nicht allzuweit fortlaufen, er würde sie am Morgen in nächster Nähe wiederfinden.

Zwischen seinen Stoffballen auf dem Wagen machte sich Haria ein Lager zurecht, in dem er sich, nachdem er eine Handvoll Reis und Bohnen gegessen hatte, vor den zudringlichen Mücken verkroch. Er atmete schwer und keuchend, aber ermüdet von der langen Fahrt, fiel er bald in Schlaf.

Izat hatte richtig geraten. Der menschenfressende Tiger lag wirklich in der Senke in seinem Tagesversteck. Im Geäst eines vom Wirbelsturm gefällten Urwaldriesen hatte er einen ihm zusagenden Unterschlupf gefunden. Satt und faul verschlief er dort den heißen langen Tag. Ab und zu streckte er sich, spreizte die Pranken und ließ seine krummen Krallen tief in den weichen Grund dringen. Dann legte er sich wieder auf die Seite. Schwer hing der Büffeldunst in der schwülen Luft. Kein Wunder, daß die Witterung der Zugochsen nicht bis in sein Versteck drang. Aber vielleicht hätte der alte Tiger nicht darauf geachtet. Seine Nase war ziemlich stumpf, zudem, was kümmerten ihn Ochsen? Er gierte nach anderer Beute.

Das Knarren des Wagens hatte er vernommen, vielleicht sogar einmal die gurgelnden Laute aufgefangen, mit denen der Händler seine Zugtiere antrieb. Aber satt wie er war, kümmerte er sich nicht darum. Er schlief bis in die Nacht hinein. Dann begann er sich zu lecken, wurde langsam munter. Er erhob sich, scheuerte sich an dem Baumstamm, in dessen Geäst er gelegen hatte, und gähnte, wobei die gelben Eckzähne im matten Mondlicht wie Dolche glänzten.

Der alte hinkende Tiger trottete mit hängendem Kopf zu einer nahen Wasserlache, schlappte die laue Brühe in sich hinein, leckte noch einmal Brust und Vorderpranken und trollte dann auf einem Wildwechsel waldein. Der aufkommende Wind trug das Weidegeräusch der beiden Zugochsen in entgegengesetzte Richtung. Ahnungslos und friedlich schlief der alte Haria unter seinem Schutzdach.

Der Tod in schrecklichster Gestalt war an ihm vorbeigerollt, mit stoßweis keuchendem Atem, mit gelben Zähnen und furchtbaren fingerlangen Krallen. Der alte Tiger war heute nicht eben heißhungrig, aber durchaus bereit, ein neues Opfer zu schlagen.

In seinem etwas schwerfälligen hinkenden Trott umkreiste er das Dorf im Dschungel, schnüffelte und prustete unwillig, als ihm der Rauchgeruch beißend entgegenzog. An mehreren Stellen ließ der Dorfvorsteher Feuer unterhalten, zum Schutz für Mensch und Tier. Es hatte sich in dem gefährdeten Bezirk herumgesprochen, daß der menschenfressende Tiger ganz besonders Feuer und Rauch fürchtete. Der Alte lief weit in der Nacht, aber nirgends stieß er auf das, was er suchte: auf einen Menschen, der leichtsinnig genug war, sich im Dunkel allein hinauszuwagen in den Dschungel.

Gegen Morgen kehrte der Tiger in sein eigentliches Revier oberhalb des Dorfes zurück. Jetzt war er wirklich hungrig, durchaus auch zu einem etwas gewagten Überfall bereit. Er hatte ja längst erkannt, wie leicht die Menschen zu überlisten waren, wie stumpfsinnig sie dahintrabten. Wieviel List und Vorsicht waren nötig, um sich an einen Chitalhirsch, eine Waldantilope heranzuschleichen. Auf den Menschen brauchte er nur an einem Pfad zu lauern, ihn nahe genug herankommen zu lassen und ihn im Sprung niederzureißen. Ja, zuweilen flüchteten die von ihm Angegriffenen nicht einmal, wie es jedes Dschungeltier getan hätte. Sie stürzten nieder, blieben zitternd vor Angst liegen und warteten hilflos ohne Gegenwehr auf den tödlichen Schlag.

Der alte Tiger lag unweit des Pfades in den Büschen auf der Lauer. Das Brüllen von Rindern, die zur Weide getrieben wurden, mancherlei andere Laute verrieten ihm, daß das Leben im Dorf erwacht war. Schon wollte er sich erheben, um durch die Felder zu schleichen, denn er hatte die hellen Rufe von Frauen vernommen, die sich dort zu tun machten. Doch nun duckte er sich wieder, öffnete den Fang in lautlosem Fauchen. Seine runden Ohren hatten das dumpfe Klatschen schneller Tritte aufgefangen. Ein Mann kam den Pfad entlang gelaufen.

Es war Izat, der Bhantu. Längst war im Dunkel der Nacht da draußen in der Senke das geschehen, so glaubte er, worauf er hoffte. Eine heimliche Angst stieg in ihm auf, im letzten Augenblick könnte ihm noch ein streifender Jäger, ein zufällig des Weges kommender Wanderer den Raub entreißen.

Seine ein wenig schiefen Augen schillerten grünlich, spitz standen ihm die Zähne des Unterkiefers über die Lippen. Seine Nasenflügel blähten sich. Noch nie hatte er einem Schakal, einer Hyäne auf der Aasspur ähnlicher gesehen als in diesem Augenblick.

Ab und zu zuckte ein hämisches Grinsen um seinen verzerrten Mund. Er freute sich seiner Arglist. Dort steckten noch die Büsche, welk geworden, im Boden, mit denen er gestern den Pfad verbaut hatte. Hastig riß er sie heraus und warf sie beiseite. Irgendein anderer hätte den Anschlag erraten können. Aber jetzt war alles gut. Er brauchte nur in die Senke hinabzulaufen und die Stelle des Überfalls zu suchen. Doch plötzlich stockte sein Schritt. Ihm war, als wäre ein Schatten an ihm vorbeigeglitten, als hätte ihn das Gewand eines Wesens der Finsternis gestreift. Er versuchte zu lachen, wischte sich mit der Hand ein paar Schweißtropfen von der Stirn. Seine Rechte tastete nach dem Griff des Krummdolches, den er trug. Er zuckte mit den Schultern, als wollte er eine Hand abschütteln. Izat beugte sich vor. Er lauschte angespannt. Nichts rührte sich im morgenstillen Dschungel. Nur in der Ferne rief ein Pfau, und eine Affenhorde keckerte in den Baumkronen.

Izat hob den Fuß, um seinen Weg fortzusetzen. Doch wie gebannt blieb er stehen. Wieder spürte er die Nähe des unsichtbaren Wesens. Das Lachen, mit dem er die würgende Angst, diese jämmerliche zitternde Schwäche abtun wollte, gefror in seinem finsteren Gesicht. Im nächsten Augenblick knackte und brach es in den Büschen. Er sah eine riesige, schwarz und rotbraun gestreifte Gestalt auf sich zustürzen, er starrte in einen weit offenen Rachen, in glühende mordgierige Seher. Einen gellenden Schrei stieß Izat aus, dann brach er zusammen. Sein tückisches Gesicht wurde formlos unter dem Schlag einer Tigerpranke, die wie ein Hammer auf ihn niedersauste.

Als eine Weile später knarrend und ächzend Harias Wagen den Büffelwechsel entlang gefahren kam, war das Blut in den Trittspuren bereits versickert, dunkel geworden. Metallisch glitzernde Fliegen summten um die Stelle; ein paar Fetzen eines Gewandes hingen in den Dornzweigen an der Stelle, wo der Tiger seine Beute in das Dickicht gezogen hatte.

Haria achtete nicht auf solche Kleinigkeiten. Er war ein alter Mann, ein Händler, kein Dschungelbewohner. Seine Ochsen prusteten, drängten zur

Seite. Er hatte Mühe, sie weiterzubringen. Doch nun hatte er die Stelle erreicht, wo er gestern vom Pfad abgekommen war. Wie einfältig von ihm. War er denn blind gewesen? Deutlich genug führte der Dschungelpfad geradeaus. Haria trieb die Ochsen an, und nun knarrten die Räder über die Löcher im Boden, in denen eben vorher noch das Buschwerk gesteckt hatte, das dem Bhantu zu einer leichten Beute verhelfen sollte ...

Robin Hood & Co. in Indien

In einem Land wie Indien, mit riesigen Waldgebieten und schlechten Verkehrsverhältnissen, ist der Anreiz zu einem freien Räuber- und Verbrecherleben besonders groß. Es ist hier auch unvergleichlich viel schwerer für die Regierung, gefährliche Elemente unter Kontrolle zu halten, als in einem hochzivilisierten modernen Staat. Neben den gewöhnlichen Verbrechern, die sich ja überall finden, gibt es in Indien große Stämme, die von der Regierung in abgesonderten Siedlungen untergebracht wurden, da bei ihnen kühne Raubtaten geradezu als Sport betrieben werden. Das geht so weit, daß kein Mädchen des Stammes einem jungen Burschen ihr Jawort gibt, ehe er sich nicht durch irgendeinen kühnen Raub ihrer würdig erwiesen hat.

Besonders berüchtigt sind die Bhantus in den Vereinigten Provinzen. Die Alten des Stammes unterweisen die jüngeren Männer in der Ausübung von Raubüberfällen und werden dafür an der Beute beteiligt. Dabei halten sich die Bhantus an bestimmte selbstgeschaffene Gesetze. Jeder Raub muß von einem einzelnen durchgeführt werden. Der Ort der Tat muß möglichst weit von der Siedlung des Stammes entfernt liegen, um jeden Verdacht auszuschließen. Gewalttaten, wie Mord und Totschlag, sind bei ihnen verpönt.

Daß mancher der jungen Räuber sich über diese Gesetze hinweg zu einem Gewaltverbrecher entwickelt, eine Bande um sich sammelt, läßt sich nicht vermeiden. Ebenso naheliegend ist, daß diese Banden ganze Landstriche terrorisieren, Abgaben verlangen, jeden, der ihre Schlupfwinkel verrät, ermorden. Mancher dieser Räuberhelden verschaffte sich großes Ansehen, da er nur die Reichen ausplünderte, häufig den Armen half, wucherische Geldverleiher bestrafte – wie wir es auch aus vielen europäischen Sagen und Überlieferungen kennen.

Phya, der Wegelagerer

»Ai, ai!« Sang Nu rief Phya an, den riesigen Elefantenbullen, ein Tier von
drei Meter zwanzig Schulterhöhe. Winzig, zerbrechlich sah der schlanke
Junge vor dem stämmigen, ebenmäßig gewachsenen Riesen aus, und doch
wollte er nicht mehr und nicht weniger, als dem Bullen seinen Willen
aufzwingen. »Ai, ai! Hörst du nicht, Phya, die Nacht ist vorüber, der
große Dschungel-Wallah ruft zur Arbeit.«
O ja, Phya, der mächtige Bulle, hörte sehr wohl diese piepsende Stimme.
Er rumpelte zur Begrüßung, tastete mit dem Rüssel. Sang Nu lachte. Er
bot dem Elefanten eine Handvoll zerquetschter klebriger Tamarinde. Phya
wollte erst seinen Leckerbissen haben, ehe er gehorchte. Die eisernen
Hobbles, die Ketten, die seine Vorderfüße koppelten, damit er sich nicht
allzuweit vom Lager entfernt, wurden ihm abgenommen. Der Elefant
packte Sang Nu mit dem Rüssel und hob ihn empor. Nun saß der Junge
auf dem Nacken des Bullen. Er sah dort oben fast noch schmächtiger und
kleiner aus als eben, da er noch vor dem Elefanten auf dem Boden stand.
Wirklich, der knapp zwölfjährige Sang Nu war der schwächlichste unter
den Mahauts, den Elefantentreibern, von Bangwu. Es bedeutete eine außer-
ordentliche Auszeichnung, daß man ihm den stärksten Bullen anvertraut
hatte. Doch der Wallah, der Herr des Lagers, hatte schon in den ersten
Tagen erkannt, daß Sang Nu Elefantenverstand hatte, mit den Tieren
umgehen konnte.
Der Kleine war ein Lao-pung, ein schwarzbäuchiger Lao aus Nordsiam.
Obwohl er nackt war, sah es aus, als trüge er eine hübsch gemusterte
Badehose. Bei näherem Betrachten zeigte sich, daß der Junge zum Schutz
gegen Geister und Dämonen vom Nabel bis über die Knie tätowiert war,
ein Schmuck, auf den er sich nicht wenig einbildete.
Jetzt warf sich Sang Nu ein paarmal hoch, ließ sich mit dem Gesäß auf
Phyas Nacken fallen. Das war der Befehl zum Marschieren, und der Riese
gehorchte. Wiegend trottete er voran, die andern Arbeitselefanten des

Lagers folgten ihm in langer Reihe. Greller Sonnenschein überflutete die grauen Kolosse, als sie eine Lichtung überschritten. Doch nun schlug schon wieder der Dschungel über ihnen zusammen. Das düstergrüne Dämmerdunkel des Urwaldes, in das die Sonne nur da und dort einen ihrer Strahlenpfeile schoß, umfing sie. Trotz der frühen Morgenstunde herrschte hier brütende Schwüle. Büschel von Bambusstangen schossen aus dem Unterholz auf, Lianen bildeten zu beiden Seiten des Elefantenpfades bunt gemusterte Vorhänge. In den Astgabeln blühten seltsam geformte Orchideen.

Das war Sang Nus Heimat. Während er sich auf dem Elefantennacken wiegte, spähte er mit seinen schwarzen, immer ein wenig traurigen Augen umher. Der Morgenwind schüttelte die Baumkronen, hier unten war von seinem frischen Wehen nichts zu spüren, aber da und dort fielen klatschend welke Teakbaumblätter herunter. Schenkeldicke Wurzeln krochen wie Schlangen gekrümmt über den Weg. Kein Laut war zu vernehmen als das Stampfen der Dickhäuter, ab und zu der halblaute Ruf eines Mahauts. Der Weg senkte sich. Am Rand einer Schneise stand das Haus eines Aufsehers hoch auf schwankenden Bambuspfählen. Langur war eben dabei, seine Schlafmatte zusammenzurollen, Wasserkrug und Teekessel beiseite zu stellen, um sich dem Arbeitstrupp anzuschließen. Er musterte die vorbeitrottenden Tiere. Dann nickte er zufrieden. Sie waren alle gesund und stark, gut in Form, wie es zu Beginn der Arbeitsmonate sein mußte. Rasch ließ der Aufseher noch eine Handvoll Reis in das auf einem Pfahl errichtete Schutztempelchen rieseln, um den Phi, den Geist, in dessen Hut er die Nacht sicher und ungefährdet verbracht hatte, bei guter Laune zu erhalten. Inzwischen waren die Elefanten auf dem Arbeitsplatz angekommen. Die Männer machten sich daran, die armdicken Ketten um gefällte Stämme zu schlingen. Ein Ruf Langurs, Sang Nu gab seinem Elefanten das Zeichen. Aber Phya wollte nicht. Es war mit ihm jeden Morgen dasselbe. Er träumte noch, war nicht bei der Sache. Mit einem Schlag gegen die Kopfbuckel weckte ihn sein Reiter auf. Der Bulle grunzte, schwenkte den Rüssel, setzte sich in Marsch. Jetzt ging alles, wie es sollte.

Phya ließ sich die Kette am Zuggeschirr einhaken, prüfte die Last des Stammes, indem er sich erst einmal mit seinem vollen Gewicht langsam nach vorn legte, und begann den tonnenschweren Baum hinter sich herzuziehen. Als er ihn mit einem Drittel seiner Länge über den sich zum Fluß senkenden Hang geschleppt hatte, blieb er stehen, wartete, bis die Kette gelöst wurde. Dann trat er zur Seite, prüfte die Auflage des Stammes, setzte die Zähne ein und hob ihn, brachte ihn ins Gleiten. Der Elefant wiegte sich auf den mächtigen Säulen und klappte zufrieden mit den Ohren, als er das Aufklatschen des Stammes im Wasser vernahm, und wendete gehorsam, um den nächsten zu holen. Überall war nun die Arbeit in vollem Gang. Die Rufe der Treiber und der Arbeiter, die lauten Anweisungen der Aufseher vermengten sich mit dem Rollen und Poltern der Stämme zu einer Melodie der Arbeit, in die sich ab und zu das Kreischen eines Papageis oder das Pfeifen und Keckern einer Affenhorde mischte.

Als sich die Stämme am Flußufer zu stauen begannen, ritt Sang Nu seinen Bullen den Hang hinab. Da lagen die schweren Stämme ineinander verkeilt und verschachtelt über dem steil abfallenden Ufer. Sang Nus Elefant griff als erster an. Es war eine durchaus nicht ungefährliche Arbeit, die Stämme in den Fluß zu rollen. Gar zu leicht gerieten sie dabei ins Rutschen. Aber vorsichtig betastete sie der Bulle mit dem Rüssel, und stets gelang es ihm, die Lasten so anzupacken, daß ihn die Stämme nicht gefährdeten. Mit Poltern und Dröhnen stürzten sie in den hoch aufschäumenden Fluß. Jetzt war Phya richtig warm geworden. Die schwere Arbeit, bei der er seine gewaltigen Kräfte austoben konnte, machte ihm Spaß. Er kollerte, brummte vor Behagen. Nun trieb ihn Sang Nu ins Wasser, wo er die an einer Biegung verkeilten Baumstämme in Fahrt bringen sollte. Wie vorsichtig der Riese zu Werk ging. Einmal blieb er stehen, beugte sich vornüber.

Sang Nu begriff. Da steckt ein spitzer Stein im Boden, an dem sich ein Elefant verletzen konnte. Der Bulle betastete ihn, zog ihn aus dem Grund und schleuderte ihn weit in den Fluß. Dann stapfte er weiter und machte sich mit den treibenden Stämmen zu tun.

Allmählich ging die Arbeit langsamer. Die Urwaldriesen wurden müde. Da kam ja auch der erlösende Schrei vom hohen Ufer her. Feierabend, mitten am Tag! Phya erkletterte das Ufer und führte wie am Morgen die Reihe an. Es ging zurück auf die Weide, den Rest des Tages waren die Elefanten frei. Sang Nu drückte dem Bullen den Stachel des Treiberstockes in den Nacken, nicht allzu unsanft, nur eben spürbar. Phya kniete nieder, und sein Mahaut glitt herab. Er legte seinem Elefanten wieder die Fußfesseln an, hing ihm eine runde Schelle an den Hals und entließ ihn, nachdem er ihm noch einmal den Rüssel getätschelt hatte.

Mit klirrenden Ketten stapfte der Bulle zur Äsung. Schwatzend und lachend gingen die Mahauts zum nahen Dorf zurück, um erst einmal zu essen, die heißeste Stunde zu verschlafen und den Rest des Tages bei einem Spiel mit buntlackierten Steinen zu verbringen.

Sang Nu war mit diesem Leben recht zufrieden. Später einmal, wenn er vollends erwachsen war, gedachte er einen kleinen Handel wie der Chinese Ah San zu betreiben. Es mußte vergnüglich sein, den ganzen Tag unter dem Sonnendach im Schatten zu sitzen, mit den Käufern zu plaudern und obendrein noch Geld zu verdienen. Das war fast noch schöner als das Reiten auf einem Elefantennacken.

Freilich, sooft er an seinen riesigen Freund, an Phya dachte, vergaß er alle Zukunftsträume. Er liebte dieses gewaltige Tier, hinter dessen gebuckelter Stirn uraltes Wissen zu schlummern schien. Wie sagte man doch im Dschungel? Der Elefant ist das älteste aller Tiere, er ist schon alt am Anfang seines Lebens. Alter und Klugheit, Erfahrung, waren ja dasselbe. Freilich, manchmal verstand Sang Nu seinen Arbeitsgefährten nicht so recht. Es gab Zeiten, in denen Phya aufsässig wurde. Während er bei guter Laune grunzend zusah, wie sich andere schwächere Elefanten mit ihren Stämmen abplagten, um dann, wenn sie nach dem dritten Versuch trompetend aufgaben, heranzustapfen und ihnen zu zeigen, wie man einen störrischen Teakholzbaum behandeln mußte, gehorchte er an solchen Tagen nicht. Es war gefährlich, allzuviel von ihm zu fordern, wenn Phya Launen bekam. Sang Nu grübelte oft lange darüber nach, was wohl in dem Bullen vorging. Eines Morgens rief Sang Nu vergeblich nach Phya. Die andern Mahauts verlachten ihn, saßen auf und ritten zum Holzplatz. Sang Nu lief immer noch im Wald umher. Endlich fand er die abgestreiften Hobbles und nicht weit davon auch das Halsband aus ungegerbtem Leder. Es hing mitsamt der Glocke an einem vorstehenden Ast. Kein Zweifel, Phya war entflohen, er hatte die Ketten der Knechtschaft abgeschüttelt.

Kleinlaut meldete Sang Nu seinen Verlust bei Langur, dem Aufseher. Er wurde mit einer Flut von Vorwürfen überschüttet. Hatte er Phya die Hobbles nicht richtig angelegt oder sonst etwas übersehen? Doch es zeigte sich, daß der Bulle die schadhaft gewordenen Ketten gesprengt hatte. Langur machte die Meldung beim Dschungel-Wallah. Da kam er auch schon selbst herangestapft, den unvermeidlichen Tropenhelm auf dem Kopf, und untersuchte die gesprengten Fesseln. Ein Elefant wie der starke Phya stellte immerhin einen Wert von zwanzigtausend Mark dar für die Teakholzgesellschaft. Man würde eine Belohnung aussetzen für die Wiederauffindung des Bullen.

Sang Nu war untröstlich. Entehrt, entwürdigt kam er sich vor. Zu Fuß lief er umher, während die andern Mahauts stolz an ihm vorbeiritten und ihm Spottworte zuriefen. Kein Wunder, daß sie ein wenig schadenfroh waren,

hatten sie es doch als Zurücksetzung empfunden, daß ausgerechnet der jüngste den stärksten Bullen des Arbeitstrupps bekam.

Schon ein paar Tage später erreichte eine erste Meldung das Dorf. Phya war gesehen worden, er hatte eine Tat vollbracht, über die die Betroffenen laut jammerten und klagten, alle andern aber nicht weniger laut lachten.

Von seinen Fesseln befreit, war der riesige Bulle gemächlich waldein gestapft. Er hatte erst einmal im Fluß ausgiebig gebadet, sich dann zu einem Schläfchen an einen Stamm gelehnt und war, als er hungrig wurde, auf Äsung ausgezogen. Der Zufall führte ihn zu dem Bahndamm, der entlang einer endlosen Schneise durch den Dschungel lief. Ein breiter Streifen links und rechts von den Schwellen war gerodet, kahlgebrannt und diente zugleich als Landstraße in einem Land, in dem es sonst nur schmale Dschungelpfade gab, die überdies ständig zuwuchsen.

Während Phya überlegend im Schatten einiger großer Bäume stand, vernahm er Stimmen und Schritte. Ein Trupp von Dörflern war auf dem Weg zum Markt. An Stöcken, die sie über die Schultern gelegt hatten, trugen die Männer Körbe mit Früchten. Auf den Köpfen der Frauen schwankten große Töpfe und Ballen mit den Erzeugnissen der Felder.

Sie waren guter Dinge, die Lao und Kamu, die munteren Burmesinnen. Sorglos wie Kinder zogen sie dahin, um auf dem Markt von Chien-mai bei gemächlichem Handel einen Tag zu verplaudern.

Der Wind stand gerade auf den Elefantenbullen zu und trug ihm die Witterung von allerlei leckeren Dingen, von Kürbissen, Bananen, saftigem Zuckerrohr, Orangen, Ananas und Mango in den Rüssel. Phya war durchaus nicht bösartig, aber als er jetzt hinter den Bäumen hervorbrach, die Ohren seitlich gestellt, den Rüssel erhoben, laut trompetend und die blinkenden Stoßzähne schwenkend, da sah er zum Fürchten aus.

Schreie gellten. Ein Schar von Menschen wandte sich zur Flucht, stolperte, stürzte, raffte sich auf. Majestätisch, riesengroß stand Phya auf dem Bahndamm, wuchtete auf den sich rasch entwirrenden Knäuel von Armen und Beinen zu und begann gemächlich die verstreuten Früchte aufzulesen.

Das war viel bequemer als das Äsen im Dschungel. Hier brauchte er nur auszuwählen und mit flinkem Rüssel alles, was ihm schmeckte, in das offene Maul zu schieben. Saft tropfte dem kauenden Elefanten von den Lippen. Er rumpelte und brummte vor Behagen.

Der Streich hatte ihm gefallen. Kein Wunder, daß bald hier, bald dort Klagen über den Bullen laut wurden, der sich zu einem richtigen Wegelagerer entwickelte. Er war auf den Geschmack gekommen und legte den

Handel und Marktbetrieb im weiten Umkreis lahm. Als sich nirgends mehr Bauern zeigten, die ihm die Äsung geradewegs vor den Rüssel trugen, brach er in die Pflanzungen ein, die er arg verwüstete. Prasselnd stürzten die Gerüste, an denen Bohnen gezogen wurden, unter seinen stampfenden Säulen. Kürbisse platzten, Bananenbäume brachen.

Natürlich hatte der Dschungel-Wallah längst seine Maßregeln getroffen. In ermüdenden Märschen suchte er mit einem halben Dutzend Elefanten den Ausreißer einzukreisen. Aber Phya war auf der Hut. Sobald er die Nähe der zahmen Artgenossen spürte, flüchtete er.

Eine große Treibjagd aber kostete viel Geld. Freilich, der Bulle war es wert, und so traf man denn die nötigen Vorbereitungen. Aber man betrieb sie ohne Eile, denn einstweilen drängte die Arbeit auf dem Holzplatz.

Phya, der sich noch nie so wohl gefühlt hatte wie jetzt, merkte, daß ihm allmählich die Einbrüche in die Felder erschwert wurden. Hier und dort stieß er auf rauchende Feuer, auf schreiende, Fackeln schwingende Menschen. Er verschwand im Dschungel, begnügte sich eine Zeitlang mit der Äsung, die ihm die Wildnis bot. Aber er war nun einmal ein Leckermaul geworden. Als ihm daher beim gemächlichen Vorübertrotten hinter einem Dorf wieder lockende Düfte entgegenzogen, schwenkte er in den Pfad ein und erschien eine Weile später, gewaltig und riesengroß, auf dem Dorfplatz. Dort hatte sich ein bescheidener Handel entwickelt, ein Markt, der um so besser beschickt war, je weniger man sich hinaustraute. Phya fand reiche Beute. Daß er nebenbei die Sonnendächer umwarf, ein paar Hütten beschädigte, das war nicht böse Absicht.

Wieder liefen die Boten. Der Wallah kam mit seinen Elefanten diesmal gerade recht, Phya bei einem zweiten Einbruch in das Dorf zu stellen. Es gelang, ihn einzukreisen. Die beiden einzigen gangbaren Wege wurden dem Bullen von seinen Artgenossen verstellt, die unruhig auf den Säulen schaukelnd und trompetend dastanden. Es war ihnen nicht besonders behaglich zumute, das sah man ihnen an, denn gelegentlich hatte ihnen der starke Phya Respekt beigebracht. Auch jetzt zeigte er keinerlei Unsicherheit. Er lief zweimal im Kreis um den Platz, um dann, als sich ihm kein bequemer Ausweg zeigte, einfach den zunächst stehenden Elefanten mit der Stirn umzuwerfen. Gellendes Trompeten, Krachen und Knacken. Der stürzende Elefant hatte eine Hüttenwand eingedrückt, das Dach kam herabgerutscht. In einer Wolke von Staub verschwand das breite Hinterteil Phyas. Die Mahauts aber, die dem Ausreißer Seile um die Säulen hatten werfen sollen, verteidigten wortreich ihr Versagen.

Unweit des nächsten Dorfes rasteten die Elefantenjäger. Mitten unter ihnen kauerte Sang Nu, bedrückt, todunglücklich über die mißglückte Jagd. Der Marsch hatte die Dickhäuter ermüdet. Sie sollten eine Nacht ausruhen, ehe man sie zum Holzplatz zurückführte.

Eben als sich der Trupp am andern Tag zum Abrücken anschickte, geschah es. Aufgeregte Menschen kamen gelaufen, meldeten einen neuen dreisten Überfall Phyas. Er stand auf dem Marktplatz und verwüstete wie am Vortag die Stände. Am schlimmsten erging es den beiden Chinesen, die neben Teigwaren, Kattunen und Aluminiumgeschirren auch allerlei alkoholische Getränke feilhielten.

Flaschen gingen in Scherben, wurden zertrampelt. Ein benebelnder Dunst stieg aus grünen und braunen Lachen auf, die sich unter Phyas Säulen sammelten. Als der Wallah mit seinen Elefanten wie am Vortag die Ausgänge besetzte, bot sich ihnen ein eigenartiger Anblick.

Der Bulle beachtete sie gar nicht. Mit halbgeschlossenen Augen stand er da, den Rüssel schlürfend gesenkt. Er sog alles ein, was er bekommen konnte, trank und trank, konnte nicht genug kriegen.

Der Wallah winkte seine eifrigen Mahauts zurück, die sich bemühten, ihr gestriges Versagen durch besonderen Eifer gutzumachen. »Laßt ihn ruhig trinken, das wird ihn friedlich und umgänglich machen«, meinte er. Nur Sang Nu winkte er Gewährung, als sich der Junge erbot, dem Bullen die Roßhaarseile um die Säulen zu schlingen. »Sei vorsichtig«, warnte er, »mach ihn nicht böse. Wenn er angreift, dann lauf, was du kannst.«

Aber Phya dachte gar nicht an Streit und Kampf. Er rumpelte gemütlich, als ihn Sang Nu zaghaft anrief. Mit der Rüsselspitze begrüßte er seinen Mahaut, um im nächsten Augenblick wieder ein paar Flaschen zu zerschlagen und weiterzutrinken.

Sang Nu schwatzte mit ihm wie früher, wenn er ihn im Bad gescheuert, ihm den breiten Rücken gekratzt hatte. Furchtlos schritt er näher und hobbelte dem Elefanten die Vorderbeine zusammen

Phya, in dessen kleinen Augen ein seliges Leuchten glomm, trompetete nicht, als die Artgenossen heranstapften und ihn in die Mitte nahmen. Er war so schläfrig, so zufrieden wie nie zuvor. Folgsam trottete er zwischen zwei anderen Bullen zum Dorf hinaus. Erst ging es noch ganz flott, aber allmählich wurde Phya unsicher, mußte immer wieder von den andern gestützt werden. Schließlich konnte man den betrunkenen Bullen nicht mehr weiterbringen. Man band ihn an einem Baum fest, wo er sich niederlegte und seinen Rausch ausschlief.

Der Wallah hatte noch eine langatmige Verhandlung im Dorf, wo ihn die beiden geschädigten Chinesen lamentierend umstanden und den Schaden zu einem glänzenden Geschäft auszuweiten versuchten. Sie hatten wirklich recht gut »verkauft«, wie sie sich hinterher schmunzelnd eingestanden. Aber auch der Wallah war zufrieden. Eine Treibjagd hätte ihn ein mehrfaches von dem gekostet, was er für den Rausch seines größten Bullen bezahlen mußte.

Am glücklichsten war freilich Sang Nu, der kleine Mahaut. Den ganzen langen Tag kauerte er neben seinem Elefanten, der röchelnd atmete und manchmal drollige Laute ausstieß. Am nächsten Morgen aber saß er auf und ritt den wieder gezähmten Phya stolz durch das heimatliche Dorf zum Holzlager zurück.

Land der Freien

So lautet die Übersetzung von Muang Thai, dem Namen Thailands in der Landessprache. (Die Bezeichnung Siam wird heute offiziell nicht mehr gebraucht.) Das rund 518 000 Quadratkilometer große hinterindische Königreich trägt diesen Namen mit Recht, denn es hat seine Unabhängigkeit stets behaupten können, sowohl gegen machtgierige Nachbarn wie gegen die europäischen Kolonialmächte.

Das Kerngebiet des Landes ist die Ebene des gewaltigen Menamstromes, eines der reichsten Reisanbaugebiete der Erde. Der langkörnige, harte Siamreis wird auf der ganzen Welt geschätzt. Den gebirgigen Norden des Landes bedecken weite Waldungen, üppige Dschungel, durch die kaum ein Ochsenkarrenpfad führt. Das ist das Arbeitsgebiet der zahmen Elefanten. Hier schleppen sie, dem Ruf ihres Mahauts gehorsam, die eisenschweren Teakholzstämme zu den Flußläufen, die den Weitertransport übernehmen. Ein guter Arbeitselefant ist 20 000,- DM oder sogar noch mehr wert. Deshalb werden die Elefanten sehr gut behandelt, und nach jedem Ausreißer wird eifrig gefahndet.

Die Einwohner Thailands gehören verschiedenen Volksstämmen an, von denen Lao und Thai die bedeutendsten sind. Sie sind ein heiteres, stets zufriedenes Volk von großem Schönheitssinn. Ihr ganzes Leben und Denken wird vom Buddhismus geprägt. Jeder Mann ist verpflichtet, sich einmal für eine bestimmte Zeit zu Gebet und Meditation in ein Kloster zurückzuziehen. Im gelben Mönchsgewand, mit geschorenem Kopf und bloßen Füßen, muß er dann mit der hölzernen Bettelschale ausziehen, um sich seine Nahrung zu erbetteln. Von dieser Sitte darf sich auch der König nicht ausschließen.

Auch zu den sonnigen Südsee-Inseln und in die finsteren Sagowälder Neuguineas kommen wir auf dem Pfad der Gefahr:

Land der tausend Inseln

Gold aus der Hölle

Wenn die Kopfjäger Neuguineas ihre vergifteten Pfeile zu neuer Jagd rüsten, packt auch hartgesottene Goldsucher das Grauen.

Der Häuptling der Lepra-Insel

Kann der junge Kapitän dem seltsamen Weißen trauen, der sich zum Häuptling einer abgelegenen Südsee-Insel gemacht hat?

Die Perle des Todes

Mit dem Leben bezahlt Falea den Fund einer köstlichen Perle, aber auch seinem Freund Aorai bringt der Reichtum kein Glück.

Gold aus der Hölle

Jan Zeveryn, der Händler und Wirt, musterte die beiden Männer, die sich an einem Tisch dicht an der Tür zusammengefunden hatten. Er betrieb sein Geschäft nun schon viele Jahre in Finsch-Hafen an der Ostküste Neuguineas, und er besaß neben einem beträchtlichen Kapital auch ein gut Teil Erfahrung. »Strandgut«, murmelte er und mühte sich, ein paar Worte der halblaut geführten Unterhaltung aufzufangen. Aber er stellte sogleich fest, daß es sich nicht lohnte. Was sich die beiden Burschen da erzählten, das waren Abenteuer, mehr oder weniger geglückte Streiche. Ob es stimmte, was sie einander auftischten? Verwegen genug sahen sie aus, besonders der eine, der sich Bud Warner nannte. Der Wirt zuckte die fleischigen Schultern. Er hielt nicht viel von den Namen, die sich Gäste dieser Art zulegten, die er lieber gehen als kommen sah. Einstweilen verhielten sich die beiden recht manierlich. Sie wollten nichts anderes als eine Flasche Genever und ihre Ruhe.

Von Paradiesvogeljagd prahlten sie, die ebenso verboten war wie die Ausfuhr dieser seltenen Vögel mit dem prachtvollen Gefieder, von Uransuche in Australien, von Arbeiterwerbefahrten, die sich nur wenig von Sklavenjagd unterschieden. Alles hatten sie schon mitgemacht, wenn man ihnen glauben durfte. War auch nur die Hälfte dessen wahr, was sie erlebt zu haben behaupteten, so hätte jeder ein paar Jahre hinter Gittern verdient. Freilich, dergleichen Abenteuer ließen sich nicht mit der Elle bürgerlicher Wohlanständigkeit messen. Wo sich Bud Warner und sein neuer Freund MacElroy herumtrieben, wehte zuweilen ein scharfer Wind, geschahen Dinge, die rasches und unbedenkliches Handeln erforderten, wollte man den Kopf oben behalten. Strandgut nannte sie Jan Zeveryn, aber vielleicht war der eine oder der andere in schwierigen Lebenslagen verläßlicher als mancher brave Bürger.

»Noch eine Flasche?« rief der aufmerksame Wirt hinter der Theke hervor. Der rotschopfige MacElroy wollte nicken, aber Bud Warner winkte ab.

»Laß uns ein wenig hinaus in die Klippen gehen, was ich dir vorzuschlagen habe, das verträgt keine fremden Ohren«, sagte er halblaut.

»Hm, wir sitzen doch hier so gemütlich, und der dicke Jan kümmert sich den Teufel um uns und unser Geschwätz.«

Der Amerikaner, ein hagerer, von Seewasser und tropischer Sonne rotbraun gegerbter Bursche, lehnte sich zurück. »Wenn du nicht willst, meinetwegen.« Dann beugte er sich vor, seine eben noch so matten, glanzlosen Augen funkelten. Er flüsterte: »Es geht um Gold!«

MacElroy horchte hoch auf. Er hob die buschigen Augenbrauen, wackelte mit den Ohren. Das tat er immer, wenn er in Erregung geriet. »Gold!«

»Pst, nicht so laut«, warnte der Hagere. »Das Wort hat es in sich, es dringt durch Fels und Mauer. Na, wie ist's, kommst du mit?«

»Allemal, wenn es um blanken Zaster geht«, grinste der Rotschopf und erhob sich. Eine gute Weile schwiegen sie beide, während sie durch die belebte Hafenstraße gingen. Erst als sie die letzten Häuser hinter sich hatten und der weiße Strand vor ihnen lag, begann Bud Warner, nachdem er sich noch einmal umgesehen hatte: »Du hast richtig gehört, es geht um Gold. Nicht um eine Suche ins Blaue hinein, sondern um eine glatte Sache. Das heißt, so glatt ist sie auch wieder nicht, spielen wir mit offenen Karten. Wäre es so einfach, an das Gold heranzukommen, brauchte man nur hinzugehen und aufzupacken, dann wäre ich nicht so blöd, mich mit dir einzulassen. Hab' die Erfahrung gemacht, daß es immer am klügsten ist, alles allein zu machen, was man machen kann. Aber ich brauche einen zweiten Mann. Noch besser wären vier oder fünf. Aber dann geht der Fund in zu viele Teile. Besser also etwas mehr Risiko und nachher fiftyfifty. Na, was meinst du, old boy?«

Mac schob sich den breitrandigen Hut ins Genick. »Zunächst noch gar nichts«, brummte er. »Mußt schon klarkommen, beidrehen, längsseits festmachen.«

Der Hagere zog ihn zu einer Baumgruppe, die etwas Schatten bot. »Setzen wir uns«, sagte er. Dann griff er in die Tasche. Noch einmal schien er zu zögern. Doch dann zog er mit einem Ruck einen kleinen Lederbeutel heraus und warf ihn von einer Hand in die andere, wobei der Inhalt leise klirrte. Er öffnete ihn und bot ihn dem Roten. MacElroy hatte seine eben noch gezeigte Gleichgültigkeit abgelegt. Seine Augen blitzten begehrlich. Er ließ etwas vom Inhalt des Beutels in seine gehöhlte Linke rollen und prüfte ihn gewissenhaft. »Gold, gutes reines Gold, wie man es in vielen Bächen und Flußläufen Neuguineas findet«, sagte er dann und gab sich

Mühe, den Atem, der plötzlich so schwer und stoßweise ging, zu beherrschen.

»Gold aus Neuguinea«, bestätigte der Hagere. »Aber nicht aus den Bergen, wo die andern Burschen hinterher sind, sondern aus den Sümpfen, aus den Sagosümpfen drunten im holländischen Territorium. Was sagst du dazu?«

»Nicht viel. Gehen wir hin und holen wir es«, grinste Mac.

»Wenn das so einfach wäre! Ich sagte dir schon, die Sache hat einen Haken, das heißt, eigentlich mehrere. Das da holte ich mit einem guten Kameraden aus dem Schwemmsand eines Flusses heraus. Wir hatten schon ganz hübsch aufgepackt, als es losbrach. Die Manuwe, eine elende heimtückische Bande von Menschenfressern – ja, sieh mich nur groß an, die Brüder dort betrachten dich von vornherein als Fleisch, als Braten.«

»Und die Regierung sieht untätig zu? Hör mal, Bud, wir leben im zwanzigsten Jahrhundert. Ich war, wie ich dir schon sagte, zweimal oben im Bismarckgebirge und dort herum, hatte viel mit Eingeborenen zu tun. Kriegerisch, streitsüchtig sind sie alle, aber die Missionen haben sie nach und nach gebändigt, wenigstens viele von ihnen. Von Menschenfresserei aber ist keine Rede. Das kam unten an der Küste in den Sümpfen vor, aber die Australier haben damit aufgeräumt.«

»Stimmt«, nickte der Amerikaner. »Aber am Wildemann- und Kampongfluß sind die Verhältnisse noch ein wenig anders. Da kommst du in Dörfer, in Siedlungen wie aus der Steinzeit. Nicht mal einen Nagel findest du dort. Die Einwohner flüchten, und wenn es dir gelingt, sie zu stellen, starren sie dich an wie ein Wesen aus einer anderen Welt. Wenn es hoch kommt, haben sie ein- oder zweimal einen Regierungsbeamten oder einen Missionar zu sehen bekommen. Ein Beil, ein Messer sind Wertgegenstände, um deren Besitz sie alles für dich tun, das heißt, am liebsten schneiden sie dir gleich den Kopf ab. Sie können alles brauchen, dich selbst als Braten und deinen ganzen Besitz bis zum letzten Hosenknopf, den sich einer der Helden oder sein Weib an einer Schnur um den Hals hängt.«

»Sag mal, Bud, willst du mich hochnehmen, oder ist es dein Ernst?« MacElroy hatte das Gold in den Beutel zurückgeschüttet und wog ihn in der hohlen Hand.

Der Hagere bekräftigte seine Worte mit einem derben Fluch. »Bist du wirklich so dickköpfig, oder tust du nur so«, brauste er auf. »Wenn ich dir sage, daß wir beide das Gold aus diesen Sümpfen holen wollen, dann erzähle ich dir doch keine Märchen. Du kannst dich auf jedes Wort verlassen. In der ersten Station dieses Sumpfgebietes wird dir jeder Missionar, jeder Beamte bestätigen, daß es unter den wilden Stämmen in Holländisch Neuguinea bis zum heutigen Tag Menschenfresser gibt. Nur dort, wo man der Bande schon ein paarmal empfindlich auf die Finger geklopft hat, nehmen sie Vernunft an. Und nun ein letztes Wort. Machst du mit? Ich sage dir, wo das Gold her ist, da liegen Hunderttausende. Das Geheimnis der Fundstelle kenne ich allein, denn der andere, mit dem ich dort war, blieb mit einem Speer im Rücken im Sumpf liegen. Blieb liegen mitsamt dem Gold. Ich mußte froh sein, mit dem nackten Leben davonzukommen.«

»Klar, ich bin immer dabei, wenn es um Gold geht, und wenn ich es diesen Menschenfressern aus den Zähnen reißen müßte. Sie sollen mich kennenlernen. Wenn es hart auf hart geht, ist der Mac ein verdammt zäher Bissen.«

»Ich wußte es ja, du bist mein Mann«, nickte der Hagere befriedigt. »Und nun kommen wir vollends klar. Ich stecke alles rein in die Geschichte, was ich habe, hundert Pfund ungefähr, für Ausrüstung und Tauschgegenstände.«

»Soviel werde ich auch zusammenkratzen«, brummte Mac. »Gehen wir los, je eher, desto besser.«

Das also war das Sumpfgebiet im niederländischen Teil der riesigen Insel. Ein Schlammpfuhl, ein ungeheures Sumpfloch, in dem jede Karte wertlos wurde, liefen doch die Flüsse ineinander über, so daß man sich ständig in einem Gewirr von Kanälen und Wasserarmen befand.

»Sago-Urwald, nichts als Sago-Urwald, überall diese dornengespickten Stämme, Dreck, Morast, stickig dumpfige Luft. Zum Teufel, ich habe wahrhaftig schon manche schmierige Ecke unseres alten Planeten kennengelernt, aber das hier ist doch das Schlimmste.« MacElroy machte seinen Gefühlen in einer endlosen Folge von Flüchen Luft. Bud Warner, der Amerikaner, stopfte sich die Pfeife, um sie in Ruhe genießen zu können.

»Wenn ich auch nur die Hälfte von dem verstanden habe, was du da zusammengebrummt hast«, grinste er, »so hörte es sich doch recht kräftig an. Nur ein Glück, daß Pater Bendemeer dir nicht zuhören kann. Ich wette, er würde dir den roten Kopf waschen, daß dir Hören und Sehen verginge.«

»Ist das denn nicht wirklich die widerlichste Gegend, ein Sumpfloch, vom Herrn im Zorn erschaffen«, fuhr Mac, der wieder zu Atem gekommen war, fort.

»Hör endlich auf«, schmunzelte Bud. »Du machst uns noch unsere Ruderer kopfscheu. Hat Mühe genug gekostet, diese Tjetaburschen anzuwerben. Bis jetzt geht ja alles glatt. Die Manuwe, in deren Gebiet unsere Goldbucht liegt, halten Frieden. Wenn wir Glück haben, schleichen wir in aller Stille an ihren Siedlungen vorbei, packen das Gold auf und verschwinden wieder, ehe sie uns spitzkriegen. Wir müssen zurück, ehe die Regenzeit kommt. Überhaupt können wir nur Gold waschen während der Trockenzeit, sonst steht ja hier alles unter Wasser. Der Pater hat mir davon erzählt, während du bereits auf der faulen Haut lagst. Die ganze Gegend wird zu einem riesigen Meer, aus dem nur hier und da ein Eukalyptus aufragt. Alles voll weißer und blauer Wasserlilien, voll treibender Blätter, üppig wucherndem Schilf und Rohr. Weiße Reiher und andere Wasservögel stelzen darin herum. Da und dort auf höheren Stellen die Gruppen von Fingerpalmen, und mitten in dem Meer die Sagowälder, undurchdringlich, düster, geheimnisvoll. Der Missionar war ganz begeistert.«

Mac grinste. »Bin nicht so neugierig, daß ich bis zur Regenzeit hierbleiben möchte. Hinein in die Sumpfwälder, 'ran an die Goldbucht, aufgepackt und wieder fort, so rasch wie möglich. Mir genügt es, was ich in den Dörfern, in denen wir nun schon rasteten, zu sehen bekam. Pfui Teufel, wie es in dem Männerhaus, das sie uns zum Schlafen anboten, nach Verwesung roch. Alles voller Knochenschnüre, wo man hinblickte. Schweineköpfe, Menschenknochen und Schädel, Ketten von Nackenwirbeln, brrr, es war schauderhaft.«

»Da siehst du nun, ich sagte dir kein Wort zuviel, als ich dir von den Menschenfressern der Sagosümpfe erzählte«, grinste Bud. »Wenn nur die Hälfte von all den Teufeleien wahr ist, die unsere Tjeta von den Manuwe erzählen, dann ist das übergenug, um auch einem ausgekochten Burschen das kalte Grauen über den Rücken zu jagen. Sieh dich vor, wenn wir mit ihnen zusammenstoßen. Sie begrüßen dich freundlich, reiben ihr fettiges Kinn an dem deinen, umarmen dich – um dir ganz nebenbei einen spitzen Knochen, einen Dolch in den Rücken zu bohren. Du legst dich, von der ganzen Familie begrüßt und mit Leckerbissen gefüttert, zum Schlaf nieder, um nie mehr zu erwachen, da sie dir in aller Stille den Kopf absäbeln. Das ganze Dorf läuft dir jubelnd entgegen, bis du entdeckst, daß das Geschrei und die Freude nur vorgetäuscht waren und dazu dienten, dich umringen zu können, dir die Flucht abzuschneiden.

Es ist schon so, hier in den Sümpfen, wo die Macht des weißen Mannes nicht hinreicht, nicht genügend Nachdruck hinter den Befehlen steht, wird die Jagd auf Menschenfleisch betrieben wie eh und je. Ich habe es erlebt, als ich mit Matt hier war. Der ganze Sumpf, der jetzt so totenstill daliegt, dröhnte und wummerte, überall riefen die Trommeln in den Männerhäusern zum Kampf. Sie waren wie toll, fielen übereinander her, wo sie zusammentrafen. Die Kowe, die Saggari, die Aboge und wie sie alle heißen. Kleine Stammesfehden haben sie ja ständig miteinander. Da wird einmal ein Kopf geraubt, dort ein Kind gestohlen. Aber wenn es richtig losbricht wie damals, dann ist der Teufel los.«

»Als ob je irgendein Schrecken und Grauen stark genug gewesen wären, den weißen Mann zurückzuhalten, wenn es um Gold und Schätze ging.« MacElroy sagte es nachdenklich halb zu sich selbst. »So viel ist mir klar geworden, wir sind ausgezogen, um unser Gold mitten aus der Hölle zu holen, aus des Teufels heimlichstem Schlupfwinkel. – Sag mal, Bud, könntest du nicht den Podoi fragen, wie weit es zum nächsten Rastplatz ist? Man wird krumm und lahm beim tagelangen Kauern in diesen Kanakenkähnen.«

Der Boy grinste und deutete auf die Sonne, beschrieb mit dem Finger einen Halbkreis.

»Das soll sicher heißen, bis zum Abend«, knurrte der Hagere. »Du hast wohl schon wieder Appetit auf Sagowürmer«, setzte er lachend hinzu.

Bud und Mac, die beiden Goldsucher, hatten wirklich Glück. Es war ihnen gelungen, mit ihren sechs Tjetaburschen unangefochten den Zusammenfluß des Passuwe und Eilandenflusses zu erreichen. Zwar nützte die flüchtig aufgenommene Karte, die der hagere Amerikaner besaß, nur wenig, denn die ganze Gegend hatte durch die alljährliche Überschwemmung ihr Aussehen verändert. Aber Podoi und der noch findigere Apiu nickten eifrig, als ihnen Bud die Fundstelle beschrieb. Ja, sie erinnerten sich genau der beiden weißen Männer, die zusammen mit einem Trupp Awjuburschen vor einem Jahr in einer Bucht an einem Nebenfluß des Dugu gehaust hatten. Mit vielsagendem Lächeln gestanden sie, daß sie einigemal das Lager beschlichen hatten, und nur die Furcht vor den Gewehren, deren Wirkung sie kannten, hatte sie von einem Überfall zurückgehalten.

»Ohne diesen Zufall müßten wir die Sache aufgeben«, stellte Mac vorwurfsvoll fest. Bud zuckte die Schultern. »Wir hätten immer noch die Chance, die Awju aufzusuchen. Wahrscheinlich wäre es uns gelungen, einen oder den andern von den Burschen als Führer zu gewinnen, der im Vorjahr mit dabei war.«

Jetzt hatte die Arbeit in der sandigen Bucht eines kleinen Nebenflusses des Dugu begonnen. Bud rieb sich die Hände. »Was habe ich dir gesagt, wir sitzen in einem Goldnest. Es liegt hier so dick, daß man den Sand in Säcke füllen könnte, um ihn erst unten an der Küste in Ruhe auszuwaschen.«

»Warum machen wir das nicht«, versetzte Mac. »Ich weiß nicht, seitdem ich frischgejagte Köpfe in den Männerhäusern hängen sah, seitdem ich unter aufgehängten Knochenketten schlief, ist mir nicht mehr wohl in meiner Haut. Ich will meinem Herrgott und Sankt Patrick danken, wenn ich mit dem Kopf auf den Schultern heil herauskomme aus diesen Sümpfen.«

»Ein roter Kopf wäre allerdings eine besonders wertvolle Trophäe«, neckte ihn der hagere Bud.

»Hör auf damit«, fuhr ihn Mac grimmig an. »Du spottest noch, aber sieh dir einmal unsere Burschen an, diese Tjeta-Kanaken. Ich bin überzeugt, sie würden uns lieber heute als morgen um die Ecke bringen, auffressen und all unsern Besitz als Beute nach Hause tragen.«

»Sicher möchten sie das gern, und machmal sprechen sie darüber. Wenn ich auch nicht alles verstehe, so schnappe ich doch genug auf, um den Rest zu erraten.«

»Und das sagst du so ruhig?« MacElroy sah sich unwillkürlich um, als stünde bereits der Mörder hinter ihm.

Bud lachte. »Sei unbesorgt. Die Kerle sitzen mit uns in der Falle. Sie haben sich, verlockt durch unsere Schätze, in feindliches Gebiet gewagt. Allein wären sie verloren, das steht fest. Nur mit uns im Boot, mit unsern Gewehren und Revolvern, können sie darauf rechnen, wieder in ihr Dorf zu kommen, ohne gefressen zu werden.«

»So besehen ist die Rechnung nicht übel«, räumte Mac ein.

»Verlaß dich drauf, sie stimmt. Wir können unbesorgt jede Nacht schlafen. Die Tjeta wachen und wecken uns beim geringsten Anlaß.«

Das bestätigte sich nun freilich. Aber für die regelmäßige Arbeit mit Sieb und Schüssel waren die Kanaken nicht zu gewinnen.

»Es geht einfach über ihr Fassungsvermögen, vierzig, fünfzig Tage auf ein Beil zu warten, sich dafür zu plagen«, lachte Bud. »Ein, zwei Tage packen sie mit an, für einen Spiegel, ein Messer, ein Feuerzeug. Alles, was sich länger hinzieht, geht über ihr Denken hinaus. Sie haben vielleicht gar nicht so unrecht. Nur der Augenblick gehört ihnen, wer weiß, ob morgen nicht schon ihre Köpfe ein Männerhaus zieren.«

»Daß du es auch gar nicht lassen kannst, immer wieder davon anzufangen«, empörte sich Mac.

»Eine Sache wird nicht besser, wenn man nicht an sie denkt. Je klarer man ihr ins Auge sieht, um so leichter wird man mit ihr fertig. Aber das sagte ich dir ja schon vorher: Die Hauptarbeit müssen wir selbst machen. Bei Licht besehen, klappt es ganz gut. Wir kommen auf einen prima Tagelohn, haben schon ein nettes Häufchen beisammen.«

»Mit Hunderttausend machen wir Schluß«, brummte Mac. »Ich will froh sein, wenn wir soweit sind.«

»Mehr kriegen wir auf keinen Fall ohne Gefahr in das Boot«, versetzte Bud. »Zudem ist bis dahin die Regenzeit bedrohlich nahe. Wir müssen 'raus aus dem Brei, ehe es losgeht.«

Die beiden Weißen magerten ab, fiebrig lagen ihnen die Augen tief in den Höhlen. Trotz des Chinins schauerten sie manchmal im Fieberfrost. Aber keiner klagte. Sie bissen die Zähne zusammen, schwenkten die Schüsseln, siebten, wuschen. Das gelbe Metall, der Gedanke an Jahre des sorglosen Genießens gab ihnen die Kraft. Mit einem Sack Gold stand ihnen die Welt offen, konnten sie sich all das gönnen, worauf sie so oft hatten verzichten müssen.

Einmal jedoch versagte auch Buds eiserne Natur. Er lag stöhnend auf dem Lager in dem kleinen Zelt am Waldrand. Sein linker Arm war blau angelaufen. »Eine Blutvergiftung«, stellte er fest. Mac tat für ihn, was er konnte. Aber manchmal war er nahe daran, die Nerven zu verlieren. Wie, wenn es jetzt losbrach? Wenn die Tjeta flüchteten, ihn hier mit einem Kranken, einem Sterbenden allein ließen?

Doch auch diese Prüfung ging vorbei. Apiu war es, der, als Bud schwächer und schwächer wurde, in das Zelt kroch und seine Hilfe anbot. Sein Vater war der Stammeszauberer, der Heilkundige, und Apiu hatte ihm mancherlei abgesehen.

Mac wollte ihn fortschicken, aber Bud winkte ihn heran. »Laß ihn machen, Mac, die Burschen wissen manchmal mehr als wir in solchen Dingen.« Und wirklich, der Brei aus zerstampften Wurzeln und Kräutern linderte die Schmerzen, ein Absud aus Rinden beseitigte in wenigen Tagen das Fieber, und acht Tage später stand Bud wieder mit der Schüssel im Fluß.

Apiu aber saß stundenlang im Lager, auf den Knien das Beil, das ihm für seine Heilkur geschenkt worden war, und streichelte den blanken Stahl. Er war zu einem großen Mann geworden, selbst der Häuptling würde sich vor ihm ducken, wenn er mit dem Beil in der Rechten das Heimatdorf betrat.

Allmählich begannen die Tjeta unruhig zu werden. Sie sehnten sich nach ihrem Dorf, nach lachenden fröhlichen Menschen, nach Schweinefleisch, Tanz und Gesang. Hatten sie nicht alle Messer, Spiegel, Streichhölzer, vielerlei Dinge, um die sie jeder Kanake beneiden würde? Aber was nützten ihnen die Schätze hier in der Verborgenheit? Und mit dem sicheren Gefühl des Primitiven für Gefahr witterten sie nahendes Unheil.

Immer wieder versuchten Apiu und Podoi die beiden Weißen zum Abrücken zu bewegen. Hatten sie noch nicht genug von dem gelben Sand in ihren Säcken? Untereinander besprachen sie die seltsame Krankheit der Weißen, die hierhergekommen waren, um wertlosen gelben Sand mitzunehmen, und die dafür Entbehrungen, Mühe und Gefahr auf sich nahmen.

Apiu, der kühnste des kleinen Trupps, unternahm häufig Streifzüge in die Sumpfwälder. Eines Tages kam er zurück und hielt einen Manuwepfeil in den Händen. Er warf ihn vor den beiden Goldsuchern auf die Erde. Am ganzen Leib zitternd deutete er darauf. »Manuwe, Manuwe«, keuchte er. Nach einigem Hin und Her gelang es Bud, ihn zum Sprechen zu bringen. Den Pfeil der Kopfjäger, der als die schlimmsten Schlächter verrufenen Manuwe, hatte er in unmittelbarer Nähe ihres Lagers gefunden. Sie waren entdeckt, wurden von Spähern umlauert. Nur Flucht, schleunige Flucht konnte sie retten! Apius Gesicht wurde grau vor Angst, er schnatterte aufgeregt wie ein Affe, und Bud verstand kein Wort mehr.

»Da haben wir die Bescherung«, wandte er sich an Mac. »Die Manuwe, die berüchtigsten Kopfjäger und Mörder der Sagosümpfe, sind hinter uns her.«

Der Rotschopf spuckte aus. »Was tun wir? Abrücken ist wohl das einzige. Unsere Burschen können wir nicht mehr lange halten.«

Bud knirschte mit den Zähnen. »Zum Teufel, da sitzt man mitten in einem Goldnest, braucht den Plunder nur auszuwaschen, und eine dreckige Bande von Wilden reißt einem das Zeug aus den Zähnen. Ich hätte gute Lust, ihnen zu trotzen, ihnen Respekt beizubringen vor unsern Gewehren und den armen Matt zu rächen.«

»Unsinn, Bud, sei vernünftig!«

»Natürlich ist es Unsinn, ich habe die Kanaken doch kennengelernt damals, als wir von ihnen gejagt wurden. Sie sind wie ein Schwarm toll gewordener Hornissen, und wenn sie erst in Kampfstimmung geraten, scheren sie sich den Kuckuck um unsere Gewehre. Also gehen wir. Wieviel haben wir drin in den Säcken? Ich schätze so für achtzig- bis neunzigtausend Dollars. Nicht übel. Aber es ist zum Haarausraufen, gar zu gern hätte ich noch einmal soviel aufgepackt.«

»Glatt unmöglich, Bud. Unser morscher Kahn wird mit dem, was wir haben, schon bis zum Rand einsinken, und denk dir die gewaltigen Ströme, die vor uns liegen. Bin überzeugt, daß es auf ihnen ganz hübsche Wellen gibt, wenn ein Sturm aufkommt.«

»Wir brechen das Lager ab, fahren noch in der Nacht los. Wenn irgend möglich, müssen wir, ehe die Manuwe hinter uns her sind, den Wildemannfluß erreichen.«

Soviel Eifer hatten die Tjetaburschen noch nie gezeigt wie heute, da sie sich zum Abzug fertig machten. Willig schleppten sie die Säcke der Weißen zum Fluß, und lange vor Einbruch der Dunkelheit war alles zum Aufbruch fertig.

»Los, Podoi«, rief Bud, der als letzter einstieg und die Goldbucht mit einem abschiednehmenden Blick umfaßte. »Mir ist, als käme ich nochmal her, um das Lämmchen gründlich zu scheren«, murmelte er, während er sich zurechtsetzte.

»Ohne mich«, knurrte Mac. »Ich will froh sein, wenn ich mit dem Kopf auf den Schultern aus dieser Breischüssel herauskomme.«

»Ich finde schon ein paar Burschen, die mitmachen«, lachte Bud sorglos. »Sieh dir unsere Kanaken an. Sie rudern, als wäre der Leibhaftige hinter ihnen her.«

»Sitzt uns wohl auch dicht genug im Nacken«, versetzte Mac und sah sich um. »Mir ist, als ob es jeden Augenblick losbrechen würde. Da, hörst du nicht, sind das nicht Trommeln?«

»Du siehst und hörst Gespenster, mein Lieber.« Bud steckte in Ruhe die Pfeife an. Aber auch er zog die Büchse näher und sah sie nach, rückte die Revolver zurecht und steckte sich Patronen griffbereit in die Taschen. »Man kann nie wissen, wann es losgeht. Lieber wäre es mir, wenn wir durchschlüpfen könnten, aber wenn es sein muß, sollen uns die Herren kennenlernen. Soviel steht fest, ehe sie meinen Kopf in ihren Männerhäusern aufhängen, verschieße ich die letzte Kugel. Soll ein teurer Braten werden für die Bande. Was ist, Apiu?«

Der im Bug sitzende Tjeta hatte das Schweigezeichen gemacht. Auf seinen Wink trieben die Burschen das schwerbeladene Boot in das dichte Uferschilf, in dem es vollständig verschwand. Bud glitt mit Apiu zugleich aus dem Kahn und folgte ihm, knietief im Schlamm watend, durch den Schilfwald. Endlich blieb der Kanake stehen, bog vorsichtig ein paar Halme auseinander und deutete flußab.

Nun sah es auch der Weiße. Der Fluß war abgesperrt. Drei Kähne, besetzt mit Jungmännern, lauerten am gegenüberliegenden Ufer im Schilf. Ein Stück unterhalb sah Bud einen einzelnen Mann stehen, der aufmerksam den Fluß beobachtete. »Tamaro, der Häuptling der Manuwe«, flüsterte Apiu und konnte ein Zittern nicht verbergen. Wahrhaftig, der Riese da sah zum Fürchten aus. Bud beobachtete ihn durch das Glas. Er war ein grobknochiger haariger Bursche, jede seiner Bewegungen verriet Kraft und Geschmeidigkeit. Der Speer in seiner Rechten war um ein gutes Stück länger als die Tjetaspeere. Um den linken Arm trug er einen Rotangring, mit dem die zurückschnellende Bogensehne aufgefangen wurde. Bud wußte, daß die Kanaken häufig im Nahkampf diese Ringe zum Niederschlagen ihrer Feinde benützten. Die Stirn des Riesen umgab ein Streifen Kasuarhaut, an der noch die Federn standen. Um den Hals trug er eine Kette von Hundezähnen, während seine muskulösen Oberarme mit Schweinehauern geschmückt waren.

Das Urbild eines barbarischen, auf der Steinzeitstufe stehenden Wilden! Apiu tuschelte. Bud nickte. Es war auch ihm klar, daß hinter dem lauernden Häuptling noch weitere Krieger im Hinterhalt lagen. Ganz sicher hatten die Späher den Aufbruch der Weißen beobachtet, und die Manuwe gedachten sie hier abzufangen.

»Was tun?«

Apiu zog Bud hinter sich her und deutete flußauf. »Wir zurückrudern, irgendwo ein Versteck suchen, warten, bis Manuwe vorbei. Wenn wir nicht kommen, sie flußauf fahren, nach uns spähen. Tjeta klüger als Manuwe, Fluß verrät keine Fährten.«

Auch Mac war mit dem Plan einverstanden. »Wenn es zum Äußersten kommt, brechen wir durch, aber versuchen wir es erst einmal mit List.«

»Durchbrechen?« Bud schüttelte den Kopf. »Der Teufel weiß, wie viele von der Bande im Hinterhalt liegen. Geraten wir zwischen zwanzig, dreißig Kähne voller Jungmänner, dann nützt auch das beste Gewehr nicht mehr viel. Wir kriegen sie erst zu sehen, wenn sie auf Wurfweite heran sind, und im nächsten Augenblick hagelt es Pfeile und Speere. Wenn auch die meisten fehlgehen, ein Dutzend trifft immer. Nein, mein Junge, wir haben nur die eine Möglichkeit, sie zu überlisten oder vor ihnen her zu flüchten und sie durch gut gezielte Schüsse aufzuhalten.«

Lautlos hoben und senkten die Tjetaburschen die Paddel. Nacht lag über dem Dugufluß, auf dem sie dahinglitten, sorglich dem Mondlicht ausweichend, das silbern in der Mitte des Gewässers blinkte, dort eine breite Straße bildete.

Wie schwarze Mauern standen die Pandanus- und Waringinwälder zu beiden Seiten des Flusses. Und mitten hinein in das nachtschwarze Dunkel steuerten jetzt die Tjetaburschen. Es war für die beiden Weißen ein unbehagliches Gefühl, auf Gedeih und Verderb einem Trupp Kopfjäger ausgeliefert zu sein. Das Boot glitt wie in einen schwarzen Schacht, aber die Tjeta schienen ihrer Sache ganz sicher.

»Das kein Fluß«, flüsterte Apiu, »das nur Wasserrinne, Manuwepfad.« Bud und Mac begriffen. Die Tjeta steuerten in einen Kanal ein, den die Manuwe zu ihren Menschenjagden in feindliches Gebiet angelegt hatten. Es war ein tollkühnes Wagnis, aber Apiu meinte grinsend: »Dieses Wasser großes Geheimnis, niemand davon wissen als Manuwe – und schlaue Tjeta.«

»Wenn das nur gut geht«, brummte Mac. »Ich weiß nicht, mir ist ordentlich unheimlich in dieser vollständigen Dunkelheit. Alle Augenblicke bleibe ich irgendwo hängen, stoße mit dem Kopf an.«

»Die Burschen haben Eulenaugen«, knurrte Bud. »Weiß der Kuckuck, wie sie sich hier zurechtfinden. Aha, nun scheint es auch ihnen genug. Sie legen an.«

»Still jetzt, alle schlafen«, tuschelte Apiu. »Morgen weiterfahren, wenn Manuwe vorbei.«

»Schlafen, möchte wissen, wie?« maulte Mac, indem er sich, so gut es gehen wollte, auf den Goldsäcken ausstreckte. Auch Bud legte sich zurecht, fluchte noch eine Weile über die dumpfe modrige Luft, lauschte auf die undeutbaren Geräusche der Nacht, ehe er einschlief.

Früh am Morgen weckte ihn Apiu und deutete ihm an zu folgen. Der Amerikaner sah sich um, dann stieß er Mac an, der noch neben ihm schnarchte. »He, Boy, sieh dir einmal unsere Umgebung an. Die Bande hat uns wahrhaftig mitten in den Höllenpfuhl hineingesteuert.«

Mac rieb sich die Augen, dann starrte er um sich, entsetzt, von Ekel gewürgt, von Grauen geschüttelt. »Das ist ja, das ist doch gar nicht möglich! Bud, sag doch, daß ich träume, daß ich mich irre.«

Was sie sahen, das konnte nur dem Gehirn eines Kopfjägers, eines auf der untersten Stufe der menschlichen Entwicklung stehenden Barbaren, entsprungen sein. Das Boot lag in einem Tunnel, in den kein Lichtstrahl drang, in dem ewige Dämmerung herrschte. Die Bäume, die Äste, die Lianen, alles war mit grünem Moos überzogen. In den Wurzeln, an den Stämmen, überall, wo sich Gelegenheit dazu bot, waren Schweineköpfe, Menschenknochen, Schädel aufgehängt. Dort zeigte sich eine Girlande von

Menschenkiefern, und fast hätte Mac laut aufgeschrien: Über ihm schaukelte eine Traube von Schädeln. Die meisten davon moosgrün, einige aber noch verhältnismäßig frisch.

»Sieh dort, Menschenrippen in die Rinde gespießt, gespaltene Arm- und Schenkelknochen, auch das Mark hat die Bande ausgesogen. Ketten von Halsgliedern, von Fingern, gesplitterte Speere und Pfeile, daneben ein halb im Morast versunkenes, schlammüberzogenes Boot.«

Selbst Bud, der ausgekochte Abenteurer, wurde stumm vor Entsetzen. Er starrte auf diese Sammlung des Grauens. Knochen, Schädel, wohin man sah. Allmählich schlug der Schrecken in Wut um. Er schüttelte die Fäuste.

»Diese gottvergessene Bande, diese Mörderbrut, ich wollte, ich könnte sie alle miteinander zusammenschießen. Heute bedaure ich, daß ich den zottigen schwarzen Heiden, den Häuptling, nicht weggeputzt habe. Das ist ja unfaßbar! Ich habe wahrhaftig schon manchen geraubten Kopf gesehen, am Amazonas bei den Indios und in Indien bei den Nagas. Überall hatte die Kopfjagd mit magischen Vorstellungen zu tun. Der Schädel bekam häufig einen Ehrenplatz. Aber das hier, das ist ja nichts mehr als nackte, abscheuliche Schlächterei, die sich in teuflischem Behagen noch über die Reste der Mahlzeiten lustig macht.«

Apiu hatte Mühe, den Aufgeregten zu beruhigen. »Still, Manuwe ganz nahe«, flüsterte er aufgeregt. »Komm, du selbst sehen, wie Tjeta Manuwe überlistet.«

Über bemooste Wurzeln kletternd, knietief im Schlamm watend, führte Apiu den Weißen zum Fluß zurück. Jetzt, am hellen Tag, sah Bud, daß sie in der Nacht unter den Wurzeln eines riesigen Baumes hindurch in den Kanal des Schreckens eingelaufen waren. Apiu legte den Finger auf die Lippen. Mit der Geduld eines Jägers kauerte er sich nieder, lauschte und spähte. Bud fand Zeit genug, seine Empörung abklingen zu lassen. Die Moskitos umschwärmten ihn blutgierig. Allmählich klärten sich seine Gedanken. Es war natürlich Unsinn, an das Treiben dieser Sumpfkanaken den Maßstab der zivilisierten Welt zu legen. Das war der unheimliche, geheimnisvolle Wald der Urzeit, eine Stätte des Grauens, der Furcht, des schnellen, schleichenden Todes, des tierischen Verlangens. Hier hausten wilde Menschen auf der Urstufe, niemand hatte sich je um sie gekümmert, um diese irrenden, zurückgebliebenen Brüder. Ja, mit den Augen des Missionars sah man die Sache wohl am richtigsten. Aber er war kein Missionar, sondern ein Goldsucher, und ihm ging es darum, aus dieser Klemme herauszukommen, so oder so.

Apiu berührte seinen Arm und deutete auf den Fluß hinaus. Nun vernahm auch Bud die rasch näherkommenden Ruderschläge. Sie kamen, die wilden Manuwe! Im ersten Boot stand der riesige Häuptling, alle Sinne gespannt.

Ob die Manuwe vorbeifuhren? Eines der Boote scherte aus, hielt auf den Waringinbaum an der Einfahrt des Kanals zu. Ein paar Worte flogen hin und her. Apiu grinste: »Tjeta schlauer als Manuwe, keine Liane zerrissen, kein Zweig geknickt, keine Spur.«

Das Boot hatte sich bereits den andern wieder angeschlossen. Bud klopfte das Herz. Das war nicht nur eine Sippe, nein, ein ganzer Stamm, zwanzig, dreißig Boote, besetzt mit jungen, kampfbegierigen Männern. »Wenn wir die über den Hals bekommen, ist es aus«, murmelte er.

Als die Flottille an der nächsten Flußbiegung verschwunden war, sprangen die beiden Späher auf. Eine halbe Stunde später schob sich das Tjetaboot vorsichtig aus der düsteren unheimlichen Einfahrt und glitt dann in rascher Fahrt nahe am Ufer flußab.

Wie ein wirrer Alptraum lagen diese Tage hinter den beiden Goldsuchern. Gehetzt, gejagt waren sie in den gewaltigen Wildemannfluß eingebogen. Dort wurden sie von ihren Tjetaruderern im Stich gelassen. Im Dunkel der Nacht waren die zu Tode geängstigten Burschen durch die weglosen Ufersümpfe entflohen.

Ständig von Gefahren umlauert, kämpften sich die beiden Männer mit dem schweren, ungefügen Boot, das sie kaum zu lenken vermochten, flußab. Tag und Nacht vernahmen sie in den Sümpfen das dumpfe Dröhnen der Trommeln, das Heulen der Kampfhörner.

»Es ist wie das letztemal, der ganze Sagosumpf gerät wieder in Aufruhr«, wetterte Bud. »Wir müssen versuchen, uns mit einem der Stämme am Ufer anzufreunden. Vielleicht gelingt es uns, mit dem Wenigen, was die Ausreißer uns nicht gestohlen haben, Ruderer anzuwerben.«

Aber sooft auch die beiden Goldsucher vor einem Dorf anlegten, fanden sie es ausgestorben, die Bewohner bei ihrem Kommen in die Sümpfe geflüchtet. Versuchten sie den Kanaken durch die gehöhlten Hände Friedensbeteuerungen zuzurufen, so flogen als Antwort die Pfeile aus den Büschen. Immerhin gelang es ihnen, sich auf diese Weise mit Sago und Frischfleisch zu versehen.

Zäh klammerten sie sich an ihr Boot mit der kostbaren Ladung. Sie waren entschlossen, lieber unterzugehen, als ihren Schatz im Stich zu lassen. Aber die übermäßige Anstrengung der letzten Tage, die endlosen Nachtwachen erschöpften auch ihre abgehärteten Körper und Nerven. Zu allem Unglück ging das Chinin aus. Die Tjetaburschen hatten bei ihrer Flucht auch einen Beutel mit Medikamenten gestohlen.

Bud und Mac summte das Fieber in den Köpfen, aber mit eiserner Energie hielten sie sich aufrecht. Doch jetzt kam das Ende. Die Verfolger, ein Trupp Manuwe, dem sich noch zwei, drei andere Horden angeschlossen hatten, versuchten die Flüchtlinge einzukreisen.

»Wir kriechen im Schneckentempo durch die Sümpfe«, brummte Mac, »während die Kanaken dahinschießen wie die Delphine.« Er keuchte, sah mit fiebrigen Augen um sich, griff mit den Händen in die Luft und fiel vornüber.

»Das fehlt noch, daß du schlapp machst«, fauchte ihn Bud halblaut an und fischte das Paddel, das dem andern entfallen war, aus der Flut. Er trieb das schwere Boot in das Schilf.

Eine Weile saß er da, den Kopf auf die hageren Arme gelegt, gleichgültig, fertig. Er konnte keinen klaren Gedanken mehr fassen. Wenn wenigstens endlich dieses dumpfe Getöse einmal aufgehört hätte, dieses Heulen und Dröhnen in den Sagowäldern, das von aufgeregten, beutegierigen Wilden kündete. Und was fing er nun mit Mac an? Er brachte ihn zwar wieder auf die Beine, aber an Rudern war nicht mehr zu denken. Blieben sie im Fluß liegen, so stöberten sie die Kanaken noch heute auf. Am Morgen waren sie dicht hinter ihnen gewesen, nur ein paar gutgezielte Schüsse trieben sie zurück.

Bud nahm die letzte Kraft zusammen. Irgendwo dahinten am Ufer lag sicher ein Dorf. Vielleicht gelang das unmöglich Scheinende, und er stieß auf einen Stamm, der mit den Manuwe verfeindet war, der bereit war, ihn und den Kranken aufzunehmen. Das Gold? Er lachte verächtlich. Was nützte einem toten Mann eine Bootslast Gold? Hier ging es um's nackte Leben.

Es gab aber noch einen Ausweg für ihn: Er konnte ein leichteres Boot stehlen, die Goldlast darin verfrachten und die Flucht allein fortsetzen. Dann war Mac verloren.

Als wollte er der Versuchung davonlaufen, so energisch richtete er sich auf, schob die rechte Schulter unter den linken Arm des Gefährten und schleppte ihn durch den Morast zum Flußufer empor. Es war ein mühseliger Marsch durch den Sagowald. Mehr als einmal drohten Bud die Kräfte zu verlassen. Mitten im dichtesten Gestrüpp stieß er auf einen alten Mann, der eben dabei war, aus verfaulten Sagostämmen, die einen entsetzlichen Gestank verbreiteten, die begehrten Larven herauszuklauben.

Der alte Moro kauerte mit weit aufgerissenen Augen im Morast, starr vor
Schreck beim Anblick der beiden weißen Männer. Es gelang Bud, ihm den
Rückweg abzuschneiden, und nachdem er die erste Bestürzung überwunden
hatte, zeigte es sich, daß der Alte gar nicht so unzugänglich war. Noch
immer zitternd, begann er zu schwatzen, zu erzählen. Er kannte die
weißen Männer, die Missionare. Vor längerer Zeit hatte er mit ihnen als
Dolmetscher und Führer die Sümpfe entlang dem Wildemannfluß durchwandert. Moro bot den Ankömmlingen Sagowürmer in der gehöhlten
Hand, um wieder einmal die Erfahrung zu machen, daß der seltsame
fremde Stamm so ganz andere Gebräuche als die Kanaken hatte. Die
Weißen wußten einen solchen Leckerbissen nicht zu schätzen. O ja, Moro
war bereit, den kranken Mac mit in sein Dorf zu schleppen.

Es gelang ihm, die bereits fluchtbereiten jungen Männer, die Frauen und Kinder zurückzuhalten. Sie hatten nichts zu fürchten, die Fremden waren gekommen, um Freundschaft mit den Awju zu schließen. Bud mußte zahllose Umarmungen über sich ergehen lassen, sein Kinn an fettigen Gesichtern reiben, Sagofladen essen, von denen die Awju-Männer ein Stückchen abgebissen hatte. Jetzt war der Bund geschlossen.

Freilich, die durch Geschenke gewonnenen jungen Burschen kehrten unverrichteterdinge vom Fluß zurück. Das Boot mit der Goldlast hatten sie nicht mehr gefunden. Die Strömung mußte es mitgezogen haben.

Während Bud am Lager des fieberkranken Mac saß, stieg wieder die Bitterkeit in ihm auf. Zum zweitenmal mußte er geschlagen, mit leeren Händen die Sagosümpfe verlassen. Was bedeuteten die beiden Lederbeutel, die er und Mac in den Taschen trugen. Es mochte gerade genug sein, um sich nach den beispiellosen Strapazen wieder zu erholen. Er verwünschte sich, das Fieber, die eigene Schwäche, die Sümpfe und die kriegerischen Manuwe. Diesmal gab er auf. Mochte das Gold in der Bucht holen, wer dazu Lust hatte. Er wollte Gott danken, wenn er die Missionsstation am Unterlauf des Flusses erreichte, wenn es ihm gelang, den roten Mac bis dorthin weiterzuschleppen.

Durch Schlamm und Morast, durch fieberschwangeren Sumpf gelangte er endlich zur Station von Pater Bendemeer. Es wäre leichter gewesen, mit einem Boot dem weiten Bogen des Flusses zu folgen. Aber auf dem Wasser herrschten die Manuwe, und so hatte sich Bud für den zwar kürzeren, aber beschwerlichen Landweg entschieden, der die Biegung des Flusses abschnitt. Der Missionar nahm sich der beiden Abenteurer an, ohne viel zu fragen. Er würde Mac schon wieder durchbringen, lächelte er. Und Bud stünde sicher in einigen Tagen schon wieder auf den Füßen.

Der zähe Amerikaner war auch wirklich bald wieder obenauf. Aber in verbissenem Grimm saß er stundenlang unten am Fluß und starrte in die gelbbraunen Fluten, denen er zum zweitenmal einen Goldschatz entrissen hatte, nur um ihn wiederum zu verlieren. Mit der wiederkehrenden Kraft wuchs seine Unzufriedenheit. Er begann gegen sich selber zu wüten. Warum hatte er das Goldboot nicht besser festgemacht, warum war er in der Hütte des alten Moro liegengeblieben, anstatt mit den jungen Burschen auf die Suche zu gehen? Was nützte alles Grübeln! Die große Chance war verpaßt, achtzig-, neunzigtausend bare Dollars verloren, weggeworfen, nur weil es einer Horde menschenfressender Wilder einfiel, die beiden Weißen, die ihnen doch nicht das geringste getan hatten, wie Tiere zu hetzen. Bud ballte die Fäuste, stieß Verwünschungen aus, saß da und starrte in das träge rinnende Wasser, bis ihn die Augen schmerzten. So heiß wurden sie ihm, daß er im Flimmern und Blinken der Wellen ein Boot zu sehen glaubte, ein Boot ohne Ruder, das tief im Wasser lag, sich drehte, verhängte, um nun wieder ein Stück mit der Strömung zu treiben. Bud rieb sich die Augen. Wahrhaftig, er träumte nicht, dort draußen trieb wirklich ein Boot, bei dessen Anblick ihm das Herz wie ein Hammer klopfte. Er glaubte, nein, er war sicher, daß in dem Boot Säcke lagen, deutlich konnte er sie über dem Rand erkennen, als er aufstand.

War der weiße Mann verrückt geworden? Schreiend, keuchend, mit den Armen schwingend, kam er zur Station gerannt. Er packte die nächsten Burschen und zog sie hinab zu der Anlegestelle. Ängstlich wollten sie sich losreißen, aber schon stieß er sie in das nächste Boot, Paddelruder flogen hinter ihnen her, und im Sprung stand der bärtige weiße Mann im Stern. Er schrie, drohte mit den Fäusten. »Zum Teufel, versteht ihr denn immer noch nicht, rudern sollt ihr, rudern washee, washee, schnell, schnell! Ich schlage euch die Wollköpfe ein, wenn ihr nicht gehorcht! Los, rudert, rudert!«

Was sollten die beiden armen Kerle tun? Mit einem weißen Mann, der den Verstand verloren hatte, war nicht zu spaßen. So gehorchten sie zitternd. Jetzt begriffen sie auch. Sie sollten mit ihm zusammen das dort draußen langsam dahintreibende Boot einholen. Warum schrie und tobte er dann so? Das taten sie ganz gern, auch ohne sein wildes Gebaren.

Noch ein Dutzend Ruderschläge. Wurde der Weiße nun vollends verrückt? Er stieß einen gellenden Schrei aus, schnellte empor, wäre fast über Bord gestürzt, hielt sich mit schwingenden Armen im Gleichgewicht.

»Unser Boot, unser Goldboot! Versteht ihr denn nicht, ihr Dummköpfe, was wir da vor uns haben! Gold genug, um eure ganze lumpige Station, was sage ich, um ganz Holländisch Neuguinea dafür zu kaufen.«

»Angepackt!« Bud wurde plötzlich ganz vorsichtig und behutsam. Er sah mit einem Blick, daß es allerhöchste Zeit war, den morschen, mit Wasser vollgesogenen Kahn zu bergen. Es mußte gut gehen, wenn es gelang, ihn ohne Unfall in das seichte Uferwasser zu schleppen. Er fluchte, schimpfte, bat und flehte abwechselnd. Ganz langsam sollten die Missionsburschen rudern, während er das Goldboot am Bug gefaßt hielt und hinterherzog. Da – schon wieder schwappte gelbbraunes Wasser über. Wie weit war es noch bis zum Ufer? Bud traten die Augen aus den Höhlen, er erinnerte sich an alle Stoßgebete seiner Kindheit, gelobte, nie wieder ein Unrecht

zu tun, nie wieder zu schwören und zu fluchen, nur dies eine einzige Mal sollte ihm der Himmel beistehen.

Näher schob sich das Boot, zwei, drei andere Kähne ruderten ihm entgegen. Bud, der es mit halbem Auge sah, begann wieder zu schreien. Fortbleiben sollten sie, nicht durch ihr Ungeschick die Bergung gefährden. Ja, war die Bande denn plötzlich schwerhörig oder verrückt geworden? »Wegbleiben, zurück!« brüllte er.

Endlich ein sanfter Stoß, ein letzter vorsichtiger Zug am Bug des vollgelaufenen Kahnes, ein Gurgeln und Glucksen. Unter den Händen sackte Bud das Goldboot ab. Doch schon stand er im aufspritzenden Wasser, und nun hatten ihn auch die Kanaken verstanden. Der Weiße war ganz toll hinter den Säcken her, die im Boot gelegen hatten.

Eine Viertelstunde später lagen sie triefend naß, aber wohlgeborgen am Ufer, und Bud saß daneben, braungebrannt, abgezehrt und abgerissen, und die Tränen liefen ihm über die mageren Wangen, ohne daß er es merkte.

Unerforschtes Gebiet

Goldsuche unter Kopfjägern! Gibt es heutzutage noch solch ein wildes Abenteuer? Die weißen Flecke auf unsern Landkarten mit dem Vermerk „unerforscht" sind verschwunden. Auch der Teil Neuguineas, von dem unsere Erzählung handelt, trägt die Namen von Flüssen und Siedlungen, und doch: Erst vor einigen Jahren veröffentlichte eine Missionsgesellschaft den Bericht über den Vorstoß einiger mutiger Patres, die in die ungeheuren Sagosümpfe, die weite Teile von Holländisch Neuguinea bedecken, vordrangen, und dabei auf Verhältnisse von unglaublicher Primitivität stießen. Nur mit Mühe gelang es ihnen, mit den scheuen Kanaken Verbindung aufzunehmen, die häufig bei ihrem Anblick zu den Waffen griffen oder in die unwegsamen Sümpfe flüchteten.

Die kühnen Forscher betraten Männerhäuser, die vom Verwesungsdunst verpestet, über und über mit Knochengirlanden und aufgereihten Menschenschädeln behangen waren. Sie stießen auf Stämme, bei denen die Kopfjagd noch der Mittelpunkt ihres Alltagslebens ist. Berichte, nach denen ganze Stammesgruppen durch diese Unsitte ausgerottet wurden, gehörten zu den Selbstverständlichkeiten.

Die Kopfjagd währt nicht das ganze Jahr über. Während der Regenzeiten, die das ganze Sagosumpfgebiet unter Wasser setzen, herrscht Friede. Erst mit Eintritt der Trockenzeit beginnt die Jagd nach Köpfen. Uralt sind die Stammesfehden in den Sümpfen, überall stehen die Männer in größeren und kleineren Haufen bereit zu Jagd, Überfall und Abwehr.

Während man in den Steppen der Südküste, wo an Kasuaren, Schweinen, Känguruhs kein Mangel ist, auf eine Jägerbevölkerung stößt, im wald- und hügelreichen Gebiet nordwärts Ackerbauern antrifft, leben die Sumpfbewohner ausschließlich vom Sago, den sie von der Sagopalme gewinnen.

Gewiß, die Regierung tut alles, um das Sumpfgebiet zivilisatorisch zu durchdringen. Die Hauptarbeit bleibt wohl den Missionen. Der Tag wird nicht mehr fern sein, an dem die an Schnüren aufgereihten Menschenkiefer, die Schädel in den Männerhäusern nur noch museale Bedeutung haben.

Der Häuptling der Lepra-Insel

Gerade im rechten Augenblick war Karl Heinroth die kleine Erbschaft zugefallen. Er stand im Begriff, Australien zu verlassen, wo er sich in einigen Berufen ohne sonderlichen Erfolg versucht hatte. Jetzt konnte er sich einen Wunsch erfüllen, den er seit Jahren hegte: Einmal eigene Schiffsplanken unter den Füßen haben, einmal ohne Ziel und Absicht durch die Südsee vagabundieren dürfen.

Nun war es soweit. Die Mary, ein alter Kutter, schaukelte im Hafen von Adelaide. In der Kajüte erzählte die zerkratzte und arg mitgenommene Mahagoniauskleidung von guten, aber weit zurückliegenden Zeiten. Segel- und Takelwerk waren in Ordnung, ebenso der kleine Motor im unteren Raum. Karl Heinroth staunte über die Geräumigkeit seines Schiffes; vor dem Kaufabschluß war es ihm nicht so groß vorgekommen. Er rieb sich die Hände. Alles seemännische Zubehör war an Bord, der Vorratsraum so weit gefüllt, wie es sein schmal gewordener Geldbeutel zuließ. Mit Micky, den er am Strand von Adelaide aufgelesen hatte, nannte er ein besonderes Juwel sein eigen. Der verwitterte bartstoppelige Bursche behauptete, alle sieben Meere befahren zu haben und sich in der Südsee wie in seiner Jackentasche auszukennen. Ebenso stolz war Karl Heinroth auf seine zweite Erwerbung, den ständig grinsenden Fidji-Jim, der Koch, Kajütsjunge und Matrose in einer Person war.

Welch guten Griff er gerade mit Jim getan hatte, das stellte sich schon am ersten Tag heraus. Der Bursche besah sich sehr gründlich den geräumigen Laderaum des Kutters, dann schob er sich zutunlich an den jungen Kapitän heran. »Wir machen gute Geschäft«, grinste er, »wir fahren zu Gilolo-Straße, klein Stück weiter. Dort liegen kleine Lepra-Insel. Nirgends auf Karte«, setzte er hinzu, als sich der junge Schiffer anschickte, die genannte Insel auf der Seekarte zu suchen.

»Hübscher Name«, schmunzelte der junge Kapitän. »Aussätzigen-Insel, reizt eigentlich nicht zur Neugier.«

Das Gesicht Fidji-Jims blieb unentwegt freundlich. »Fette Insel, niemand dort als dumme Kanaken. Viel Kopra, viel gut Trepang, viel Perlen. Alles viel. Kanaken geben her um kleine Geld, um Tabak, um Kaliko. Gutes Geschäft dort für klugen Schiffer.«

Das hörte sich ja recht vielversprechend an. Der Kapitän der Mary überlegte. »Zu schön, um wahr zu sein«, knurrte er. »Es gibt heutzutage keinen Winkel mehr in der Südsee, in dem nicht alles abgegrast wird von findigen Schiffern.«

Mit den Händen in den Hosentaschen schlenderte Micky heran, spuckte einen Strahl braunen Tabaksaftes über Bord und meinte: »Jim hat sicher recht. Die Insel, von der er spricht, ist wohl zu abseits, zu klein. Es lohnt sich nicht, sie anzulaufen. Möglich, daß die braune Bande dort allerlei aufgestapelt hat. Wäre gerade so eine kleine Ernte für die Mary.«

Kapitän Heinroth zuckte die Schultern. »Ich verspreche mir nichts davon, aber schließlich ist es ja einerlei, wohin wir fahren. Segeln wir zu den Molukken. Hat Jim recht, dann ist es ja gut, hat er geschwindelt, so ist auch nichts verloren. Ich will eine Fahrt ins Blaue machen, also los, suchen wir nach der kleinen Lepra-Insel.«

Je länger Karl Heinroth darüber nachdachte, um so besser gefiel ihm das Unternehmen. Er hatte mit dem Rest seines Geldes Tauschwaren geladen. Freilich war er nun so gut wie fertig, denn die ganze Geschichte war doch ein wenig teurer gekommen, als er gedacht hatte. Schließlich waren auch Löhne zu zahlen, die Heuer für Micky und Jim. So halb und halb war er nun schon gezwungen, hier und dort ein kleines Geschäft mitzunehmen, wenn er nicht bald auf dem trockenen sitzen wollte. Karl Heinroth atmete nicht mehr ganz so leicht, steuerte nicht mehr ganz so sorglos, wie er es vorgehabt hatte, in die blaue See hinein. Aber vielleicht war die Geschichte wirklich nicht so übel, und er holte aus seiner Abenteuerfahrt zu guter Letzt noch einen netten Profit heraus.

Fidji-Jim – der Himmel mochte wissen, wer ihm diesen Namen zugelegt hatte, denn soviel Karl Heinroth herauskriegte, stammte er aus der Gegend der Molukken, war mithin ein Melanesier und kein Polynesier – war in seiner Art recht brauchbar. Er bereitete in der kleinen Kombüse so allerlei zu, das sich essen ließ, verstand auch mit Segel und Steuer umzugehen. Dagegen entpuppte sich Micky als ein liederlicher Taugenichts, der sich vor jeder Arbeit drückte. Sein erstes Unternehmen an Bord war, daß er den Schrank erbrach, in dem der Kapitän Rum, Whisky und ein paar Flaschen Wein untergebracht hatte. Schon am frühen Morgen war er betrunken und zu keiner Arbeit fähig. Karl Heinroth, der erklärte, ihm die Spirituosen von der Heuer abzuziehen, hätte den Burschen am liebsten gleich wieder an Land gesetzt.

Aber es war nun schon zu spät dazu. Er nahm sich vor, ihn hart anzupacken. Doch der Mann, der Micky auf alle Schliche kam, war noch nicht geboren. Er erkrankte, lag so lange in der Koje, bis ihn der Käptn mit einigen Eimern kalten Wassers wieder kurierte.

Micky sorgte dafür, daß es Karl Heinroth nicht langweilig wurde während der langen Fahrt um Australien herum bis zu den Sundainseln. Am Steuer versagte er vollständig, geriet sogleich außer Kurs, und bei der Arbeit an den Segeln zog er stets an der falschen Leine. Als der erste Sturm aufkam, wäre die Mary durch seine Schuld fast aufgelaufen. Bei dieser Gelegenheit entdeckte Karl Heinroth das einzige Mittel, das Micky zum Arbeiten brachte. Er brüllte den unfähigen Alten wütend an, was dieser mit einem unverschämten Grinsen quittierte. Da verlor der junge Kapitän die Geduld. Er fiel über seinen Steuermann – denn als solchen hatte er ihn angeheuert – her und verabreichte ihm eine fürchterliche Tracht Prügel.

Siehe da, der eben noch so unfähige Bursche, der sich anstellte, als könne er Backbord nicht von Steuerbord unterscheiden, als werde er nie begreifen, was eine Wante ist, erinnerte sich plötzlich an seine Lehrzeit auf einem Südseeschoner. Von Stund an lief er wie gehetzt mit einem demütigen: »Jawohl, Käptn, sofort, Käptn«, wenn Karl Heinroth nur den Mund zu einem Befehl öffnete. Er hatte gehofft, auf der Mary ein herrliches mehrwöchiges Faulenzerleben führen zu können. Als alle seine Listen nichts mehr nützten, zeigte er, daß es auch anders ging.

Karl Heinroth war nicht wenig stolz auf diesen Beweis seiner Tüchtigkeit. Er schwenkte die kräftigen Fäuste. Natürlich drückte sich Micky, wo immer sich eine Gelegenheit bot, aber ein Stoß zur rechten Zeit, ein kräftiger Wink mit dem Tauende genügten, ihn wieder munter zu machen.

Im übrigen hielt die Fahrt, was der junge Schiffer erwartete. Die Mary lief zahlreiche Inseln an, Eingeborene der verschiedensten Färbungen kamen an Bord. Durch die Vermittlung von Fidji-Jim, der sich in dem tollen Sprachenwirrwarr, der hier herrschte, gut zurechtfand, erfuhr Heinroth mancherlei Interessantes. Es boten sich ihm oft verlockende Gelegenheiten. Man konnte an den Muschelbänken nach Perlen tauchen, konnte versuchen, seltene Vögel auf abgelegenen herrenlosen Inseln zu jagen. Alles Dinge, die Geld einbrachten, bei denen man aber ebenso leicht den eigenen Schoner verlieren konnte.

Einmal kam Karl Heinroth von einem dieser Ausflüge eben noch rechtzeitig zurück, um Micky dabei zu überraschen, wie er versuchte, den Anker zu hieven, um mit der Mary eine kleine Fahrt ins Blaue zu unternehmen. Er behauptete zwar, daß er nur des aufkommenden Sturms wegen einen günstigeren Ankerplatz hätte anlaufen wollen, aber Heinroth wußte Bescheid. In Zukunft bestand er darauf, daß ihn Micky auf seinen Landausflügen begleitete. Das fehlte noch, daß er auf seiner ersten Fahrt mit dem eigenen Schiff irgendwo sitzenblieb und Robinson spielen durfte, bis ihn ein zufällig vorbeikommendes Eingeborenenboot auflas!

So einfach, wie er es sich gedacht hatte, war es trotz der fachkundigen Anleitungen Jims auch nicht, Perlen zu finden. Das Tauchen wollte gelernt sein. Immerhin tat Karl Heinroth manchen Blick in verzauberte Korallengärten, erlebte ein Abenteuer mit einer bissigen Muräne, deren giftigen Zähnen er nur um Haaresbreite entging, und begegnete einmal sogar einem Hai. Es war keiner von den großen, er schätzte ihn auf höchstens drei Meter. Aber als das Biest zwischen den Korallen hervorschoß, sah es doch recht gefährlich und bösartig aus. Für ein paar Tage zog es Karl Heinroth vor, auf dem Kutter oder an Land nach neuen Erlebnissen zu suchen.

Daß er schließlich nach langen Kreuz- und Querfahrten die kleine Lepra-Insel entdeckte, schrieb er bei all seiner Selbstschätzung mehr dem Zufall als der eigenen Tüchtigkeit zu. Auch Fidji-Jims Angaben entpuppten sich als recht unsichere Vermutungen. »Mich glauben, Lepra-Insel mehr in diese Richtung«, erklärte er und beschrieb mit Windmühlenbewegungen weite Halbkreise. »Mich glauben, du Dummkopf!« fauchte ihn der junge Kapitän bei einer solchen Gelegenheit wütend an, ohne damit das Grinsen auf Jims Gesicht auszulöschen.

Aber nun lag die kleine Lepra-Insel doch tatsächlich vor ihnen. Ein Sturm, vor dem die Mary zwei Tage lang mit gerefften Segeln herlief und der sie in eine klippenreiche Straße hineintrieb, deren Gefahren sie nur dank des tapfer keuchenden Motors entging, als der Wind plötzlich nachließ und Wellen und Strömungen mit dem Kutter spielten, ein rätselhaftes Versagen der Instrumente – das alles war zusammengekommen. Und dann, eben als Karl Heinroth sich nachdenklich hinter den Ohren kratzte, nicht mehr aus und ein wußte, geschah es. Eine Insel tauchte aus der sich beruhigenden See auf, ein Hügelrücken, eine Felsklippe und ein paar Palmen.

Hatte Jim plötzlich den Verstand verloren? Er tanzte von einem Bein auf das andere, schrie in einer unverständlichen Sprache abgehackte Sätze, zerrte Micky, der ihn verdutzt anstarrte, an die Reling, bis sich endlich in seinem Geschrei die Worte immer wiederholten: »Lepra-Insel! Lepra-Insel!«

Karl Heinroth spürte, wie ihm die Erregung bis unter die Haarwurzeln stieg. Er hatte zwar seine Bedenken, aber während der Fahrt war er doch dahintergekommen, daß dieser Fidji-Jim schon einiges vom Handel verstand. Es war also immerhin möglich, daß es ihm gelang, hier ein günstiges Geschäft zu machen, wenn nicht gar eine Goldgrube auszuheben. Man würde ja sehen. In ein paar Stunden legte die Mary auf jeden Fall an der Insel mit dem unheimlichen Namen an.

Das also war die kleine Lepra-Insel irgendwo hinter den Molukken. Karl Heinroth hatte sie dort, wo er sie ungefähr vermutete, in seine Seekarte eingetragen. Jetzt rasselte der kleine Anker der Mary in die Tiefe einer Korallenbucht, die einen natürlichen, von hohen Klippen umschirmten Hafen bildete. Friedlich lagen am Strand zwei Dutzend Auslegerkanus, aus den Büschen und Palmen im Hintergrund lugten die Grasdächer der Hütten. Das ganze gefiel dem jungen Käptn nicht übel. Etwas von Unberührtheit, von Abseitigkeit lag über dieser Insel, Jim mochte schon recht haben, wenn er behauptete, daß kaum jemals ein Schiff hier anlegte. Was dem widersprach, das waren die Kopraschuppen, das war ein langgestrecktes Lagerhaus, aus dem ein Trupp neugieriger Kanaken gelaufen kam.

»Melanesier, Wilde«, knurrte Micky, der neben dem Kapitän stand, während Jim über Bord gesprungen war, um ja recht schnell an Land zu kommen. »Wetten, hier ist ein Weißer an Land«, fuhr Micky fort. »Und riechen Sie nichts, Käptn? Ganz in der Nähe faulen Muscheln. Hier wird eine Bank planmäßig ausgebeutet.«

»Also wäre wohl gar mit Perlen ein Geschäft zu machen. Schade, dazu bin ich zu knapp bei Kasse«, versetzte Heinroth. »Aber das werden wir alles zu hören bekommen. Wie wäre es mit einem Landausflug? Das heißt, Sie bleiben an Bord, Micky, und keine Dummheiten, das bitte ich mir aus!« Karl Heinroth prüfte den Wind. Dann nickte er befriedigt. Die Brise war kaum spürbar und legte sich nun ganz. Kam erst die Flut auf, so war ein Auslaufen ganz unmöglich, und jetzt bei Ebbe saß die Mary wohl bald mit dem Kiel im Sand fest.

Der junge Schiffer winkte und rief. Jim, der bei einem Trupp von Insulanern stand, wurde aufmerksam. Er begriff und schickte ein Kanu zu dem Schoner, das Karl Heinroth an Land brachte. Abschätzend besah sich der Kapitän die Kanaken. Sie sahen durchaus nicht bösartig aus, aber irgend etwas gefiel ihm nicht. Sie katzbuckelten, krochen geradezu vor ihm.

»Wir gehen zu großer Herr, Häuptling, du und ich«, wurde er von Jim angesprochen. »Starker Herr, großes Meister, weißer Mann wie du.«

Nun, das Geheimnis löste sich überraschend schnell. Der Häuptling der Insel war also ein Weißer. Das erklärte die Kopraschuppen, das Lagerhaus und nicht zuletzt den Muschelgeruch. Von sich aus wären die Kanaken, sorglos, träge und ohne alle Habgier, nicht darauf gekommen, eine Muschelbank gründlich abzufischen. Sie hätten sich damit begnügt, halb im Spiel gelegentlich nach Perlen zu suchen, hätten sich wie Kinder über einen Fund gefreut, der sie aber keineswegs zu der schweren Taucharbeit angespornt hätte. Soviel kannte sie der junge Schiffer nun schon. Also mit einem weißen Mann bekam er es zu tun. Damit sanken die Erwartungen auf ein gutes Geschäft fast auf den Nullpunkt. Ein solcher Abenteurer, denn sicher war das der Mann, der sich hier zum Häuptling aufgeworfen hatte, wußte Bescheid und ließ sich nicht hereinlegen.

Aber zugleich regte sich in Karl Heinroth die Neugier. Was für eine Art von Weißer war das, der sich hier in diese weltabgeschiedene Einsamkeit verkroch, mit Kanaken zusammenlebte und Reichtümer sammelte? Wozu tat er das? Vielleicht in der Hoffnung, gelegentlich in die große Welt zurückzukehren, oder ganz einfach nur aus angeborener Betriebsamkeit, weil er nun einmal nicht zufrieden sein konnte, im Sand zu liegen, sich die Bananen in den Mund wachsen zu lassen.

Der junge Käptn glaubte einem Seeräuber gegenüberzutreten, als er am Strand unweit der Muschelbank unter den Palmen dem Häuptling begegnete. Das löcherige Hemd ließ kräftige Schultern sehen. An den Armen des haarigen Burschen spielten mächtige Muskeln. Ein brauner Bart umwucherte sein Kinn. Unter buschigen Augenbrauen lugten zwei scharfe Augen hervor, in denen ein kameradschaftlicher Ausdruck lag. Und doch spürte der junge Schiffer etwas wie Mißtrauen, sooft er den Inselhäuptling musterte. Ein paarmal kam es ihm so vor, als beobachte ihn der andere von der Seite, schätze ihn ab. Sah er dann auf, so fing er ein merkwürdiges Glitzern in den Augen des Bärtigen auf. Er beschloß, auf der Hut zu sein. Aber Tom Butler, wie er sich nannte, schien wirklich ehrlich erfreut über den Besuch. Zwei-, dreimal schüttelte er dem Schiffer die Hände, daß es knackte, und versicherte immer wieder, wie froh er sei, wieder einmal mit einem vernünftigen Menschen zusammensitzen zu dürfen. »Die Bande hier«, dabei deutete er auf die Kanaken, die draußen bei den Booten tauchten, »ist keinen Schuß Pulver wert. Stiehlt dem Herrgott den Tag ab, faulenzt, kümmert sich den Teufel um die Zeit. Aber ich habe sie ordentlich auf

Trab gebracht. Wollen Sie meine Kopra sehen, mein Trepanglager? Ist unter Brüdern ein kleines Vermögen wert alles zusammen. Vielleicht machen wir ein Geschäft miteinander. Und dann die Perlen!« Er zog unter dem Lendentuch, das er statt der Hosen trug, einen Beutel hervor, öffnete ihn und ließ ein Dutzend Perlen in die hohle Hand rieseln.

»Na, was sagen Sie, sind sie nicht herrlich? Da, die große müssen Sie einmal ansehen, haben wir vor vierzehn Tagen gefunden, ein Prachtstück, bringt einmal ihre vier-, fünftausend Dollar in Paris oder New York. Einem meiner besten Taucher platzte dabei die Lunge, die Perle war sein letzter Fund.«

Karl Heinroth beschlich ein leises Unbehagen. Der zottige Abenteurer erzählte das alles lachend, mit sichtlichem Behagen. Ein Menschenleben galt ihm nichts.

»Haben Sie nicht eine Flasche Whisky oder sonst etwas Trinkbares an Bord? Wäre nett von Ihnen, mich zu einem Drink einzuladen.«

»Das meiste hat Micky, mein Steuermann, ausgetrunken, aber zwei oder drei Flaschen konnte ich vor ihm in einer Seekiste verbergen. Kommen Sie mit, Mister Butler.«

Der Häuptling stülpte sich einen verbeulten, löcherigen Hut auf den Kopf. Dann rief er den Tauchern etwas zu, was der junge Kapitän nicht verstand, und drohte mit den Fäusten. Bösartig, gewalttätig sah er dabei aus.

»Wetten, daß die Bande keinen Finger mehr rührt, sobald wir in den Palmen verschwunden sind, obwohl ich ihr alle Höllenstrafen angedroht habe?«

»Nun gönnen Sie ihnen auch einmal ein paar freie Stunden«, lächelte Karl Heinroth.

»Meinetwegen«, brummte der Häuptling. »Aber am Abend will ich den Burschen Bewegung machen, und das tüchtig. Tanzen sollen sie, bis sie umfallen. Sind gar nicht so übel, ihre Tänze, ich habe ihnen noch einiges beigebracht, was mir hier und dort besonders gefiel.«

»Sie sind also wirklich der Häuptling auf der kleinen Lepra-Insel? Wie kommt sie übrigens zu diesem verdächtigen Namen?«

»Ganz einfach, früher setzte man hier Lepra-Kranke aus, aber das ist schon lange her. Es leben kaum noch ein Dutzend von den armen Kerlen am andern Ende der Insel. Dort mögen sie meinetwegen krepieren. Dem ersten, der es wagte, sich meinem Dorf zu nähern, schlug ich den Schädel ein. Seitdem haben wir Ruhe vor ihnen. Ob ich der Häuptling bin?« Er lachte, es klang wie das behagliche Knurren eines beutesatten Tigers. »Sie sollen es erleben, wie die Bande läuft, wenn ich nur pfeife. Traf sich gut, als ich hier ankam – Schiffbruch, einziger Überlebender –, war eben der alte Tomungo gestorben. Na, da setzte ich mich auf seinen Thron, brachte mit den Fäusten diejenigen zum Schweigen, die dagegen waren, und seitdem bin ich Häuptling, Alleinherrscher, Besitzer der Insel. Nicht übel, man könnte sie ein vergessenes Paradies nennen. Man hat alles, was man braucht, Fische, Krebse, Muscheln, Früchte aller Art. Es gibt keine Gesetze als diejenigen, die ich erlasse, keine Staatsgewalt, keine Steuern. Können Sie sich vorstellen, wie mir zumute ist? Keine zehn Pferde brächten mich weg von meinem Reich, in dem ich König und Herrscher bin. Nur eine Schiffsladung Whisky fehlt mir zur vollen Glückseligkeit. Und darüber werden wir uns ja wohl einigen. Sie haben ein Schiff.« Er blieb stehen, kniff die Augen zusammen. »Richtig, da drunten liegt es ja. Hm, etwas klein, aber ich denke, Sie holen mir damit alles her, was ich brauche. Radioapparat, Batterien, und wie gesagt etwas Trinkbares. Ich bezahle aber in Perlen, in Kopra und Trepang. Die Sache wird ein gutes Geschäft für Sie, Tom Butler ist nicht kleinlich.«

Am Abend lag Karl Heinroth, eine letzte Pfeife rauchend, noch lange wach in seiner auf Deck gebrachten Hängematte. Vom Dorf her dröhnte noch immer die Tanztrommel. Der gewalttätige Herrscher der Lepra-Insel hatte die drei Flaschen, die an Bord der Mary aufzutreiben waren, fast allein ausgetrunken. Die Kanaken mußten tanzen bis zur Erschöpfung.

Zwischendurch forderte Tom Butler alle Mann auf, sich mit ihm im Ringkampf zu messen. Er warf jeden, der ihm entgegentrat. Karl Heinroth hielt sich zurück, er fand es unter der Würde eines Schiffers, sich mit einem solchen Seeräuber zu balgen. Aber der Bärtige setzte ihm solange mit Stichelreden zu, bis er sich dazu verstand. Nun, er war ein durchtrainierter, kräftiger Bursche und hatte von einem Japaner etwas Jiu-Jitsu gelernt. Nicht allzuviel, aber doch genug, um den Bärtigen ein paarmal ins Leere laufen zu lassen und ihn schließlich gar mit einem geschickt angesetzten Griff aufbrüllend in den Sand zu werfen.

Im nächsten Augenblick stand Butler wieder auf den Füßen. Seine Augen glühten, er fletschte die Zähne. Jetzt zeigte er seine wahre Tigernatur. Die Muskeln geballt, sprang er, Flüche murmelnd, auf Karl Heinroth zu.

Der junge Kapitän ahnte, das war kein Wettkampf mehr, sondern jetzt ging es um Leben und Tod. Aber er war kein Feigling.

Wer weiß, wie die Sache ausgegangen wäre, aber in diesem Augenblick schlug eine helle Lohe aus dem Kopraschuppen empor. Durch irgendeine Nachlässigkeit war dort Feuer ausgebrochen und drohte alles zu vernichten.

Der Häuptling stieß ein Gebrüll aus. Dann rief er Befehle, trieb die Nächststehenden mit Faustschlägen vor sich her.

Unter seiner Führung gelang es, den Brand zu ersticken. Als wieder alles zum Dorfplatz zurückkehrte, schien er seine Niederlage vergessen zu haben. »Ein merkwürdiger Bursche«, murmelte der Schiffer vor sich hin. »Tom Butler nennt er sich, behauptet, Amerikaner zu sein. Schwindel. Er spricht das Pidgin ganz anders, so wie – richtig, nun habe ich es, wie Gaston Delacroix, der Franzose, mit dem ich in Sidney zusammen arbeitete. Da fällt mir auch ein, sooft er während des Ringkampfes in Eifer geriet, stieß er Flüche aus, Flüche in waschechtem Französisch. Warum in aller Welt gibt er nicht zu, daß er Franzose ist?«

Karl Heinroth beschloß, sich auf der Insel gründlich umzusehen. So einfach war das freilich nicht. Der einzige, mit dem der Häuptling vertraulich verkehrte, war Fidji-Jim, und dieser verschlagene Bursche erzählte seinem Kapitän doch nur, was er für gut hielt. Er grinste unentwegt harmlos und versicherte: »Großes Meister, starkes Meister, er kommen ganz allein, als Schiff untergehen, auf Lepra-Insel. Er werden Häuptling, alles gut, alle zufrieden.«

Die Kanaken der kleinen Insel schienen aber durchaus nicht mit der gewalttätigen Herrschaft zufrieden zu sein, die der Bärtige ausübte. Sie duckten sich, fügten sich, wagten es nie, ohne ausdrückliches Geheiß das Haus zu betreten, das der weiße Häuptling bewohnte. Nachts fand es Karl Heinroth schwer verrammelt. Das sprach nicht gerade dafür, daß sich der Bärtige besonders sicher fühlte. Ständig hatte der zottige Seeräuber, wie ihn Karl Heinroth insgeheim nannte, zwei Revolver lose am Gurt hängen. Einmal, als hinter ihm ein Ast knackte, fuhr er herum, die Pistole flog in seine Hand. Alle Muskeln zum Sprung gestrafft, stand er da.

Gegen den jungen Schiffer war er unentwegt freundlich, aber Karl Heinroth wurde das Gefühl nicht los, daß hinter der niedrigen Stirn des andern irgendein Raubtier auf der Lauer liege, bereit, sich in einem unbewachten Augenblick auf ihn zu stürzen.

»Sehen Sie sich ruhig um bei uns, gehen Sie auf die Jagd, es gibt wilde Ziegen in den Klippen. Aber um eines möchte ich Sie bitten: Hüten Sie sich davor, den Zaun zu überschreiten, der die Landzunge, auf der die Aussätzigen hausen, abtrennt. Sie verstehen, tabu. Die Kanaken sind in solchen Dingen recht empfindlich. Auch ich könnte Sie in diesem Fall nicht schützen. Sie haben doch verstanden, Mister Heinroth?«

Das alles sagte er lächelnd, obenhin, und doch stand dahinter ein gewichtiger Befehl, gegen den sich der junge Schiffer innerlich auflehnte. Sollte er sich von diesem Seeräuber Vorschriften machen lassen?

Er beschloß, das Lepradorf auf jeden Fall aus der Ferne anzusehen. Freilich, auf Schritt und Tritt fühlte er sich belauert, beobachtet. Auf allen seinen Streifzügen begleitete ihn Fidji-Jim oder ein anderer Kanake. Er versuchte die ungebetenen Gefährten loszuwerden, aber Jim ließ sich nicht abschütteln, versicherte, daß Heinroth sich ohne ihn verirren würde. Die andern Kanaken aber kümmerten sich einfach nicht um seine Weisungen, trotteten hinter ihm her, ließen ihn nicht aus den Augen. Der Kapitän war sicher, daß sie den Bärtigen von jedem seiner Schritte verständigten.

Heute aber hatte er Glück. Er schoß eine Ziege, die über die Klippen stürzte. Der Kanake, der bei ihm war, suchte nach dem Wild. Heinroth benützte die Gelegenheit, ihm zu entschlüpfen. Er wartete, in den Büschen versteckt, bis der Braune mit der Ziege über den Schultern nach vergeblicher Umschau in Richtung auf das Dorf verschwand. Dann schritt er eilig dem verbotenen Teil der Insel entgegen.

Den Zaun fand er ohne Schwierigkeiten. Er überlegte, ob er das Gehege, das er mit einem Schritt hätte übersteigen können, respektieren sollte, als er halblaute Stimmen und Schritte hörte.

Er wollte sich verbergen, abwarten, da war es schon zu spät. Zwei Männer tauchten aus den Büschen auf, der eine offenbar ein Aussätziger im Anfangsstadium, der andere ein Chinese. Welch ein böses Geschick mochte ihn hierher auf die Lepra-Insel verschlagen haben? Unwillkürlich trat der junge Schiffer näher. Der Aussätzige schien flüchten zu wollen, aber der Chinese lief auf den Zaun zu. Er hob beide Hände, sprudelte ein mit Pidgin vermischtes Wortgemisch hervor, das Karl Heinroth nicht zur Hälfte verstand.

»Langsam, guter Freund«, sagte er und hob abwehrend die Hand. »Wer bist du, wie kommst du hierher?«

»Ich bin Ah Chow aus Hongkong. Fuhr mit der ›Ann Rogers‹ nach den Salomons«, berichtete der andere nun einigermaßen verständlich. »Dort kam Tom Butler an Bord. Damit fing das Unglück an. Woher er ist? Aus Neukaledonien, aus der Verbrecherkolonie. Viel bös, viel bös!« jammerte der Chinese. Der junge Kapitän begriff, er war auf das Geheimnis des Bärtigen gestoßen. Es stimmte, durch einen Schiffbruch war er mit Ah Chow, dem Koch der »Ann Rogers«, auf die Lepra-Insel gekommen. Aber Häuptling Tomungo war keineswegs gestorben. »Tom hat ihn erschossen, kaum daß wir an Land kamen«, tuschelte der Chinese. »Ihn und alle, die ihm zu trotzen wagten. Er hat die Kanaken gezwungen, alles zu tun, was er verlangte. Mich schickte er zu den Aussätzigen. Als er mich nicht mehr brauchte, verbot er mir, mich noch einmal im Dorf sehen zu lassen.«

Ah Chow liefen die Tränen über die Wangen. »Helfen Sie mir, Kapitän, lassen Sie mich nicht elend verkommen. Ich will alles für Sie tun, ich will wie ein Sklave für Sie arbeiten, nur nehmen Sie mich mit. Ich bin Koch, ein guter Koch, ich bin Matrose, kann steuern, mit der Maschine umgehen. Nehmen Sie mich mit, bitte, bitte!«

»Beruhige dich, Ah Chow. Setz dich zu mir hierher, wir wollen beraten. Dieser Butler, der in Wirklichkeit sicher anders heißt, läßt mich auf Schritt und Tritt bewachen. Er mißtraut mir. Aber ich will tun, als ob ich mich seinen Wünschen fügte, will ihm eine Ladung Kopra und Trepang abkaufen. Wenn ich mit dem Schoner auslaufe, komme ich an der Landzunge vorbei, dort will ich dich an Bord nehmen. Auf meinem Schiff hat er mir keine Vorschriften zu machen.«

Der Chinese sah zweifelnd zu ihm auf. »Sagen Sie die Wahrheit, oder wollen Sie mich nur loswerden? Ich will alles für Sie tun, ich will Ihr Sklave werden . . .«

Karl Heinroth hatte Mühe, Ah Chow zu beruhigen. Aber schließlich faßte der Chinese Vertrauen zu dem jungen Mann. »Gut, ich bleibe«, versprach er. »Ich bleibe und warte, Tag und Nacht, draußen auf den Klippen. Wenn Sie kommen, springe ich ins Meer und schwimme zu Ihrem Kutter hinaus, trotz der Haie, von denen es an den Klippen wimmelt. Retten Sie mich, retten Sie mich!«

So also war das. Karl Heinroth schritt tief in Gedanken versunken zum Dorf zurück. Auf halbem Weg stieß er auf den Kanaken, der neben der erlegten Ziege im Schatten kauerte. Er nickte befriedigt. Offensichtlich hatte sich der Bursche nicht allein in das Dorf zurückgetraut. Er würde nichts davon verraten, daß er den weißen Mann eine Zeitlang aus den Augen verloren hatte, schon um sich selbst nicht in Gefahr zu bringen.

Trotzdem war sich der junge Kapitän darüber klar, daß er sich in einer schwierigen Lage befand. Dieser Tom Butler war ein entsprungener Sträfling, ein Mann, vor dem er sich hüten mußte. Vielleicht war es am klügsten, so rasch wie möglich abzusegeln. Er beschloß, den Harmlosen, Vertrauenden zu spielen, eine Ladung einzuhandeln und dann die Insel mit ihrem Seeräuberhäuptling sich selbst zu überlassen. Es war nie gut, die Finger in Dinge zu stecken, die einen nichts angingen. Soviel hatte er in den Wanderjahren fern der Heimat gelernt. Die Behörden? Er war froh, wenn sie ihn ungeschoren ließen. Mochten sie zusehen, wie sie mit diesem zottigen Kanakenhäuptling fertig wurden. Er jedenfalls wollte froh sein, wenn die Mary wieder auf hoher See schwamm.

Am Abend desselben Tages begann der junge Schiffer von dem Handel zu sprechen, den der Bärtige beim ersten Zusammentreffen vorgeschlagen hatte. Bereitwillig ging Tom Butler darauf ein. »Für Tauschwaren habe ich ja wenig Verwendung«, meinte er. »Meine braune Bande arbeitet auch ohne Bezahlung. Aber immerhin, ich nehme, was Sie zu bieten haben. Handeln wir nicht lange. Laden Sie, was Sie unterbringen können. Nur für meine Perlen möchte ich bares Geld.« Wieder zog er den Beutel hervor. »Hier, nehmen Sie. Ich bin nicht kleinlich. Zahlen Sie mir aus, was Sie an Bargeld liegen haben. Sie machen ein großartiges Geschäft.«

Das stimmte nun freilich. Die Perlen, die Karl Heinroth für den Rest seiner Erbschaft einhandelte, waren schon hundert Meilen von der Insel entfernt das Fünffache oder gar das Zehnfache wert. So genau verstand er sich nicht darauf. Der Bärtige sah ihm zu, wie er die kostbaren Perlen sorgsam in einem eingebauten Spind in der Kajüte verwahrte. Er nickte zufrieden.

Schon am nächsten Tag ließ der Schiffer Trepang laden. Für Kopra war sein Schiff zu klein. Alles in allem machte er einen feinen Handel. Fidji-Jim hatte nicht zuviel behauptet. Nirgends auf der Welt hätte er mehr für seine Tauschwaren bekommen können.

Nun lag die alte Mary ein gutes Stück tiefer im Wasser. Morgen mit der zweiten Flut sollte sie auslaufen, der junge Kapitän wollte nur noch etwas Frischfleisch schießen, und Fidji-Jim hatte versprochen, eine tüchtige Ladung Kokosnüsse und Früchte an Bord zu schaffen. Der Bärtige übergab dem Kapitän eine Liste der Dinge, die er haben wollte. Bei dem nächsten Besuch sollte dann auch über ein größeres Perlengeschäft gesprochen werden. Alles schien überraschend glatt zu gehen, viel zu sauber, wie Karl Heinroth immer wieder vor sich hinmurmelte. Irgend etwas stimmte hier nicht! Tom Butler hatte Hintergedanken, aber vergeblich mühte er sich, dahinterzukommen.

Kaum je warf der alte Seeräuber einen Blick auf den Kutter, und doch wußte der Schiffer, daß er mehr als einmal an Bord gewesen war und jedes einzelne Tau, jede Planke geprüft hatte.

Aber der bärtige Seeräuber hatte sich noch nie kameradschaftlicher und freundlicher gegeben als in den letzten Tagen. Der Schiffer lachte über sich selbst. Am Ende geheimnißte er allerlei in diesen verwilderten Europäer hinein. Gewiß, es war anzunehmen, daß er auf nicht ganz einwandfreie Art Neukaledonien verlassen hatte und daß er keineswegs freiwillig dorthin gekommen war. Aber was ging das Karl Heinroth an. Die Geschichte mit dem Chinesen, das war eine Sache für sich, die er zu ordnen gedachte. Im übrigen machte er glänzende Geschäfte. Vielleicht machten ihn eben die so billig eingehandelte Ladung, die Aussicht auf einen noch viel größeren Abschluß blind. Es hätte ihm auffallen müssen, wie sorgsam der alte Seeräuber die Ladung beaufsichtigt hatte, wie er Chronometer und Seekarten prüfte, sich das Segel- und Takelwerk ansah.

Jetzt war Karl Heinroth auf der Jagd, und in wenigen Stunden ging der Anker hoch, und die Mary, die dort unten so friedlich wie nur je schaukelte, stach in See. Sogar den Rumpf des Kutters hatte der zuvorkommende Häuptling von allem Bewuchs säubern und glatt scheuern lassen. Es war alles in schönster Ordnung.

Wie gewöhnlich trottete ein Kanake hinter Karl Heinroth her. Aber merkwürdig, der Bursche trug eine alte Pistole und ein Messer im Gürtel. Und da teilten sich die Büsche. Orana, ein breitbrüstiger, großer Kanake, schloß sich wortlos an, die mit Haifischzähnen gespickte Keule auf der Schulter. Der Kapitän wollte den lästigen Begleiter zurückschicken. Er suchte alle Worte zusammen, die er auf der Insel aufgeschnappt hatte. Vergebens. Die Kanaken grinsten nur und blieben hinter ihm. Eigentlich hatte der Schiffer den klippenreichen Nordteil der Insel aufsuchen wollen, wo es die meisten Ziegen gab. Jetzt beschlich ihn leise Unsicherheit. Er zog es vor, nur einen Halbkreis um die Ankerbucht zu beschreiben, um so seine Mary immer unter Augen zu haben.

Doch dann packte ihn unversehens der Jagdeifer. Eine Ziege äugte in Schußweite auf ihn nieder, verschwand hinter den Klippen, verhoffte wieder, ließ ihn herankommen, um eben, als er die Büchse hob, wieder flüchtig zu werden. Karl Heinroth vergaß seine schweigsamen Begleiter, die Mary und seine Befürchtungen. Die Ziege wollte er haben. Jetzt noch ein paar Klimmzüge, dann konnte er das Wild in eine steil zum Meer abfallende Wand treiben, dort mußte es ihm zur Beute werden. Eben im Begriff, sich schußfertig zu machen, ehe er sich über die Felsen schob, wandte er zufällig den Kopf.

Mit einem Schlag vergaß er die Jagd. Er stieß einen scharfen Schrei aus. Dort unten in der Bucht ging der bärtige Seeräuber an Bord. Hatte er Micky nicht ausdrücklich verboten, irgend jemand überzunehmen? Was sollte das heißen? Zwei, drei Kanus mit Früchten beladen folgten. Das wäre unverdächtig gewesen, aber alles geschah in fliegender Eile. Bis herauf in die Klippen hörte Karl Heinroth die Flüche und Befehle des Bärtigen.

»Ich muß augenblicklich zurück an Bord!« Der Zorn stieg dem Schiffer zu Kopf. Er knirschte mit den Zähnen, sprang auf den Pfad hinab und fühlte sich plötzlich von hinten gepackt, umschlungen. Mit schnatternder Stimme rief der Kanake ein paar Worte über seine Schulter, und schon schnellte der hünenhafte Orana herbei, hob die Keule zum Schlag. Karl Heinroth spannte die Muskeln. Die Augen fest auf den Keulenschwinger gerichtet, versuchte er sich von seinem Bedränger zu befreien. Die Keule sauste haarscharf am Kopf des Schiffers vorbei, der sich nach hinten geworfen, den zweiten Kanaken gegen den Fels gepreßt hatte. Zufällig berührte er dabei den Abzug seiner Büchse. Der Schuß ging in die Luft. Aber der Krach genügte, um Orana, der eben zu einem zweiten, diesmal sicher tödlichen Schlag ausholte, in die Flucht zu jagen. Zugleich traf den anderen Kanaken der Ellbogen des jungen Mannes mitten ins Gesicht, ließ ihn über die Felsen taumeln.

Kaum sah sich Heinroth frei, als er auch schon in langen Sprüngen den Felsen entlangjagte. Steine lösten sich unter seinen Tritten, ein paarmal wäre er fast abgestürzt, konnte sich nur noch an einem Busch halten, dessen Dornen ihm tief in die Hand drangen.

Er kümmerte sich nicht darum. Es ging um alles. Gelang es dem Seeräuber, den Anker zu hieven, mit der einsetzenden Ebbe auszulaufen, dann war die Mary für ihn verloren. Mit einem Schlag war ihm alles klar. Der Bursche war nur auf den Handel eingegangen, weil er plante, Schiff und Ladung zu kapern, den jungen Schiffer einfach auf der Lepra-Insel zurückzulassen. Ein Stück weit führte der Weg durch dichtes Buschwerk, nahm ihm die Sicht. Karl Heinroth überlegte. Sicher verwehrten ihm die Kanaken die Benützung der Kanus. Der Bärtige konnte ihn ja auch in aller Ruhe von Bord aus abknallen. Die einzige Möglichkeit blieb, den Kutter von den Felsen aus unter Beschuß zu nehmen. Er tastete nach seiner Tasche. Ein gutes Dutzend Patronen, das war immerhin etwas, sehr viel sogar für einen sicheren Schützen. Der Seeräuber war unbesorgt, glaubte bestimmt, daß sein Anschlag gelungen war. Er beeilte sich wohl nicht übermäßig.

Schon hatte der junge Kapitän die Landzunge erreicht, die, mit Korallenblöcken bedeckt, die Bucht in weitem Bogen umschloß. Er lief auf ihr entlang. Richtig, er hörte die Ankerkette rasseln. »Nicht ein Windhauch zu spüren«, stieß er atemlos durch die Zähne. »Der Motor!« An Bord ein paar Befehle, reichlich mit Flüchen gespickt. Der junge Schiffer, der jetzt langsamer lief, sich in guter Deckung hielt, sah, wie Micky nach unten ging. Der Motor begann zu husten und zu spucken. Langsam kam die Mary in Fahrt, wurde vom einsetzenden Ebbstrom der Einfahrt entgegengezogen. Am Steuer stand Tom Butler, der noch nie einem Seeräuber ähnlicher gesehen hatte als jetzt, da er sich anschickte, ein Schiff samt Ladung zu stehlen. »Beidrehen, sofort beidrehen!« Karl Heinroth rief es durch die gehöhlten Hände. Er stand halb von den Klippen gedeckt auf der Landzunge, die Büchse schußbereit im Anschlag. Der Bärtige am Steuer fuhr herum. Er lachte höhnisch. »Halt mich auf, wenn du kannst«, rief er, und im selben Augenblick krachte es sechsmal hintereinander. Er hielt einen seiner Revolver in der Rechten, während er mit der Linken das Steuerrad bediente. Die Kugeln prallten gegen die Korallenblöcke und fuhren in den Sand. Eine, die als Querschläger zweimal gegen die Felsen schlug, traf den Schiffer, als sie alle Kraft verloren hatte, gegen die Stirn.

Vielleicht hätte Karl Heinroth noch immer gezögert, auf einen Menschen zu schießen, trotz der Wut, die ihn schüttelte. Jetzt aber wurde er eiskalt und ganz ruhig, wie immer, wenn es um Leben und Tod ging. Er zielte, sein Schuß krachte, eben als der Pirat den zweiten Revolver gegen ihn hob. Mit einem wüsten Fluch stürzte Tom Butler vornüber, im Fallen das Steuerrad um eine volle Drehung herumreißend. In der Luke tauchte Mickys bestürztes Gesicht auf. Die Mary wendete, beschrieb einen Halbkreis, lief auf die Landzunge zu, auf der ihr Kapitän stand.

»Abstellen, den Motor abstellen!« schrie Karl Heinroth. Micky war vollends an Deck geklettert und kniete neben dem auf dem Rücken liegenden Freibeuter. Er schien nicht zu hören.

»Da steh' ich nun und kann zusehen, wie mir der Trottel die Mary auflaufen läßt! Womöglich drückt es ihr den Bug ein.« Karl Heinroth stand bis zu den Hüften im Wasser, er wollte seinem Schiff zu Hilfe kommen und konnte doch nichts anderes tun als zusehen, wie der Kutter auflief. Dort, mitten in der Bucht, schwamm Fidji-Jim, der über Bord gesprungen war, als er seinen großen Meister stürzen sah.

Was war das? Es knallte zwei-, dreimal. Der Motor setzte aus. Noch ein paar Fehlzündungen, eine Rauchwolke stieg aus der Luke. Die Mary verlor an Fahrt, wurde vom Ebbstrom abgedrängt und lief endlich knirschend, aber ganz sanft im Korallensand auf.

Schon war Karl Heinroth herangewatet, hatte eine Wante gepackt und sich an Bord geschwungen. Die Büchse schußfertig, warf er einen wilden Blick auf den Mann neben dem Steuer. Aber der ehemalige Sträfling, der Häuptling der Lepra-Insel, war tot. Wie eine Puppe rollte er beim Überkrängen des Kutters gegen die Reling und blieb dort liegen.

Der Kapitän hing sich die Büchse über die Schulter. »Hinab in den Raum, volle Kraft zurück, los, zum Donnerwetter, ehe wir festsitzen!« Micky gehorchte mit überraschender Schnelligkeit. Er sah seinem jungen Kapitän an, daß der keinen Spaß verstand.

Der Schiffer war zu dem Toten getreten. »Über Bord mit ihm«, brummte er, »mögen die Kanaken ihren Häuptling behalten, auf der guten alten Mary hat er nichts zu suchen.« Er hob den schweren Mann hoch, ließ ihn über die niedrige Reling in das aufklatschende Wasser gleiten. Dabei löste sich der Gürtel des Piraten, blieb mit den leeren Pistolenhalftern an Deck liegen. Der Motor begann zu arbeiten, erst puffernd, knatternd, dann mit gleichmäßigem Tuckern. Die Mary zitterte und ächzte. Eine Dünung kam ihr zu Hilfe, richtete sie auf. Sie bekam Fahrt, und ehe sie wieder festsitzen konnte, hatte sie der Rückwärtsgang in die Fahrrinne gezogen.

Karl Heinroth stand am Steuer. »Voraus, Micky, volle Kraft voraus!«

Die Mary bekam Fahrt, wurde vom Sog des Ebbstroms gepackt und glitt langsam aber stetig auf die schmale Einfahrt zu. Micky setzte sich auf den Lukenrand. Er warf einen unsicheren Blick auf seinen Kapitän, aber er mußte es sagen, schließlich ging es um die drohende Mehrarbeit. »Jim ist über Bord, wir müssen zurück. Zu zweien bringen wir den Kutter im Leben nicht nach Haus, Käptn.«

»Halt den Rand«, knurrte Karl Heinroth und setzte um einen Ton freundlicher hinzu: »Wir legen am Aussätzigendorf an und nehmen dort den dritten Mann an Bord, verstanden!«

»Jawohl, Käptn!« knurrte Micky und verschluckte die Einwände, die ihm gegen ein solchen Zuwachs auf der Zunge lagen.

»Abstellen und hoch mit dem Focksegel«, kommandierte der Kapitän, während er den Kutter langsam beidrehen ließ. Er warf einen Blick zurück in die Bucht. Dort näherte sich ein Trupp Kanaken der Stelle, wo der alte Freibeuter halb auf dem Sand, halb im Wasser lag. Sie schienen zu fürchten, daß er noch einmal aufspringen, sie mit den Fäusten an die Arbeit treiben würde.

Der Schiffer wollte mit dem Fuß den Gürtel des Seeräubers über Bord schleudern. Aber plötzlich bückte er sich. Da hing ja neben den Pistolenhalftern der Beutel mit den Perlen, die Tom Butler der Muschelbank abgelistet hatte! Kapitän Heinroth wog ihn in der hohlen Hand.

Micky arbeitete am Segel. Der junge Schiffer gab ihm kurz die nötige Anweisung: »Du hast nichts anderes zu tun, als in gehörigem Abstand auf die Landzunge zuzuhalten. Ich bin im Augenblick wieder da.«

An den auf Deck herumstehenden Körben mit Kokosnüssen und Früchten vorbei schritt er zur Kajüte. Dort legte er den Beutel mit den Perlen in den Spind. Ein Lächeln zuckte um seine Lippen.

Langsam ging er wieder an Deck und stellte sich selbst ans Steuer, während er Micky mit der Logleine nach vorn schickte.

»Nun holen wir noch Ah Chow auf die alte Mary«, murmelte er, »und dann nehmen wir Kurs auf Singapur. Bin doch mal neugierig, was die Perlenhändler für einen Beutel bieten, wie ich ihn drunten liegen habe.«

Paradiesische Inseln

Südsee – liegt nicht schon in diesem Wort ein besonderer Zauber? Auch heute gibt es im Inselgewirr der Südsee noch Eilande von nahezu paradiesischer Unberührtheit. Freilich gehört auch das abgelegenste davon längst zu einem der Nachbarstaaten, und wer sich darauf niederlassen möchte, hat einen Pachtvertrag abzuschließen. Längst auch sind die Inseln zu einem Faktor der Weltwirtschaft geworden. Vor allem haben sie eine nicht zu unterschätzende Bedeutung bei der Kopragewinnung. Kopra ist der fleischige Teil des Kernes der Kokosnuß. Er wird getrocknet und in ganzen Schiffsladungen in den Handel gebracht. Aus Kopra gewinnt man Kokosfett und Kokosöl, das zu Margarine, Kerzen und Seifen verarbeitet wird; der Preßrückstand dient als Kraftfutter.

Freilich, um den Koprabedarf der Weltwirtschaft zu decken, genügte es nicht, nach Art der Eingeborenen die Nüsse der zufällig wachsenden Bäume zu sammeln und deren Kerne zu Kopra zu verarbeiten. Dazu waren große Pflanzungen erforderlich, die von den Weißen angelegt wurden, die sich zu Herren der Inseln gemacht hatten. Ein anderer wichtiger Ausfuhrartikel der Südsee-Inseln ist der Trepang, der in den ostasiatischen Ländern als besonderer Leckerbissen geschätzt wird. Die Seegurken oder Seewalzen, Angehörige der Ordnung Stachelhäuter, liefern den Trepang. Sie sind Bewohner der Küstenregionen, aber auch der Tiefen. Nimmt man eine Seewalze aus dem Wasser, zieht sie sich zunächst zusammen, wird völlig steif und stößt einen Wasserstrahl aus. Läßt man sie nicht los, so preßt sie ihre Eingeweide aus. Man kennt mehr als 20 eßbare Seewalzenarten. Die abgekochten Tiere werden getrocknet, geräuchert und kommen schließlich als Trepang zum Versand.

Auch die Perlmuschel ist für die Südsee-Inseln von Bedeutung. Hier und dort werden die Muschelbänke von einheimischen Tauchern ausgebeutet. Freilich, nicht jede Perlmuschel enthält eine Perle, auf hundert kommt vielleicht eine, und vollendet schöne Perlen sind außerordentlich selten.

Die Perle des Todes

Seite an Seite tauchten sie hinab in die lichterfüllte, smaragdgrüne Flut, Aorai immer um eine halbe Länge voraus. Nicht umsonst nannte man ihn auf Taloa den Fischmenschen. Er war der beste Taucher der Insel, aber seinem Freund Falea gegenüber zeigte er seine Überlegenheit nie. Im Gegenteil, manchmal tat er, als wäre Falea der bessere Schwimmer, er ließ sich überholen, blieb zurück und lachte gutmütig, wenn ihn der Freund damit neckte.

Auch heute, als sie an der von Aorai entdeckten Muschelbank tauchten, gab es zwischen den Freunden keinerlei Neid und Eifersucht. Gemeinsam füllten sie den am Grund stehenden, mit Steinen beschwerten Korb. Zugleich griffen sie nach der großen Muschel mit dem dicken Seepockenbewuchs. Sicher hätte sie Aorai längst losbrechen können, doch er wartete, bis Falea hinzukam. Nun lag die Muschel bei den andern im Korb.

Eigentlich hätte Aorai, der noch keinerlei Luftmangel fühlte, tiefer tauchen können, aber er merkte, daß sein Freund am Ende seiner Kraft war. Dicke Blasen perlten aus Faleas Mund, den nur noch der Ehrgeiz an der Seite Aorais hielt. Mit einem Ruck warf sich der Fischmensch herum, eilig stieß auch Falea nach oben. Gleich zwei Pfeilen schossen sie durch die Flut.

Aber noch schneller war der Hai. Fast zugleich sahen sie ihn kommen. Aorai schleuderte sich zur Seite, versuchte den Freund mit dem eigenen Körper zu decken. Zu spät! Quirlende Blasen, das Wasser färbte sich rot.

Schreiend hob sich Faleas qualverzerrtes Gesicht aus den Wogen, versank aufs neue. Tollkühn stieß Aorai auf den Hai herab, versuchte ihn an der einzigen Stelle zu treffen, an der er verwundbar war, in den Kiemen. Doch im getrübten Wasser verfehlte er ihn, auch machten die rasend schnellen Bewegungen des Hais jede Berechnung unmöglich. Aorai wurde von der sandpapierartigen Haut des Raubfisches ein Hautfetzen abgescheuert.

Erschöpft, ausgepumpt hing er schließlich am Rand des Bootes, das sacht in der Dünung schaukelte. »Falea, Falea«, keuchte er. Wieder fühlte er

den brennenden Schmerz, der sich von der Brust aus über den ganzen Körper verbreitete, wie damals, als seine Mutter starb und er ganz allein auf Taloa zurückblieb.

Schwach und kraftlos zog sich Aorai schließlich in das Boot hinein. Er spähte hinab in die Tiefe, in der sich das Seil, an dem der Muschelkorb hing, wie eine Schlange wand. Nichts mehr erinnerte an den Überfall, der eben stattgefunden hatte. Aorai hob schon die Hand, um das Seil zu lösen. Was lag ihm noch an den Muscheln, was an einem möglichen Fund!

Wie oft hatten die beiden Freunde auf den gischtumsprühten Klippen gesessen und von großen Dingen geträumt, von einem Schoner, wie ihn David Cunningham, der Händler, besaß, von einem Motorboot, ja sogar von einem richtigen Haus mit vielen Zimmern, das den ganzen Tag voll Radiomusik war. Sie schwatzten davon wie Kinder von einem Spielzeug. Hatten sie nicht in Wirklichkeit alles, was sie sich wünschen konnten? Gehörte ihnen nicht der weite weiße Strand von Taloa mit seinen Palmen, seinen brandungsumsäumten Riffen? War nicht das herrliche unendliche Meer mit seinen Korallen, seinen Fischen, seinen Abenteuern und Gefahren ihr eigen?

Aorai und Falea waren Söhne eines Volkes ohne Arbeitslust, ohne Ansprüche, ohne Neid, Habgier und Haß. Zwei ebenmäßig gewachsene schlanke, goldbraune Jünglinge mit sanften Augen und den vertrauenden, ahnungslosen Herzen von Kindern. Was nach ihrer Insel, nach dem Meer und allem, was dazugehörte, mit unersättlicher Gier griff, mit Schacher und Handel, das nahmen sie hin wie etwas Unvermeidliches. Keinem von diesen beiden stolzen Insulanern wäre je der Gedanke an Kampf und Gegenwehr gekommen. Sie lebten, lachten, sangen, sie fischten und schwammen, ruderten und segelten, und sie waren Freunde. Das war übergenug für sie, das erfüllte ihre jungen Seelen mit Jubel und Seligkeit.

Und jetzt? Ein unerbittliches Geschick hatte den Bund zerrissen, den Aorai für die Ewigkeit, für ein langes sonnenerfülltes Leben geschlossen glaubte. Sie hatten die Namen getauscht, Blutsbrüderschaft geschlossen. Was dem einen zu eigen war, das gehörte auch dem andern. Nichts gab es, in das sie sich nicht teilten. Nur eines hatte Falea hingenommen, ohne es Aorai zuerst zu schenken: den Tod! In seinem Schmerz hätte sich Aorai ohne Zögern in das Wasser geworfen, einem Hai zum Opfer angeboten. Aber nirgends zeigte sich die Flosse des tückischen Räubers in der Dünung.

Ohne zu wissen, was er tat, zog Aorai den Muschelkorb herauf. Zögernd griff er zum Paddel und trieb das Boot langsam zum Strand. Das also war ihr letzter gemeinsamer Fang. Aorai brach die Muscheln auf, gleichgültig, ohne alle Erwartung. Sie waren leer. Nun noch die letzte, die mit dem Pockenbewuchs, die sie gemeinsam abgelöst hatten.

Aorai öffnete sie. Dann stieß er einen Schrei aus. In der hohlen Hand hielt er eine Perle, die schönste, größte, die er je gesehen, ja, die je auf Taloa und auf den Nachbarinseln gefunden worden war. In dem gleißenden Sonnenlicht zeigte sie ihre schimmernde Schönheit. Alle Farben der See, des Abendhimmels, spielten in ihrer Rundung. Trotz seinem Schmerz geriet Aorai ganz in den Bann dieses Kleinods. Er lachte, kicherte, gleich gaukelnden Träumen stiegen die Wünsche und Begierden in ihm auf, von denen sie so oft auf den Klippen sitzend gesprochen hatten. Alles war sein, das Boot, das Haus, ein Gewehr, ein Gehege voller Schweine, ein Fernrohr, mit dem man Mond und Sterne herunterholen konnte, ein Motorboot, das knatternd und fauchend die See durchpflügte.

Er ließ die Perle in den Sand rollen, die Freude erlosch. Was lag ihm an all den Dingen? Was sollte er mit einem Haus, einem Boot anfangen? Ohne Falea, den Bruder und Freund, schien ihm alles wertlos. Das waren Äußerlichkeiten, die seine Seele nicht berührten. Er war und blieb ein Kind der Südsee, ohne Tatkraft und Energie, aber auch ohne Habgier und all die anderen Laster des weißen Mannes.

»Aorai hat eine Perle gefunden, die größte, die man je gesehen hat. Aorai besitzt eine Perle die tausend, nein zehntausend Chilis wert ist.« Auf der Insel wurde von nichts anderem gesprochen. Selbst Faleas Tod geriet darüber in Vergessenheit. Jeder wollte die Perle sehen, die Aorai in einem Lederbeutel auf der breiten Brust trug. Er zeigte sie dem und jenem, und im Gerücht wuchs die Perle um ein Fünffaches ihrer wirklichen Größe, und wenn man den Bewunderern glauben durfte, leuchtete sie sogar bei Nacht. Es war wirklich eine außergewöhnlich schöne Perle.

Kein Wunder, daß Aorai von David Cunningham, dem Händler angerufen wurde, als er an dem Haus des einstigen Matrosen vorbeiging. »He, Aorai, ich habe gehört, daß du eine Perle gefunden hast. Komm, ich will sie sehen, ich verstehe mich auf Perlen, wie du weißt. Laß dich mit keinem andern Händler ein, sie werden dich nur betrügen.«

Eigentlich wäre Aorai lieber weitergegangen, er konnte den Händler nicht leiden, der ihn und Falea immer so verächtlich behandelt hatte, gehörten sie doch zu der faulen Bande, über die er immer wetterte. Aber er konnte nun einmal nicht widersprechen, beugte sich dem stärkeren Willen des Weißen. David merkte es und lächelte überlegen.

Für die Perle hatte er kaum einen Blick. »Ganz schön«, meinte er obenhin, »ist unter Brüdern ihre zweitausend wert. Aber nun komm, laß uns erst einmal ein Glas trinken.«

Aorai schauderte. Er fürchtete die in den Flaschen gefangenen Geister, er ekelte sich vor dem beißenden Fusel, vor dem scharfen Geruch.

»Na, nun stell dich nicht so an, trink schon!« Der Händler griff selbst zum Glas.

»Lieber nicht«, wehrte sich Aorai zaghaft.

Der einstige Matrose runzelte die Stirn, seine Augen glühten, er ballte die Fäuste. »Höre einmal, mein Sohn, wenn sich ein weißer Mann mit dir an einen Tisch setzt, um mit dir zu trinken, so ist das für dich eine Ehre, verstanden? Jetzt weg mit dem Zeug, weg damit!« brüllte er, und Aorai gehorchte. Der Händler bog sich vor Lachen, als der Insulaner von einem krampfhaften Hustenanfall geschüttelt wurde. Dabei ließ er die Augen nicht von dem Lederbeutel, in dem Aorai die Perle geborgen hatte.

David goß erneut ein und winkte gebieterisch. Da regte sich der Stolz in der Seele Aorais. Einen Augenblick schien es, als wollte er sich auf den stämmigen alten Matrosen stürzen. Er tat es nicht, doch schnellte er auf und setzte im Sprung über die Verandabrüstung. Er stürzte unten in den Sand, war aber sofort wieder auf den Beinen und lief, von den Flüchen des Händlers verfolgt, davon.

In der Nacht mußte Aorai ein böses Abenteuer bestehen. Er hatte nach seiner Gewohnheit auf den Klippen gesessen. Hier draußen konnte man dem Rauschen der Palmwedel lauschen, den Liedern, die die Burschen und Mädchen sangen. Er liebte das salzige Gesprüh der Wogen, den kühlen purpurnen Sonnenuntergang. Ja, hier auf den Klippen konnte er Zwiesprache halten mit Falea, dem verlorenen Freund. Er fühlte sich versucht, die Perle in die wie Blut schimmernde Flut zu werfen. Aber irgendwo in der Tiefe seines Wesens regten sich die Wünsche. Er wollte warten, vielleicht nahmen sie nach und nach wieder die bunten Farben an, die sie einst gehabt hatten, als sie Faleas Stimme wachrief.

Nun war es schon ganz dunkel. Von den Hütten her, die sich im Palmenhain duckten, klang noch ein Lachen, das Weinen eines Kindes, ein Hundegebell. In der Luft lag der Geruch verbrannter Kokosschalen und erinnerte an die Herdstätte, an Geborgenheit und den Schlaf auf der Matte. Langsam schritt Aorai seiner Hütte zu. Unter seinen leichten Schritten knirschten Sand und Muscheln.

Ganz plötzlich brach und knackte es in den Büschen. Drei dunkle Schatten schnellten hervor. Aorai sah in der Faust des ersten, der sich auf ihn warf, eine Keule gegen den mattblauen Nachthimmel. Blitzschnell griff er zu, packte das Handgelenk und ehe sich die beiden andern auf ihn werfen konnten, war die Keule sein. Er sprang zurück, ein Korallenblock traf ihn an der linken Schulter. Zwei-, dreimal schlug er zu. Die Hiebe mit einer Keule, die mit Haifischzähnen besetzt ist, sind schmerzhaft. Schreie gellten. Er glaubte an der Stimme und an der Gestalt den starken Mara zu erkennen, Mara, der im Dienst des Händlers David stand.

So schnell, wie der Spuk begonnen hatte, verschwand er auch. Da stand Aorai, eine Keule in der sehnigen Rechten, und es war nichts mehr zu hören als das Rauschen der Brandung, das sachte Plätschern verebbender Wellen am Sandstrand. Die Nacht war so still und friedlich, wie sie nur in Taloa sein konnte. Mit einem Laut des Ekels schleuderte Aorai die blutbesudelte Keule ins Meer. Wo sie aufschlug, sprühte das Wasser in zauberhaft grünem Schein, und zugleich erglühten auch die Wellensäume. Das Meer begann zu leuchten, eine jener wundersamen Nächte der Südsee begann. Aber Aorai, der sonst mit träumenden Augen auf den Klippen zu sitzen liebte, um das herrliche, schon so oft erlebte Märchen immer aufs neue zu genießen, wandte sich ab und verschwand im Palmendunkel. In der Hütte, die er mit Falea zusammen erbaut hatte, kauerte er sich nieder und grübelte. Wie kam es nur, daß die Besitzgier den Menschen böse und schlecht machte? Es verstand sich ja von selbst, daß es um seine Perle ging, daß der Händler David hinter dem Anschlag stand. Es war ihm nicht gelungen, in seiner gewohnten herrischen Art mit Aorai fertig zu werden, nun versuchte er es mit Gewalt. Duckten sich nicht alle in Taloa vor dem rechthaberischen Fremden? Fürchteten ihn nicht alle? Nein, Aorai reckte sich, er wagte es, ihm zu trotzen.

Zwei Tage später sollte er erfahren, daß sein Feind den Versuch noch nicht aufgegeben hatte. Er fischte unter den hochaufragenden Felswänden an der Ostküste, wo sich immer Schwärme von Seebarben umhertrieben. Eben war er dabei, seinen Haken frisch zu ködern, als er ein Knirschen über sich vernahm. Wohl war Aorai ein harmloser, kindlich vertrauender Bursche, aber in Augenblicken der Gefahr regte sich in ihm der Instinkt des Urmenschen. Ohne sich zu besinnen, tat er wie ein Wildtier in jeder Lage das einzig Richtige. Er schnellte auf, warf sich im Sprung in das aufspritzende Wasser, eben als hinter ihm ein Felsblock knirschend auf die Korallenklippe aufschlug, auf der er eben noch gesessen hatte. Ein Blick nach oben, dort verschwand eben ein Kopf in den Büschen.

Aorai war mutig, wenn es galt, sogar tollkühn, aber schwer lastete auf seinen breiten, goldbraunen Schultern das Erbteil seiner Rasse: Unentschlossenheit, Trägheit. Wäre David, der Händler, überfallen worden, hätte jemand auf ihn einen Mordanschlag verübt, so hätte der Weiße rasch und hart zugegriffen. Ja, sogar Henry, das Mischblut, der von einem weißen Vater abstammte, wäre unverzüglich zum Kommissar gefahren, wenn er sich nicht selbst gerächt hätte, was ihm durchaus zuzutrauen war.

Der gutmütige Aorai versank mehr und mehr in nutzlose Grübeleien. Immer wieder betrachtete er die große Perle, ließ sie in seiner Hand hin und her rollen. Er mußte an den Teufel denken, von dem ihm einmal der Missionar erzählt hatte, er erinnerte sich der Sagen seines Stammes von Meergeistern und Gespenstern, die den Menschen ihre Verwünschungen in die Ohren bliesen, ihre Seelen böse und schlecht machten. Er sah nicht mehr die wundervollen Regenbogenfarben, die auf der Oberfläche der Perle spielten, ihre schimmernde Herrlichkeit wurde für ihn zu einem Dämonenauge, das die finsteren Leidenschaften weckte. Hatte er, der Friedfertige, nicht zugeschlagen mit der Absicht zu töten, zu vernichten? Quälten ihn nicht zornige Gedanken, sooft er Maras ansichtig wurde? Aber war Mara wirklich so schlecht? Er stand in den Diensten des Händlers, und die Gemeinschaft mit dem auf Besitz und Erwerb versessenen Weißen trieb ihn zu Taten, die er vielleicht insgeheim verabscheute. Hatte er nicht früher, als sie noch Knaben waren, mit Mara den Thunfisch gejagt, gerudert und geschwommen? Er war auch nicht schlechter als die andern.

Jetzt aber geschah etwas, das Aorai nicht mehr zur Ruhe kommen ließ. Trumai, einer der jungen Burschen, suchte die Hütte am Rand des Palmenhains auf, die Aorai und Falea sich erbaut hatten. Spät in der Nacht kehrte Aorai zurück, der ungewöhnlich lange bei den Alten am Strand gesessen hatte. Er schrie auf vor Entsetzen, als er im flackernden Licht des Feuers einen Toten auf der Matte liegen sah. Trumai war erschlagen worden. Aorai schauderte, er zweifelte keinen Augenblick, daß der tödliche Stich ihm gegolten hatte. Ein Mord auf Taloa! Bald würde das Regierungsboot anlegen, eine strenge Untersuchung stand bevor mit endlosen Verhören, Verdächtigungen. Der Friede auf der Insel war zerstört, keiner traute mehr dem andern. Schuld daran war die Perle, die er auf der Brust trug.

Vergessen waren die Träume, die er und Falea auf den Klippen geträumt hatten. Alle Begehrlichkeit war in Aorais Brust erloschen wie eine Flamme unter einem Wasserguß. Er tat, was er schon lange hätte tun sollen, und suchte Wiwau, die Zauberfrau, auf.

Die Alte hauste auf der andern Seite der Insel in einer Bergschlucht. Ihre Hütte verschwand unter einem Wust von Schlingpflanzen, glich mehr der Höhle eines Wildtieres als der Behausung eines Menschen. Es hieß, daß Wiwau nicht mehr ganz klar im Kopf sei seit dem Tod ihres Mannes und all ihrer Angehörigen, die bei einem Wirbelsturm ums Leben gekommen waren. Sie hatte sich hierher verkrochen, um in der abgelegenen Schlucht still und klaglos zu vergehen.

Es währte eine Weile, ehe sie den Besucher bemerkte, der sich geduldig wartend vor ihr niedergelassen hatte. Sie kicherte spitz, als er ihr die Perle zeigte, ihre klauenartigen Hände griffen nach dem Kleinod, zogen sich aber schnell zurück, als hätten sie glühende Kohlen angefaßt.

»Sie ist schön wie ein junger Morgen, der aus der See aufsteigt, sie ist böse wie ein Geisterauge, denn sie weckt die bösen Leidenschaften in den Seelen der Menschen. Früher, als wir noch nichts von ihrem Wert wußten, holten wir die Perlen aus der Tiefe und schmückten uns damit, weil sie schön anzusehen waren.«

Die Alte versank in Nachdenken. Aorai glaubte schon, daß sie ihn wieder vergessen habe, daß ihre Seele bei den Geistern weile. Doch nun wandte sie sich ihm wieder zu. »Schlimm, schlimm«, murmelte sie. »Die Menschen sehen nicht mehr ihre Schönheit, nur noch die Dinge, die sie für eine Perle kaufen können. Gewehre, Schweine, Häuser, Schiffe.« Ihr Kopf wackelte, sie warf Haßblicke auf die Perle, die Aorai auf den Boden hatte rollen lassen.

Jetzt straffte sich ihr hagerer Körper, ihr Gesicht verzerrte sich zur Fratze. »Tu sie von dir, wirf sie fort, es ist eine Unglücksperle, dazu bestimmt, die Menschen zu Gewalttat und Mord zu treiben. Siehst du denn nicht, sie ist gerötet von Blut, und sie wird immer mehr Blut fordern, so lange sie die Sonne bescheint. Falea ist um ihretwillen in den Tod gegangen, zweimal, dreimal griff der Tod nach dir. Der Perle wegen ist nun Trumai ermordet worden. Unfriede, Mißtrauen und Verleumdung werden durch die Hütten kriechen wie eine giftgeschwollene Schlange, und an allem trägt deine Perle die Schuld. Tu sie von dir, ehe sie dein Blut trinkt, ehe sie Unglück über Unglück über all jene bringt, die nach ihr verlangen.«

Aorai atmete hoch auf, als er die Schlucht verließ. Ja, nun war alles von ihm abgefallen, was ihn bislang bedrückte. Er wußte, was er tun wollte, um weiteres Unheil von sich, von Taloa abzuwenden. Am Strand angekommen, schob er sein Boot in die Flut und fuhr hinaus bis zu der Muschelbank, an der er mit Falea den Fund gemacht hatte.

Halblaut sang er ein altes Lied von Freundschaft und Liebe. Er rief Faleas Seele, die in den Wassern hauste, die auf dem Grund des Meeres kauerte. Er fühlte die Nähe des Freundes. Mit einer sachten Bewegung der gehöhlten Hand ließ er die große Perle in das Meer fallen, sah zu, wie der helle Schein erlosch. In die Trauer um seinen Freund, die sich über ihn senkte, mischte sich ein seltsames Gefühl von Glück und Zufriedenheit. Falea, der bis in den Tod Getreue, der sein Leben für den Freund hingegeben hatte, würde nun über die Unglücksperle wachen, heute, morgen, immerdar.

Kinder der Sonne

Das Wesen des Menschen wird weitgehend von seiner Umwelt bestimmt, beeinflußt. Schwierigkeiten aller Art, Witterungsunbilden zwingen ihn, will er sich selbst behaupten, zum Nachdenken, zur Arbeit, zu erhöhter Tätigkeit. Es ist deshalb selbstverständlich, daß der Mensch in der gemäßigten Zone oder in nördlichen Breiten ein ganz anderer werden mußte als der Tropenbewohner, dem die Nahrung in den Mund wuchs und dem als Behausung ein Palmblattdach genügte.

So finden wir auf vielen Südseeinseln besonders sanfte, friedfertige Menschen. Sie scheinen nur Sonne und Frohsinn zu kennen und nehmen jeden Tag als ein neues, schönes Geschenk an, verträumen ihn ohne einen andern Wunsch als den, in Ruhe gelassen zu werden.

Neidlos überlassen sie Handel und Betrieb den Einwanderern, ja, sie empfinden meist gegen alles Geschäftliche Abscheu. Aber die ständige Berührung mit den auf Erwerb bedachten Weißen hat den bodenständigen, einfach denkenden Eingeborenen nach und nach aufgeweckt. Der Begriff des Geldes ist ihm klar geworden. Er weiß den Fund einer Perle zu schätzen, der ihm allerlei Dinge verschaffen kann, nach denen er in seiner kindlich harmlosen Art verlangt, vielleicht ohne sie je gebrauchen und nützen zu können. Besitz erweckt aber auch Neid, ist gefährlich und unnütz zugleich. Ist es gut, etwas sein eigen zu nennen, was andere zu bösen Taten verführt? Lohnt es sich, dafür zu arbeiten, sich zu mühen, da doch kein Mangel an Fischen im Meer ist, an Kokosnüssen, Bananen, Brotfrucht, Taroknollen und Jamswurzeln? So denken auch heute noch viele Südsee-Insulaner. Und scheint der Mond, so rufen die Trommeln zum Tanz, der Ozean rauscht dazu, wie er seit Jahrhunderten, Jahrtausenden um die Korallenklippen rauschte, die Blütenbüsche duften, und der Wind streicht sanft durch die Kronen der Palmen entlang der Küste der glücklichen Inseln.

Von den Schären Norwegens bis zur Stierkampfarena von Madrid durchzieht der Pfad der Gefahr die Länder Europas:

Kontinent der Mitte

Der »Möwe« letzte Fahrt

Um Hilfe in Seenot zu bringen, setzen norwegische Fischer das eigene Leben aufs Spiel.

Die verbotene Höhle

Das unheimliche, verrufene Höllenloch wird Schauplatz einer tapferen Tat.

Die Rache des Torero

Tödlich beleidigt hat Tonet seinen Rivalen, doch Juan weiß in entscheidender Stunde, was er tun muß.

Der Herr der Tiger

Harte Arbeit und vielfältige Gefahren verbergen sich hinter der bunten Kulisse des Zirkus.

Der »Möwe« letzte Fahrt

»Das nenne ich Glück haben!« begrüßte der Leuchtturmwärter Sigurd Dahl
die einfahrende »Möwe«, die, eben als der Sturm losbrach, in den Wind-
schutz der kleinen Schäre gelangte und in der Bucht festmachte. Breitbeinig
stand Peder, der Schiffer, ein sommersprossiger, kaum fünfzehnjähriger
Junge am Steuer seines Bootes.

»Du meinst wegen der Mütze voll Wind, Sigurd?« Er lachte breit. »Pah,
solch ein kleiner Sturm hätte uns nicht davon abgehalten, noch zum Dorf
hinüber zu laufen. Aber weißt du, mein Svein hat eine feine Nase. Er hat
es gerochen, daß du gerade einen tüchtigen Topf Kaffee aufgesetzt hast,
darum machen wir bei dir fest.«

So war er nun einmal, der Peder. Nichts brachte ihn so leicht aus der Ruhe,
und er hatte den Mund bestimmt nicht zu voll genommen, das wußte
Sigurd, denn oft genug erzählten die Lofotfischer von der Kaltblütigkeit
und Tüchtigkeit dieser drei Burschen auf der »Möwe«. Der kleine Kutter,
der nicht einmal ein Steuerhaus hatte, sah wahrhaftig arg mitgenommen
aus. Wohl taten die drei, was sie konnten, um ihn seetüchtig zu halten,
aber das konnte nicht darüber hinwegtäuschen, daß die »Möwe« ein uraltes
Fahrzeug war, eben noch gut genug, damit zwischen den Schären bei gu-
tem Wetter hin und her zu segeln.

Trotzdem wagte sich Peder mit ihr bis zu den Lofoten hinauf. Kam die
Fangflotte gefahren, so konnte man sicher sein, daß die alte »Möwe« hinter-
hertuckerte, und meist auch ihren Teil vom Segen des Meeres heraufholte.
Heute kam Peder mit seinen beiden Matrosen von der Fangfahrt zurück.
Sie waren zufrieden, freuten sich, wieder einmal zu Hause in dem kleinen
Kirchdorf rasten zu dürfen. Svein, dem Maschinisten, einem Burschen, der
einem Seeräuber mehr ähnelte als einem friedlichen Fischer, lief beim Ge-
danken an Rum und Schnaps bereits das Wasser im Mund zusammen.
Endlich würde er sich auch einmal wieder die aufgestaute Rauflust aus
dem Leib prügeln dürfen.

Mit Svein hatten die Schiffer ihre Schwierigkeiten. Er war an der ganzen norwegischen Küste als der beste Maschinist und der jähzornigste Raufbold bekannt. Sein narbenbedecktes Gesicht, die zerschlagenen Fingerknöchel erzählten davon. Als ihn niemand mehr nehmen wollte, heuerte ihn Peder an. Mit ihm und dem brummigen Griesgram, dem breitschultrigen Uwe, vertrug er sich seltsamerweise recht gut. Natürlich hatte er schon am ersten Tag an Bord der »Möwe« gestänkert. Mit Peder konnte er sich nicht anlegen, er war schließlich der Schiffer, und das wäre ein Verstoß gegen die Disziplin gewesen, an die sich selbst dieser Wildling hielt. Darum rieb er sich an Uwe. Sie waren tüchtig zusammengeraten. Peder hatte vom Steuer aus zugesehen, ohne einzugreifen. Einmal mußte es ja doch sein, also lieber gleich am Anfang der Fahrt.

Svein schlug zwei-, dreimal zu, ehe Uwe begriff, was man von ihm wollte. Dann aber wurde er munter. Er stieß ein Gebrüll aus wie ein wütender Bär, und im nächsten Augenblick lag Svein quer über den Aufbauten und bezog eine fürchterliche Tracht Prügel. Seine in zahllosen Schlachten erworbenen Kniffe und Listen nützten ihm nichts. Uwe hatte Fäuste wie Schmiedehämmer, und was er anpackte, das machte er gründlich. Tagelang konnte sich Svein nur unter Schmerzen bewegen bei der Arbeit, aber schweigend schluckte er seine Medizin hinunter. Soviel stand fest, einmal rechnete er mit Uwe ab! Einstweilen duckte er sich, fraß seinen Grimm still in sich hinein und freute sich auf den nächsten Landausflug. Sicher gelang es ihm dabei, seinen so schwer angeschlagenen Ruf wieder herzustellen.

Die Prügelei hatte die Luft an Bord der »Möwe« gereinigt. Seitdem war alles glatt gegangen, worüber sich die Schiffer sämtlicher Kutter der Fangflotte wunderten. Da es ihm an anderweitiger Beschäftigung fehlte, hatte sich Svein ganz und gar dem Motor gewidmet. Der alte klapperige Kasten tuckerte denn auch so gleichmäßig wie noch nie, endlich einmal konnte man sich auf ihn ganz und gar verlassen.

»Herein mit euch, es wird gleich regnen. Seht nur die schwarzen Wolken an«, sagte Sigurd und schritt voran zum Turm. An der Westseite der Schäre stiegen bereits mächtige Brandungswellen empor, deren Gischt vom Sturm den Fischern ins Gesicht geweht wurde.

»Wo ist denn Knud, dein zweiter Mann?« erkundigte sich Peder bei dem Leuchtturmwärter. »Drüben im Dorf, wollte am Nachmittag zurück sein. Aber es ist nicht daran zu denken, bei dem Wetter kommt er mit unserem Motorboot nicht durch. Nun, jetzt habe ich ja Gesellschaft, und wenn

Svein nicht gerade den Koller kriegt, wird es heute abend ganz gemütlich. Da, seht mal 'raus: Nun hat mir der Wind richtig bereits die Trocken- gerüste umgeblasen, hört nur, der Regen peitscht wie Hagel gegen die Fenster. Dann wollen wir mal den Kaffee ans Feuer setzen, den dein Svein schon gerochen hat, ehe ihr um die Ecke gebogen seid.«

Die drei Fischer machten es sich in dem Erdgeschoßraum des Turmes, der zugleich als Küche diente, bequem. Schweigend sahen sie Sigurd bei seinen Hantierungen zu. Das Sausen der weißen Gischtkämme, das Donnern der zerschellenden Wogen hörten sie kaum. Manchmal zitterte die ganze Insel unter dem Anprall der Brecher, der Sturm rüttelte an Tür und Fenster.

»Hoffentlich sind sie alle rechtzeitig unter Land gegangen«, versuchte der Wärter ein Gespräch anzuknüpfen.

»Werden sie wohl«, brummte Peder. »Aber der eine und andere liegt sicher mit Maschinenschaden draußen. Da geht es ums Leben.« Er sagte das ganz gemütlich vor sich hin und spielte dabei mit der Katze, die sich ihm schnurrend auf den Schoß gesetzt hatte.

Svein gähnte, der brummige Uwe war bereits in der behaglichen Wärme eingeschlafen.

»Was Neues vom Dorf? Irgend etwas vorgefallen auf den Schären?« er- kundigte sich Peder. Er tat es ohne Neugier. Schließlich verstand es sich von selbst, daß die Männer draußen den Stürmen trotzten, dem Meer seine Fische abjagten, während zu Hause die Frauen und Mädchen das Vieh versorgten, Heu einbrachten, spannen und webten.

Sigurd schickte sich eben an, von der Operation zu erzählen, die der Arzt aus dem Kirchdorf trotz völlig unzureichender Mittel gewagt hatte, um dem alten Walfänger Ole das Leben zu retten, was ja auch geglückt war, als sie es hörten.

Mit dem tobenden Sturm kam ein heulender, dumpfer Ton geflogen. Da, er wiederholte sich! Sigurd griff nach dem Glas, Peder und Svein folgten ihm die Wendeltreppe empor zum Umgang. Manchmal vom Tosen der Bran- dung zerrissen, kam das Heulen auf sie zu. Sie suchten die schäumende, brausende See ab. Wohl war es noch heller Tag, aber die niedrig ziehenden Wolken hatten ihn längst in fahle Dämmerung verwandelt. Bis hier her- auf peitschte der Sturm den Gischt. Während sie mit der Rechten ab- wechselnd das Glas an die Augen preßten, mußten sie sich mit der Linken am Eisengeländer festklammern, um nicht gegen die Mauer geworfen zu werden.

»Dort liegt er. Es ist ein großer Kasten«, sagte Peder, der das zwischen den Klippen aufgelaufene Schiff zuerst entdeckte. »Sitzt fest«, knurrte Svein.

Der Wärter sah angespannt durch das Glas. »Nun weiß ich auch Bescheid. Das ist das deutsche Motorschiff, ein Vergnügungsdampfer mit fünfzig Passagieren an Bord auf Nordmeerfahrt. Hat wohl Maschinenschaden gehabt und wurde vom Sturm landwärts getrieben. Zum Donnerwetter, wenn wenigstens das Motorboot da wäre. Wo willst du hin Peder?«

»Wir fahren los.« Ganz ruhig sagte es der junge Bursche, als ginge es um eine harmlose Spazierfahrt.

»Bei dem Sturm mit deinem wurmstichigen Kahn?«

»Dort drüben sind Menschen in Not. Wie ist es, Svein?«

Der Maschinist knurrte nur als Antwort und stieg bereits die Treppe hinab. Der Wärter packte Peder am Arm: »Nun mal vernünftig. Es ist glatter Selbstmord, bei dieser groben See mit einem so kleinen Kutter auszulaufen.«

»Ich kann mit der ›Möwe‹ zehn, auch zwölf Mann aufnehmen«, versetzte Peder ruhig. »Wir sind nur etwas knapp an Öl.«

»Könnt ihr natürlich haben«, sagte Sigurd mit rauher Stimme. »Aber ich komme mit, ich nehme das Steuer.«

»Ein Mann mehr? Unsinn. Wir schaffen es zu dritt und können dann drüben zwölf statt elf mitnehmen. Was reden wir noch?«

Unten hatte Svein bereits den schlafenden Uwe geweckt. Die drei Fischer banden sich die Südwester fest und schnürten das Ölzeug dicht.

Der Wärter begleitete sie zu der Bucht hinab. Dort schaukelte die »Möwe« und zerrte an den Tauen, als wäre sie begierig, mit dem Sturm einen Tanz zu wagen. Schon standen sie an Bord in ihrem gelben Ölzeug, drei Norweger-Fischer, Burschen von den Schären, im Kampf mit Sturm und Meer groß geworden. Der Wärter folgte ihnen im Schutz der Klippen.

Die ersten Brecher rollten gegen die »Möwe« an, die ächzend und knarrend darin zu verschwinden drohte. Am Motor kauerte Svein, Uwe schöpfte, Peder stand am Steuer. Der Wärter ballte die Fäuste, biß sich auf die Lippen, als könnte er denen da draußen damit helfen. Ein paarmal tauchte die »Möwe« so tief ein, daß sie seinen Blicken entschwand, aber immer hob sie sich wieder empor und arbeitete sich langsam auf den in den Klippen hängenden Dampfer zu, der immer noch Notsignale gab.

»Wahnsinn bei dem Seegang, er kommt nicht heran, es müß ja schiefgehen«, murmelte der Leuchtturmwärter, während er zum Umgang emporstieg. »Die Burschen sind des Teufels, mit dieser Nußschale einen Rettungsversuch zu wagen.« Und doch wußte er, daß er selbst keinen Augenblick gezögert hätte, den Versuch zu wagen, wenn er an Peders Stelle gestanden hätte.

Die Dämmerung und die gischtende See machten es ihm schwer, der »Möwe« mit dem Glas zu folgen. Aber soviel glaubte er zu erkennen, daß der tapfere kleine Kutter sich im Windschatten des in den Riffen hängenden Schiffes herangearbeitet hatte. Ob das unmöglich Scheinende gelang? Sigurd brannten die Augen, doch nun sah er deutlich. Die »Möwe« hatte gewendet, und an Bord trug sie eine dunkle Last, aus Seenot gerettete Menschen. Gerettet? Noch lag zwischen der »Möwe« und der bergenden Bucht ein weites Stück schäumender, aufgewühlter See, unter der sich tückische Klippen und Untiefen bargen.

»Wahrhaftig, sie haben das Focksegel gesetzt, sie schaffen es, sie biegen um die Nordklippen!«

Der Wärter hastete hinab zur Bucht, wo er gerade recht kam, um einem Dutzend Frauen und ein paar Kindern an Land zu helfen. Er war noch mit den Schiffbrüchigen beschäftigt, als die »Möwe« bereits wieder auslief. Am Steuer stand breit lachend der Schiffer Peder, Uwe und Svein schöpften den Kutter trocken. Der Motor tuckerte eintönig, treu und brav. Ab und zu kroch Svein zu ihm hin, um ein paar Schrauben anzuziehen, die Brennstoffzufuhr zu regulieren.

Als tobte der Sturm vor Wut über die ihm entrissene Beute, so türmte er die Brecher, warf sie auf die ächzende, stampfende »Möwe«. Uwe und Svein schöpften wie rasend, wenn wieder eine Ladung Wasser den Kutter niederzudrücken drohte. Doch noch einmal und immer wieder kamen sie klar. Näher schob sich der hochaufragende festsitzende Rumpf des Fahrgastschiffes, an dessen Bord man mit klopfendem Herzen auf den Retter wartete.

Zum zweitenmal schaffte es die »Möwe«, zum dritten- und viertenmal trug sie ein Dutzend Menschen auf die sichere Schäre zurück. Jetzt galt es noch, die Mannschaft des Fahrgastschiffes von den Klippen zu holen. Es war hohe Zeit, denn die anrollenden Brecher lockerten das Schiff. Jeden Augenblick konnten sie es von den Klippen herunterreißen und in die Tiefe ziehen. Noch immer tuckerte der Ölmotor, über dessen Gehäuse Svein, der rauhbeinige Raufbold, gelegentlich mit der schwieligen Rechten hinfuhr. Er streichelte ihn wie einen wackeren Hund. »Halt aus, halt nur noch dies eine Mal durch«, knurrte er durch die Zähne. Jetzt drosselte er den Motor. Die »Möwe« ritt im Windschatten des Schiffes die Wogen ab. Wieder flog die Leiter über Bord, wurde von dem grunzenden Uwe aufgefangen, der mit den Füßen festgeklemmt im Bug hing. Svein schöpfte wie rasend, während Peder ruhig und gelassen am Steuer stand, Wind und Wogen-

druck abschätzte, die »Möwe« immer gerade noch weit genug abhielt, daß sie nicht gegen die Bordwand gepreßt werden konnte. Diesmal ging es leichter als zuvor, denn jetzt handelte es sich um Seeleute, die mit den Wogen Bescheid wußten. Als letzter kam der Kapitän des Dampfers an Bord der »Möwe«.

Das Abdrehen gelang, aber der kleine Kutter hatte dabei tüchtig Wasser übergenommen. »Schöpfen, schöpfen«, keuchte Svein, während er sich zu seinem Motor niederkauerte. Er hielt durch, er schaffte es. Nur noch eine knappe halbe Stunde, dann lagen sie in der Bucht. Freilich, sie hatten diesmal mehr gewagt als zuvor. Vierzehn Mann trug die »Möwe« außer ihrer Besatzung, eine Last, die fast über ihre Kräfte ging.

Aber es hatte sein müssen, das zeigte sich, noch ehe sie den halben Weg zur Schäre zurückgelegt hatten. Uwe stieß einen gurgelnden Schrei aus und wies rückwärts nach den Klippen. Das Fahrgastschiff war hoch emporgehoben worden, und trotz dem Heulen des Windes, dem Toben der See vernahmen die Schiffbrüchigen das Krachen und Bersten, mit dem es zum letztenmal auf die Felsen geworfen wurde. Noch hing es fest, doch der nächste Brecher gab ihm den Rest.

Peder hatte den Kopf nicht gewendet. Er achtete nur auf seine »Möwe«, auf die anrollenden Wogen. Das Focksegel war zum Zerreißen gespannt, der Mast knarrte und bog sich. Aber der Sturm stand günstig für die »Möwe«, er trieb sie vor sich her.

Das Manöver des Wendens, das Beidrehen, das viermal gelungen war, drohte beim fünftenmal schief zu gehen. Die »Möwe« mußte eine seitlich anrollende See übernehmen, unter der sie fast versank. Aber noch einmal kämpfte sie sich durch, tuckerte mit unregelmäßig laufendem Motor der bergenden Landspitze entgegen.

»Es kommt!« Uwe hatte es gebrüllt. Peder brauchte sich nicht danach umzusehen. Er spürte den Brecher, der sich seitlich neben ihm hochtürmte. Als hätte die See noch einmal alle Kraft zusammengenommen, um das Rettungswerk zu verhindern, so heulte und toste sie heran. Ein Krachen und Bersten. Der Mast war mitsamt dem Segel über Bord gegangen, die Seeleute schöpften, einige halfen der Besatzung, sich von Tau, Mast und Segel freizumachen. Wollte die »Möwe« beidrehen, trieb sie hilflos ab?

Doch nein, noch hustete, tackte der Motor. Der Kutter gehorchte dem Steuer. Flügellahm, mit halb zerschlagener Bordwand kämpfte sich die »Möwe« zu der rettenden Bucht, gewann die Einfahrt und lief, eben als der Motor endgültig versagte, den sicheren Strand an.

Svein lachte über sein ganzes narbiges ölverschmiertes Gesicht. Er schwenkte die Arme. »Das war besser als die schönste Rauferei«, schrie er seinem jungen Schiffer ins Ohr. Peder nickte, während er mit staksigen Beinen von Bord ging. Er fühlte, wie er schwach wurde, und mußte sich auf die Klippen setzen. Auch die andern beiden waren fertig, ausgepumpt.

Peders erste Sorge, als er wieder zu Atem kam, galt seinem Boot. Betrübt schüttelte er den Kopf. »Mir scheint, das war die letzte Fahrt mit der ›Möwe‹«, murmelte er und das salzige Naß auf seinen Wangen kam nicht nur von den Spritzern der See.

»Mach dir keine Sorgen darum«, tröstete ihn Sigurd, der Leuchtturmwärter. »Wetten, daß dir die letzte Fahrt genug einbringt, um dir einen neuen Kahn zu kaufen.«

»Als ob es darum gegangen wäre«, brummte Peder. Seine Augen suchten die sturmgezeichneten Gesichter der Schiffsbesatzung, die er als letzte herausgeholt hatte. Dann nickte er zufrieden und ließ sich von Sigurd zum Turm hinaufführen.

Schiff in Not

Menschliche Tatkraft und technischer Fortschritt haben die Zahl der Schiffskatastrophen beträchtlich herabgesetzt, aber trotzdem werden uns hierbei immer wieder die Grenzen menschlichen Könnens gegenüber den Naturkräften klargemacht. Nirgendwo zeigen sich aber Kameradschaft, seemännische Verbundenheit schöner, als bei der Rettung aus Seenot. SOS – Schiff in Not, da gibt es kein Besinnen, kein Zögern, und wo die nächste Rettungsstation zu weit entfernt liegt, wird oft genug mit unzulänglichen Mitteln unter bedenkenlosem Einsatz des eigenen Lebens das Werk unternommen. Der Seemann weiß ja, daß es ihn selbst jeden Augenblick treffen kann, daß ihn der, den er heute rettet, morgen vielleicht von Bord seines sinkenden Schiffes holen muß.

Wenn an Herbst- und Wintertagen der Sturmball gehißt wird, wenn die Böllerschüsse schweres Wetter ankündigen, die roten Warnfeuer brennen, dann sitzen überall die Funker vor ihren Geräten und lauschen auf das SOS. An allen Küsten spähen Menschen hinaus in die dunkle Nacht, kann doch jeden Augenblick eine Rakete oder flackerndes Rot- und Blaufeuer anzeigen: Schiff in Not, SOS!

In den Häfen liegen die großen Seeschlepper unter Dampf, die Mannschaften der Rettungsboote sind alarmbereit. Mag es wie mit Urgewalten draußen rasen, mag es hageln oder regnen, mag das Wetter unsichtig, dunstig sein, wenn ein Schiff Notsignal gibt, wird auch das Unmögliche gewagt, wird in übermenschlicher Anstrengung um jedes Menschenleben gekämpft. Die deutsche Gesellschaft zur Rettung Schiffbrüchiger besteht nun fast hundert Jahre und hat in dieser Zeit bis 1940 im Jahr durchschnittlich 80 Menschen aus Seenot gerettet. Die Zahl der Geretteten stieg seither auf über 400 im Jahr an, was vor allem auf die Ausrüstung mit Funksprechgeräten und auf die Motorisierung der Boote zurückzuführen ist. Tausende freiwilliger Retter stehen an allen Küsten bereit, Fischer, Bauern, Handwerker, um den Kampf mit dem Meer aufzunehmen.

Die verbotene Höhle

»Einbrechen, stehlen und die Bäuerin niederschlagen, als sie dazukommt – soweit hat es der Sepp nun gebracht. Aber mein Vater hat schon immer gesagt, daß er einer ist, von dem man nichts Gutes erwarten kann. Schließlich muß er es ja wissen, sitzt er doch nun schon seit mehr als dreißig Jahren in der Schule zu Oberbronn und hat sie alle unter den Händen gehabt, die Buben und Mädchen unserer drei Bergdörfer.«

Der langaufgeschossene hagere Sechzehnjährige sagte es mit vor Empörung zitternder Stimme. Die Anstrengung des Bergsteigens hatte auf seine bleichen Stubenhockerwangen kreisrunde Flecke gemalt. Die Brille lief ihm an, er mußte stehenbleiben, um sie zu reinigen. »Was sagst du dazu, Martl?« wandte er sich an seinen Gefährten und blinzelte ihn aus seinen etwas wässerigen blauen Augen kurzsichtig an. Der andere war ein stämmiger, grobknochiger Bauernsohn, der dritte vom Mooslehnerhof, dem größten Anwesen von Oberbronn. Er studierte »auf geistlich«, wie die Bauern zu sagen pflegten, und genoß deshalb bereits einiges Ansehen.

»Was ich sage?« Martl schob die Mütze aus der Stirn. »So etwas gehört gut überlegt. Man kann einen jungen Burschen rasch in den Dreck stoßen, aber das Sauberwaschen hinterher geht allemal langsam.«

»In den Dreck hat er sich selber hineingezogen, der Sepp. Was ein Häkchen werden will, krümmt sich beizeiten, sagt mein Vater, und das hat der Sepp früh genug gezeigt. Erst hat er Geld aus dem Opferstock gestohlen ... «

»Nur um sich damit Brot zu kaufen. Er hat halt Hunger gehabt. Du weißt doch, seine Pflegemutter hat ihm oft genug nichts zu essen gegeben. Der Herr Pfarrer selbst ist damals für ihn eingetreten.«

»Wo kämen wir hin, wenn jeder stehlen würde, der Hunger hat«, empörte sich der Lehrersohn. »Obst stehlen, einmal ein Ei aus dem Heu holen, das sind Sünden, die jeder von uns Oberbronner Buben auf dem Gewissen hat. Aber am Opferstock hat sich bis jetzt keiner vergriffen. Und dann das gestohlene Fahrrad. Willst du den Sepp auch da reinwaschen?«

Martl runzelte die Stirn. »Es könnte schon sein, daß auch diese Geschichte nicht gar so schlimm war, Frieder. Der Sepp wollte das Fahrrad nur leihen, um auf ein Stündchen zu seiner Tante nach Auen zu fahren. Aber er ist nicht mehr dazu gekommen, es zurückzugeben, da hat ihn der Landjäger schon am Wickel gehabt. Ein ganzes Jahr haben sie ihn noch in die Zwangserziehung gesteckt.«

»Dort hat er das noch gelernt, was ihm gefehlt hat. Man weiß doch, was für Früchtchen in solch einem Heim zusammenkommen«, entrüstete sich der Lehrersohn. »Und jetzt hat er gestohlen, am Ende gar noch gemordet. Nimmst du ihn auch da noch in Schutz, deinen Sepp?«

»Mein Sepp, mein Freund ist er noch lange nicht«, versetzte Martl unwirsch. »Aber ich geb' mir halt Mühe, an das Gute im Menschen zu glauben. Freilich, wenn er das getan hat, dann ist er wirklich ein Lump, einer, mit dem es kein gutes Ende nimmt, wenn er sich nicht doch noch bessert.«

»Bessern, der! Einer, der mit zehn Jahren schon in den Opferstock griff und mit dreizehn ein Fahrrad stahl!« Frieder lachte gallig auf. Martl warf ihm einen lustigen Blick von der Seite zu: »Ich kenn' einen, dem verdankt Oberbronn den ersten Raketenstart. Richtig eingeschlagen hat es damals, erst im Kirchdach und hinterher im Lehrerhaus. Es hätte nicht viel gefehlt, und der Jugendrichter hätte sich den jungen Raketenforscher vorgeknöpft.« Frieder war das Blut bis unter die Haarwurzeln gestiegen. »Das ist doch ganz was anderes«, maulte er. »Einem künftigen Ingenieur kann man das doch nicht so anrechnen. Auch andere Forscher haben schon als Buben angefangen mit den Experimenten.«

»So sagst du, Frieder, und ich gebe dir ja auch recht. Aber an der Geschichte kannst du sehen, wie alles zwei Seiten hat. Eine entschuldbare und eine sündhafte. Die Bauern haben dich damals einen Hausanzünder genannt, dem man beizeiten das Handwerk legen sollte, und der Heiligenpfleger, der Einöd-Matthias, sprach gar von Sakrileg, von Kirchenschändung.«

»Ach der, laß mich mit dem in Ruh!«

»Ich mein' ja nur«, sagte Martl im gemächlichen Bergansteigen. »Gestern auf die Nacht habe ich mit dem Herrn Kaplan noch über den Sepp gesprochen. Er entschuldigt die böse Tat nicht, aber er hat gesagt, daß es kein Wunder sei, wenn ein Bub auf die schiefe Bahn komme, der ohne rechtes Elternhaus heranwachse, auf dem alle immer herumtraten und dem man alles, was in Oberbronn angestellt wurde, in die Schuhe schob. Er hat mich an die Geschichte von Kain und Abel erinnert, an die Aufgabe, die jeder von uns hat, seines Bruders Hüter zu sein.«

»Das ist mir zu hoch«, murrte Frieder. »Versuche einmal, einen aus dem Sumpf zu ziehen, der bis zum Hals drin steckt. Eher reißt er dich selber mit hinab, als daß du ihn 'raus kriegst.«

»Da kannst schon recht haben, aber wenn der Sepp einen richtigen Freund gehabt hätte, vielleicht wäre er auf einen andern Weg gekommen.«

»Hätt' er sich halt einen gesucht. Es gibt genug Buben in Oberbronn«, versetzte der Lehrersohn.

»Hat ja keiner mit ihm zu tun haben wollen, mit einem, der schon gestohlen und in der Kirche eingebrochen hat.« Martl schlug sich an die Brust. »Mea culpa, auch ich bin dem Sepp immer ausgewichen in den großen Ferien.«

»Einbrechen, morden und dann davonlaufen, flüchten. Wo er wohl stecken mag? Die Polizei wird ihn bald genug schnappen«, malte sich Frieder das gruselige Abenteuer, das die Eintönigkeit des dörflichen Alltags so angenehm unterbrochen hatte, weiter aus. »Hier dürfte er sich nicht mehr sehen lassen, ich glaube, die Bauern hängten ihn am nächsten Baum auf.«

»Schau einmal dort hinauf zum Höllenloch. Da klettert doch einer!« Martl war stehengeblieben und schützte die Augen mit der Hand. »Es ist der Alisi, der Schafbub vom Angerer. Er trägt was in der Hand.«

»Ein Bündel«, bestätigte Frieder, der zum Fernglas gegriffen hatte. »Da, jetzt steigt er ein. Er weiß doch, daß der Zutritt zu der gefährlichen Höhle verboten ist.«

»Was hat der Alisi im Höllenloch verloren?« murmelte Martl.

»Schau, er ist schon wieder da«, unterbrach ihn Frieder. »Das Bündel hat er nicht mehr. Ob er irgend etwas versteckt hat, ein paar Gamskrucken? Am Ende wildert der Senn vom Angerer-Bauern, und die Höhle ist sein Versteck.«

Martl schmunzelte. »Ich glaube, du liest zuviel Kriminalromane. Siehst überall Einbrecher und Wilderer. Aber irgend etwas stimmt da nicht, da geb' ich dir schon recht. Weißt du was, wir biegen ein Stück ab und passen den Alisi ab. Es gibt nur einen Einstieg in die Wand.«

Frieder nickte. Geduckt huschten die beiden Freunde durch die Felsen. Sie brauchten nicht lange zu warten. Über ihnen knirschte es im Gestein, ein paar Geröllbrocken flogen aus der Wand. Dann tauchte der Schafbub auf. Sein Gewissen schien nicht ganz rein zu sein, denn scheu sah er sich nach allen Seiten um, und zu Tode erschrocken schrie er auf, als Frieder plötzlich auf ihn lossprang, während ihm Martl den Talweg verstellte.

»Haben wir dich«, lachte der Lehrersohn. »Was hast du denn da droben getrieben im Höllenloch?«

Der Alisi hatte sich gefaßt. Sein rundes, sommersprossiges Gesicht bekam wieder Farbe. »Hab' halt hineingeguckt. Ihr seid ja auch schon drin gewesen trotz dem strengen Verbot. Was geht's euch an, was ich treibe!«

»So einfach kommst du uns nicht davon«, mischte sich Martl ein. »Wir haben gesehen, daß du etwas versteckt hast in der Höhle. Heraus mit der Sprache, sonst hält dich der Frieder so lange fest, bis ich hinaufgeklettert bin und nachgeschaut habe.«

Die Augen des Schafbuben suchten nach einem Fluchtweg. »So laßt mich doch in Ruh. Glaubt es doch, es ist nichts Unrechtes. Und ich muß zurück auf die Alm, sonst merkt es am End der Senn, daß ich weg war.«

»Wir sagen ihm Bescheid, wenn du nicht herausrückst mit der Wahrheit.« Der Schafbub druckste und würgte. Er saß in der Klemme. Erst als ihm die beiden Freunde hoch und heilig gelobten, ihn nicht zu verraten, bequemte er sich zum Geständnis: »Der Sepp sitzt in der Höhle, der Leitner-Sepp.«

»Der Mörder?« Frieder prallte geradezu zurück bei dieser Eröffnung. Der Schafbub nickte. Doch dann fuhr er hastig fort: »Ein Mörder ist der Sepp gewiß nicht, überhaupt, mit der Lumperei vom Ganterhof, mit dem Einbruch hat er gar nichts zu tun.«

»Du mußt es ja wissen«, höhnte Frieder. »Warum ist er dann davongelaufen, warum hält er sich versteckt?«

»Weil man doch sein Taschenmesser im Ganterhof gefunden hat, weil ihn der Landjäger suchte, weil alle ihn für den Täter hielten«, sprudelte der Alisi hervor. »Aber er hat's mir aufs Kreuz geschworen, daß er unschuldig ist. Sonst hätte ich ihm nicht geholfen. Das Messer hat er vor acht Tagen verloren. Irgendeiner hat es gefunden, der Einbrecher vom Ganterhof. Der Sepp ist nicht so schlimm, wie ihr meint. Er hat mir im Frühling geholfen, den Schafbock vom Hochgöll herunterzuholen, der sich verstiegen hatte. So, jetzt wißt ihr alles, nun laßt mich laufen.« Der Bub wollte an Frieder vorbeidrängen. Doch zögernd blieb er stehen.

»Ob der Sepp noch in der Höhle ist, weiß ich nicht«, sagte er. »Seit vorgestern hat er das Essen und die Kerzen, die ich ihm zutrug, nicht mehr geholt. Vielleicht ist er fort in die Berge, oder der Teufel hat ihn geholt. Nicht umsonst ist das da droben das Höllenloch. Kann schon sein, daß er abgestürzt ist in eine Klamm. Jetzt aber muß ich fort.«

Weg war der Schafbub. Die beiden Freunde setzten sich in die Felsen. Aus ihrer geplanten Bergwanderung wurde heute doch nichts mehr. Da war ihnen ja ein richtiges Abenteuer in den Weg geraten.

»Was machen wir?« grübelte Frieder. »Das klügste wäre wohl, wir sagten dem Bürgermeister Bescheid.«

»Und dein gegebenes Wort?«

Unter Martls Blicken errötete der Lehrersbub. »Aber hier geht es doch um ein Verbrechen«, brauste er auf.

»Zunächst geht es um ein Menschenleben«, versetzte der andere nachdenklich. »Wenn der Sepp sich in der Höhle verstiegen hat ...«

»Dann ist er verloren«, fügte Frieder schaudernd hinzu. »Wer im Höllenloch vom rechten Weg abkommt, den martern die Finsternis, die Stille, bis er die Nerven verliert und abstürzt.«

»Wenn er aber nur irgendwo festsitzt, wenn er lebt und auf ein Wunder hofft ...«

»Du meinst, wir sollten Hilfe rufen, den Rettungsdienst alarmieren? Da müßten wir aber doch auch unser Wort brechen.«

»Bis der Rettungsdienst kommt, vergehen Stunden, wohl gar ein ganzer Tag«, grübelte Martl. »Und unser Wort müßten wir brechen, freilich, um ein Leben zu retten.« Der Bauernsohn von Oberbronn nahm es ernst mit seinem Studium, mit dem hohen Amt, das er einmal ausüben wollte. Er geriet in Zwiespalt mit sich selbst. Was war hier das richtige? »Wenn wir versuchten, den Sepp herauszuholen? Der Alisi sprach von Kerzen, die er droben versteckt hat. Was meinst du, Frieder? Seil und Pickel haben wir dabei, aufs Klettern verstehen wir uns. Los, machen wir den Versuch. Da ist ein Mensch in Not ...«

»Vielleicht, nein sicher, ein Verbrecher«, wandte Frieder ein.

Martl sah ihn fest an. »Das kann dein Ernst nicht sein. Zu allererst kommt der Mensch, der Bruder, dann erst das andere.«

»Das schon, aber wer einsteigt in das Loch, der begibt sich in Lebensgefahr. Nicht umsonst hat man es so streng und unter Strafe verboten. Ist es der Sepp wert, daß wir uns so einsetzen?«

»Und wenn uns der Herrgott einmal nach unserem Bruder Abel fragt?«

Frieder suchte das Unbehagen, das ihn bei den Worten des Freundes beschlich, mit einem halben Lachen abzuschütteln: »Mir scheint, deine Vergleiche hinken. Der Kain, der Gezeichnete, sitzt im Loch, nicht der schuldlose Abel.«

Martl schluckte eine zornige Antwort hinunter. »Wenn schon, so werden wir doch zum Kain, wenn wir den Sepp im Stich lassen. Bedenke doch, Frieder, da sitzt vielleicht ein Mensch in Not, ein junger Bursche wie du und ich. Das ganze Leben liegt noch vor ihm. Wer weiß, was der Herrgott mit dem Sepp vorhat. Von uns fordert er das Leben unseres Bruders, wir müssen ihm beispringen, damit er das, was Gott von ihm verlangt, vollbringen kann, und sei es nur die Buße für eine schlimme Tat. Wie ist es? Kommst du mit?«

»Natürlich komme ich. Im Grunde hast du recht. Ich habe das alles nicht so bedacht. Na ja, schließlich ist es ja dein künftiger Beruf, dir über solche Dinge Gedanken zu machen. Also steigen wir auf. Hoffentlich liegen genügend Kerzen bereit. Das heißt, meine Taschenlampe steckt im Rucksack, die Batterie ist neu. Damit kommen wir zwei, drei Stunden weiter. Lachen müßte ich ja, wenn der Sepp gar nicht mehr in der Höhle wäre.«

»Um so besser«, nickte Martl, der bereits im Fels stand.

Das Höllenloch trug seinen Namen nicht zu Unrecht. Schwarz und finster

gähnte es den beiden jungen Burschen entgegen, als sie in dem schmalen
Spalt standen, der vor ihnen die Wand zerrissen hatte. Gleich den Zähnen
eines Ungeheuers ragten scharfkantige Zacken von oben herab.

Rasch gewöhnten sich die Augen an das Dämmern des Vorraums. Das
Versteck, in dem der Schafbub das wenige verwahrt hatte, was er ohne
Aufsehen hatte beiseite schaffen können, war bald entdeckt. Vor allem lag
den Freunden an den Kerzen. Vier Stück. Wenig genug, aber es mußte zusammen mit der Taschenlampe ausreichen. Frieder machte das Seil los.

Martl dachte an alles. Das Schnapsfläschchen, das Verbandspäckchen, die
wichtigsten Dinge für Erste Hilfe steckte er in die Taschen. »Noch etwas
Proviant«, murmelte er. »Die Rucksäcke lassen wir hier liegen, sie hindern
nur.«

Wie immer auf ihren Bergtouren, schritt Frieder, der leichtere, der bessere
Kletterer, voran, während ihn der verläßliche Martl sicherte. Der letzte
Tagesschimmer hinter ihnen erlosch. Jetzt nahm sie die Finsternis, das un-
durchdringliche Dunkel auf. Nur ihre Schritte, ihre Atemzüge waren zu
vernehmen und ab und zu ein Tropfenfall, der Pulsschlag der Ewigkeit.

Der Gang verengte sich und führte steil in die Tiefe. In einer Nische fanden sie einen Bund Heu mit einer alten zerrissenen Wolldecke. »Hier hat er
gesessen. Siehst du, dort stand seine Kerze, der Fels ist voller Stearin.«
Frieder entging nichts. »Vielleicht ist er wirklich in die Berge geflüchtet,
über die Grenze nach Süden«, sagte er. »Es muß ja schrecklich für einen
Menschen sein, ganz allein in der Höhle!«

»Es kann auch sein, daß er den zweiten Ausgang suchte, von dem eine
Höhlenforschergruppe einmal erzählte. Er wollte auf alle Fälle einen Fluchtweg haben, wenn er entdeckt, gejagt würde«, gab Martl zu bedenken.

Sie setzten die Wanderung fort. Das Licht der Taschenlampe geisterte über
die nassen Wände, ließ sie in zauberhaftem Schein aufleuchten. Der Pfad
wurde beschwerlich, glitschig. Da und dort taten sich Spalten auf, und nun
führte der Weg kaum fußbreit über einem finsteren Schlund dahin.

Einmal trat Martl einen Stein los. Lauschend beugten sich die Freunde
über die Wand. Es währte lange, ehe sie den harten Aufprall vernahmen.
»Wer hier einen Fehltritt tut, dem ist nicht mehr zu helfen«, flüsterte Frieder. Der Schein der Taschenlampe konnte das brütende Dunkel der Tiefe
nicht erhellen.

Von Zeit zu Zeit blieben die Freunde stehen und riefen laut. Aber nur das
Echo und der Tropfenfall gaben ihnen Antwort. Und nun verschlang das
Rauschen unterirdischer Gewässer jeden Laut. Durch einen Kamin mußten

sich die Freunde abseilen, über eine Wand klettern. Einmal glitt Frieder aus, hing für Augenblicke über dem brausenden Wildwasser.

Zahllose Seitengänge taten sich auf. Welchen sollten sie untersuchen? Viele bargen tückische Gefahren. Wie lange waren sie nun schon in der Höhle? Martl warf einen Blick auf seine Armbanduhr. »Zwei Stunden«, sagte er. »Ob wir einmal rasten, überlegen? Wir könnten das Licht so lange löschen.« Frieder schüttelte den Kopf. »Rasten, hier in der Kälte! Meine Hände sind ganz klamm. Suchen wir weiter. Aber eines steht fest: Es ist unmöglich, alle die einzelnen Gänge zu durchforschen, dazu wären zehn, zwölf Gruppen nötig. Und wie leicht könnten wir uns verirren.«

»Pst, hörst du nicht? Da, wieder!« Martl hatte Frieder am Arm gepackt. »Das Bergnotsignal, das ist der Sepp!«

»Es kommt dort vorn aus dem niedrigen Stollen«, rief Frieder. Martl glaubte es aus einem Seitengang hallen zu hören, schwach, kaum vernehmbar. Doch nun wußten sie es gewiß. Aus einem tiefen, dunklen Schacht zur Linken ertönte der Hilferuf.

Zweimal mußten die Freunde Spalten überspringen. Das Licht der Taschenlampe wurde schwach und schwächer. Nun flackerte die erste Kerze in den Händen des Voranschreitenden. »Wir kommen, wir kommen!« dröhnte ihr Ruf, und der schwachen Antwort war die Freude anzuhören. »Hilfe, Hilfe!« Nun standen die Freunde an einem jähen Absturz. Von da unten kam der Ruf. Der Schein der Kerze reichte nicht bis hinab zu dem Verunglückten. Martl wollte den Freund beiseitedrängen. Aber Frieder stemmte sich ein. »Du übernimmst die Sicherung. Ich hab' an dem da unten etwas gutzumachen. Während wir ihn suchten, sind mir manche Gedanken durch den Kopf gegangen. Martl, ich schäme mich, daß ich so hart und lieblos urteilte.«

»Schon gut«, lächelte der Freund. »Durch deinen Einsatz ist das alles längst wettgemacht. Und nun los! Hallo, Sepp, wo hängst du?«

»Hier unten über einem Abgrund an einem Felszacken. Wie lange, ich weiß es nicht, eine Ewigkeit. Helft mir, ich kann nicht mehr!«

Es war eine schwere Arbeit für Frieder, sich zurechtzutasten. Endlich hatte er festen Stand und konnte eine Kerze anstecken. Ihr zuckendes Licht fiel in ein blasses abgemagertes Gesicht. »Sepp!«

»Dem Herrgott sei Dank, daß ihr gekommen seid! Ich glaube, ich hätte es keine Stunde mehr ausgehalten in der Dunkelheit, in der Kälte.«

»Wart, ich seile dich an, und dann schaffen wir dich hinauf. Der Martl steht oben, der hat Kräfte wie ein Bär. Geht es so?«

Sepp richtete sich mit zitternden Beinen auf. Ein Schluck aus der Flasche weckte seine Lebensgeister. Nun kam das schwerste. Während Martl oben langsam das Seil einholte, schob und drückte Frieder den Verunglückten vor sich her, wobei er manchmal kaum für einen Fuß einen Halt fand.

Gerettet! Eben als die letzte Kerze zuckend verlosch, erreichten die drei den Höhleneingang. Sie hatten mit Rücksicht auf Sepp nur langsam gehen können. Nun saßen sie in der Spalte im hellen Licht des Tages.

Sepp atmete tief und befreit auf. Er lächelte schwach. »Soviel steht fest, ich geh nie mehr in das Höllenloch hinein, und wenn zehn Landjäger, wenn das ganze Dorf mit Sensen und Dreschflegeln hinter mir her wäre.« Und dann nach einer Pause: »Was ist mit der Bäuerin, mit dem Einbrecher?«

Martl und Frieder tauschten einen Blick. »Wir wissen, daß du unschuldig bist«, sagte der Lehrersohn. »Der Alisi hat es uns gesagt.« Er stockte, fuhr dann aber entschlossen fort: »Und – und wir glauben dir, trotz dem am Einbruchsort gefundenen Messer.«

Es leuchtete auf in den großen Augen, die heiß und brennend in dem unschönen, knochigen Bubengesicht standen. »Ihr glaubt mir! Ja, ich bin unschuldig. Hätte ich es getan, da unten in der schrecklichen Dunkelheit hätte ich es eingestanden, Buße und Besserung gelobt, nicht ein-, nein, hundertmal. Gott sei Dank hat mir keine solche Tat das Gewissen belastet. Das andere, das liegt ja schon lange zurück, es waren wohl mehr Bubenstreiche. Hab' ich Schuld auf mich geladen, da drunten habe ich sie gebüßt«, fügte er schaudernd hinzu.

Martl hatte richtig vermutet. Sepp, von der Stille und Dunkelheit bedrückt, war auf der Suche nach dem zweiten Höhlenausgang gewesen und dabei abgestürzt. So nach und nach wurde er ruhiger und erinnerte sich an alles. Was aber nun? »Ich will dir etwas sagen, Sepp. Wir bringen dich am Abend zum Pfarrhof. Was in deinem Fall geschehen soll, das braucht den Rat von erfahrenen Männern, von Leuten, die es gut mit dir meinen.«

»Vielleicht hat man den wahren Täter schon gefunden«, versuchte Frieder zu trösten. Sepp schüttelte den Kopf. »Die haben doch nicht nach einem andern gesucht. Alle hielten mich für den Einbrecher, den Mörder.«

»Mörder? Die Bäuerin ist nicht tot, nur schwer verletzt. Vielleicht hat sie den Täter gesehen«, sagte Martl in seiner ruhigen, bedächtigen Art. Wieder sollte er recht behalten. Als sich die drei Burschen spät am Abend von hinten über den Friedhof an das Pfarrhaus heranschlichen, da hätte es der abenteuerlichen Heimlichtuerei gar nicht mehr bedurft.

Der Einbrecher vom Ganterhof, ein früherer Knecht, war flüchtig und wurde bereits steckbrieflich gesucht. Die Bäuerin hatte, aus schwerer Bewußtlosigkeit erwacht, das Geheimnis aufgeklärt. Das Messer des Sepp hatte einer der Ganterbuben gefunden und auf der Ofenbank liegenlassen. Dort ergriff es der Einbrecher und versetzte der Bäuerin, die ihn überraschte, ein paar Stiche.

»Geh nur heim zu deinem Meister«, sagte der Pfarrherr gütig, »oder noch besser, ich will dich hinbringen. Schelten darf er dich nicht wegen deiner unüberlegten Flucht. Du hast, weiß Gott, genug ausgestanden als unschuldig Verfolgter.«

Sepp lächelte. »So schlimm will mir's nicht mehr scheinen, Hochwürden, hat es mir doch zwei gute Freunde eingetragen, und das ist schon ein paar Stunden Angst und Not wert.«

Geheimnisse der Tiefe

Mehr als 2000 Höhlen kennen wir in den Alpen. In den Pyrenäen und in der Karstlandschaft Jugoslawiens gibt es gewaltige Höhlenlabyrinthe. Die Mammuthöhle in Kentucky hat eine Länge von über 300 km, und eine südfranzösische Höhle reicht bis in eine Tiefe von 658 Metern hinab.

Ein Drittel allen Wassers, das als Regen oder Schnee auf der Erdoberfläche niedergeht, fließt unterirdisch ab, höhlt und nagt im Gestein. Welche Gewalten da am Werke sind, kann man am besten an den Trümmelbachfällen bei Lauterbrunnen im Berner Oberland beobachten. Dort hat man einen Tunnel in den Berg gegraben, um die vom Jungfraumassiv abfließenden Schmelzwasser bei der Arbeit im Berginnern beobachten zu können.

Wie aus einem gewaltigen Strahlrohr schießt das Wildwasser aus einer Felswand heraus über eine Schlucht hinweg, um in einem Schacht, den es in die gegenüberliegende Wand gegraben hat, wieder zu verschwinden. Wasserstaub liegt wie Nebel in den düsteren Schächten, die das Zischen und Rauschen des tobenden Wildbaches erfüllt.

Höhlenwanderungen haben ihren besonderen Reiz. Das über die Wände gleitende Licht läßt Gesteinsformationen von ungewöhnlicher Schönheit auftauchen und versinken. Lauscht man, so vernimmt man den Tropfenfall. In dieser absoluten, unwirklichen Stille wird er zum Sekundenschlag der Ewigkeit. Und welche Schönheiten offenbaren sich dem Tiefenforscher, wenn er auf Tropfsteingebilde stößt, auf die von der Decke herabhängenden Stalaktiten und die vom Boden aufwachsenden Stalagmiten, beide von dem im fallenden Wassertropfen enthaltenen Kalk in Jahrtausenden abgelagert.

Nicht unerwähnt seien auch die Höhlen, an deren Wänden wir noch heute Zeichnungen, eingeritzte Bilder von der Hand der Eiszeitmenschen finden.

Die Rache des Torero

Es war Tonets erstes Auftreten in der Arena von Madrid. Eigentlich hätte der junge Espada darauf stolz sein können, daß er, kaum einundzwanzigjährig, vor dem verwöhnten Publikum der Hauptstadt auftreten durfte, um zwei Jungstiere zu töten. Aber er hatte erfahren, daß mit ihm zugleich Juan Ibarra kämpfen sollte, Juan, der Proletarier, wie ihn Tonet im Kreise seiner Vertrauten höhnisch nannte, war es doch allgemein bekannt, daß dieser junge Matador der Sohn eines Landarbeiters aus der Huerta war. Tonet konnte sich rühmen, der Sproß einer Familie von Stierkämpfern zu sein. Schon sein Großvater hatte in der Arena gestanden, sein Vater hatte die Väter und Großväter der heutigen Zuschauer zu Begeisterungsstürmen hingerissen. Keiner hatte die stolze gefährliche Kunst des Stierkampfes so gründlich in all ihren Feinheiten erlernt wie der junge, gertenschlanke, geschmeidige Tonet. Er spielte und kämpfte mit den Stieren nach der alten Schule, die von Kennern so hoch geschätzt wurde. Ganz anders sein gleichaltriger Rivale, der Arbeitersohn aus der Huerta.

Juan hatte sich den Ruf beispielloser Tollkühnheit erworben. Er kniete vor den bis zur Raserei gereizten Stieren in den Sand, berührte ihre Nüstern mit der Muleta, Mätzchen, die man früher nie in der Arena geduldet hätte und die von vielen Verehrern des blutigen Spiels verachtet wurden. Aber die Jugend flog diesem verwegenen, hochgewachsenen, breitschultrigen Burschen zu. Er begeisterte sie, riß sie mit, wenn er toll wie der Teufel auf seine Stiere losstürzte, ihnen die Klinge mit geübtem Stoß in den Nacken trieb. Freilich, bislang hatte auch Juan nur mit Jungstieren gekämpft. Gelang es ihm heute so gut wie bisher, dann würde ihm in wenigen Wochen nach dem Töten eines ersten ausgewachsenen Stieres ein berühmter Matador in der Arena Degen und Muleta überreichen.

Das war das Ziel, dem jeder junge Espada zustrebte. Tonet biß sich wütend auf die Lippen, sooft er an den Nebenbuhler dachte. Er war Juan schon mehrmals begegnet, und im Anfang hatte er den jungen Landarbeitersohn sogar gut leiden mögen. Vielleicht wären sie Freunde geworden, wenn sie eben nicht Konkurrenten gewesen wären.

Es war ganz klar, wie es kommen mußte. Juan trat als erster auf und würde die Zuschauer mitreißen, mit seiner Verwegenheit verblüffen. Dagegen mußte notgedrungen Tonets feinere, geschliffenere Kunst verblassen. Sicher fehlte es auch ihm nicht an Beifall, aber der Held des Tages würde doch Juan Ibarra sein.

Ehrgeiz, Eifersucht, Neid nagten an Tonets Seele, trieben ihn zur Arena, wo er mit dem alten Aufseher des Corrals eine lange und recht wichtige Besprechung hatte. Wer kannte die Stiere besser als Señor Paco, der die von dem Veranstalter der Kämpfe angekauften Stiere mit seinen Hirten draußen vor der Stadt oder in den nahen Bergen zu weiden pflegte. Sie waren seine Kinder, seine Freunde. Von jedem einzelnen konnte er es vorhersagen, wie er sich in der Arena benehmen würde: tückisch, hinterlistig der dort mit den hellen Hörnern, jäh und unbesonnen jener andere mit dem ausgefransten linken Ohr, langsam und schwer zum Zorn zu reizen, jener untersetzte, plumpe, aber wehe, wenn er warm wurde, der Matador, der ihn vor die Klinge bekam, mochte auf der Hut sein.

Tonet und der alte Paco kannten einander. Schon für den Vater des jungen Espada hatte der Graukopf oft besonders gute Stiere ausgewählt. Erst standen die beiden Männer, der alte und der junge, plaudernd beisammen, rauchten eine Zigarre, sprachen über die Aussichten der einzelnen Helden der Arena. Auf Umwegen kam Tonet auf sein Anliegen zu sprechen. Es ging ja um nichts als um einen drolligen Streich, den er Juan spielen wollte. Etwas ganz ähnliches hatte man ihm auch schon einmal angetan.

Ein dickes Bündel Geldscheine drückte der junge Espada dem Alten in die schwielige Rechte. Der alte Paco grinste. »Nichts leichter als das«, meinte er, indem er sich zu Tonet niederbeugte und dabei auf die Stiere wies. Die Knechte, die in der Nähe waren, brauchten ja nichts von dem heimlichen Geschäft zu ahnen, das hier abgeschlossen wurde.

Leichten Herzens verließ Tonet die Arena. Er lächelte, pfiff einen Schlager, warf den Señoritas, die ihm begegneten, feurige Blicke zu. Bei jedem Schritt wippte das Abzeichen seines Berufes, das kurze Zöpfchen im Nacken, lustig auf und nieder. Man würde ja sehen, wie die Corrida am Sonntag verlief. War das, was er getan hatte, so schlimm? Tonet suchte vor seinem eigenen Gewissen nach Entschuldigungen. Sein Vater, sein Großvater hätten solche Tricks nicht nötig gehabt. Damals bestand das Publikum bei den Kämpfen aus kunstverständigen Männern und Frauen, die Eleganz und Geschmeidigkeit, vollendete Meisterschaft zu würdigen vermochten. Während heutzutage ... Er schnaufte verächtlich. Dieser nach Schweiß und billigem Parfüm riechende Pöbelhaufen wollte rohe Kraft und Verwegenheit, die eigentlich halber Selbstmord war, sehen. Man mußte die Zuschauer dazu erziehen, die wirkliche Schönheit der Corrida schätzen zu lernen, und das ging nun einmal nicht ohne einen kleinen Trick. Tonet zuckte die Schultern, als wollte er irgend etwas Unangenehmes abschütteln. Aber es gelang ihm nur halb. Da zischelte ihm immerzu eine scharfe, böse Stimme ins Ohr: »Das war die Tat eines Schurken!«

Erst als er vor der Tür des Caféhauses saß, von einigen Bewunderern junger Talente umgeben, und beim Rauchen dafür sorgte, daß seine beiden Brillantringe auch gehörig funkelten und glitzerten, hörte das Bohren und Brennen in seinem Innern auf.

Nun stand Tonet mit seinen Gefährten, den Banderillos und Picadores, auf der großen Plaza. Er unterhielt sich halblaut mit einigen bejahrten Aficionados, Kennern, und warf keinen Blick auf Juan Ibarra, der seinen ersten Jungstier aus der gefürchteten Miurazucht mit der ganzen Tollkühnheit reizte, die man von ihm erwartete. Ah, dieser Junge aus der Huerta! Er würde einer der Könige der Arena werden, wohl gar der erste Matador der Welt, wenn er hielt, was er versprach, wenn er ausgewachsene Stiere ebenso behandelte! »Olé, olé!« klang es ein über das andere Mal von den Rängen als Belohnung für eine besondere Leistung. War es nicht großartig, wie dieser Junge, ohne die Füße auch nur um einen Zoll zu verrücken, die dolchspitzen Hörner des rasenden Stieres haarscharf an seiner Seite vorbeirasen ließ? Der Beifall schwoll an zum Orkan, als Juan seinen Stier mit einem einzigen Stich, wie es sein sollte, tötete.

Mit gespannter Erwartung richteten sich alle Augen im weiten Rund auf den zweiten Anfänger, auf den jungen Tonet. Schon seit Tagen sprach man von ihrem gemeinsamen Auftreten, schloß Wetten darüber ab. Es war ganz klar, nur einer von ihnen würde heute siegen, die Hauptstadt für sich erobern. Nach dem meisterhaften Kampf Juans gab es für viele keinen Zweifel mehr. Juan Ibarra hieß der Held des Tages.

Auf den Rängen witzelten die Anhänger des hünenhaften Arbeitersohnes über den überschlanken Tonet: »Der Stier wird Mühe haben, diese dünne Bohnenstange mit den Hörnern zu finden.«

»Abwarten!« riefen andere dagegen. »Noch hat Tonet nicht gezeigt, was er kann. Einer aus der alten Schule, ein Torero, der sich an die Regeln der hohen Kunst hält.«

Der Streit wurde hitziger, Apfelsinen, leere Flaschen flogen. Aber ehe die Aufseher einzugreifen brauchten, wurde es still in der Runde. Der Stier hatte die Arena betreten, ein ebenmäßig gewachsenes schönes Tier mit weitgeschweiften hellgelben Hörnern. Herausfordernd brüllte der Toro und stampfte mit den kleinen Hufen den Sand, daß eine Staubwolke aufstieg. Ah, das war das richtige, ein Toro, wie er sein sollte!

Tonet zeigte, was er konnte. Seine Capa flog, er schnellte in fabelhafter Beweglichkeit zur Seite, wenn der Toro anraste. Da – atemlose Stille: Ein Picador der Cuadrilla des jungen Espada lag hilflos vor den spitzen Hörnern des schwarzbraunen Stieres. Vergebens alle Ablenkungsversuche, gleich mußte der Zusammenstoß erfolgen. Doch nein, der Matador war im letzten Augenblick tollkühn zwischen den Gestürzten und den Stier gesprungen. Es gelang ihm, den Toro abzulenken, freilich wohl nur, weil sich gleichzeitig der bärenstarke Pablo an den Schwanz des Stieres gehängt hatte.

O ja, auch die Neider und Gegner mußten zugeben, der junge Tonet verstand die Kunst, aber er spielte sie fast zu vollendet aus. Der Stier lief wie an unsichtbarem Strick gezogen hinter ihm her, schien nur da zu sein, um die fabelhafte Geschmeidigkeit und die spielerische Sicherheit des jungen Espada zu zeigen. Die Darbietung ließ die breite Masse trotz aller Vollendung kalt, nachdem sie zuvor ein Spiel auf Leben und Tod, die alle Regeln verachtende Wildheit Juans gesehen und genossen hatte.

»Olé, olé!« suchten die Anhänger Tonets Stimmung zu machen. Ein paarmal rauschte auch der Beifall auf, besonders als er den Stier ebenso meisterhaft wie der Landarbeitersohn tötete, aber Tonet, der scharf hinhörte, vermißte das ungebändigte Schreien, Gestikulieren, Rasen seiner Landsleute. Eben vorher war die Arena unter dem Beifall fast zusammengebrochen.

Es gab keinen Zweifel. Wenn Juan seinen zweiten Stier ebenso verwegen hetzte wie den ersten, dann stand ihm die höchste Ehrung bevor, die eigentlich nur den Meistern der Zunft dann und wann nach besonders schönem Kampf gewährt wurde. Ein Diener würde ihm auf den Wink des Präsidenten die Ohrspitze des Toros überreichen.

Nagende Eifersucht, bange Zweifel im Herzen stand Tonet an die eisernen Schranken gelehnt und spielte den Gleichgültigen. Trompetensignale. Der Toro kam hereingetrabt. Das Publikum feuerte den jungen Juan an. »Zeig, was du kannst! Pack ihn an den Hörnern, schlag ihn aufs Maul!« schrien die jungen Burschen außer sich vor Erwartung. Und Juan versuchte sein Glück. Aber welch jämmerliche Enttäuschung!

Sein zweiter Stier war ein erbärmlicher Feigling, der, anstatt zu kämpfen, vor den Banderilleros flüchtete. Vergebens spornten die Picadores ihre hageren Mähren. Der Toro lief ihnen davon, und als es endlich gelang, ihm doch einige Verletzungen beizubringen, wurde er nur noch ängstlicher. »Zugochse, feiges Vieh! Feuer, Feuer!« tobte es auf den Rängen. Aber auch die glühenden Stäbe, die dem Stier nun in den Nacken gestoßen wurden, die sein Fell, sein Fleisch verbrannten, weckten seinen Zorn nicht. Juan war gezwungen, den von seiner Cuadrilla umstellten Toro abzuschlachten. Nicht ein einziges Mal konnte er seine Tapferkeit, seine Tollkühnheit zeigen. Ein echter Miurastier, einer aus der Zucht, deren Mut und Kampfesfreude sprichwörtlich war! Welch eine Enttäuschung!

Wohl fehlte es Juan nicht an Beifall. Man wollte ihm zeigen, daß man ihm die Feigheit des Stieres nicht anrechnete. Das nächstemal würde der Junge aus der Huerta um so besser sein. Aber das änderte nichts daran. Juan hatte eine Niederlage hinnehmen müssen bei seinem ersten Auftreten in Madrid.

Kein Wunder, daß Tonet die Herzen zuflogen. Sein Stier war ein mutiger Kämpfer, der ihm und seiner Cuadrilla alles abverlangte und der sich erst nach erbitterter Gegenwehr geschlagen gab. Dreimal mußte Tonet, zum tödlichen Stich bereit, zur Seite schnellen, weil der Toro, endlich in die richtige Stellung gebracht, wutschnaubend losbrach. Endlich gelang der Todesstoß, und der Beifall umtoste den jungen schlanken Burschen, der sich nach allen Seiten verneigte, die Muleta schwenkte und stolzen Schrittes zur Präsidentenloge schritt. Er hatte gesiegt. Freilich, die Wettenden gerieten sich in dieser Nacht in die Haare. Der Sieg Tonets wurde angezweifelt. Er verdankte seinen Doppelerfolg nur dem Versagen eines Stieres.

Das alles lag nun schon ein paar Jahre zurück. Aus Juan und Tonet waren zwei berühmte Matadore geworden. Niemand hätte zu sagen vermocht, wem die Krone zuzuerkennen war, denn jeder war in seiner Art großartig, einmalig. Als Künstler der eine, als ungebändigter Naturbursche der andere. Sie waren gelegentlich bei derselben Corrida aufgetreten, sie grüßten einander, standen wohl auch plaudernd eine Weile beisammen. Aber irgend etwas Böses, Feindseliges lauerte zwischen ihnen, wartete darauf, von der Kette gelassen zu werden. Das war kein Wunder. Ein paar Wochen nach seinem Erstlingskampf in Madrid hatte Juan Ibarra eine Begegnung gehabt, die er nie in seinem Leben vergessen würde.

In einem Café war es, wo ihn ein widerlich zudringlicher Bursche ansprach: »Nur auf ein Wort, Señor Ibarra, auf ein einziges Wort. Sie werden sogleich sehen, daß es für Sie von größter Wichtigkeit ist.«

Hochmütig, ablehnend sah der junge Matador auf den andern herab. Er öffnete schon den Mund zu einer Abweisung, als der Bursche etwas davon murmelte, daß er Stallbursche in der Arena zu Madrid gewesen sei. Juan entschuldigte sich bei den Freunden. »Auf einen Augenblick«, sagte er und setzte sich mit dem Fremden an einen kleinen Tisch.

»Was ist's, mach schnell, ich habe weder Lust noch Zeit, lange hier herumzuhocken«, murrte er, immer noch bemüht, den Abstand zwischen sich und dem Stallknecht recht deutlich zu betonen. Der andere grinste. »Sie werden sogleich entscheiden können, ob Sie mich anhören wollen oder nicht, Señor Ibarra. Ich besitze etwas, das für Sie Tausende wert ist. Ein kleines Stückchen Fell von einem Stier. Von einem ganz bestimmten Toro, von dem Feigling, der Sie um ihren Ruhm gebracht hat in Madrid.«

Für einen Augenblick vergaß Juan seinen Hochmut. Er fluchte: »Zum Teufel mit jenem Ochsen. Der Teufel muß die Hand im Spiel gehabt haben!«

»Vielleicht auch ein anderer«, grinste der Knecht. »Zum Beispiel Tonet!«

Juan griff über den Tisch und packte den Burschen am Arm. »Sprich, du hast zuviel gesagt, um noch zurück zu können. Was ist mit dem Toro, was hatte Tonet damit zu tun?«

»Bin eben dabei, Señor Juan.« Miguél, der Knecht, wurde vertraulicher. Nun hatte er den Matador, wo er ihn haben wollte. Er dämpfte die Stimme, seine Rattenaugen funkelten vor Bosheit und Gier. »Señor, bei der Heiligen Jungfrau schwöre ich Ihnen, jedes meiner Worte ist wahr, bei meiner Seligkeit, bei den Augen meiner Mutter. Ich stand dicht daneben, als Tonet Paco, dem Aufseher des Corrals, ein Bündel Scheine zusteckte. Was er dafür verlangte? Nun, nicht viel, nur daß Paco Ihnen als zweiten Stier einen Feigling in die Arena schicken sollte. Ein Stier von Miura?« Der Stallbursche grinste. »Hier, Señor, sehen Sie selbst. Dieses Stück Fell habe ich dem Toro aus der Keule geschnitten, als er hinausgeschleift wurde. Die Marke eines kleinen Züchters aus der Gegend von Sevilla.« Er schob ein Stück Fell, so groß wie eine halbe Handfläche, über den Tisch. »Was ist sie Ihnen wert, diese Marke?«

Juan Ibarra war bleich geworden. Ebenso jäh schoß ihm das Blut zu Kopf. Die Wut erstickte ihn fast. Betrogen, begaunert hatte ihn dieser Tonet. Unwillkürlich griff er nach dem Messer, während er keuchte: »Und das ist die reine Wahrheit? Wenn du lügst, Bursche, ist das dein Tod!«

Der Knecht, den der Aufseher des Corrals vor kurzem wegen Trunkenheit davongejagt hatte, zuckte nicht zurück. »Ich schwöre, Señor Juan, ich schwöre es bei der Heiligen Jungfrau.«

»Gut, gib her.« Der Matador wollte nach dem Fellstück greifen, auf dem die Züchtermarke deutlich zu erkennen war. Doch blitzschnell zog der Knecht die Hand zurück. »Erst müssen wir uns über den Preis einigen.« Juan Ibarra war nicht in der Stimmung, lange zu handeln. Er warf dem andern eine Handvoll Scheine auf den Tisch. »Her damit!« sagte er herrisch, und in seinen Augen stand eine Drohung, die es dem anderen geraten scheinen ließ, das Gespräch abzubrechen.

Es war ein Glück für Juan und Tonet, daß beide von ihren abgeschlossenen Verträgen damals weit voneinander entfernt festgehalten worden waren. Sonst hätte ihr beginnender Aufstieg wohl jäh ein Ende gefunden – mit dem Tod des einen und einer Zuchthausstrafe des andern. Die Zeit kühlte den Haß des Burschen aus der Huerta ab, aber keinen Augenblick vergaß er die Demütigung. Geduldig auf die Stunde der Rache warten zu können, das hatte man ihn schon als Kind gelehrt. Dann aber ohne Gnade zugestoßen, so hielt man es in der Huerta.

Wieder einmal hat die Arena ihren großen Tag. Tonet hatte seinen ersten Stier unter der atemlosen Stille der weiten Runde getötet. Juan, der nach ihm auftrat, entfesselte den gewohnten Beifall. Auch ein Unparteiischer hätte nicht zu unterscheiden vermocht, welcher von den beiden Espadas höher in der Gunst der Massen stand. Sie waren beide zu Meistern des Stierkampfes geworden, jeder in seiner Art.

Freilich, auch einem erfahrenen, kaltblütigen Kämpfer tritt einmal das Unwägbare in den Weg, auch den Sieggewohnten verläßt einmal das Glück. Wie im Spiel, mit einer Sicherheit, die die Zuschauer fast die Gefahr vergessen ließ, reizte Tonet seinen zweiten Stier zum Angriff, ließ ihn unter der wehenden Muleta durchschlüpfen, brachte ihn zur Raserei. Konnte der Toro dieses gold- und silberblinkende Männchen nicht packen, nicht auf die Hörner nehmen? Wieder versuchte er es, stieß mit all seiner wilden Kraft – ins Leere. Dort, keine drei Schritte vor ihm, stand der Matador, ein Lächeln wie festgefroren um die schmalen Lippen, und schwenkte das rote Tuch. »Eeh – eh! So komm doch, komm, eeh!«

Und er kam, blitzschnell mit einer unerwarteten Wendung. Noch bestand für Tonet keine Gefahr, er hob den linken Fuß, um sich herumzuwirbeln, beiseite zu werfen, da glitt er mit dem rechten auf einer halb in den Sand gestampften Banderilla aus. Den Bruchteil eines Augenblicks geriet er ins Taumeln, schon faßten ihn die Hörner. Tonet flog, eine blinkende Puppe, ein Blitzstrahl im gleißenden Licht der Sonne, hoch empor. Er stürzte,

wollte sich zur Seite wälzen, schon tauchten aus einer Wolke von Staub die spitzen Hörner des gereizten Stieres auf.

Eine letzte, verzweifelte Bewegung der Gegenwehr. Noch halb betäubt vom Sturz, versuchte Tonet sich zu erheben. Gewandt folgten die Hörner der Bewegung des blinkenden, rotgefleckten Bündels. Ringsum atemlose Stille. Die Frauen bedeckten die Augen mit Mantilla und Fächer.

Doch jetzt ein Schrei der Erleichterung, ein Aufjubeln, rasender, tobender Beifall. Nur ein Hüne wie Juan Ibarra hatte das Kunststück fertigbringen können, einen solch gewaltigen Stier zurückreißen, ihn so lange am Schwanz zu halten, seinen Ansturm zu bremsen, bis die Gefährten des Gestürzten Zeit gefunden hatten einzugreifen. Tonet stand, von zwei Banderilleros gehalten, auf den Beinen. Er straffte sich mit schmerzverzerrtem Gesicht, zwang sich zu einem Lächeln und hob winkend die Arme zum Zeichen, daß er nicht ernstlich verletzt sei. Schon wieder griff er nach Muleta und Degen. Das Publikum anerkannte seinen Ehrgeiz, seine Tapferkeit, aber es sah auch seine Blässe, das unter der zerfetzten Jacke hervorsickernde Blut. »Hör auf, das ist zuviel. Genug für heute«, riefen die Freunde, und selbst die Gegner des hochmütigen schlanken Aristokraten unter den Toreros pfiffen nicht.

Doch nun sah es auch Tonet ein, er mußte abtreten, sich erholen. »Juan ist dein Retter!« Pablo, der Getreue, gab seinem Espada einen Wink. »Er hat den Stier gehalten, kein anderer hätte es geschafft.«

Einen Augenblick lang standen sich die beiden Männer gegenüber, der hünenhafte Juan und der schlanke geschmeidige Tonet. Beide dachten an ihre erste Begegnung in der Arena zu Madrid, der eine in heiß aufloderndem altem Haß, der andere in tiefer Beschämung und Reue.

»Juan, dort steht dein Stier!« Tonet deutete auf den Toro, der mit rotunterlaufenen Augen nach einem neuen Feind suchte.

Noch hatte Tonet den Ausgang nicht erreicht, als die Arena tobte und in Beifall ausbrach. Juan hatte den Toro gefällt, tollkühn wie immer. Obwohl er schlecht stand, war er auf ihn losgestürzt und hatte ihm den Degen in den Nacken getrieben. Was kümmerte es ihn, daß Krawatte, Hemd und Jacke dabei in Fetzen gingen, daß ihn die Hörner nur um Haaresbreite verfehlten.

Da stand er, vom Beifall umtobt, von der rasenden, begeisterten Menge umjubelt. Hüte flogen durch die Luft. »Juan, Juan!« Der Ruf geleitete den geschlagenen Tonet hinaus. Und trotz seiner Niederlage und der Schmerzen lächelte er.

»Noch einmal gut abgegangen«, meinte der Arzt, der ihn untersuchte und verband. »Hätte nicht viel gefehlt . . .«

Vier Tage später begegneten sie sich in der Halle des Hotels. Juan war gekommen, sich nach dem Befinden seines einstigen Feindes zu erkundigen. Lächelnd begrüßten sie sich. »Wie es mir geht? Nun, du siehst, ich bin schon wieder obenauf. Burschen wie wir halten schon etwas aus. Alles in bester Ordnung, ich danke herzlichst.«

»Auch ich danke dir, Tonet, du hast mir deinen Stier geschenkt.«

Keiner von beiden sprach es offen aus, was zwischen ihnen in der Luft hing. Juan war zu ritterlich, von dem andern offene Abbitte zu fordern, und Tonet legte sich die Beschämung wie eine würgende Hand um die Kehle.

Nun aber sah er zu Juan auf. »Den Stier, Amigo, den war ich dir schuldig. Und nun wollen wir Freunde werden, einverstanden?«

»Einverstanden, Tonet.« Der Landarbeitersohn aus der Huerta umklammerte die Rechte des Aristokraten unter den Toreros mit einem Griff, der Tonet bei anderer Gelegenheit ein Stöhnen entlockt hätte. Seite an Seite schlenderten sie in die Bar, um ihren neuen Bund mit einem Glas Weïn zu bekräftigen.

Als Juan Ibarra eine Stunde später über die Brücke ging, griff er in seine Westentasche. Er zog ein Stück lederharter Stierhaut heraus, auf der deutlich die Marke des einstigen Besitzers und Züchters zu sehen war. In der Mitte war ein kleines Loch. Juan lächelte. Hier hindurch hatte er die Spitze seines Messers bohren wollen, ehe er es dem Todfeind in die Rippen stieß. Jetzt ließ er das Stückchen Haut, das ihn soviel Geld gekostet hatte, achtlos über die Brüstung gleiten. Er sah ihm nach, wie es in das Wasser klatschte, wie sich Ringe ausbreiteten und allmählich verebbten.

Auf in den Kampf ...

Das Abreagieren unterdrückter Leidenschaften wird häufig für die Stiergefechte und Hahnenkämpfe der Gegenwart als Grund angeführt. Es sind durchweg höfliche, friedfertige Menschen, die sich regelmäßig am blutigen Kampfspiel begeistern. Schon in alter Zeit tötete man in Spanien Stiere und wilde Tiere in Kampfspielen. Maurische und christliche Caballeros kämpften mit Lanze und Schwert im Zirkus. Aber es gab damals keine Berufstoreros, keinerlei bestimmte Vorschriften für die Kampfführung. Erst nach dem Zeitalter der Entdeckungen, nach der Eroberung der neuen Welt, nach Beendigung der großen Kriege in Flandern und Italien kamen in Spanien die Stierkämpfe in der uns noch heute bekannten Form auf.

Der Vergleich mit den Gladiatoren- und Tierkämpfen im alten Rom drängt sich auf. Sie begannen erst, als Rom keine Kriege mehr führte. Niemand hatte zur Zeit der Kämpfe mit Etruskern und Samniten oder während der Punischen Kriege an Zirkusspielen Interesse.

Im 18. Jahrhundert entstanden in Spanien die Plazas, die Arenen, wurden feste Regeln für den Kampf aufgestellt und die Cuadrillas gebildet mit streng abgegrenzten Gängen für den Picador, der dem Stier mit der Lanze zu Pferd entgegentrat, für den Banderillero, der ihm die bändergeschmückten Hakenstäbe ins Genick stieß, für den Matador, der ihm den tödlichen Stich versetzte. An die Stelle der mittelalterlichen Ritter traten die Berufstoreros, die dafür bezahlt wurden, ihr Leben aufs Spiel zu setzen.

Gewiß, den Tierfreund schaudert beim Gedanken an die Corrida, deren Roheit auch von ihrem Anhänger nicht geleugnet wird. Schmäht der Nordländer den Spanier deswegen als Barbaren, so zuckt der Stierkampfanhänger nur die Achseln. Für ihn sind die Toreros, die Kämpfer der Arena, tapfere Männer, die sich mit einem mutigen, gefährlichen Tier messen. Nach festgefügten Regeln treten sie ihm entgegen, zwingen es in das Zeremoniell der Corrida. Neuere Bestimmungen haben gewisse Roheiten etwas gemildert, aber hart und blutig ist der Stierkampf bis zum heutigen Tag geblieben.

Der Herr der Tiger

Ray Bulwer trat unwillkürlich einen Schritt zurück und ballte die Fäuste zur Abwehr. Hatte man ihn nicht mehr als einmal vor der Durchquerung des verrufenen Hafenviertels gewarnt? Jetzt stand er nach Mitternacht in Dunst und Nebel zwischen Schuppen und Lagerhäusern einem jungen Burschen gegenüber, der ganz plötzlich aus einer Einfahrt trat. Nun, Ray Bulwer war durchaus nicht ängstlich. Wer jeden Abend mit acht ausgewachsenen Tigern in der Zirkusarena steht, der fürchtet sich nicht so schnell. Trotz des unsicheren Dämmerlichtes schätzte er die Gestalt seines Gegenübers ab, seine Sinne waren hellwach. Während er kein Auge von dem jungen, ein wenig schmächtigen Burschen ließ, lauschte er angespannt. Es wäre ja möglich, daß zwei, drei Helfershelfer in irgendeinem Winkel auf der Lauer standen. Der Dompteur verließ sich auf sein Gefühl. Tausendmal hatte es ihn rechtzeitig gewarnt, wenn ihm von hinten Gefahr drohte. Doch nun lächelte er, nicht zuletzt über seinen eigenen Schreck. Der andere schob sich mit einer linkischen Bewegung seitlich an ihm vorbei. Eine flüchtige Sekunde konnte Ray Bulwer sein Gesicht im Licht einer Straßenlaterne erkennen. Ein knochiges, bleiches Antlitz, in dem zwei große dunkle Augen brannten. Täuschte sich der Dompteur, oder flackerte darin wirklich die Verzweiflung?

Konnte man immer all seine Handlungen klar und nüchtern abwägen, brach nicht immer wieder aus der Tiefe irgend etwas hervor, was den Augenblick bestimmte? Ray Bulwer war stehengeblieben. »Hallo, junger Mann!«

Der Bursche, der schon halb im Nebelgrau verschwunden war, kam zurück. »Sagten Sie etwas? Haben Sie vielleicht etwas verloren, kann ich suchen helfen?« In der brüchigen jungen Stimme schwang die Hoffnung auf ein Trinkgeld, so schien es dem Dompteur.

»Verloren habe ich nichts, mir scheint weit eher, daß Sie nach etwas suchen, vielleicht nach einer Bleibe für die Nacht.«

»Wenn schon, was geht das Sie an?« Der Bursche hob schon wieder einen Fuß, um seinen ziellosen Weg fortzusetzen.

Ray Bulwer zog sein Zigarettenetui hervor. »Rauchen Sie?«

Zögernd griff der andere zu. Im Licht des Feuerzeuges konnte ihn der Dompteur genau mustern. Ein typisches Hinterhofgesicht, schoß es ihm durch den Kopf. Eine Erinnerung stieg in ihm auf, während er den Rauch tief einsog. Er sah sich selbst, hager, bleich zwischen moderigen Mauern hinschleichen, er roch den Dunst der winkligen Gassen.

»Sie sagen, es geht mich nichts an, was Sie hier treiben, das stimmt und stimmt auch wieder nicht. Schließlich sind wir Menschen dazu da, einander zu helfen, und ich habe nun einmal das Gefühl, daß Sie Hilfe verdammt nötig hätten.«

Der andere öffnete den Mund, wollte irgend etwas Abweisendes, Frostiges sagen, er brachte es nicht über die Lippen. Da fuhr auch der Ältere schon fort: »Ich bin Ray Bulwer, gehöre zu dem Zirkus, der seit acht Tagen hier gastiert. Vielleicht haben Sie schon irgendwo auf den Plakaten ein Bild von meinen Tigern und mir gesehen. Sie wundern sich, warum ich Ihnen das erzähle, mitten in der Nacht, hier im Hafenviertel, in dem es angeblich nicht geheuer ist?«

Der Jüngere nickte. Ray Bulwer sah sich um. »Besonders behaglich ist es hier nicht. Wie wäre es, wenn Sie mich ein Stück begleiteten? Ich irre mich wohl nicht, Sie suchen nach einem Unterschlupf.«

Widerwillig nickte der junge Bursche, mit eckigen Bewegungen schlenderte er, die Hände in den Hosentaschen, neben dem Mann im flauschigen Wintermantel mit dem breiten Pelzkragen her. Noch immer schwieg er. Krampfhaft dachte Ray Bulwer nach. Wie konnte er es nur anfangen, dem armen Teufel das Geständnis zu erleichtern?

Ganz plötzlich kam ihm der Einfall. »Ich suche seit Tagen nach einem neuen Gehilfen. Sollte einen tüchtigen Burschen haben, der sich nicht fürchtet, nicht vor der Arbeit und nicht vor den Tigern. Unterkunft und Verpflegung im Wohnwagen. Mit Vierzigstundenwoche und so ist es aber nichts. Wer zum Bau geht, der muß überall anpacken, manchmal auch eine ganze Nacht drangeben.«

Eine Weile gingen die beiden schweigend nebeneinander her. Der Nebel wurde dichter, schließlich so undurchdringlich, daß Ray Bulwer an einer Kreuzung unentschlossen zögerte.

»Hier an dem Bretterzaun entlang weiter«, sagte der Bursche. Und dann brach es ganz plötzlich aus ihm heraus: »Ja, Sie haben recht, ich bin obdachlos. Mein Onkel«, er spie das Wort geradezu aus, »hat mich 'raus-geschmissen. Was ich kann? Von allem etwas, von nichts genug, um eine richtige Stellung zu finden. Gelegenheitsarbeiter, Säcke tragen, verladen, Kohlen schleppen.«

Der Dompteur musterte den Burschen unauffällig. »Können Sie wirklich einen Zentner oder noch etwas mehr auf den Rücken laden?«

Der Jüngere straffte sich. »Wenn es sein muß, was an Kraft fehlt, ersetzt der Wille. Ich hab's noch allemal geschafft.«

Ray Bulwer nickte, das gefiel ihm. »Wie ist's, versuchen wir es mitein-ander? Das heißt, wenn Sie Tiere lieben, das ist Grundbedingung, und dann gehört auch Mut dazu, trotz aller Sicherungen, an denen wir es nicht fehlen lassen.«

Der junge Bursche atmete schwer. Mit einem Ruck blieb er stehen, eben als sie das Zirkusgelände erreichten. Er sah dem Dompteur fest in die Augen. »Ich will ganz ehrlich sein, obwohl mir das Wasser bis zum Hals steht. Von Tieren versteh' ich so gut wie nichts, außer Hund und Katze lernt man in der Großstadt und schon gar im Hinterhof nichts kennen. Am guten Willen fehlt es nicht, und was ich nicht kann, das werde ich eben lernen.«

»So ist es richtig«, schmunzelte Ray Bulwer, »und nun eingeschlagen. Das heißt, die Papiere, fast hätte ich es vergessen. Haben Sie das klar und in Ordnung? In der Hinsicht ist unser Direktor unnachsichtig.«

Der Jüngere nickte. »Arbeitskarte, Personalausweis, alles da. Vorbestraft bin ich auch nicht, wenn es Sie interessiert.«

»Danach habe ich Sie nicht gefragt«, versetzte der Dompteur. »Ich hätte Ihnen trotzdem die Chance geboten, denn ich weiß aus Erfahrung, wie leicht man in Hinterhöfen und Hafengassen ausgleitet, überhaupt, wenn man so ganz auf sich allein angewiesen ist, wie das wohl bei Ihnen sein mag. Und nun kommen Sie.«

Klaus Henning, der Bursche aus dem Hafenviertel, begann sich im Zirkus zurechtzufinden. Ganz einfach war das nicht. Es herrschte in dem großen Betrieb eine straffe Ordnung. Der Direktor hatte die Augen überall. Ray Bulwer hatte das ganze Gewicht seiner Persönlichkeit in die Waagschale werfen müssen, um die Anstellung Klaus Hennings als Tierwärter durch-zusetzen. Der alte Zirkusmann machte kein Hehl aus seinem Mißtrauen gegen solche Zufallsbekanntschaften.

Da war noch etwas, das Klaus zu schaffen machte. In dem Wohnwagen-stübchen mußte er mit John Bulwer, einem Neffen des Dompteurs, zusammen hausen. John fühlte sich bereits als Nachfolger seines berühmten Onkels. Er arbeitete bei den Proben in der Manege mit. Über kurz oder lang würde er die Tigergruppe vorführen. Er zeigte es Klaus Henning deutlich, wie zuwider es ihm war, mit einem gewöhnlichen Stallburschen zusammenwohnen zu müssen. Hochmütig, herrisch behandelte er den Neuen, besonders, wenn Ray Bulwer nicht zugegen war.

Zweimal stand Klaus an der Umzäunung, im Begriff, sich hinüberzuschwingen, stillschweigend zu verschwinden. Aber da draußen, jenseits des Zirkusgeländes, lauerte die Heimatlosigkeit. Trotz der Unfreundlichkeiten des Wagengenossen fühlte er bereits etwas wie Verbundenheit, Geborgenheit in seiner neuen Umwelt. Der Umgang mit Tieren machte Klaus Freude. Gerade weil er unter den Menschen so wenig Freundschaft und Güte kennengelernt hatte, tat es ihm wohl, hier Entgegenkommen zu finden.

Acht Tiger zählte die Gruppe, dazu noch einen mürrischen bösartigen alten, der nicht mehr auftrat und nur noch der Tierschau wegen mitgeführt wurde. Sultan war tückisch, hinterlistig, vor ihm mußte man sich hüten. Aber mit der gutmütigen Saba, dem immer zum Spielen aufgelegten Rajah, mit Prinz und Atlas hatte er Freundschaft geschlossen. Billie blieb immer unzuverlässig, konnte mitten im Spiel die Krallen zeigen. Ein paar tüchtige Kratzer hatte Klaus bereits abbekommen, die er immer sofort behandeln lassen mußte, denn unter den Hohlscheiden der Tigerklauen setzen sich Blut und Fleischreste ab, die Gefahr einer Blutvergiftung ist groß.

Aber gar so gefährlich kamen Klaus die riesigen Tiger gar nicht vor, wenn er sie im Käfig bei der Nummer sah. Wie im Spiel ging alles, die Sprünge, die Aufstellung zur Pyramide und was sonst noch dazu gehörte. Aber als er einmal mit Ray Bulwer darüber ins Gespräch kam, wurde er nachdenklich. Der Dompteur streifte den Hemdärmel hoch, öffnete das Hemd auf der Brust und zeigte Narben über Narben.

»Erinnerungen an gelegentliche Überfälle. Ganz sicher ist man nie. Auch Saba und Rajah, mit denen du dich oft balgst, bleiben immer noch Raubtiere, haben Launen und Zeiten, in denen sie unzuverlässig werden. Paß einmal gut auf bei den Proben. Du siehst, jeder Tiger, überhaupt jedes Raubtier weicht, wenn man entschlossen vorgeht. So kann man das Tier zu seinem Podest, zur Käfigwand, kurz, einfach dahin drücken, wo man es haben will. Aber man darf die Geschichte nicht gar zu forsch anpacken. Rückt man dem Raubtier zu nahe auf den Pelz, wird der Zwischenraum, der Fluchtabstand, zu gering, dann kann es seinen Bedränger anspringen,

einfach weil es keinen anderen Ausweg mehr sieht. Die Kunst der Raub-
tierdressur besteht vor allem darin, immer an der Grenze vor dem Angriff
zu bleiben. Wenn du gut aufmerkst, wirst du feststellen, daß diese Grenze
bei jedem Tier verschieden ist. Saba erträgt es, wenn man ihr bis auf
zwei Meter nahe kommt, während Billie bereits bei vier Metern ungemüt-
lich wird.«

»Ob mich die Tiger im Dressurkäfig ebenso dulden würden wie John?«

»Warum nicht, sie kennen dich bereits, spielen mit dir. Du hast den richtigen Griff für Tiere, das merkt unsereins schon in den ersten Tagen.«

Klaus errötete bei dem Lob. Natürlich hatte er es gespürt, wie scharf man
ihm in der ersten Zeit auf die Finger sah. Täglich kontrollierte der Dompteur die Käfige, achtete auf die Reinhaltung, prüfte das Futterfleisch. Aber
daß der Dompteur darüber hinaus sein Verhältnis zu den Tigern so genau
beurteilte, das hatte er nicht erwartet.

Jetzt warf Bulwer Klaus einen prüfenden Blick zu. »Du würdest dich zu
ihnen hineinwagen?«

»Jeden Augenblick«, versetzte Klaus ohne Zögern.

Ray Bulwer bedachte sich. »Ich nehme dich beim Wort«, sagte er. »Vielleicht wird das John endlich anspornen, der Junge arbeitet ohne allen
Eifer.« Wenn er sieht mit welcher Begeisterung der Neue die Sache anpackt ... dachte der Dompteur. Freilich, zugleich würde die Eifersucht
zwischen den beiden Burschen hell emporlodern. Es war ihm nicht entgangen, wie verächtlich und hochnäsig John mit Klaus Henning umsprang.
Nun, vielleicht rauften sie sich doch noch zusammen, Ray Bulwer hätte
es bedauert, wenn Klaus gegangen wäre.

Seit der Zusage, einmal mit in den Dressurkäfig genommen zu werden,
war Klaus fast Tag und Nacht bei den Tigern. Er verzichtete sogar auf
seinen freien Nachmittag, verbrachte ihn mit den Raubtieren spielend vor
den Gittern. Er durfte es ja längst wagen, Sabas breiten Kopf zu packen,
zu sich herzuziehen, wobei sie versuchte, ihn mit den mächtigen Pranken
zu umarmen. Da stand auch schon wieder Rajah, der es besonders liebte,
am Bart gekrault zu werden. Und wie gut verstand Klaus nun schon das
behagliche Raulen von dem drohenden Knurren zu unterscheiden.

»Prinz und Atlas werden schwierig, sie versuchen immer wieder, einander
durch die Trennwände anzufallen«, sagte Klaus, als Ray Bulwer zur
Morgenprobe in das Raubtierzelt trat, in dem eben die Laufgänge aufgestellt wurden.

Eigentlich hätte mir das John sagen müssen, dachte der Dompteur unzufrieden. »Schon gut«, sagte er zu Klaus, »ich werde die beiden im Auge behalten, oder noch besser, John kann zeigen, was er im Dressurkäfig wert ist«, fuhr er fort und winkte dem Neffen, der, die Peitsche unter dem Arm, gemächlich heranschlenderte. »Wir werden heute besonders vorsichtig sein müssen, John. Prinz und Atlas zeigen Launen, wenn erst noch Billie kritisch wird, er wartet ja nur darauf, daß es zu einem Krawall kommt, dann ist Gefahr im Verzug.«

»Du meinst im Ernst . . .« Johns Stimme schwankte ein wenig.

»Raubtier bleibt nun einmal Raubtier. Wir sind für die Tiger ja nichts anderes als der Stärkste, der Anführer der Meute.« Aus Ray Bulwers Worten sprach eine mehr als fünfundzwanzigjährige Erfahrung. Klaus, der die Schiebetüren zu bedienen hatte, war nahe herangetreten. »Überall in der Natur kommt es gelegentlich zu Meutereien, ein Junghahn empört sich gegen den alten Herrn des Hühnerhofes, ein Löwe gegen den Rudelführer. Manchmal ist es nur ein Aufmucken ohne den rechten Ernst, ebensogut kann es aber auch zum Kampf auf Biegen und Brechen kommen. Du kannst ja auch draußen bleiben, wenn du Bedenken haben solltest, dann kommt Klaus mit.«

John schoß das Blut zu Kopf. »Das ist doch nicht dein Ernst, Onkel, der Junge hat ja keine Ahnung, was es heißt, einem Tiger auf zehn Schritt ohne trennendes Gitter gegenüberzustehen. Los, fangen wir an!« Das klang betont forsch, und John warf dabei einen spöttischen Seitenblick auf Klaus, der sich auf die Lippen biß und langsam zu dem Mechanismus der Schiebetür ging.

Die Morgenarbeit begann. Klaus hatte gut beobachtet. Tatsächlich versuchten Prinz und Atlas, zwei starke männliche Tiere, einander anzufallen, kaum daß sie im Käfig zusammenkamen. Ein scharfes Kommandowort, die Peitsche knallte. Mit bösem Fauchen zogen sie sich zurück und ließen sich von John, der heute mächtig heranging, auf ihre Podeste treiben. Der Nebenbuhler weckt ihn endlich auf, dachte Ray Bulwer zufrieden.

»Billie!« Klaus hatte es gerufen. Wahrhaftig, der Murrkopf hatte sein Podium verlassen und versuchte seinem Herrn in den Rücken zu kommen. »Achte auf die andern«, sagte der Dompteur und schritt Billie entgegen, der am Gitter entlangtrabte.

Der Tiger duckte sich, fauchte, einen Augenblick setzte er zum Sprung an, aber mit gebieterischer Stimme angerufen, wich er zurück. Inzwischen hatte sich John vor der Gruppe aufgebaut. Er kam ganz nahe am Gitter vorbei, warf Klaus einen herausfordernden Blick zu. Jetzt sollte der Bursche, der

es auf alle möglichen Arten versuchte, sich bei seinem Onkel einzuschmeicheln, einmal sehen, wie man mit Tigern umging.

»Saba, Rajah, Atlas, Dolly, vorwärts!« Während sich der Dompteur bemühte, den immer noch fauchenden Billie zu beruhigen, wollte sein Gehilfe die Nummer fortführen, die Tiger an die Wippe treiben. Dabei übersah er, daß Atlas dicht unter dem Sockel vorbeitraben mußte, auf dem Prinz kauerte. Den Feind auf Sprungweite unter sich zu sehen, das war für ihn zuviel. Ein Wutgebrüll, im nächsten Augenblick hatten sich die beiden Tiger gepackt.

Ray Bulwer sah sich um. »Zurück, John, halte mir Billie vom Leib!« Mit einem Sprung war der Dompteur bei den Kämpfenden und schlug auf sie ein. Von außen stießen die Zirkusdiener mit Stangen nach der balgenden Gruppe. Inzwischen war John kreidebleich zu Billie getreten. Es war ihm anzusehen, er hatte die Ruhe verloren. Der Tiger, von dem Kampflärm toll gemacht, sprang vom Podest. Knurrend, fauchend, die fingerlangen gelben Eckzähne weisend, näherte er sich mit gesenktem Kopf dem jungen Gehilfen. Anstatt vorzugehen, wich John zurück. Seine Nerven versagten. So grimmig hatte er die Tiger noch nie erlebt, herrschte doch in der Gruppe seit Monaten Frieden.

»Aufmachen, aufmachen!« John kreischte es, tastete sich verzweifelt, die aufgerissenen Augen auf den Tiger gerichtet, am Gitter entlang zur Tür. Der dort stehende Diener gehorchte, rücklings stürzte John zu Boden, ein Anblick, der Billie zum Angriff reizte. Doch ehe er springen konnte, stand ein anderer im Käfig. Klaus Henning hatte sich entschlossen durch den Türspalt gedrängt, den der Diener hastig wieder schließen wollte. Da stand er zum erstenmal einem bösartigen Tiger auf Sprungweite gegenüber. Das Herz klopfte ihm bis zum Hals herauf, er fühlte, wie ihm kalter Schweiß auf die Stirn trat, aber er bezwang die würgende Angst. Drüben kämpfte Ray Bulwer noch immer mit den wütenden Tigern, die Stalldiener, die herbeigelaufen kamen, hatten Mühe, die andern zurückzuhalten. Und Billie? Den nahm Klaus auf sich. Entschlossen, festen Tritts, nicht zu langsam, nicht zu schnell, jede hastige Bewegung vermeidend, trat er auf Billie zu. Nur Sekunden währte der Kampf zwischen Mensch und Tiger, der Kampf um die Herrschaft, aber Klaus schien es eine Stunde, eine Stunde der Bewährung. Er sah, wie Billie unsicher wurde, er verließ sich auf sein Gefühl, und es trog ihn nicht. Jetzt mußte er den zögernden Tiger scharf anrufen, die Peitsche vor ihm auf den Boden schlagen. Wahrhaftig, Billie wich, schlich am Gitter entlang zu seinem Platz und sprang gehorsam auf

234

sein Podest. Saba näherte sich Klaus voller Spiellust, aber gehorsam ging auch sie auf ihren Platz.

Klaus ließ kein Augen von Billie, der bösartig auf ihn herunteräugte und immer wieder den Kopf nach den Kämpfenden drehte, die jetzt endlich voneinander abließen. Beide bluteten, aber Ray Bulwer hatte sie wieder fest in der Hand. Erst jetzt bemerkte der Dompteur, daß statt seines Neffen Klaus im Dressurkäfig stand. Er nickte ihm zu, und der junge Stallbursche wäre in diesem Augenblick für ihn nicht nur durch einen Tigerkäfig, nein, durch die Hölle gegangen. Er fühlte, das war mehr als Anerkennung, das war der Ritterschlag.

»Wir müssen die Nummer durchproben. Los, Klaus, du hast oft genug den Ablauf mit angesehen. Geh an die Arbeit. Vermeide die Wippe, dabei kommen sich die Raufbolde zu nahe. Im übrigen achte ich auf sie und auf Billie.«

Mit einer vor Aufregung heiseren Stimme rief Klaus die Tiger an. Eben noch schwamm ihm alles vor den Augen nach der eben überstandenen Gefahr. Aber er nahm alle Kraft zusammen. Nur jetzt nicht schwach werden, sagte er zu sich selbst.

Saba und Rajah zeigten ihre Sprünge. Sogar Prinz und Atlas gehorchten, als sie links und rechts an die Pyramide geschickt wurden. Billie, der ewige Ruhestörer, ließ sich knurrend und fauchend von Klaus nach oben auf den erhöhten Sockel treiben.

Merkwürdig, zum erstenmal seit Monaten hatte Ray Bulwer wieder einmal das absolute Gefühl der Sicherheit im Käfig. Klaus Henning, dieser junge Anfänger, machte keinen einzigen von den Fehlern, die er an John immer rügen mußte. Er benahm sich wie ein alter Dompteur. Freilich, hinterher, als die Tiger durch den Laufgang in die Käfige getrieben worden waren, erbleichte er und mußte sich auf die Manegeneinfassung setzen. Er schämte sich dieser Schwäche, aber als er versuchte, sich mit einer übermäßigen Willensanstrengung zu erheben, versagten ihm die Beine.

»Jack, einen Kognak und ein Glas Wasser«, rief Ray Bulwer einem Gehilfen zu. »Na, wie ist's Klaus, mach dir nichts draus, es war ja auch etwas viel für einen Anfänger. Eines möchte ich freilich wissen: Wie kommt es, daß du die Nummer so fehlerlos durchführen konntest?«

Der junge Bursche griff nach dem Glas und nahm einen Schluck. Dann sah er listig schmunzelnd zu Ray Bulwer auf. »Ich hab' die Nummer ja hundertmal und mehr gesehen und wohl ebensooft arbeitete ich sie in Gedanken durch und – und ein paarmal, wenn niemand zugegen war, bin ich auch schon bei Rajah und Saba im Käfig gewesen, es war wirklich nichts dabei, sie kennen mich ja und sie gehorchten mir aufs Wort.«

Ray Bulwers Gesicht wurde hart und kantig. »Gegen mein ausdrückliches Verbot?« fragte er drohend, aber Klaus hätte wetten mögen, daß es in seinen Augenwinkeln verräterisch wetterleuchtete. Er nickte schuldbewußt. »Na ja, genauso habe ich auch angefangen«, gab der Dompteur zu. »Dachte mir's so halb und halb, als ich sah, mit welcher Sicherheit du angepackt hast. Aber gib mir dein Wort, ab heute hören diese heimlichen Versuche auf. Dafür kannst du bei den Proben nun allemal mit hinein in den Dressurkäfig. Übrigens, wo ist John?«

Der Neffe hatte sich, beschämt über seine Niederlage, still verzogen. Klaus, der nun wieder fest auf den Beinen stand, machte sich an die Morgenarbeit. Ein heißes Glücksgefühl durchströmte ihn. Ray Bulwer, seinen bewunderten Meister, durfte er ab heute seinen Freund nennen, das stand fest. Und John, nun, dem hatte er es gegeben, aber tüchtig. Den ganzen Tag blieb der Neffe des Dompteurs unsichtbar. Erst bei der Abendvorstellung tauchte er wieder auf und stand wie gewöhnlich zum Eingreifen bereit unter den Zirkusdienern neben der Tür des Dressurkäfigs. Als er später Klaus im Wohnwagen begegnete, tat er, als wäre nichts geschehen, er war sogar um einiges freundlicher zu ihm, aber als sich der junge Stallbursche einmal umwandte, glaubte er in den Augen Johns offenen Haß glitzern zu sehen.

Ja, wirklich, John haßte den Eindringling, seitdem er sich dort bewährt hatte, wo er versagte. Und jetzt arbeitete er mit Ehrgeiz im Probekäfig. Verflucht, er wollte es diesem hergelaufenen Burschen zeigen, daß er sich nicht fürchtete. Schließlich konnte es jedem einmal passieren, daß er die Nerven verlor.

Zu seinem Ärger stand nun täglich Klaus neben ihm im großen Käfig und durfte immer die eine oder andere Nummer durchführen, wie John wohl merkte, gerade die schwierigsten. Ray Bulwer freute sich zwar über den endlich erwachten Eifer seines Neffen, aber recht zufrieden war er trotz allem nicht. John fehlte, was Klaus angeboren war, das Gefühl für den richtigen Abstand, der Instinkt den Tieren gegenüber. Es galt ja, immer schon um eine Sekunde voraus zu ahnen, was die Tiger bewegte, nur so konnte man sie in Schach halten, Billie rechtzeitig einen energischen Wink geben, Prinz und Atlas durch die Arbeit ablenken.

Kein Zweifel, Klaus Henning hatte das Zeug zum Dompteur, er verfügte vor allem über die unendliche Geduld, die nun einmal zum Anlernen einer

Gruppe nötig war. Vielleicht würde John mit der eingearbeiteten Gruppe zurechtkommen, wenn man Billie ausschied, der immer aufsässiger wurde, aber sicher konnte er nie selbständig Löwen oder Tiger ausbilden.

Eigentlich wäre es längst an der Zeit gewesen, John die Tigergruppe bei der Vorstellung zeigen zu lassen. Ray Bulwer zögerte immer noch, und merkwürdig, sein Neffe drängte ihn nicht. Wohl ein dutzendmal war er schon zu seinem Onkel in den Wagen gegangen mit dem festen Entschluß, ihn heute um die Erlaubnis zum ersten Alleinauftreten zu bitten. Doch jedesmal verließ ihn der Mut, und er fragte irgend etwas Gleichgültiges. Aber die Entscheidung fiel ganz von selbst.

Eines Morgens bei der Probe, die Tiger waren durch einen mehrtägigen Transport und zwei zusätzliche Fasttage besonders reizbar geworden, fiel Billie den Dompteur an. Wohl gelang es den sofort zuspringenden Gehilfen, ihn zu befreien, den Tiger zurückzutreiben, aber die linke Schulter des Dompteurs sah böse aus.

»Wir brauchen die Tigergruppe, ohne die Raubtiernummer ist unser Programm nicht vollständig.« Der Direktor, der sogleich in den Wagen des Dompteurs gekommen war, wo der Arzt einen ersten Verband anlegte, schritt aufgeregt hin und her. »In einem andern Land könnte man vielleicht absagen, die Zuschauer mit einer etwas übertriebenen Geschichte von dem Unfall am Morgen abspeisen, aber nicht hier, nicht in Rom. Ich kenne meine Italiener, jetzt wollen sie die Tiger erst recht sehen, nachdem bereits die Zeitungen von einem Unfall durch sie berichten. Übrigens gar keine üble Reklame«, fügte der erfahrene Zirkusmann hinzu. »Viele kommen ja doch nur zu uns, weil es gar zu gruselig und erregend ist, einen kleinen schwachen Menschen ganz allein unter einer Meute von Raubtieren zu sehen, wohl gar eine Sensation zu erleben. Natürlich bauschen wir die Geschichte ein wenig auf. Aber wie ist es nun heute abend?«

»Herr Bulwer muß sofort ins Krankenhaus, sonst garantiere ich für nichts«, mischte sich der Arzt ein. »Mit Verletzungen durch Raubtierklauen ist nicht zu spaßen.«

»Selbstverständlich, selbstverständlich, ich meinte nur, könnte ihr Neffe, könnte John die Vorstellung übernehmen?«

Ray Bulwer nickte. »Einmal muß es ja doch sein. Freilich wäre ich gern wenigstens dabei gewesen, um im Notfall einzuspringen. Aber die Tiere kennen ihn nun lange genug, er beherrscht die Nummer im Schlaf. Was ihm noch fehlt an Selbstvertrauen und Sicherheit, das kann ihm niemand geben, das muß er sich selbst erwerben. Also, es bleibt dabei, John springt ein und ich – nun, ich werde mich zur Ruhe setzen, wenn das da wieder verheilt ist.«

Der Direktor schüttelte zweifelnd den Kopf. »Als ob sich unsereins anderswo wohl fühlen könnte als im Wohnwagen. Darüber reden wir noch. Halten Sie dem Jungen auf jeden Fall den Daumen, Ray, ich rufe gleich nach der Vorstellung an, sage Ihnen, wie es geklappt hat. Na, da kommt ja der hoffnungsvolle Knabe eben. – Wie ist es, John«, begrüßte er den jungen Dompteur, »getrauen Sie sich, heute abend die Tiger vorzuführen?«

John Bulwer gab sich sehr selbstsicher. »Allemal!« sagte er obenhin. »Ich hätte es sowieso in den nächsten Tagen gepackt.«

»In Ordnung.« Der Direktor eilte aus dem Wagen, um ja recht schnell die Nachricht in den Pressewagen zu bringen. Das Auftreten eines Anfängers mit der gefährlichen Tigergruppe mußte entsprechend herausgestellt werden.

Ray Bulwer gab seinem Neffen die letzten Anweisungen: »Das beste wäre, Billie herauszunehmen, aber ich fürchte, die Gruppe wird unsicher, wenn sein Platz leer bleibt, und dann hast du am Ende das schönste Durcheinander. Es steckt ja, wie du weißt, so viel Gewohnheit in der Nummer. Eines der Tiere verläßt sich auf das andere.«

»Ich werde schon fertig mit ihm«, versicherte John.

»Du könntest ja Klaus mit hineinnehmen, daß er auf den alten Verbrecher achtet.«

John zog verächtlich die Mundwinkel herunter. Das fehlte noch, daß er einen Beschützer in den Käfig stellte. »Mach dir keine Sorgen, Onkel, ich schaffe es schon ohne den Burschen. Ich weiß nicht, ich habe immer das Gefühl, er macht die Tiere nervös mit seinem ständigen Geplapper.«

»Die Tiger kennen seine Stimme, er ist den ganzen Tag um sie, vergiß das nicht, John. Und nun mach's gut, toi, toi, toi!«

John Bulwer fühlte sich! Wo er sich sehen ließ, wurde er bestaunt, bewundert. Er würde eine Tigergruppe vorführen, die am Morgen ihren Herrn und Meister angefallen hatte. Alle Achtung! Das machte ihm so leicht keiner nach. Freilich, als er eine Viertelstunde später im Wagen stand, fiel all seine Sicherheit von ihm ab. Er riß den Hemdkragen auf, stand schwer atmend vor dem Spiegel. Der John, der ihm hier entgegensah, war ein anderer als jener, der eben noch so getan hatte, als wären die Tiger für ihn zahme Katzen. Der Schweiß trat ihm in dicken Perlen auf die Stirn. Immer wieder sah er Billie vor sich, wie er mit weit aufgerissenem Rachen, vor Wut grün schillernden Sehern auf den Onkel losgestürzt war. Gewiß, sie hatten den tollen Tiger gebändigt, zurückgetrieben, aber er gestand es sich selbst ein, daß er es ohne Klaus nicht geschafft hätte. Der Bursche war mächtig 'rangegangen. Zum Teufel auch, sollte er sich von ihm beschämen lassen? Heute war sein großer Tag!

Und doch – aus allen Ecken des Wagens starrten ihn grüne Seher an. »Gar nicht daran denken«, suchte er sich zu beruhigen. »Ausgehen, sich zerstreuen, ja, das wird das richtige sein. Und am Abend stehe ich in der Manege, bewundert, umjubelt, morgen ist mein Bild in allen Zeitungen. Hallo, John, bis in ein paar Wochen reißen sich die Agenturen um dich, die ganze Welt steht dir offen. Man müßte nur die Nummer noch ein wenig ausbauen, reißerischer machen. Onkel Ray war mehr für solides Können, aber was versteht das Publikum davon! Das will Riskantes sehen, Nervenkitzel erleben. Nun habe ich freie Hand, ich kann zeigen, was in mir steckt.«

John steigerte sich selbst in die Begeisterung hinein. Er warf sich in die Brust. Sah er nicht gut aus in der Uniformjacke mit den Schnüren und Knöpfen, die er längst hatte machen lassen, ganz in Weiß und Gold?

Aber schon wieder wurde ihm heiß und kalt, die Knie zitterten ihm. Er mußte sich setzen. Ganz jämmerlich wurde ihm zumute. Ja, er hatte Angst, armselige, verächtliche Angst vor dem ersten Auftreten. Die Bilder, die er sich soeben vorgegaukelt hatte, verblaßten, übrig blieb nur ein breiter bärtiger Tigerkopf mit wutschillernden Augen, eine blutgierige tolle Bestie. John Bulwer machte sich stadtfein und ging aus. Er wollte Zerstreuung suchen, gar nicht mehr an den Abend denken, irgendwie würde es schon klappen. Er verließ sich einfach auf sein Glück, das war das beste.

Klaus Henning stand vor den Tigerkäfigen im Raubtierzelt. Eben kam er aus dem Krankenhaus. Ray Bulwer mußte für eine Weile pausieren, wenn er auch über die Kratzer lachte, die ihm Billie beigebracht hatte. Das erste Auftreten seines Neffen mit den Tigern machte ihm Sorge. Er hatte Klaus ans Herz gelegt, doch ja recht wachsam zu sein, notfalls einzuspringen, den Tieren bis zum Abend jede Aufregung fernzuhalten, sie gut zu füttern.

Er würde nichts übersehen, auf jede Kleinigkeit achten, das verstand sich von selbst. Und doch, da drinnen in der Brust spürte er ein heißes Brennen. Eifersucht, Neid auf den glücklicheren John, der heute die Hauptprobe bestand? Er schämte sich, nannte sich schlecht und gemein. Aber der bittere Geschmack im Mund wollte nicht weichen. Er kam sich beiseitegeschoben, zurückgedrängt vor. »Zum Aufpassen, notfalls zum Einspringen bin ich gut genug, als ob ich die Gruppe nicht ebensogut, nein weit besser in der Hand hätte!« Klaus ertappte sich bei dem heimlichen Wunsch, daß John etwas zustoßen möge, zugleich erschrak er über sich selbst. Wohin verlor er sich mit seiner Eifersucht? Schließlich war John nun einmal Rays Neffe, und es stand fest, daß er der Nachfolger seines Onkels werden würde.

»Geduld, Klaus, du wirst einmal deine Chance erhalten. Ray Bulwer wird dich empfehlen, und du bekommst eine eigene Raubtiergruppe zum Ausbilden.« Er seufzte, wußte er doch, wie lange es dauerte, bis eine Gruppe fertig war, und welcher Plackerei und Geduld es dazu bedurfte.

Der Abend nahte. Klaus, der das Raubtierzelt nur auf Augenblicke verlassen hatte, war ganz ruhig. Auf seine Bitte hin hatte man die Tiger von der Tierschau ausgeschlossen. Die Tiere lagen faul in den Käfigen. Selbst Billie zeigte nicht wie sonst seine Tücke, als sich Klaus am Käfig zu schaffen machte. »Alles in Ordnung«, meldete er dem Direktor, der seinen Abendrundgang machte. Der zappelige, rundliche Zirkusmann stand schon am Ausgang, als er sich noch einmal umwandte: »Übrigens, wo steckt John?«

Klaus zuckte die Achseln. Es fiel ihm jetzt erst auf, daß er den andern den ganzen Nachmittag über nicht gesehen hatte. »Wird wohl im Wagen sein, sich fertig machen«, meinte er. Aber im Wagen war John Bulwer nicht, wie der Direktor etwas beunruhigt feststellte. Draußen vor dem großen Zelt spielte bereits die Kapelle schmissige Weisen, während sich an den Kassen die Schaulustigen drängten.

Klaus ging zum Wohnwagen. Er suchte John. Allmählich beschlich ihn eine merkwürdige Unruhe. Einer der Clowns, den er traf, erzählte ihm, daß er John in der Stadt gesehen habe, in einem Spielsalon und später in einem Weinlokal. »Hat mächtig angegeben«, sagte der muntere Spaßmacher, »und schien mir mehr als drei Strich im Wind. Trinkt sich wohl Mut an für heute abend.«

Klaus Henning erschrak. Hatte nicht Ray Bulwer seinen Gehilfen immer wieder eingeschärft, daß Nüchternheit in ihrem Beruf eine Grundbedingung wäre? Wer sich Mut aus der Flasche holt, der ist verloren, noch ehe er den ersten Schritt in den Käfig tut. Das waren seine eigenen Worte.

»John wird doch nicht!« Klaus suchte nach ihm im Gedränge am Eingang. Jeden Zirkusangestellten, den er traf, fragte er nach ihm.

Endlich, die Vorstellung hatte bereits begonnen, betrat John Bulwer das Käfigzelt. Seine Augen hatten einen seltsamen Glanz. Er hielt sich straff aufrecht, aber Klaus entging es nicht, daß er sich an den Absperrstangen halten mußte, um nicht zu fallen, als er zu den Käfigen trat.

»Na, Billie, alter Verbrecher, wie steht's, soll ich dir eine überziehen, oder willst du brav sein?« Täppisch griff John, der sich weit vorbeugte, nach dem Tiger, der geduckt herangeschlichen war und blitzschnell zuschlug. Gerade im letzten Augenblick hatte Klaus zugegriffen und John zurückgerissen.

»Hoho, mein Bürschchen«, lachte der Betrunkene und stolperte dabei über die eigene Zunge. Dann wandte er sich nach Klaus um. »Was fällt dir ein, mich anzupacken, he? Mit dir werde ich auch noch fertig, verlaß dich drauf! Du bist die längste Zeit hier gewesen, wenn ich – wenn ich die Gruppe übernehme. Ja, sieh mich nur nicht so frech an. Aus dem Weg, sage ich, aus dem Weg!«

Klaus warf dem Torkelnden einen verächtlichen Blick nach. Er überlegte. War es nicht Wahnsinn, diesen Burschen in den Dressurkäfig zu lassen? Entschlossen eilte er ins große Zelt, wo der Direktor eben mit den Clowns eine scherzhafte Auseinandersetzung hatte. Der rundliche Zirkusmann verließ mit dem für das Publikum berechneten Lächeln die Manege.

Klaus trat heran. Der Direktor runzelte die Stirn. »Wie oft soll ich es noch sagen, daß ich niemand im Stallkittel in der Manege sehen will«, fuhr er den Tigerwärter an.

»Entschuldigen Sie, Herr Direktor, aber es ist dringend.«

»Was Besonderes mit den Tigern – oder mit John? Ist er endlich da?«

»Ja, aber . . .«

»Was aber? Macht er Ausflüchte, ist ihm das Herz in die Hosen gerutscht? Sollte mich nicht wundern. Ich hab' nun mal was gegen die gar zu hübschen Jungen, die sich mehr auf ihr Äußeres als auf ihr Können verlassen. – Angetrunken? Zum Donnerwetter, was fällt dem Burschen ein? Da soll doch gleich . . .«

Direktor Armand eilte mit fliegenden Frackschößen zu den Wohnwagen. Klaus folgte ihm, er fühlte sich nicht wohl in seiner Haut. Den Angeber machen, gab es etwas Verächtlicheres? Und doch, Ray Bulwer hätte es ihm nie verziehen, wenn er John so zu den Tigern gelassen hätte. Er straffte sich. »Es mußte sein«, murmelte er. »Vielleicht reißt sich John noch zusammen. Durch die halb offene Tür sah er in den Wagen. Da saß John Bulwer, der strahlende blonde Junge, zusammengesunken, bleich und elend auf dem Bett. Er trug bereits die Zirkusuniform, aber sie ließ seinen jämmerlichen Zustand nur noch deutlicher werden. Mit gesenktem Kopf ließ er die Strafpredigt des Direktors über sich ergehen. »Es war ja nur – ich wollte mir mal bloß ein bißchen Mut antrinken«, stammelte er schließlich.

»Ein bißchen Mut, Sie elender Jammerlappen«, fauchte Direktor Armand, »als ob man das, was da drinnen fehlt, aus der Flasche beziehen könnte!«

Er stieß bei diesen Worten John vor die Brust, der seitlich umkippte und sich nur mühsam wieder aufrichten konnte.

»Was machen wir nun?« Direktor Armand schlug die fleischigen Hände in Verzweiflung zusammen. »In einer Viertelstunde ist es soweit. Die Nummer fallenlassen? Klaus, der Tierwärter, kennt den Rummel, er muß einspringen!«

Zappelig eilte der Direktor aus dem Wagen und hätte dabei fast den Gesuchten überrannt. »Ah, da sind Sie ja, Gott sei Dank. Wie ist's? Trauen Sie sich, die Tiger vorzuführen? Mit dem Trottel ist es nicht zu machen, wäre ja Selbstmord, wenn er 'reinginge.«

Klaus Henning hätte am liebsten laut aufgejubelt. Sein sehnlichster Wunsch ging in Erfüllung. Er durfte die Tiger, seine Tiger, im Zirkus zeigen, beweisen, daß er das Zeug zum Dompteur in sich hatte.

»Ich bin dabei, Herr Direktor, nur mit einer Uniform . . .«

»Richtig, daran dachte ich im Augenblick nicht. Los, so laufen Sie doch!« Er packte Klaus am Ärmel und zog ihn hinter sich her zu seinem eigenen Wagen. »'rein in die gute Stube. Hier, Ella, bring' ich dir unsern neuen Dompteur. Du mußt ihn einkleiden, egal wie, wenn es nur blitzt und glänzt. Er wird in einer Viertelstunde drankommen mit den Tigern. Los, los, nun mach schon.«

Klaus fühlte sich in den Wagen gestoßen. Wie im Traum ließ er alles mit sich geschehen. Eine passende Reithose fand sich, dazu Lackstiefel, die ihm paßten. Eine Jacke mit Husarenverschnürung, die einmal ein Kunstreiter getragen hatte, war ihm zu weit, aber Frau Direktor wußte Rat. Klaus mußte eine wattierte Weste darunter anziehen, und wo es noch fehlte, half sie mit Nadel und Faden nach. Er war eben fertig, als ein Zirkusdiener die Meldung brachte, daß der Käfig bereits aufgestellt würde.

Was weiter geschah, Klaus hätte es nicht zu schildern vermocht. Wie ganz anders war es doch, im hellbeleuchteten Zirkuskäfig zu stehen als morgens bei der Probe. Und heute war er ja zum erstenmal allein mit den Tigern. Da kamen sie hintereinander durch den Laufgang mit langen schwingenden Schritten, raulend die einen, verärgert durch die Störung die andern. Saba begrüßte ihren jungen Herrn, indem sie sich an ihn drängte. Billie, der Unzuverlässige, wies Klaus die Zähne, gehorchte aber, als er angerufen wurde. Prinz und Atlas drohten sich wie gewöhnlich, saßen aber bereits auf ihren Podesten.

Die Arbeit begann. Tausendmal geübt, lief alles wie am Schnürchen. Die Tiger fühlten die feste Hand, die sichere Führung. Im Eifer der Arbeit

hatte Klaus das Publikum ganz vergessen. Nur ganz zum Schluß kam es zu einem Zwischenfall. Billie verpaßte im Sprung sein Podest, geriet zwischen der Wippe und der Käfigwand in die Enge. Knurrend, fauchend fuhr er herum. Im Publikum entstand Unruhe. Das war der Tiger, der heute früh seinen langjährigen Dompteur angegriffen und schwer verletzt hatte.

Klaus trat zur Seite, ließ Billie auslaufen, trieb ihn dann vor sich her rund um die Käfigwand bis zu seinem gewohnten Platz. Wäre er auch nur eine Sekunde stehengeblieben, so hätte ihn der Tiger angesprungen, nicht aus Tücke, sondern weil er nach einem Ausweg suchte.

Beifall brauste auf. Klaus verbeugte sich nach allen Seiten, während er das Zeichen zum Öffnen des Laufgangs gab. Wie er die Tiere anrief, verließen sie ihre Plätze und verschwanden. Nur Rajah gehorchte nicht, fauchte böse, glitt am Ausgang vorbei, biß wütend in die Stange, die ihm Klaus vorhielt. Böse, gefährlich sah er aus, und alles war doch nur ein eingelernter Trick, ein Spiel, zu dem Ray Bulwer den harmlosesten seiner Tiger ausgesucht hatte.

Klaus sah sich von den Kollegen umdrängt. Die Akrobaten, die Clowns, die Kunstreiter, alle drückten ihm die Hand, klopften ihm auf die Schultern. Großartig hätte er seine Nummer erledigt, Ray hätte es nicht besser machen können.

Was wohl John zu dem allem sagte? Klaus machte sich auf einen bösen Auftritt gefaßt. Aber noch ganz gehoben von seinem Erfolg, schritt er entschlossen zum Wagen. Die Tür stand offen. In dem kleinen Abteil, das nur zwei Betten und einen Spind enthielt, sah es wüst aus. Klaus erkannte, daß John in aller Hast seinen Koffer gepackt hatte und abgereist, davongelaufen war. Er hatte die neuerliche Niederlage nicht verwinden können. In einer Ecke lag zusammengeknäuelt seine strahlend weiße Uniform mit der allzu reichlichen Goldverschnürung. Er hatte sie des Mitnehmens nicht wert gefunden, sicher wollte er nichts mehr mit dem Zirkus zu tun haben. Klaus schlüpfte in seinen Stallkittel. Dann ging er noch einmal zum Raubtierzelt. Zwei, drei seiner Tiere lagen bereits dösend in den Ecken, Billie trabte wie immer noch unruhig am Gitter auf und ab, Saba verlangte nach einer Liebkosung. Es war alles, wie es sein sollte. Hinten in einem kleinen abgeteilten Raum machte sich eben der alte Georg, der heute Nachtwache hatte, sein Lager zurecht. Auf ihn konnte man sich verlassen.

Klaus Henning blieb draußen zwischen den Zeltgassen stehen. Tief sog er die frische Nachtluft ein. Nebenan im großen Zelt spielte die Musik, rauschte der Beifall auf. Mit einem langen Blick überflog er das Zirkusgelände. Das war seine Welt, seine Heimat geworden. Ja, er war stolz darauf, ein Dompteur, ein Zirkusmann geworden zu sein, der Zauber der Manege hatte ihn gepackt, er hatte Zirkusluft gerochen, und er würde nie wieder davon loskommen. Während er seinem Wagen entgegenschritt, in dem er von heute an friedlich und allein hausen durfte, summte er die Melodie des Marsches, der die Elefanten hinausgeleitete, und in ihm lachte und leuchtete der ganze bunte Zauber dieser wundersamen Welt des Spiels und der Erheiterung, hinter der doch soviel ernste Arbeit und tapferes Wollen steckte.

Vorhang auf, Tusch, Scheinwerfer!

Bis zum heutigen Tag hat der Zirkus seine Anziehungskraft auf die schaulustige Menge nicht verloren. Freilich, der kleine Wanderzirkus ist verschwunden, gehört der Vergangenheit an. Nur der Großzirkus konnte sich behaupten, und die wenigen kleineren Unternehmen, die noch da und dort auftauchen, sind kaum mehr als ein Kuriosum.

Was aber wäre der Zirkus ohne die Raubtiere, ohne die in goldprunkenden Uniformen oder mit dem Tarzanfell um die Hüften auftretenden Dompteure, die Raubtierbändiger. Neben der Freude, herrliche Raubtiere, Löwen und Tiger, in geschmeidiger Bewegung in Sprüngen und schönen Stellungen zu sehen, spielt zweifellos auch der Nervenkitzel eine Rolle. Dort im großen Vorführkäfig steht ein einzelner Mensch zwischen Löwen und Tigern, die ihn grimmig anfauchen, ihn wohl gar brüllend anspringen.

Gewiß, viele dieser Szenen sind Dressur, jede Gruppe hat ihre besonders zahmen Tiere, die folgsam jedem Wink gehorchen, und andere, die widerspenstig knurren und brüllen. Aber bei alledem ist die Arbeit des Dompteurs immer gefährlich. Er muß seine Tiere unablässig beobachten, um die leiseste Veränderung im Gebaren festzustellen. Fast jeder trägt Narben an seinem Körper, und nicht wenige Dompteure enden in der Manege.

Unsinn ist es anzunehmen, daß Löwen und Tiger durch den Blick gebändigt werden können, daß man sie »faulfüttert« oder daß gar Narkotika eine Rolle spielen. Die einzigen wirklichen Waffen des Dompteurs sind Mut, Liebe, Geduld und Energie. Er hütet sich, die Tiere durch Quälerei bösartig zu machen, er erzieht sie zu Freunden, Kameraden. Für den echten Zirkusmann hat jedes Tier Persönlichkeitswert.

Jeder Dompteur bevorzugt zur Dressur wildeingefangene Tiere, die zwar widerspenstiger sind, aber lange nicht so heimtückisch wie Zuchttiere. Besonders gefährlich ist der Umgang mit Bären, die böse Absichten mit keiner Miene verraten. Während der Löwe, der Tiger brüllt, faucht, ehe er anspringt, wirft sich der Bär ohne jede Warnung auf seinen Dompteur.

Aber welcher Zirkusmann denkt an Gefahr! Gewiß, manchmal erzählt er von Unglücksfällen, Sorgenzeiten, aber waren sie nicht alle nur das Vorspiel zu neuen, noch größeren Erfolgen? Alle Mühen und Gefahren sind vergessen, wenn der Ruf erklingt: Vorhang auf, Tusch, Scheinwerfer!

Als Wasserstraße endet der Pfad der
Gefahr – Eismeer und Pazifik bergen
Schätze und ungeahnte Abenteuer:

Wilde weite Weltmeere

Der Piratenschatz

Nicht jeder hat so viel Glück wie die
drei von der City of Boston, die der
Sturm auf eine richtige Schatzinsel
verschlägt.

Die Walfänger

Es sind rauhe Burschen, die alljährlich
den Riesen des Meeres nachstellen,
und an Bord ist kein Platz für
Schwächlinge.

Der Piratenschatz

In das tobende Geheul der Brecher und der nachziehenden Brandungswogen mischte sich ein scharfes Brechen und Splittern. Die City of Boston saß auf den Riffen. Kapitän Brown klammerte sich mit beiden Händen an der Reling fest. Seine Augen suchten in der kochenden, gischtenden See nach dem Rettungsboot, das kurz zuvor abgestoßen war. Er hatte den Befehl geben wollen, auch das zweite klarzumachen, als die drei riesigen Brecher anrollten. Zu spät! Das Boot hing halb zerschlagen in den Davits. Was war aus der restlichen Besatzung geworden? Eben hatte er doch noch den Zweiten Steuermann, den Norweger, gesehen, und auch der Koch hatte ihm mit schreckensbleichem Gesicht irgend etwas zugerufen, was er nicht verstand. Was nun? Kapitän Brown war zumute, als ginge sein ganzes Leben mit der City of Boston, seinem ersten Schiff, in Trümmer. Gewiß, er hatte sich nichts vorzuwerfen, er hatte getan, was er tun konnte, nachdem das Steuerruder versagt hatte und kurz darauf die Maschine ausgefallen war.

Wieder rollte ein Brecher an, steil stand die gläserne Wand über dem ächzenden, zitternden Schiff. Der Kapitän fühlte sich versucht loszulassen. Er brauchte nur die verkrampften Hände zu lösen, dann war alles aus, dann riß ihn der Brecher hinab, schmetterte ihn auf die Riffe oder zog ihn in die Tiefe. Und doch klammerte er sich mit letzter Kraft fest, als der Wogenberg über ihm heulend und brausend zusammenbrach. Die City of Boston wankte und zitterte, aber sie stand, hing verkeilt in den Riffen.

Jetzt ebbten die Brecher ab. Kapitän Brown wußte, daß sie Atem holten für den nächsten Anlauf. Halb erstickt hustete er, keuchte. Dann sah er sich um. Richtig, dort kroch der lange Christiansen, der Zweite Steuermann, aus einer Luke und winkte ihm.

»Hierher, Käptn! Wir sitzen fest. Der Eimer hält aus. So kommen Sie doch, ehe es wieder losgeht.«

Der Kapitän glitt, taumelte, stürzte auf die Luke zu. Er fühlte sich gepackt, herangezogen. Richtig, da kauerte auch der Koch, der rundliche MacPherson. Er hatte eine Gesichtsfarbe wie verdorbene Milch und zitterte am ganzen Körper. Hinter ihm duckte sich Charley, der Heizer, ein Riese, zottig und kräftig wie ein Bär. Der war also auch durchgekommen. Kapitän Brown warf einen Blick durch die offene Luke. Der heulende Orkan jagte die schwarzen Wolken vor sich her, zerfetzte sie. Da und dort lugten ein paar Sterne still und friedlich aus den Wolkenlöchern. Der Schiffer stöhnte. Dann half er dem Steuermann, die Luke so gut es gehen wollte zu verschalen. Es war höchste Zeit dazu, denn nun kamen die Brecher zurück. Ob die City of Boston durchhielt, ob sie hochgehoben, weggerissen wurde, um dann, zum zweitenmal auf die Riffe geschleudert, auseinanderzubrechen, abzusacken? Die vier in dem halbzerschlagenen Quartier hatten nur die eine Chance, daß das Schiff durchhielt, daß es auch diesen letzten Ansturm überstand.

»Festhalten!« brüllte der Kapitän. Da kam der erste Brecher auch schon heulend, tobend, brüllend, schlug mit wuchtigen Pranken auf das hilflose Wrack ein. Der zweite rollte an. Wagte es dieser armselige kleine Frachter, der tobenden See zu trotzen? Es wurde nachtdunkel in der Luke. Jeden Augenblick glaubten die vier Männer, daß nun das Ende käme, mit eingedrückten Seitenwänden, mit einem letzten Krachen und Bersten. Doch die City of Boston, zerschlagen, todeswund, hielt durch, schützte mit letzter verzweifelter Kraft die vier Überlebenden, kämpfte für sie wie ein Kamerad, der bereit ist, das Letzte für die andern hinzugeben.

Nahm diese Nacht kein Ende? Immer wieder dies hohle, dumpfe Gebrüll in der Ferne, das die schweren Seen ankündigte, dann die schmetternden Schläge, das Poltern und Krachen von losgerissenem, gegen die Schiffswände, das Verdeck schlagendem Gut, das langsame Verebben.

Wo war nur der Koch? Vor einer Weile kroch er davon, um ein wenig Verpflegung zu bergen. Christiansen, der Zweite Steuermann, zuckte die Achseln. »Über Bord, oder da unten ersoffen wie eine Ratte«, murrte er. »Und Boot eins?« brüllte der Heizer. Der Steuermann winkte mit der knochigen Rechten ab. Lohnte es sich, auch nur ein Wort darüber zu verlieren? Gewiß, es gab glückliche Zufälle. Ehe es losbrach, hatten sie Land gesehen, ganz nahe.

»Hier, dreihundert Seemeilen vor Panama«, brummte Kapitän Brown aus seinen Grübeleien heraus, »kann es nur die Kokosinsel gewesen sein. Sobald es nachläßt da draußen, wollen wir versuchen, an Land zu kommen. Wir liegen dicht vor der Küste.«

»Das Boot ist zerschlagen, wir finden sicher kaum mehr ein Ruder davon, wenn, ja, wenn wir es überleben.«

Der Heizer spie braunen Tabaksaft im Bogen durch das dämmerige Quartier: »Durchkommen, das ist doch keine Frage. Wir haben das schlimmste überstanden. Hört doch, die letzten Brecher waren kaum halb so schlimm. Es flaut ab.« Er grinste. »Wär' ja auch das erstemal, daß ich kein Glück hätte. Die schwarze Mary hat mir, ehe ich zur See ging, aus der Hand gelesen, daß ich alt werde, so alt wie mein Großvater Ben, der starb mit hundertunddrei Jahren an einer Blutvergiftung, die er sich bei der Arbeit im Stall zugezogen hatte. Die Stachwicks sind eine zähe, gesunde Brut.«

Es war quälend, die rauhe, rostige Stimme mit solch breiter Selbstgefälligkeit nichtige Dinge erzählen zu hören in einem Augenblick, da noch immer der Tod an die notdürftig verschalte Luke hämmerte.

»Zum Teufel mit deinem Großvater und deiner schwarzen Mary! Die können uns hier nichts helfen«, knurrte der Steuermann. »Aber in einem hast du wohl recht, es flaut ab. Die gute alte City of Boston sitzt fest, sie hat sich angeklammert, als ob sie wüßte, was sie uns schuldig ist. Haben wir sie nicht immer gut behandelt, wie es einer alten Jungfer zukommt? Das macht sich jetzt bezahlt. Wenn es Ihnen recht ist, Käptn, möchte ich mal den Kopf rausstecken und mich umsehen.«

»Mein Schiff, mein erstes Schiff!« Der Kapitän kam von dem Gedanken nicht los. Jeder Stoß, der die City of Boston erschütterte, ging ihm ins Herz. Die Worte des Steuermanns rüttelten ihn aus seinem Brüten auf. »Machen wir die Luke auf, aber vorsichtig. Sie, Stachwick, könnten sich einmal nach dem Koch umsehen. Vielleicht sitzt er irgendwo fest.«

Der Heizer grunzte und zwängte sich durch eine nach hinten führende verklemmte Tür. Ein frischer Luftzug fegte in den dumpfigen Raum, als die beiden andern die Verschalung zur Hälfte öffneten. Draußen fahles Sternenlicht, kochende, schäumende, gurgelnde See. Nur noch gelegentlich schlug eine Woge über Deck. Seewärts an den Riffen donnerte die Brandung.

»Das schlimmste haben wir überstanden«, nickte Kapitän Brown. »Klettern wir einmal 'raus.« Am schrägstehenden Deck emporkriechend, sah er sich um. »Es ist, wie ich sagte. Das Land, eine Insel, keine dreihundert Faden Ost. Wenn es so bleibt, können wir versuchen, mit einem Floß überzusetzen.«

Der Zweite nickte. »Machen wir, Käptn. Am besten, wir gehen gleich an die Arbeit, denn es fängt an diesig zu werden. Ich wette meine Heuer gegen ein Pfund Tabak, daß es wieder losbricht, morgen, übermorgen vielleicht.«

»Sieht ganz danach aus«, bestätigte der Kapitän. »Übrigens, wenn mich nicht alles täuscht, liegen wir gerade vor einer Bucht. Wir brauchen also nicht zu fürchten, daß wir bei der Landung noch einmal naß werden. Um so besser, und nun alle Mann an Deck.«

Eben kroch der Heizer aus der Luke. »Vom Koch keine Spur. Er ist weg, über Bord. War eben unten im Vorratsraum, steht halb unter Wasser. Läßt sich aber eine Menge bergen.«

»Das wird notwendig sein«, versetzte der Kapitän, »denn die Kokosinsel, und ich bin sicher, daß wir vor ihr liegen, ist unbewohnt.«

»Wenn sie nur Wasser hat, dann spielen wir Robinson, bis uns ein Schiff aufliest.« Der Zweite begann sich mit dem Schiffbruch abzufinden.

»Wasser? Höchstwahrscheinlich finden wir eine Quelle oder einen Bach. Die Kokosinsel war im achtzehnten Jahrhundert ein Stützpunkt der Seeräuber, wenn ich mich recht erinnere, des Kapitän Thompson.«

»Kapitän Thompson?« Der Steuermann horchte auf. »Es wurde eine Zeitlang viel von seinen hinterlassenen Schätzen gesprochen, einmal bekam ich eine vergilbte Karte zu sehen, mit deren Hilfe ein paar fixe Burschen dahinter her waren.«

»Wir vertrödeln unnütz die Zeit. Was mit der Insel los ist, das werden wir ja sehen, wenn wir erst an Land sind.« Kapitän Brown griff als erster zu. Bald hatten die drei Männer ein Floß zusammengeschlagen und das in den immer noch hoch gehenden Wogen schaukelnde Fahrzeug mit Proviant und Werkzeugen beladen. Zuletzt zurrten sie eine Persenning über der Ladung fest.

Der Schiffer hatte richtig eine günstige Landestelle ausgemacht. Charley, der riesige Heizer, wäre am liebsten gleich auf der Insel geblieben, und auch der Zweite hatte nicht übel Lust, sich das Seeräuberversteck anzusehen. Aber Kapitän Brown trieb sie wieder auf das Floß. »Wir müssen sehen, soviel wie möglich vom Schiff zu retten, ehe der Sturm wieder anschwillt. Das wird nicht lange dauern.«

Damit sollte er recht behalten. Als sie versuchten, ein viertesmal auszulaufen, brach das Unwetter erneut mit aller Macht los. Das auf den Riffen sitzende Schiff verschwand in riesigen Gischtwolken, das ungewisse dämmerige Sternenlicht erlosch. Vor den peitschenden Regengüssen krochen die drei Männer unter eine Persenning, die sie zwischen den Bäumen hoch am Strand festgebunden hatten. So verbrachten sie die erste Nacht auf der Kokosinsel. Daß sie wirklich auf ihr gestrandet waren, bestätigte sich in den nächsten Tagen. Es stellte sich auch heraus, daß die drei Männer die einzigen Überlebenden der schiffbrüchigen City of Boston waren, denn zwischen den Klippen fanden sie Trümmer des ersten Rettungsbootes, das kurz vor dem Scheitern in See gegangen war.

Bald stand unter Palmen und blühenden Büschen eine aus Schiffstrümmern und Floßmaterial erbaute Hütte. Die drei Gestrandeten waren gar nicht so übel dran. Sie hatten allerlei an Proviant, an Werkzeugen, Seilen und Schnüren bergen können. An Waffen besaßen sie freilich nur den Revolver des Kapitäns mit einem halben Dutzend Patronen, aber sie hatten ja auch nichts zu befürchten. Die Kokosinsel war unbewohnt, kriegerische Eingeborene gab es nicht. Wasser hatten sie bereits am ersten Tag entdeckt.

Soweit konnten sie ganz zufrieden sein. Die Insel war groß, zum Teil von üppigem tropischem Busch überwuchert. Einige Erhebungen und Felsklippen gaben ihr ein malerisches Aussehen, die Nordküste weckte in Christiansen Erinnerungen an die Fjorde und Schären seiner Heimat. Stundenlang konnte er dort in den Felsen sitzen und seine Angelschnüre auswerfen. Manchmal leistete ihm der Kapitän Gesellschaft, während der brummige Heizer es vorzog, seinen Tabak unter den Palmen zu kauen und am flachen Sandstrand nach Muscheln zu suchen.

Ganz von selbst hatten sich die Rangunterschiede unter den drei Gestrandeten verwischt. Hatten sie Brown die erste Zeit noch mit »Kapitän« angeredet, seine Anweisungen als Befehle aufgefaßt, so begnügten sie sich jetzt mit einem mehr oder weniger mürrischen Nicken, wenn sie es nicht vorzogen, nichts zu hören. Aus dem Kapitän war »Käp«, aus dem Zweiten Steuermann aus unerfindlichen Gründen der »Storry« geworden. Den Heizer riefen die beiden Offiziere Teddy, was wohl eine Anspielung auf seine zottige Behaarung sein sollte.

Da saßen sie nun Abend für Abend am offenen Feuer. Einstweilen gab es ja noch Tabak, der freilich etwas merkwürdig schmeckte, denn er war völlig von Seewasser durchweicht gewesen. Mit allerlei Erzählungen von zu Hause, von früheren Seereisen, alten Bekannten vertrieben sie sich die Zeit. Aber manchmal kauerte in allen Winkeln der kleinen Bretterhütte die Langeweile und ließ sich auch durch einen Schluck Rum nicht mehr vertreiben. Es fehlte auch nicht an Plackerei, galt es doch, das Feuer so gut wie möglich zu hüten, wenn man sich nicht täglich die Mühe machen wollte, es mit Hilfe eines Brennglases neu zu entfachen. Auch das Wasserholen war beschwerlich, erforderte täglich einen tüchtigen Marsch, und manchmal hatten sich die drei Gestrandeten schon darüber gestritten, wer gerade an der Reihe wäre, mit den Eimern loszuziehen.

Hatte der eine oder andere seinen grämlichen Tag, so fehlte oft nicht viel, und es wäre zu ernstlichen Zusammenstößen gekommen. Da ärgerte sich der Kapitän über die Respektlosigkeiten, das rüpelige Benehmen des Heizers, über die langweiligen, ständig wiederholten Witze des Steuermanns, während dieser wieder die spöttisch-überlegene Art des »Alten« nicht ertragen konnte. Der haarige Charley wiederum wurde wütend, wenn die beiden Offiziere stundenlang über nautische Fragen disputierten, von denen er nichts verstand. Verflucht noch einmal, warum setzten sie sich nicht lieber in die Ecke zu einem Kartenspiel?

Oft genug hatten sie schon die Aussichten besprochen, wieder von der Kokosinsel wegzukommen. Kapitän Brown zuckte jedesmal die Schultern, wenn sie davon anfingen. »Wir sitzen hier außerhalb der Schiffahrtslinien. Es wäre der reine Zufall, wenn man uns auflesen würde. Möglich, daß einmal eine Jacht, das Schiff irgendeines zum Zeitvertreib herumgondelnden Millionärs, anlegt. Frachter oder Passagierschiffe kommen nicht hierher.«

Der Heizer spuckte im Bogen aus. In den ersten Tagen hatte er es des Kapitäns wegen noch nicht gewagt, aber was hatte der ihm heute noch zu befehlen? »Eine trostlose Aussicht«, murrte er, »herumliegen wie drei an Land geworfene Heringe! Hol's der Teufel!« Er kratzte sich die zottige Brust, den üppig wuchernden Vollbart.

»Vielleicht versuchen wir es mit Rauchsignalen«, schlug der Steuermann vor. »Wir könnten auf jeden Fall eine Notflagge auf dem höchsten Berg hissen.«

»Meinetwegen«, versetzte der Kapitän. »Nützt es nicht, so schadet es auch nicht. Aber Spaß beiseite, wir müssen uns darauf einrichten, zumindest einige Monate festzusitzen.«

»Sagtest du nicht, daß die Kokosinsel früher das Hauptquartier, der Stützpunkt Kapitän Thompsons war?«

Der Kapitän nickte. »Stimmt, Storry. Ende des achtzehnten Jahrhunderts hatten diese Burschen ihre große Zeit.«

»Damals hätte ich leben mögen«, grinste der Heizer. »Ein Kerl wie ich hätte sich nicht übel ausgenommen mit einer Pike in den Fäusten. Dabei wäre bestimmt mehr abgefallen als eine armselige Heuer, für die man sich das ganze Jahr vor den Kesseln plagen muß.«

»Schon möglich. Die Seeräuberei hatte einen goldenen Boden«, lachte der Kapitän. »Aber mancher von den Brüdern besah sich diesen Boden von der Rah aus, mit einer etwas engen Krawatte um den Hals.«

»Hör mal, Käp, die Piraten pflegten doch ihre Beute an sicheren Orten zu verbergen, zum Beispiel auf abgelegenen Inseln. Die meisten von ihnen kriegten zu guter Letzt, was sie verdienten, nämlich den Strick, wenn ihre Schiffe nicht durch Meuterei oder im Kampf untergingen. Und die Schätze, die blieben liegen. Wie ich sagte, sah ich selbst eine Karte, es war in Apia, glaube ich, in Bartleys Kneipe. Hätte verdammt gern mitgemacht damals, aber der Alte ließ mich nicht weg.«

Der Kapitän schmunzelte. »Laß es dich nicht reuen, old boy, Kapitän Thompsons Schatz liegt noch so sicher im Versteck wie je zuvor. Ihm ist noch keiner auf die Schliche gekommen. Mit den Schätzen des Admirals Sand steht es anders. Der grub sie auf Long Island ein. Ich weiß zuverlässig, daß dort oft Gold- und Silbermünzen gefunden wurden. Noch Ende 1800 holte ein Austernfischer einen ganzen Sack Gold herauf, und kurze Zeit später fischte ein Marineleutnant eine Kiste mit siebzehnhundert Silberdollars. Auch nicht übel, was? Ich war einmal als junger Matrose mit einem Schatzsucher auf einem Schoner unterwegs, acht Monate lang. Gefunden haben wir nichts, aber uns allen rauchten die Köpfe von den Berichten über versunkene und verborgene Schätze, die wir zu hören kriegten. Jeder von den Abenteurern in der Kajüte, es waren einige helle Burschen und Geldleute darunter, wußte davon zu erzählen. Kapitän Kidd, von dem ihr vielleicht schon gehört habt, soll sein Gold an der Küste von New York eingebuddelt haben. In Neuengland stieß man schon auf viele Schätze. Kein Wunder, die Vorfahren der heutigen Großen Amerikas betrieben so ganz nebenbei die Freibeuterei.

Brauchst gar nicht so weit zu segeln. Schon vor Porthmouth auf Appledore kannst du auf Schatzsuche gehen. Dort soll der Pirat Old Bab sein Versteck gehabt haben. Auch Teach hat in jener Gegend seine Beute verwahrt. An der Oakhum Bay bei Marblehead spricht man von einem riesigen Schatz einer später vernichteten Seeräuberbande.«

»Und hier auf der Kokosinsel, also unter unseren Füßen liegt die Beute des alten Thompson?« Charley beugte sich gespannt vor. Brown nickte. »Die Geschichte macht mir schon seit Tagen zu schaffen«, sagte er. »Wollte euch vorschlagen, systematisch danach zu suchen. Zeit haben wir dazu, vielleicht mehr als uns lieb ist. Und wenn man einer geregelten Tätigkeit nachgeht, hört man auf, nutzlos zu grübeln und die böse Laune an den andern auszulassen.«

»Das soll ein Wort sein, Käp. Ich mache mit. Gleich morgen fangen wir an.«

»Da sag' ich auch nicht nein«, grinste der Heizer und spuckte zur Bekräftigung im Bogen aus. »Also ab morgen geht es auf Schatzsuche. Müßte doch mit dem Teufel zugehen, wenn wir dem alten Thompson nicht auf die Schliche kämen. So klug wie ein Seeräuber sind wir noch allemal.«

»Vielleicht entwerfen wir einen Plan«, schlug der Steuermann vor. »Am besten, wir denken uns in die Rolle der Piraten hinein, stellen uns vor, wo wir Schätze verbergen würden, wenn wir welche hätten.«

Bewundernd nickte der haarige Teddy.

»Ich habe mich daraufhin bereits ein wenig umgesehen«, gestand der Kapitän. »Die Bucht vor unserer Haustür scheint mir nicht so übel.«

»Ich tippe mehr auf die Klippen. Dort herum gibt es Schlupfwinkel in Mengen. Wenn irgendwo, dann ist das Versteck in einem Felsloch. Übrigens, meist markierten die Burschen ihre Verstecke irgendwie, natürlich hübsch vorsichtig, nur für den Eingeweihten sichtbar.«

»Richtig, wir müssen auf Zeichen achten. Aber vergessen wir nicht, solche Merkmale gehen im Lauf von hundert Jahren oft verloren. Ein Fels kann stürzen, Bäume, die man zeichnete, werden alt, die gekerbte Rinde verwächst. So einfach ist es sicher nicht, sonst hätten andere, die hier herumkrebsten, die Schätze längst gehoben.«

»Sucht ihr zwei nach den Zeichen. Wenn es dann gilt, das Versteck aufzubrechen, laßt mich machen«, lachte Charley und beugte die mächtigen Arme, daß die Muskeln daran spielten.

Die Kokosinsel schien den drei Schiffbrüchigen mit einem Schlag verändert. Gestern noch ein langweiliges Eiland, war sie heute die interessanteste Insel, die sie sich denken konnten. Eine Schatzinsel – und sie gehörte ihnen, ihnen ganz allein. Hätte an diesem Morgen ein Dampfer angelegt, um sie abzuholen, sie hätten sich einer wie der andere geweigert, an Bord zu gehen. Wie auf gemeinsame Verabredung unterließen sie es, Signale zu geben oder doch wenigstens eine Flagge zu hissen, wie der Steuermann vorgeschlagen hatte. Sie wollten ungestört sein, in aller Stille der Schatzsuche nachgehen.

So einfach, wie es sich Charley, der Heizer, vorgestellt hatte, war es nun freilich nicht. Träge schlichen die Tage dahin. Die erste Untersuchung der Bucht, die der Kapitän durchgesetzt hatte, ergab nicht den geringsten Anhaltspunkt. Ebenso erfolglos verliefen die Nachforschungen an den Stellen, die bald der eine, bald der andere als schatzverdächtig ansah. Jetzt stiegen sie in den Klippen herum, krochen in jede Spalte, glaubten mehr als einmal, eingehauene Zeichen zu entdecken, die sich bei näherem Zusehen als zufällige Verwitterung herausstellten. Nur einen Fund machten sie: Auf dem Grund eines rings von Felsen und zackigen Riffen umgebenen Hafens stießen sie auf einen von Tang umwogten Anker. Zu drei Vierteln im Sand eingesunken, konnte er wohl schon hundert Jahre und mehr liegen.

Aufmerksam musterte der Kapitän die fast senkrecht abstürzende Wand am Südende der Bucht. »Sieht fast aus, als wäre hier früher eine Schlucht oder doch eine Grotte gewesen. Herabstürzende Felsen, ineinander verkeilt, haben sie zugemauert.«

»Könnte schon stimmen.« Der Steuermann war auf einen halb überspülten Felsblock gesprungen. Er wurde ganz aufgeregt. »Eine Felsspalte, ein Einschlupf zu einer Höhle!« schrie er mit sich überschlagender Stimme. Ja, nun sahen es auch die beiden andern. Wenn man auf einer Felsleiste weiterging, mußte es, brusttief im Wasser stehend, gelingen, in die Öffnung zu kriechen.

Da standen sie nun, vor Entdeckerfreude fiebernd, in einer weiträumigen Höhle. Von oben fiel durch Spalten und Risse Licht herein, gedämpft, mit blaugrünlichem Schimmer. Keiner der drei Abenteurer hatte einen Blick für die Schönheit der Höhle. Sie suchten, drängten einander beiseite, um ja recht weit mit den Händen in die Risse der Wände hineinzutasten. Sie glaubten in der Schatzhöhle der Piraten zu stehen, jeden Augenblick konnten sie auf Kisten und Säcke stoßen, gefüllt mit Gold und Edelsteinen. Aber da war nichts als nasser Fels, perlende Tropfen, die wie schimmernde Türkise und Saphire herunterklatschten oder glucksend im Wasser erloschen. Erst die rückkehrende Flut trieb die Schatzsucher aus der Höhle. Am liebsten hätten sie ihre Nachforschung in der Nacht fortgesetzt. Nur Hunger und Durst trieben sie zu ihrer Hütte. Aber schon im ersten Morgengrauen machten sie sich wieder auf den Weg, mit Stangen und Haken ausgerüstet. Heute wollten sie den Meeresgrund in der Höhle abtasten, in alle Löcher und Spalten fahren.

Das Wasser in der Höhle war jetzt, am frühen Morgen, von fast durchsichtiger Klarheit. Der Kapitän schlug vor, erst einmal zu tauchen, ehe sie mit ihren Haken den Sand und Schlamm aufwühlten. Aber dann gab er den Plan auf, denn beim ersten Schritt in das warme Wasser schoß eine häßlich gefleckte Muräne aus einem Loch.

»Mit den Giftbiestern ist nicht zu spaßen«, meinte er, und auch die andern hatten keine Lust zu dem Wagnis.

»Erst treiben wir mal alles Ungeziefer aus den Verstecken«, sagte der Norweger, »hinterher hat es keine Gefahr mehr.«

Bald war das eben noch so klare Wasser eine schwarze, wolkige Brühe, in der sie herumstocherten und tasteten. Bald hier, bald dort stießen sie auf festen Grund. Brown war es, der den Eifer der anderen neu entfachte. Er zog mit dem Haken ein unförmiges Etwas herauf, das sich bei näherem Betrachten als ein altertümlicher Krug erwies. »Sieht aus wie Kupfer oder – Gold!« Das Wort hallte von den Wänden. Sein Klang weckte ein gieriges Blitzen in drei Augenpaaren.

»So viel ist sicher, die Piraten waren früher in der Höhle, die vielleicht eine richtige Einfahrt hatte. Der Block dort vorn kann später von oben heruntergebrochen sein«, stellte der Kapitän fest.

»Vielleicht haben sie hier wilde Gelage gefeiert, aus goldenen Bechern den Wein getrunken, um Dukaten und Dublonen gewürfelt, sich gegenseitig umgebracht.« Charley, der Heizer, wurde plötzlich gesprächig. »Sollte mich nicht wundern, wenn wir auf Skelette stießen. Hat man nicht schon gehört, daß die Piratenkapitäne alle ihre Mitwisser ermordeten? Dieser Teufel, der Thompson, hat hier seine Schätze versteckt und die Geister der Erschlagenen als Wächter dabei zurückgelassen.«

Der Kapitän lachte, und auch der Zweite setzte ein überlegenes Grinsen auf. »Hör bloß auf mit deinen Hintertreppengeschichten, Teddy. Solche Schauerromane hat dir wohl auch die alte Mary erzählt, die Hexe von Marble, oder wie das Fischernest heißt, aus dem du stammst.«

»Lacht nur, vielleicht wird euch das Lachen noch vergehen, wenn wir den ersten Totenschädel heraufholen«, versetzte der Heizer. Wie er in der Höhle stand, mit verwildertem Haar und Bart, abgerissen und zottig, hätte er recht gut einen Seeräuber darstellen können, und zwar einen von der schlimmsten Sorte. Ungeduldig warteten die Männer die nächste Ebbe ab, nachdem sie die rückkehrende Flut wieder aus der Höhle getrieben hatte.

Diesmal war Charley nicht zu halten. Er stieg in das Wasser. »Die Muränen sind sicher längst getürmt«, meinte er unbesorgt, als ihn der Kapitän warnte. Eine Stunde verging mit eifrigem Suchen. Der Kapitän und der Zweite waren eben dabei, eine hochgelegene Nische zu ersteigen, die sie bislang noch nicht entdeckt hatten, als der Heizer einen gurgelnden Schrei ausstieß. Sie liefen zurück. Da stand der bis zum Hals im Wasser und schwenkte die Arme.

»Ich hab' ihn, ich hab' ihn! Hier liegt eine Kiste im Schlamm, nur eine

Kante guckt heraus, aber man kann die Eisenbeschläge spüren. Der Schatz, der Schatz Kapitän Thompsons!«

Der Norweger sprang ins Wasser. »Tatsächlich, eine Kiste«, bestätigte er, nachdem er unter Wasser herumgetastet hatte. »Teddy hat nicht zuviel behauptet. Aber es wird ein schweres Stück Arbeit sein, sie zu hieven.«

Das war es denn auch. Wohl verstanden sich die drei Seeleute auf den Umgang mit Lasten, aber sie brauchten all ihre Kenntnisse und Kräfte, ehe es ihnen gelang, ein Tau um die tief eingesunkene Kiste zu schlingen. Mittels eines quer über die Felsen gelegten Stammes hofften sie die Last heben zu können. Ein Gurgeln und Brodeln schreckte sie auf. Fast hätten sie in ihrem Bemühen um die Schatzkiste die Flut vergessen.

»Raus, so rasch wie möglich, sonst sitzen wir wie Ratten in einer Falle«, schrie der Kapitän. Hintereinander krochen sie durch den Einschlupf, wobei sie gehörig getaucht wurden. Aber lachend und übermütig wie Jungen kletterten sie ins Trockene.

»So viel steht fest, morgen heben wir den Schatz«, lachte der Steuermann.

»Sobald das zweite Tau sitzt, ist es ein Kinderspiel«, prahlte der Heizer. »Bis jetzt habe ich noch nicht richtig angepackt, wetten, wenn es sein muß, hebe ich die Kiste allein.«

So gemütlich hatten die drei Männer schon lange nicht mehr beisammengesessen wie an diesem Abend. Sie tranken die letzte Flasche Rum aus ihrem Vorrat, stießen auf gutes Gelingen an und begannen Pläne zu schmieden.

»Ich hätte nicht übel Lust, mir den Hof samt den Schären auf Solstrand zu kaufen, wenn ich heimkomme, und die christliche Seefahrt an den Nagel zu hängen«, grinste der Steuermann.

»Einen eigenen Kahn zu kaufen, einmal die fetten Frachtgelder, die unsere Reeder einstecken, selbst zu kassieren, oder noch besser, Teilhaber in einer Reederei werden, das wäre keine üble Sache. Du sitzt in einer hübschen Villa, fährst mit dem Wagen alle paar Tage zur Stadt, arbeitest ein wenig im Büro, und am Ende des Jahres gibt es fette Prozente. Ich kenne den Rummel«, überlegte der Kapitän.

»Junge, Junge«, Charley spuckte im Bogen aus, »wenn ich mit einem Sack Gold nach Newport zurückkomme, wird der dicke Matthew die schläfrigen Augen weit aufreißen und die Kitty, die immer so hochnäsig hinter der Theke stand, wird ihr schönstes Lächeln für mich aufsetzen. Der Charley, der ihnen gerade gut genug war als Rausschmeißer, wird ihnen dann als Mann und Schwiegersohn willkommen sein. Den ganzen Tag in der

Schenke sitzen, trinken, essen, was einem behagt, und zwischendurch ein kleines Spielchen mit den Gästen, das ist ein Leben, Junge, Junge!«

Es wurde spät, ehe sie sich schlafen legten, trotzdem waren sie beim ersten Tagesschein auf den Beinen, schlangen achtlos eine Handvoll Biskuit hinab, tranken einen Schluck Wasser. Zum Abkochen hatten sie keine Zeit heute, da es galt, die Schatzkiste zu heben.

Stundenlang werkten die drei Männer in der dämmerigen Höhle. Selbst Charley, der Heizer, gestand, daß er noch nie schwerer geschuftet hatte in seinem Leben. Dagegen war das Schleppen von Getreidesäcken unter tropischer Sonnenglut, das er bislang als Sträflingsarbeit bezeichnet hatte, noch Erholung.

Aber ehe die zweite Flut kam, schoben sie die schlüpfrige, mit Muscheln und Seepocken bewachsene, stellenweise dick überkrustete Kiste auf einen breiten Felssockel. Da stand sie nun, die Schatzkiste. Erschöpft, ausgepumpt, hockten die drei Männer daneben. Charley tropfte das Wasser aus dem Bart, er sah aus wie der soeben der Tiefe entstiegene Wassermann. Sein Hemd war vollends in Fetzen gegangen und entblößte die haarige Brust. Blut rieselte ihm in dünnen Fäden über die herkulischen Schultern. Kapitän Brown besah seine Hände. »Drei Nägel gebrochen«, brummte er, »und mein Rücken ist wie eine einzige Wunde. Hätte nicht viel gefehlt, und die verfluchte Kiste hätte mich wie einen Pfannkuchen an die Wand geklebt.«

Christiansen war zu erschöpft zum Sprechen. Er stöhnte nur und schüttelte die rechte Hand, daß die Blutstropfen auf den Fels klatschten.

Eine halbe Stunde verging. Draußen lockte die Sonne, der weiche, warme Sand, aber keiner dachte daran, aus der Höhle zu kriechen, um nur ja die Schatzkiste nicht aus den Augen zu lassen.

»Den Schatz hätten wir also.« Charleys Stimme klang rostiger als sonst. Seine Augen huschten unruhig umher, hafteten manchmal mit unverkennbarem Argwohn auf den Gefährten. »Wir haben alle drei tüchtig zugepackt, aber ich wette, keiner von uns hat je einen besseren Taglohn gemacht.« Er klopfte mit der Hand auf die Kiste. »Schwer genug ist sie, um eine Million oder noch mehr zu enthalten. Jeder von euch soll bare hunderttausend von mir bekommen. Na, ist das kein Wort?«

»Von dir?« Christiansen, der Norweger, richtete sich langsam auf. »Was soll das heißen? Wir sind doch alle drei gleichberechtigte Teilhaber, sollte ich denken.«

»Wer hat die Kiste gefunden?« Der Heizer schlug sich mit der Faust auf die Brust, daß es dröhnte. »Ich fand sie, und noch immer hat alles, was ich fand, mir allein gehört, verstanden? Ich will nicht kleinlich sein, das sage ich ja. Hunderttausend für jeden Mann, der Rest gehört mir.«

Kapitän Brown sah den haarigen Riesen groß an. »Wärest du von selbst auf den Gedanken der Schatzsuche gekommen? Sei ehrlich, Teddy, mit deinem dicken Kopf war noch nie viel los. Wer wußte mit den Schätzen Bescheid: ich. Wer entdeckte die Höhle: ich.«

»Wer kam auf den Einfall, daß hier in den Klippen das Versteck sei? Ich und abermals ich«, unterbrach ihn der Zweite. »Du säßest noch heute irgendwo am Strand mit deinem ewigen Kautabak und deinem Muschelragout, wenn wir nicht gewesen wären und dich auf die Schatzsuche mitgenommen hätten.«

»Der Finder hat den Hauptanspruch, das ist ganz klar. Wenn es euch nicht paßt, so können wir ja die Geschichte nach guter alter Art austragen. Die Sache ist ganz einfach. Hier steht die Schatzkiste Kapitän Thompsons, und hier sind wir drei. Kommt 'ran. Ich schlage euch einzeln oder zugleich die Schädel ein.«

»Hier ist nicht die Rede vom Schädeleinschlagen, sondern von Recht und Gesetz. Und das Gesetz sagt, daß drei Männern, die zusammen einen Fund machen, auch zu gleichen Teilen daran beteiligt sind.« Der Kapitän sagte es langsam und gewichtig. »Schließlich bin ich immer noch der Schiffer und dein Vorgesetzter. Du stehst im Dienst meiner Schiffahrtsgesellschaft, die dir deine Heuer bis zu dem Tag bezahlen wird, an dem wir nach Hause kommen und abmustern.«

»Ich pfeife auf meine Heuer«, grinste der Riese. »Du kannst den Bettel einstecken, Käp. Hier in der Kiste ist meine große Chance, und ich will verdammt sein, wenn ich sie nicht festhalte.«

»Meinetwegen bleib auf der Kiste hocken und hüte sie«, brummte der Norweger. »Ich für meinen Teil mache, daß ich 'rauskomme. Die Flut ist da, und wenn mich nicht alles täuscht, gibt es grobe See. Dann wird die Schatzhöhle zum Hexenkessel.«

Es gurgelte und gluckste vernehmlich. Keiner hatte während des Streites darauf geachtet. Jetzt krochen sie hastig aus dem Einschlupf. Im Nordwesten stand eine dunkle Wand, aus der es unheilvoll blitzte. »Wer trocken unter Dach kommen will, der mag laufen«, stieß Kapitän Brown hervor und setzte sich in Trab. Keuchend und stöhnend folgten ihm die andern.

Während die Blitze niederzuckten, der Donner rollte, die Regengüsse auf das Dach der Hütte prasselten, hockten die drei Männer mürrisch und verdrossen um das schwelende Feuer. Ab und zu mußte einer beiseiterücken, wenn ein Wasserstrahl durch das Dach drang. Eben hatte der Heizer wieder eine volle Dusche bekommen. Aber keiner lachte. In wühlendem Grimm schossen sie einander giftige Blicke zu. Gestern abend hatten sie gemütlich beisammengesessen und sich die Zukunft in rosigen Farben ausgemalt. Heute, da sie sich des Schatzes sicher fühlten, betrachteten sie einander mit Neid und Mißgunst.

Einmal versuchte es der Kapitän mit gütigem Zureden, dann überhäufte Christiansen den Heizer mit Vorwürfen und erinnerte ihn zum hundertsten Male daran, daß er und kein anderer den Schatz in den Klippen vermutet hatte.

Charley grinste. »Ihr könnt mich nicht blöd machen«, grollte sein rostiger Baß. »Der Schatz ist mein, ich war der Finder. Und wenn ihr mit den hunderttausend nicht zufrieden seit, dann nehm' ich den ganzen Bettel auch allein. Das ist mein letztes Wort, und jetzt will ich schlafen. Morgen hole ich das Gold und die Juwelen aus meiner Kiste, das steht fest. Morgen bin ich Millionär!«

»Morgen bist du gar nichts, Teddy, das sage ich dir«, fauchte der Kapitän. »Der Sturm hält mindestens drei Tage an, und solange kommen wir nicht mehr in die Höhle. Bis dahin hast du Zeit, dir die Geschichte zu überlegen. Wenn du dann noch nicht zur Vernunft gekommen bist, sprechen wir ein ernstes Wort miteinander.«

Charley wollte etwas erwidern, einen letzten Trumpf ausspielen. Aber er erinnerte sich an den Revolver, den der Kapitän lose in der Tasche zu tragen pflegte. So begnügte er sich mit einem wüsten Fluch, ehe er sich auf seine durchnäßte Decke warf.

Drei Tage vergingen mit Sturm und Regen. Einmal mußten die Schiffbrüchigen das Dach neu zurechtflicken, das ihnen davongeflogen war. Sie ächzten bei jeder Bewegung, denn die Schatzsuche steckte ihnen noch in den Knochen. So gut es ging, hatten sie ihre Wunden verpflastert und verbunden. Auch Charley ließ es sich gefallen, daß ihn der Kapitän behandelte, so zuwider es ihm auch war, von den anderen noch eine Handreichung anzunehmen. »Die paar Kratzer spür' ich nicht«, brummte er. »Aus solch einem Kratzer wird nur gar zu leicht eine Blutvergiftung«, versetzte Kapitän Brown. »Aber wie du willst, schieb meinetwegen ab, dann brauchen wir uns wenigstens nicht mehr um die Teilung zu streiten.« Knurrend bot der Riese daraufhin dem Kapitän die wundgestoßene Schulter. Drei Tage dauerte das Unwetter. Drei Tage stauten sich die Wellen, in der Felsbucht kochte und brodelte es wie in einem überheizten Kessel. Wohl ein dutzendmal war Charley in die Klippen gestiegen, um jedesmal fluchend umzukehren.

Jetzt endlich flaute es ab, und am Nachmittag brachen die Schatzsucher auf. Charley trug das Beil über der Schulter, der Kapitän hatte sich mit Brechstange, Hammer und Meißel beladen, den Revolver trug er unmißverständlich vorn im Gürtel. Auch Christiansen schien die gewichtige Harpune, mit der er gelegentlich Fische spießte, durchaus nicht nur zum Aufbrechen der Kiste mitgenommen zu haben.

Hintereinander krochen sie in die Höhle. Eine böse Überraschung erwartete sie dort. Naß und glitschig lag der nackte Felssockel vor ihnen. Da hing noch der eingekeilte Stamm mit den darum geschlungenen Zugseilen. Aber die Kiste war weg, abgeglitten, in die Tiefe gestürzt.

»Da unten liegt sie, genauso verklemmt zwischen den Klippen wie zuvor«, grollte Charley, der ohne Umstände in das Wasser gesprungen war und mit den Füßen tastete. Er fluchte, daß es in der Höhle hallte und dröhnte.

Christiansen hatte sich auf einen Felsvorsprung gesetzt und stopfte sich gemächlich die kurze Pfeife. Er tauschte einen heiteren Blick mit dem Kapitän, der ihn sogleich begriffen hatte und seinem Beispiel folgte.

»Was meinst du, Käp, gehen wir fischen? Ich hätte Appetit auf Thun oder Zackenbarsch.«

»Auch ein Hummer wäre nicht so übel«, versetzte Brown. »Ich weiß ein paar gute Stellen am Riff. Dort sitzen sie dicht bei dicht.«

Charley schwang sich zu ihnen empor. »Was soll das Geschwätz?« brüllte er. »Wir müssen anpacken, und das möglichst rasch, sonst rutschen die Seilschlingen auch noch ab, und wir können die Schinderei von vorn anfangen.«

Christiansen schmunzelte. »Das ist deine Sache, Teddy, ich für meinen Teil verzichte auf die hunderttausend. Sieh zu, wie du die Kiste heraufkriegst; ich habe es satt.«

»Wir gehen fischen, vielleicht sehen wir gegen Abend einmal vorbei, bis dahin wirst du wohl klar kommen mit der Kiste«, lachte der Kapitän. »Bye, bye, Teddy, laß dir die Zeit nicht zu lang werden und paß gut auf die Flut auf, sonst kannst du mit Thompsons Geist hier herumgespenstern und die Kiste bewachen.«

»Da hab' ich mir ja ein paar feine Kameraden zum Schatzsuchen angeschafft, verflucht noch mal«, knurrte Charley. Im nächsten Augenblick stand er, das Beil in der Rechten, vor den andern. »Hiergeblieben und angefaßt, oder ihr sollt mich kennenlernen!«

Er prallte zurück, denn der Lauf des Revolvers richtete sich auf seine Brust, und nun spürte er auch die Spitze der Harpune in der Seite. »So stehen wir also miteinander«, knirschte er. »Geht nur, da muß ich eben sehen, wie ich allein fertig werde. Aber von dem Schatz Kapitän Thompsons seht ihr keinen Dollar, das steht fest.«

Die Kokosinsel träumte unter klarblauem Himmel. Die Brandung umsäumte sie mit einem weißen Gischtkranz. Allmählich glätteten sich die Wogen. Brown und Christiansen bummelten an der Küste entlang, stocherten in dem angeschwemmten Tanggürtel, suchten Strandgut. Keinen der beiden war der Fang wichtig. Zum Zeitvertreib warfen sie schließlich die Haken aus. Wie auf Verabredung hatten sie sich nicht allzuweit von den Klippen entfernt. Sie sprachen kein Wort über den Heizer, und doch waren ihre Gedanken ständig in der Höhle. Hatten sie vielleicht doch zuviel gewagt? Gelang es dem Riesen, die Kiste unter Wasser zu erbrechen? Stunden vergingen. Als die Flut kochend und brausend gegen die Klippen anschäumte, sahen sie Charley auf einem Felsen sitzen. Er triefte vor Nässe. Sicher hatte er bis jetzt mehr unter als über Wasser gewerkt.

Die Ungewißheit wurde quälend, fast unerträglich für die beiden andern, aber sie hielten durch. Da kam er angetrottet, die klobigen Fäuste in den Taschen der zerrissenen Hose. Bei den Fischern blieb er stehen. Es arbeitete in seinem von tiefen Falten gezeichneten Gesicht. Endlich polterte er los: »Habt ihr's euch überlegt? Macht ihr wieder mit? War ja ein Unsinn, die ganze Streiterei. Los, kommt schon. Fifty-fifty, ist das ein Wort?«

»Du meinst, die Hälfte gehört dir?« erkundigte sich der Kapitän vorsichtig. Der Riese nickte. Wortlos wandte sich Brown wieder ab und spießte einen frischen Köder an den Haken.

»Allein ist's nicht zu machen«, gab der Heizer zögernd zu, »die Kiste scheint aus Eisenholz gezimmert zu sein. Los, Storry, sag was Vernünftiges, gib dem Käp einen Stoß.«

»Für ein Viertel? Nichts zu machen. Jedem ein Drittel, wie es von Anfang an ausgemacht war. Und nun geh weg hier, die Sonne scheint so schön warm, und die Fische beißen wie selten.«

Mit einem Fluch wandte sich der Heizer ab und stapfte davon. Aber seine Schritte wurden immer langsamer. »Er schmort im eigenen Saft«, grinste der Steuermann.

»Bis in einer Viertelstunde ist er weich wie Butter«, versetzte der Kapitän und schielte über die Schulter. »Sagte ich es nicht, er macht kehrt, er kommt.«

Diesmal setzte sich Charley zu den Gefährten in den Sand. Er grinste breit. »Nun lassen wir endlich den Unsinn«, brummte er verlegen. »Das alles war doch nur ein Scherz. Na ja, ein dummer Spaß vielleicht. Aber zum Teufel, das muß einem ja zu Kopf steigen, so von einem Augenblick zum andern eine Million oder noch mehr in der Hand zu haben. Vielleicht, nein, ganz sicher, wäre es euch ebenso ergangen, wenn ihr die Kiste gefunden hättet. Also jedem ein Drittel, abgemacht?«

»Abgemacht!« nickten die andern. »Schaff Holz her, wir backen die Fische am Feuer und halten ein Versöhnungsmahl. Bis dahin ist die Flut abgelaufen. Dann können wir ja die Schatzkiste heben. Wird Schweiß und Blut kosten, aber herauf muß sie, und wenn der alte Thompson persönlich daran hängt.«

Eine Stunde später werkten die drei wieder in der Höhle. Die schwere

Arbeit schien ihnen Spaß zu machen, denn immer wieder hallte ein Lachen durch die Höhle.

Es ging leichter als beim erstenmal, sie hatten der Kiste die Tücken abgelauert, wußten besser mit ihr und den Seilen umzugehen.

Da stand sie nun, zum zweitenmal der Flut entrissen und diesmal fest verkeilt und mit Tauschlingen gesichert. Unverzüglich machten sie sich daran, den Deckel aufzubrechen. Aber es war eine böse Arbeit. Endlich, sie glaubten schon, es nicht mehr vor der Flut zu schaffen, klaffte ein kleines Loch. Jetzt setzte Charley seine ganze gewaltige Kraft ein. Es brach und knackte. Mit einem Ruck riß er ein Eisenband los, bog es zur Seite.

Drei Köpfe stießen mit hartem Prall zusammen, drei Hände fuhren in das Loch hinein, bekamen statt Gold und Diamanten rauhen Sand zu packen, eine zusammengebackte feste Masse. Verblüffte Gesichter.

»Das ist nur die obere Schicht, eingesickerter, hart gewordener Sand«, meinte der Kapitän. »Weiter unten liegt das Gold.«

»Laßt mich ran!« Christiansen fuhr mit der Harpune in das Loch und wühlte, bohrte daran herum. Er holte ein paar Stücke der festgebackten Masse heraus. Während er sie untersuchte, brachen die beiden andern das Loch weiter auf. Nun war der Deckel schon zur Hälfte abgesprengt. Aber wie sie auch wühlten und suchten, es kam nichts anderes zum Vorschein als schwarzer Sand.

»Ich will euch was sagen«, ließ sich Christiansen vernehmen, »das da ist Pulver, nichts anderes als Pulver. Wir haben uns umsonst abgeplagt.« Er begann plötzlich aus vollem Hals zu lachen, daß es ihn schüttelte. »Wenn ich denke, wie wir uns anstellten, wie dumme Jungen! Jeder hätte den andern beiden am liebsten den Hals abgeschnitten, um nur ja allein eine Kiste altes Pulver zu besitzen. Wenn das nicht der beste Witz ist, den ich je erlebt habe . . .«

Auch das Gesicht des Kapitäns, eben noch von Spannung und Erwartung verzerrt, glättete sich, wurde heiter. Nur Charley, der humorlose, konnte der Geschichte keinen Spaß abgewinnen. Er verfluchte die Kiste, die ganze Schatzsucherei, Kapitän Thompson, die Kokosinsel, sich selbst und alle seine Vorfahren.

Erst als Brown und der Steuermann davon zu sprechen begannen, daß die Pulverkiste immerhin ein Beweis dafür sei, daß auf der Kokosinsel ein Piratenversteck war, wurde er ruhiger. Sie wollten weiter suchen, das verstand sich von selbst, und vielleicht, nein sicher hatten sie doch noch Glück. Wochenlang wühlten und forschten sie in den Klippen, sie gruben im Sand, fällten uralte Bäume, um in ihren Höhlungen nach Schätzen zu fahnden. Allmählich ließ ihr Eifer nach, erwachte wieder, wenn der eine oder andere eine verrostete Muskete, einen Dolch oder gar ein paar Münzen fand.

Auf der höchsten Erhebung flatterte längst das Notsignal, und an windstillen Tagen stieg eine dunkle Rauchsäule senkrecht in die klarblaue Luft. Ein halbes Jahr später befreite eine anlegende Luxusjacht die drei Schiffbrüchigen aus ihrer unfreiwilligen Gefangenschaft. Mit leeren Händen zogen sie ab, denn die paar kleinen Funde zählten nicht. Sie hatten sie obendrein unter dem Boden ihrer Hütte wieder eingegraben.

»Vielleicht«, meinte Kapitän Brown, »kehren wir eines Tages mit einer Schatzsucherexpedition zurück und holen Kapitän Thompsons Raubgut doch noch heraus. Auf jeden Fall geht es die Herren Millionäre, die uns mitnehmen, nichts an.« Damit waren auch der Zweite und der Heizer einverstanden. Seite an Seite standen sie an der Reling der Jacht, als der Anker gehievt wurde, und warfen einen letzten Blick auf ihre Kokosinsel, die so viele Hoffnungen in ihnen erweckt hatte, um sie ebensosehr zu enttäuschen.

Ungehobene Schätze

Uralt ist die Sehnsucht des Menschen nach mühelos erworbenem Reichtum, die romantische Jagd nach versunkenen, vergessenen Schätzen. Nun, von vielen Schätzen ist Ort und Zeit, da sie versanken oder verschwanden, bekannt, und trotzdem harren sie noch heute auf den glücklichen Finder. Man kann, wenn man sich mit dem Schatzsuchen näher befaßt, drei Gruppen von Schätzen feststellen: Da sind einmal Reichtümer verschollener Herrscherhäuser, zum andern die Piratenschätze, meist aus der Blütezeit der Seeräuberei von 1600 bis 1830. Schließlich vermerkt die Geschichte, daß oft Schiffstransporte mit Gold und Silber Naturkatastrophen zum Opfer fielen oder, vom Feind bedroht, versenkt wurden.

Zehn Tonnen Gold und Edelsteine kostbarster und seltenster Art liegen auf dem Grund des Morastgebietes von Zinda-Rud. Als das persische Heer um das Jahr 1740 den Rückzug aus Delhi antrat, aus dem es ein Volksaufstand vertrieb, führte es diese ungeheuren Schätze mit fort. Nach alten persischen Berichten versanken die zehn Kamele mit der kostbaren Last im Schlamm des erwähnten Gebietes.

In den mehr als dreihundert Jahren Piratenzeit, deren Höhepunkt in den letzten Jahrzehnten des achtzehnten Jahrhunderts liegt, wurden viele Schätze auf den Inseln der Weltmeere und an Küsten exotischer Länder vergraben. Dort liegen sie heute noch, da die genaue Kunde der Verstecke mit den Abenteurern unterging, die sie angelegt hatten.

Bedeutende Schätze liegen in den Tiefen der Weltmeere. Unvergessen ist ja die erfolgreiche Aktion der »Artiglio«, die dem Wrack der »Egypt« zwanzig Millionen Pfund in Goldbarren entriß.

Fünfzig Millionen Dollar in Gold erbeutete das englische Kriegsschiff »Debraak« im Jahr 1798, das eine spanische Galeere enterte. Beim Versuch, den ungeheuren Schatz zu bergen, gerieten die bis zum Rand mit Gold beladenen Ruderboote in einen Wirbelsturm. In der Delawarebucht wartet das Gold auf seinen Finder.

Die Walfänger

Ole Ruud hörte einen rauhen Schrei. Im nächsten Augenblick entstand eine Rauferei an der Bar. Die drei Männer, die eben noch in angeregter Unterhaltung beisammengestanden hatten, schoben einander hin und her. Schläge klatschten, Flüche und Gläserklirren füllten den Raum, ein Stuhl krachte unter einem stürzenden Mann. Wie es kam, das hätte Ole später selbst nicht mehr sagen können. Sein Herz klopfte wie rasend, er war im Begriff, hinauszulaufen auf die Straße, und blieb doch auf seinem Platz, sah wie gebannt der Schlägerei zu. Das Abenteuer, von dem er immer träumte, nach dem er sich sehnte, hier war es! Er ärgerte sich über seine aufsteigende Angst, über seine Schwäche. Das dort an der Bar waren Männer, besonders der eine, der sehnige, von Wind und Wetter rotbraun gegerbte schlanke Bursche, der sich mit Faustschlägen, Stößen und flachen Hieben gegen die drei Angreifer wehrte.

Jetzt war es ihm gelungen, den Anstifter der Rauferei mit einem Kinnhaken gegen die Bar zu schleudern. Gläser und Flaschen klirrten. Der Wirt stürzte hinter der Theke hervor, um die Raufbolde zu trennen.

In diesem Augenblick geschah es. Der Braungebrannte schickte sich an, den zweiten Angreifer vorzunehmen. Dabei achtete er nicht auf den dritten. Dieser hatte eines der gesplitterten Stuhlbeine aufgegriffen und hob es zum Schlag. »Drei gegen einen«, knurrte Ole Ruud. Die rauhen Laute, die in seiner Kehle zitterten, paßten ebensowenig zu ihm wie das, was er jetzt tat. Er schnellte auf, erreichte den Mann mit dem Stuhlbein im Sprung, umklammerte ihn von hinten und riß ihn nieder.

Da lag er nun in seinem eleganten Sommeranzug auf dem nicht eben sauberen Boden der Hafenbar und wälzte sich mit einem Seemann, der aufdringlich nach Fisch roch, zwischen Stuhl- und Tischbeinen herum. Ein dumpfer Schlag. Der Dunkelhäutige hatte seinen zweiten Feind mit dem Wirt zusammen über den am Boden liegenden Anstifter des Streites geworfen.

Jetzt bückte er sich. Ole spürte, wie ihm sein Gegner entrissen wurde. Er erhob sich immer noch ganz benommen. Aber merkwürdig, er fürchtete sich gar nicht mehr. Im Gegenteil! Mit geballten Fäusten, funkelnden Augen stand er da. Die Krawatte hing ihm über die Schulter, an seiner eben noch so feinen blauen Jacke fehlte ein Knopf, Ärmel und Rücken waren staubig und schmutzig geworden.

Er hörte, wie der Wirt auf den Braungebrannten einredete und sie beide zur Tür schob, um gleich hinterher mit ausgebreiteten Armen die anderen zurückzuhalten.

Eigentlich wäre es am klügsten gewesen, jetzt zu laufen, in die nächste Gasse einzubiegen, durch eine Hofeinfahrt zu verschwinden. Aber das wäre unmännlich gewesen, feige. Ole fühlte, wie es ihm bei jedem Schritt in den Beinmuskeln zuckte, wie ihm ein Schauder über den Rücken lief, sooft er hinter sich ein Geräusch hörte. Trozdem gelang es ihm, sich zu beherrschen und so ruhig, als ob er täglich im Hafenviertel dergleichen Abenteuer erlebte, neben dem Dunkelbraunen herzugehen.

Der sprach ganz ruhig von gleichgültigen Dingen, während er sich mit dem

Taschentuch die blutigen Knöchel seiner Rechten abwischte und seinen Anzug, so gut es ging, in Ordnung brachte. Nun bog er mit Ole in eine Gasse ein, wo er stehen blieb. Zum erstenmal sahen sich die beiden Kampfgefährten in die Augen. Der sehnige Dunkelhäutige lachte, daß seine Zähne blinkten. Er musterte den Jüngeren von Kopf bis Fuß. Dann nickte er.

»Gut gemacht, Junge. Wären Sie mir nicht beigesprungen, dann hätte ich jetzt eine Beule auf dem Schädel, so dick wie ein Ankertau, und ein paar Tage Kopfweh hätte es mir auch eingetragen. Übrigens, meine Name ist Sven Björnsten, Harpunier auf einem Fangschiff. Eben an Land gegangen, wollte ich ein Glas oder zwei trinken, trat in die Bar, na, und das übrige haben Sie ja wohl miterlebt.«

»Es war eine Gemeinheit. Drei gegen einen«, empörte sich Ole. »Um was es ging, das kriegte ich nicht recht mit. Schien mir so, als wäre der Breitschultrige mit der roten Stirnnarbe der Händelsüchtige gewesen. Niederträchtige Bande!«

»Halb so schlimm«, lachte der Harpunier, während er dem Jüngeren den Staub aus der Jacke klopfte. »Fischer, aus den Lofoten heimgekehrt. Wochenlang Wache gehen, ständig unter Kommando, so etwas macht aufsässig, mancherlei Groll staut sich da an, und irgendwie muß es raus.«

»Sie haben die Burschen gut bedient«, schmunzelte Ole und tat sich nicht wenig auf seinen männlichen Ton zugute. Wie er so neben dem Harpunier herging, fühlte er sich ordentlich gehoben, getragen von Stolz. Er, das Muttersöhnchen, der Zaghafte, Ängstliche hatte die Probe bestanden. Noch spürte er den Ruch des Abenteuers in der ein klein wenig nach oben gehenden spitzen Nase.

Sven Björnsten lachte. »Na, wir sehen ja jetzt wieder ganz ordentlich aus. Wie wäre es, wenn wir noch einen nehmen würden. Ich lade Sie ein, bin ich Ihnen schuldig.«

Welch ein Gefühl! Der Harpunier hakte Ole unter und schritt mit ihm durch das Gassengewirr, führte ihn schließlich in ein Restaurant. Und nun saßen sie einander gegenüber und stießen auf gute Freundschaft an.

Bereitwillig gab der Harpunier Auskunft, als sich Ole mit ein paar Fragen vorsichtig an ihn heranpirschte. »Walfang, hört sich wohl sehr romantisch an, was? Nun, lassen Sie sich sagen, junger Freund, das ist heutzutage ein Geschäft wie jedes andere auch und obendrein ein Wettlauf mit der Konkurrenz. Wie ich das meine? Nun, vielleicht haben Sie Landratte schon einmal etwas von einer internationalen Walfangkommission gehört. Die bestimmt, wieviel Wale jedes Jahr gefangen werden dürfen, um den Bestand so lange wie möglich zu erhalten. Ganz klar, daß jedes Fangboot, es werden so an die zweihundert sein, die Jahr um Jahr auslaufen, soviel wie möglich von dem Segen einzuheimsen versucht. Freigegeben zum Abschuß werden ungefähr fünfzehn-, sechzehntausend Wale; haben müßten wir, wenn jedes Boot so seine hundert schießen soll, ein paar tausend mehr. Jeder einzelne harpunierte Wal muß der Zentrale gemeldet werden. Ist die erlaubte Ziffer erreicht, wird die Fangsaison abgeschlossen, gleichviel, ob der oder jener erst die halbe Ladung hat. Verstanden?«

Ole nickte. »Jedes Fangschiff muß also in kürzester Zeit seine hundert Wale abschießen, sonst kommt kein Gewinn heraus bei der Geschichte.«

»Richtig, Herr Ruud, genauso ist es. Und wenn die Flotte, zu der mein Fangschiff gehört, nicht die volle Ladung hat, gibt es weniger Fangprämie. Dieses Jahr sind die Ölpreise gut. Ich werde so meine siebzig- bis achtzigtausend Kronen gemacht haben.«

»Siebzig- bis achtzigtausend in einem Jahr, bei einer Fangsaison!« staunte Ole.

Der andere nickte. »Vor drei Jahren machte ich hunderttausend. Aber glauben Sie nicht, daß es ein Vergnügen ist. Gewiß, unsere Schiffe sind fein eingerichtet, da gibt es Bad, Duschräume, ein Kino auf dem Mutterschiff, natürlich Radio, Musik nach Wunsch im Mannschaftsraum. Wenn man an die alten Zeiten denkt! Da waren die Walfangschiffe jahrelang unterwegs, schmutzige, verdreckte Kästen, auf denen es oft scharf herging. Die Wale mußten von Ruderbooten aus harpuniert werden mit der Handharpune. Es gehörten schon ganze Männer dazu, die das fertigbrachten. Gingen auch genug dabei zu den Fischen. Ein Schwanzschlag, und die ganze Nußschale war erledigt. Schließlich ist ein Wal von zwanzig und mehr Meter Länge ein recht wehrhafter Feind. Freilich, heutzutage hat er kaum eine Chance. Unsere Harpunen tragen Sprengköpfe. Ist er einigermaßen gut getroffen, so geht es rasch mit ihm zu Ende. Man holt ihn längsseits, pumpt ihn mit Luft voll, zeichnet ihn mit der Bootsmarke und läßt ihn treiben. Das Mutterschiff wird verständigt und liest die erlegten Wale auf. Wie in einem Scheunentor verschwinden sie in der großen Öffnung am Heck.«

Es wurde spät, ehe sich die beiden Zufallsfreunde mit dem Versprechen trennten, sich bald wiederzusehen. Ole hatte gefragt und wieder gefragt. Endlich einmal war er auf etwas gestoßen, das ihn interessierte. Wie langweilig verlief doch sein Leben. Er saß in Kontoren, an Schreibmaschinen und hinter Büchern. Lernen sollte er, ein tüchtiger Kaufmann werden, einmal das väterliche Handelsunternehmen leiten. Ole schnitt dem Fenster, hinter dem die Eltern schliefen, als er heimkehrte, eine Grimasse. Er hatte nun einmal keine Lust dazu, einer dieser vielen tausend Büroarbeiter zu werden. Auch der Gedanke an das väterliche Geschäft reizte ihn nicht. Was tat der Vater? Von morgens bis abends saß er im Büro, arbeitete angestrengter als seine Angestellten, war hinter allen her, sogar hinter den Lehrjungen. Was hatte er davon? In allen Ecken und Winkeln des Büros und der elterlichen Wohnung hockte die graue Eintönigkeit. Ole gähnte und verzog dabei sein leichtsinniges, immer ein wenig gelangweiltes Gesicht vor dem Spiegel im Vorraum.

Da waren die Seeleute, Männer wie dieser Sven, doch ganz andere Kerle. Gewiß, auch der Walfang war nicht mehr solch ein verwegenes tollkühnes Unternehmen wie früher. Damals hätte Ole leben mögen, als der Mann noch Auge in Auge mit diesen Meeresriesen kämpfte. Aber so viel hatte er aus den Worten des Harpuniers doch herausgehört, daß man dabei mancherlei erleben konnte. Wie war das nur gewesen mit dem Mordwal, der Sven Björnsten auf einer Eisscholle belagert und dabei fast in die Tiefe gezogen hatte?

Ole Ruud gelobte sich, den Kaufmannsberuf endgültig an den Nagel zu hängen und Walfänger zu werden. Eigentlich brauchte es dazu nicht viel. Er lächelte spöttisch, als er sich zu Bett legte. Wenn es der Vater wüßte, daß er bereits seit vier Wochen bummelte, von einem Tag zum andern bei Sjeldrup & Sohn davongegangen war. Die Mutter deckte den Schwindel, sorgte dafür, daß ihr Einziger nicht zu darben brauchte, immer die Tasche voll Geld hatte. Das Leben würde Ole bald genug in die Zange nehmen, sollte er doch sorglos die wenigen Jahre genießen, die ihm bis dahin blieben.

Es war ja nicht das erstemal, daß Ole fortlief, die Arbeit hinwarf. Er grinste spöttisch. Der Vater tat ja nur so. Im Grunde war er genauso schwach und nachgiebig wie die Mutter und konnte seinem Einzigen nichts abschlagen. Mit einem halben Dutzend Geschäftsfreunden war es zu bösen Auftritten gekommen, wenn sie sich über den überheblichen, nichtsnutzigen Ole Ruud beschwerten. Verleumdung, üble Nachrede, fauchte der alte Ruud. Die andern faßten seinen Einzigen zu hart an, glaubten wohl, Ole wäre nicht mehr und nicht weniger als einer von ihren Lehrlingen. Gottlob, das hatte sein Junge nicht nötig, sich herumschikanieren zu lassen. Der alte Ruud brauchte nur anzuklopfen, schon wurde Ole anderswo aufgetan.

So ganz einfach ging das freilich nicht mehr. Es sprach sich in Handelskreisen herum, wie sich der junge Ole aufführte. Der Bengel hielt sich an keine Bürozeit, kam und ging, wie es ihm paßte, gab den Vorgesetzten freche Antworten und lief ohne Kündigung davon, wenn es ihm zu dumm wurde.

Sven Björnsten, der Harpunier, war gerade der richtige Kamerad für Ole. Er wollte sich erst einmal die Beine vertreten, wie er sagte, um dann auf seine heimatliche Schäre zurückzukehren, ein wenig zu segeln, zu fischen und zur nächsten Fangzeit wieder auszulaufen. Sie fuhren mit Oles Wagen in der Umgebung Oslos umher, machten Abstecher in die Berge, verursachten einmal einen Unfall, der zum Glück harmlos ausging, hatten ihren Spaß mit den Fischermädchen, die sie hier und dort trafen, und zwei-, dreimal kam es zu kleinen Raufereien.

Das schönste aber waren Svens Erzählungen von seinen Fangreisen, von der Walfischbucht, Fahrten mit den Autos ins Landesinnere, von braunen, schwarzen und gelben Menschen, von lustigen Gelagen, einem Zwischenaufenthalt in einem Gefängnis an Land, wenn sich die Bande gar zu toll aufgeführt hatte.

Das alles roch nach Abenteuer. Ole sah die weißen Hafendämme, die Leuchttürme, die Städte vor sich auftauchen wie eine lockende Fata Morgana. Und das herrlichste aller Abenteuer schien es Ole zu sein, auf einer Kanzel im Bug des Walfangschiffes zu stehen, im Auf und Nieder der brausenden, schäumenden Wogen zu visieren, dem Wal die Harpune in den speckigen Rücken zu jagen.

Als Ole das erstemal von seinen Plänen zu Hause erzählte, wäre die Mutter fast in Ohnmacht gefallen. Mit ängstlichen Augen starrte sie ihren Einzigen an: »Junge, wo denkst du hin? Das ist doch alles viel zu gefährlich, Arbeit für starke gesunde Männer! Du mit deinem nervösen Herzen, deiner Anfälligkeit für Erkältungen ...«

Vater Ruud runzelte die Stirn: »Was ist das wieder für ein Einfall? Setz dich endlich auf einen Bürostuhl und mach wenigstens die Lehrzeit fertig. Hier im elterlichen Geschäft ist dein Platz, nicht an Bord eines Walfängers. Ole, sei doch nur ein einziges Mal vernünftig. Auf dich wartet das gemachte Bett, du brauchst nur dort weiterzumachen, wo ich einmal aufhöre. Tausende würden dich um deine Zukunft beneiden, sich die Finger wundarbeiten, um das zu erreichen, was dir ganz von selbst in den Schoß fällt.«

»Ich bin nun einmal nicht zum Stubenhocken geboren, mich lockt die weite Welt, das blaue Meer ...«

Der Vater zuckte die Schultern. »Als ob es damit getan wäre, hinaus-
zufahren und Abenteuer zu erleben. Laß dir sagen, mein Junge, an Bord
mußt du Wachen gehen, vier Stunden Arbeit, vier Stunden zur Koje. Frag
doch einmal deinen neuen Freund, den Harpunier, ob ihm etwas geschenkt
wird auf der Fahrt. Und glaubst du, man läßt dich, einen grünen Jungen,
einfach an das Harpunengeschütz heran?

Abenteuer!« Vater Ruud prustete. »Was du dir darunter vorstellst! In
Wirklichkeit sieht das ganz anders aus als beim Lesen im Klubsessel oder
auf der Kinoleinwand. Man gerät dabei oft in recht fragwürdige Gesellschaft, gar nicht zu reden von Dreck und allerlei Ungeziefer. Aber wer
nicht hören will . . .«

Ein wenig später hatten die Eltern Ruud eine recht sorgenvolle Unter-
redung. Natürlich war ihr Ole an allem unschuldig. Ein guter Junge, nur
ein wenig zu unerfahren, zu leicht zu beeinflussen. Dieser Harpunier, den
Jahren nach müßte er doch ein gereifter Mann sein, setzte dem Jungen
solche Flausen in den Kopf. Aber er sollte Vater Ruud und noch mehr die
Mutter Oles kennenlernen!

Die Gelegenheit dazu kam eher, als es sich die Ruuds gedacht hatten.
Schon am nächsten Vormittag klingelte es. An der Vorgartentür stand
Sven Björnsten, der Harpunier, mit seinem funkelnagelneuen Wagen. Zu
dumm, nun war Ole eben ausgegangen, ohne zu sagen wohin.

Frau Ruud zitterte ordentlich vor Empörung, als sie Herrn Björnsten her-
einbitten ließ. Genauso hatte sie sich diesen zweifelhaften Freund vorgestellt. Ein Seeräuber, ein Halbwilder war dieser Mann von den Schären.
Und wie schleppend er sprach, wie unbeholfen er sich benahm. Mutter
Lillemoor Ruud holte tief Atem. Der Harpunier lehnte sich ruhig in den
Klubsessel zurück und nahm ab und zu einen Schluck aus dem Glas, das
vor ihm auf dem Tisch stand. Hübsch und gemütlich war es in diesem
Hause, konnte man es begreifen, daß Ole, dieser Nichtsnutz, sich darin
nicht wohl fühlte, ständig dumme Streiche machte?

Der Harpunier ahnte nichts von dem Orkan, der sich in Mutter Lillemoor
zusammenbraute und der jeden Augenblick losbrechen konnte, und er hatte
sonst doch solch ein sicheres Gefühl für das Wetter. Verblüfft, vollkommen
überrumpelt saß er da, als die Mutter seines jungen Freundes über ihn
herfuhr, daß ihm Hören und Sehen verging.

Doch dann setzte er sich ein wenig behaglicher zurecht, um das Donnerwetter richtig genießen zu können. Als erfahrener Seemann wußte er, daß
man einen Sturm erst einmal austoben lassen muß, ehe man dagegen

angeht. Gerade im rechten Augenblick kam auch Vater Ruud aus dem Geschäft herüber, um seine Frau zu unterstützen.

Als sie endlich eine Atempause einlegten, weil sie so ziemlich alles gesagt hatten, was sie sich vorgenommen hatten, geschah etwas Unerwartetes. Sven Björnsten, der Kapitän und Harpunier eines Walfangschiffes, lachte laut und herzlich. Dann entschuldigte er sich, immer noch schmunzelnd: »Ich kann einfach nicht anders, das alles kommt so unvorbereitet über mich. So, so, Sie glauben also, daß ich Ihrem Jungen Flausen in den Kopf setze, daß ich seine Unbeständigkeit, seine Haltlosigkeit ausnütze. Bitte hören Sie mich einmal in Ruhe an. Ich bin kein feiner Mann, meine Rede klingt vielleicht ein wenig rauh, Schärenvolk, das sagt alles. Auf einer Schäre kam ich zur Welt. Mit dreizehn Jahren stand ich zum erstenmal auf einem Fangboot. Ich arbeitete mich hoch, Steuermannsschule und was so dazugehört. Na, und zuletzt wurde ich Harpunier. Gedenke es noch zwei, drei Jahre zu machen, dann ist Schluß. Sehen Sie mich an. Fünfunddreißig Jahre bin ich alt, habe Gicht und Rheuma wie ein Greis. Ja, das holt man sich, wenn man bei jedem Wetter auf der Plattform steht, von eisigen Winden umbraust, von Schaum und Gischt übersprüht. Aber eines wird man dabei: ein Mann, das dürfen Sie mir glauben.

Und jetzt zu Ihrem Ole. Der Junge stand mir bei, als mich drei angetrunkene Fischer zusammenschlagen wollten. Das hat mich für ihn eingenommen, denn, ganz ehrlich gesagt, Ole ist nicht gerade der Typ, den ich mir als Kamerad gesucht hätte. Heute weiß ich, was mit ihm los ist. Er ist ein vertrottelter Bengel ... Bitte unterbrechen Sie mich nicht«, sagte der Harpunier, als er merkte, wie es in Mutter Lillemoor kochte vor Empörung. Das wagte ein Mann, in ihrem eigenen Haus ihren Sohn, ihren einzigen, einen vertrottelten Bengel zu nennen!

»Wir haben miteinander gebummelt, gefischt, geschwommen, gejagt. Ole ist ein netter Kerl, aber verweichlicht und verdorben, ja, sehen Sie mich nur so an, verdorben vor allem durch eine viel zu nachsichtige Erziehung. Er hat mir viel erzählt von seiner Kindheit. Alles und jedes durfte er sich erlauben, er sollte es besser haben als Vater und Mutter, die ihr Leben lang tüchtig arbeiten mußten, um voranzukommen.

Wie er jetzt dasteht, ist er keine halbe Krone wert. Ein haltloser, verbummelter Bursche, der krumm wächst, dessen wilde Triebe nicht mehr zu beschneiden sind, wenn man nicht heute und spätestens morgen energisch eingreift. Das aber habe ich mir vorgenommen, und was Sven Björnsten anpackt, das gerät. Ich will Ole anheuern, er soll auf mein Schiff.

In acht Tagen hat er es satt, Wache zu gehen. Aber er kann nicht mehr 'runter vom Kahn, dafür sorge ich. Er muß durchhalten, zum erstenmal in seinem Leben parieren. Da kann er sich nicht im Bett herumlümmeln und einfach aufhören, wenn es ihm gerade paßt. Da gibt es auch kein Herumbummeln und mit Freunden herumtrinken. Arbeit und noch einmal Arbeit wird er kennenlernen. Natürlich erlebt er auch was, Männerscherze Männerspaß, er wird das antarktische Meer sehen, den Walfang miterleben. Harpunier werden? Du lieber Himmel, er wird erfahren, wieviel Arbeit und Verzicht ich auf mich genommen habe, um es so weit zu bringen.

Übers Jahr kehrt Ole zu ihnen zurück, und ich will nicht Sven Björnsten sein, einer der gesuchtesten Harpuniere Norwegens, wenn er dann nicht ein Kerl geworden ist. Bitte lassen Sie ihn mir. An Land vertrottelt er vollends, und was wird dann aus ihrem Vermögen, ihrem Geschäft, wenn es in seine Hände kommt? Ole hat mir geholfen, selbstlos, aus eigenem Antrieb. Kann sein, daß er mir nur eine Beule ersparte, kann sein, daß er auch mein Leben rettete, so sicher ist man nie bei einer Rauferei. Dafür will ich mich bei ihm bedanken. Möglich, daß es ihm zuweilen nicht so vorkommt, aber das ist eine Sache zwischen ihm und mir. Wie ist es, Herr Ruud, schlagen Sie ein, geben Sie mir Ole mit, Sie werden es nicht bereuen.«

»Ich werde türmen!« Das wurde zur stehenden Redensart des Jüngsten an Bord des Fangschiffes Antarktis. Die Kameraden neckten Ole Ruud damit und machten sich einen Spaß daraus, ihm auszumalen, was ihn erwartete, wenn er in der Walfischbai oder am Kap durchginge.

Zweimal hatte es Ole versucht, und zweimal hatte ihn Sven, der Harpunier und Schiffer, wieder an Bord gebracht. Es war ja so einfach, man brauchte den Jungen nur unter Alkohol zu setzen, dann kam er willenlos mit. Und jetzt hatte er die letzte Gelegenheit verpaßt. Die Antarktis ankerte auf der Reede von Kapstadt. Dort drüben lag das Land, dort gab es eine Poststation, die sein Telegramm nach Oslo befördern würde. Dann kam die telegrafische Geldüberweisung – wenn, ja wenn Ole das Schiff hätte verlassen können. Aber die Mannschaft hatte Landverbot.

Da stand er an der Reling und sah die Lichter der großen Stadt kleiner und kleiner werden, hinter sich versinken. »Die letzten, die du auf Monate gesehen hast, mein Junge«, sagte die rauhe Stimme des Zweiten Offiziers neben ihm. Ole warf ihm einen grimmigen Blick zu. »Ich lasse mir das nicht gefallen! Das ist Sklaverei, Menschenraub, heute im zwanzigsten Jahrhundert. Ich bin freier Norweger.«

»Und als freier Norweger hast du einen Heuervertrag unterschrieben, ungezwungen, aus eigenem Willen. Wir aber brauchen alle Mann an Bord. Zum Donnerwetter, dummer Junge, beiß endlich mal die Zähne zusammen und höre auf mit dem Jammern. Du bleibst und machst deinen Dienst, oder du gehst zum Teufel. Deine einzige Chance ist, ein Mann zu werden und dich wie ein Mann unter Männern zu behaupten.«

»Wenn ich aber nicht will, wenn ich genug habe von der Schinderei?«

»Genug?« höhnte der Seemann. »Genug hat das Vögelchen, und die Reise hat eben erst begonnen. Was du bisher getan hast, das war ja nur ein Spiel, ein Vergnügen. Jetzt wirst du die Arbeit kennenlernen, und daß du dich nicht drückst, dafür sorgen wir alle miteinander an Bord, am meisten aber der Schiffer selbst. Du wirst ihn noch kennenlernen! An Bord ist er dein Käptn und noch einmal dein Käptn. Das mit der alten Freundschaft kommt erst ein ganzes Ende hinterher.«

Mit kindischem Trotz, mit Meuterei war an Bord der Antarktis nicht durchzukommen, das merkte Ole Ruud bald genug. Er heulte vor Verzweiflung und Wut, wenn er in der Koje lag, aber er hütete sich, seine Schwäche vor den andern zu zeigen. Mitleid hatten sie ja doch nicht mit ihm, und mehr als alles andere fürchtete er ihren Spott.

Das also waren die Roaring Forties, die Brüllenden Vierziger. Ole hatte geglaubt, die See bereits zu kennen. Jetzt, in diesem Gebiet, wo sich die warmen und kalten Luftströmungen begegneten, zeigte sie sich erst von der rauhen Seite. Alles, was nicht niet- und nagelfest war an Bord begann zu tanzen. Trat Ole an Deck, wo er halb erstickt von Schaum und Gischt an der Reling hing, bekam er das Mutterschiff zu sehen, das in ruhiger Fahrt dahinstampfte. Aber ein Blick auf die andern Fangboote vor und hinter der Antarktis machte ihm übel. Sie tauchten unter in sprühendem Gischt, bäumten sich auf, daß oft ein Teil des Kieles sichtbar wurde. Sterbensübel wurde es Ole, er lag in der Koje und wimmerte wie ein krankes Kind, preßte sich die Hände gegen den schmerzenden Leib. Wer kümmerte sich schon um einen Seekranken an Bord? »Ein paar Tage, und du bist daran gewöhnt«, das war alles, was ein gutmütiger Kamerad vielleicht sagte. Schwach und elend, aber seetüchtig kam Ole Ruud wieder an Deck, eben im rechten Augenblick, um den ersten vorbeitreibenden Eisberg zu bestaunen. Grau war die See ringsum geworden. Unverändert hielt das Mutterschiff mit seiner Fangflotte Kurs auf den Südpol. Kälter wurde die

Luft. Als Ole einmal auf der Kommandobrücke zu tun hatte, sah er dort Sven, den Kapitän, am Radarschirm stehen.

»Eisberge voraus«, nickte er dem jungen Freund zu. »Es fängt an. Die Nächte werden kurz und kürzer. Bald kommt auch der Nebel auf. Siehst du die Bänke voraus? Warte mal, wenn wir erst in der weißen Suppe stecken.«

Ole Ruud riß die Augen weit auf, während die Fangflotte unter blauem Himmel in stundenlanger Dämmerung und kurzer Nacht durch das blasse Meer fuhr, das ringsum von Eisbergen bedeckt war.

Tag um Tag derselbe eintönige Dienst, vier Stunden Wache, vier Stunden Ruhe. Es war zum Verzweifeln, und Ole trat denn auch eines Tages, während eine unbestimmte Helligkeit über dem schäumenden Meer lag, dem Schiffer in den Weg. »Ich habe es jetzt endgültig satt«, begann er.

»Käptn!« sagte Sven Björnsten mit ruhigem Verweis.

»Ich will hinüber auf das Mutterschiff. Dort hat man wenigstens ein Kino, man sitzt nicht wie in einem Gefängnis, man hat Ellbogenfreiheit.«

»Käptn!« Diesmal klang Svens Stimme rauh und drohend. »Hast du die Schiffsdisziplin immer noch nicht in den Knochen? So, es paßt dir nicht mehr bei uns. Nun, drüben auf dem Mutterschiff warten sie nicht auf einen Faulenzer wie dich. Wer an Bord ist, der muß mit zupacken. Glaubst du, daß du es als Flenser, als Abspecker schöner hast? Sieh dir einmal das Deck an, das Schlachtdeck, wenn ein Wal zerlegt wird. Speiübel könnte es dir dabei werden. Aber Spaß beiseite. Du bist für mein Schiff angeheuert und hier bleibst du.«

»Wenn ich aber nicht will!« Ole ballte die Fäuste.

Im nächsten Augenblick fühlte er sich gepackt und herumgewirbelt. »Ich sehe schon, ich muß dir die Flausen austreiben«, brüllte der Harpunier. Was er jetzt tat, das tat er gründlich. Ole wurde gestoßen und geknufft, geprügelt, niedergeworfen, wieder emporgerissen. Und immer wieder fragte ihn der Kapitän: »Hast du nun genug? Willst du noch immer meutern? Ich habe deinen Eltern versprochen, einen Mann aus dir zu machen, und das Wort halte ich.«

Erst hatte Ole versucht, sich zur Wehr zu setzen. Aber zuletzt kauerte er wie ein willenloses Bündel an Deck. Aber als ihn Sven grob anfuhr, schnellte er auf und lief mit einem »Jawohl, Käptn!« nach achtern.

Jetzt war im Süden das Blinken des ewigen Eises der Südpolarkappe zu sehen. Das Mutterschiff ging vor Anker, die Walfangflotte hatte ihr Jagdgebiet erreicht. Nach allen Seiten zerstreuten sich die Fangboote, um Ausguck nach Walen zu halten.

Ole Ruud, der Seemann wider Willen, tat seinen Dienst an Bord der Antarktis mit verbissenem Grimm. Sooft ihm der Kapitän und Harpunier, sein einstiger Freund, begegnete, loderten seine Augen vor Zorn. Er ballte die Fäuste, murmelte Verwünschungen. Der Zweite glaubte den Kapitän warnen zu müssen. Als sie einander auf der Brücke begegneten, deutete er mit einer Kopfbewegung nach unten. »Nehmen Sie sich in acht, Käptn, mit dem Jüngsten stimmt etwas nicht. Sie haben ihn wohl zu hart angepackt. Immerzu murmelt und flucht er vor sich hin, wenn er allein ist.« »Schon gut, Karsten, werde ihn mir gelegentlich mal vorknöpfen.«

Weiter wurde kein Wort gesprochen. Aber schon am andern Tag sah sich Ole unvermutet seinem Kapitän gegenüber. Er lief rot an, denn er fühlte sich belauscht. Doch zugleich regte sich in ihm ein wilder Trotz.

»So, so, Ole, du nennst mich einen Sklaventreiber, einen Schinder. Nicht nett von dir, das muß ich sagen. Schließlich sind wir doch Freunde. Wie ich jetzt vor dir stehe, spreche ich mit dir als Sven, der Harpunier, den du in der Hafenbar herausgehauen hast. Habe eben mit dem Mutterschiff gesprochen. Sie könnten dich gegen einen der anderen Burschen austauschen, wenn du nicht mehr bei uns bleiben willst. Du könntest mit einem Tanker zurück, Richtung Heimat.«

»Ich bleibe, Käptn«, knurrte Ole Ruud. Er spie die Worte geradezu dem Schiffer vor die Füße.

»Friedlich, mein Junge«, lachte der Kapitän. »Mit der Zeit werden wir uns schon wieder vertragen, überhaupt jetzt, wo es an den Fang geht. Du wirst sehen, daß ich dir nicht zuviel versprach. Walfang ist und bleibt ein Abenteuer.«

Es arbeitete in der Brust des Jüngeren. Und endlich platzte er los: »Ich bleibe an Bord, ich bleibe so lange, bis ich . . .«

»Na, warum machst du nicht weiter?«

»Bis ich ein Mann geworden bin, durch und durch hart, mit Muskeln wie ein Bär«, stieß Ole hervor. »Sie haben sich vorgenommen, mich zu einem Kerl zu machen, zu einem Seemann. Freuen Sie sich auf den Tag, Käptn, denn wenn ich es geworden bin, werde ich Sie vertrimmen, so wie Sie mich vertrimmt haben. Ich werde Ihnen die Prügel heimzahlen!«

Der Schiffer lachte laut auf. Dann packte er den Jüngeren an den Schultern und schüttelte ihn. »Bravo, Ole, das heiße ich gesprochen wie ein Mann. Jetzt bist du im Training, und bis die Fangzeit zu Ende geht, hast du Zeit dazu, deine schlaffen Muskeln zu kräftigen. Fühle mal hierher.« Er beugte den Arm und bot dem andern den gestrafften Bizeps. »Na, was sagst du dazu? Hart wie Stahl. Du wirst eine ganze Menge an dir zu arbeiten haben, ehe du es mit mir aufnehmen kannst. Aber ich freu' mich auf den Tag, an dem wir heimkehren. Sobald wir an Land sind, tragen wir es aus, ehrlich und redlich, nicht als Schiffer und Matrose, sondern als gute Freunde, und daß es keine halbe Sache wird, dafür hast du zu sorgen.«

»Er bläst, er bläst!« Der Ruf aus dem Krähennest unterbrach das Gespräch zwischen dem Kapitän und seinem jüngsten Mann an Bord. Mit langen Schritten eilte der Harpunier über die Laufbrücke zu der Plattform im Bug, auf der die Harpunenkanone stand. Eine Gischtwolke empfing ihn. Erst jetzt merkte er, daß ihm Ole gefolgt war, fiebernd vor Aufregung neben ihm stand. »Wo bläst der Wal?«

Der Mann im Ausguck schwenkte den Arm. Ja, nun sah es auch Sven Björnsten. Weit voraus zwischen den grauen Wogen stieg der Atemstrahl eines Wales empor und wurde vom Wind zerfleddert, zur Seite geweht. Schon riß er den Hebel des Maschinentelegrafen auf »Volle Kraft voraus« und gab dem Mann am Steuer die Richtung mit geschwenkten Armen an. Sven Björnsten, der Harpunier, sprach kein Wort mehr. Seine Augen wurden zu schmalen Schlitzen, wie gebannt starrte er nach dem Atemstrahl, den Ole vergeblich auszumachen versuchte.

Wohl setzte der Harpunier an Bord eines modernen Fangschiffes das Leben nicht mehr in tollkühner Jagd, im Anfahren mit einem Ruderboot ein, aber gewaltig war die Spannung, die der jahrhundertealte Ruf »Er bläst, er bläst!« ausgelöst hatte. Gelang es, den Wal anzufahren, tauchte er, ehe sie zum Schuß kamen, hörte er unter Wasser die Maschine des Fangschiffes und entfloh mit voller Kraft? Mühelos konnte der Wahl auch heute bei rauher See mit zwanzig Knoten Geschwindigkeit davonschwimmen, während das Schiff bei solchem Seegang höchstens fünfzehn schaffte. Ein Blick nach unten. Die ganze Besatzung hatte sich versammelt, starrte nach oben. Nur die Maschinisten, der Rudergänger und der Bordfunker blieben auf Posten.

Hatte Ole den Kapitän, den Harpunier, seinen Freund wirklich gekannt? Jetzt erst sah er, was Sven Björnsten für ein Kerl war. Alle Muskeln gespannt, stand er an der Kanone, ein Raubtier, im Begriff, sich auf seine Beute zu stürzen, sie mit Fängen und Klauen zu packen. Und die tödliche Klaue des Harpuniers ragte mit ihren Widerhaken aus dem Lauf der Kanone, bereit, durch einen Hebeldruck gelöst hinauszuschnellen, das glänzende Nylonseil hinter sich herzuziehen.

Wo war der Wal? Getaucht? Kam er wieder herauf? Ole sah die Eisberge, sah die weiße Barriere des Packeises im Süden. Er hörte den Wind in der Takelage pfeifen. Einmal um das andere tauchte der Bug der Antarktis in den schäumenden sprühenden Gischt.

»Er bläst, er bläst!« Wieder der Ruf vom Ausguck. Da war er, der riesige blauschwarze Walrücken, von Gischt umsäumt, übersprüht. Hoch stieg der Atemstrahl. Schon hatte der Harpunier den Kolben der Kanone gepackt. Größer wurde der Wal, der mit jeder Sekunde näher kam. Ole krampfte die Hände um die Reling, daß sie ihn schmerzten. Noch achtzig Meter, noch siebzig, sechzig.

Der Schuß krachte, die Leine sauste dahin. Ole wurde zur Seite gestoßen. »Langsam voraus«, meldete der Maschinentelegraf nach unten. Der Zweite stand an der Winde. Das Kommando »Nachlassen! Einholen!« wechselte mit »Stop! Nachlassen!« Zerriß der Riese die Leine, hielt sie? Ole fieberte. Der Wal floh, versuchte das Fangboot zu schleppen.

Keinen Augenblick dachte Ole in diesen Minuten daran, daß dort im grauen, schäumenden, brausenden Meer ein Tier um sein Leben kämpfte, dem eine Harpune in den Leib geschossen worden war, deren Sprengkopf explodiert war und eine schreckliche Wunde geschlagen hatte. Die Widerhaken der Harpune hatten sich zugleich gespreizt, hielten den Wal mit stählernen Klammern.

Ein paarmal tauchte das Riesentier. Ole schien es, als wäre der Atemstrahl, den es jedesmal ausstieß, wenn es hochkam, nicht mehr so stark wie zuvor. Die Leine, eben noch so straff, lockerte sich. Ein paarmal glitt der Wal an den Wellenbergen, die er erklomm, wieder zurück, auf das Fangschiff zu. Noch arbeitete der breite Schwanz. Jetzt aber gebärdeten sich die Männer an Bord wie toll. »Er blüht, er blüht!« schrien, heulten sie. Ja, nun sah es auch Ole, der Atemstrahl war rosarot geworden, der Wal blies Blut, es ging mit ihm zu Ende. Trotz dem brausenden Sturm, dem Stampfen der Maschine, war das Röcheln des verendenden Riesen zu vernehmen. Der Körper des Wals rollte auf die Seite, wurde willenlos von den Wogen näher getragen. Der weiße faltige Bauch kam zum Vorschein.

»Einholen!«

Ole lief nach unten, half die Ketten herbeischleppen, wickelte Stahldraht von den Trommeln. Schon hatte der Zweite Offizier dem Wal eine mit einem Rohr verbundene Lanze in den Leib gestoßen, als er Seite an Seite mit dem Fangboot trieb. Es galt ja, den Blauwal, der nach dem Verenden rasch sank, mit Luft aufzupumpen, daß er schwimmend an der Oberfläche blieb, bis ihn das Mutterschiff aufnahm. Nun wurde noch die Stahlkabel-schlinge um den Schwanz des erlegten Wales geschlungen, die Harpunen-leine gelöst. Der Wal mit seinem Gewicht von hundertzwanzig Tonnen schwankte, als ihn der Kran zu heben begann. Doch schon saß die Schlinge, der Wal trieb ab, bis ihn das Bojenboot fand und an dem festgemachten Kabel zum Mutterschiff zog.

Ole, der ihm nachsah, wurde angestoßen. Neben ihm stand Kapitän Sven und nickte ihm zu. »Was sagst du nun, Junge?«

»Das war das Abenteuer, von dem ich all die Jahre an Land immer träumte! Bei Gott, das war es! Und es war die öden langweiligen Fahrt-wochen, die Prügel und noch manches andere wert, Käptn!«

Riesen des Meeres

Die ältesten chinesischen und arabischen Bücher, Aristoteles und Plinius erwähnen den Wal als ein furchtbares Ungeheuer. Aber erst um die Mitte des zwölften Jahrhunderts wurde der Wal vom Land aus, im Golf von Biskaya, regelrecht gejagt. Die Basken waren die ersten, die es wagten, die Riesen des Meeres mit der Harpune anzugreifen. Sie rüsteten auch die ersten Walfangschiffe aus, mit denen sie in den Gewässern um Irland, Island, Grönland und Neufundland jagten. Später tauchten holländische und englische Walfänger auf den Weltmeeren auf. Bald wurden einzelne Walarten ausgerottet, so der Grönlandwal.

Es ist ein weiter Weg von jenen ersten bas-kischen Walfangbooten, kleinen, festgefüg-ten, engen Schiffen, bis zu den heutigen mo-dernen Walfangflotten, bei denen ein Mut-terschiff, mit allen Annehmlichkeiten der Neuzeit ausgerüstet, die Fangschiffe beglei-tet. Der Wal, der früher längsseits gezogen und mühsam abgespeckt wurde, verschwin-det in der Hecköffnung des Mutterschiffes, wird auf das Schlachtdeck gezogen und dort zerlegt. Die Flenser, die Schlächter, trennen das Fett des Riesen in langen Streifen ab, die in Stücke geschnitten, von Haken gepackt und durch Rohre zu den Schmelzkesseln ge-führt werden, wo sie in Öl verwandelt wer-den.

Der Wert eines Wales ist beträchtlich und mit 20 000 DM nicht zu hoch geschätzt. Das un-geheure Gewicht eines Blauwals entspricht mit 100 000 kg dem von 25 Elefanten. Da-von sind rund 50 000 kg Fleisch, 24 000 kg Speck und 21 000 kg Knochen. Herz und Lunge wiegen je 6000 kg, die Zunge »nur« 3000 kg. Ein Finnwal mißt bei seiner Ge-burt – Wale sind ja Säugetiere und gebären lebende Junge – schon 6 Meter, einjährig hat er die stattliche Länge von 15 Metern er-reicht, und sechsjährig, ausgewachsen, mißt er 21 Meter. Man unterscheidet Bartenwale, die an Stelle von Zähnen zwei Reihen von langen Hornplatten zum Zurückhalten der mit dem Wasser eingesogenen kleinen Mee-restiere haben, und Zahnwale mit vielen regelmäßigen Zähnen, die an ein Reptilien-gebiß erinnern. Zu den Bartenwalen gehören Blauwal, Finnwal, Seiwal, Buckelwal und Zwergwal, zu den Zahnwalen Pottwal, Dög-ling, Schwertwal, Grindwal, großer Tümm-ler und Delphin.

In spannenden, fesselnden Erzählungen und Sachbüchern berichten Arena-Bücher aus allen Wissensgebieten, sei es aus Geschichte, Natur, Forschung oder Technik. Auf abenteuerlichen Wegen führen sie den Leser durch die ganze Welt. Arena-Großbände und Arena-Sachbücher vermitteln das Wissen unserer Zeit in lebensnaher, anschaulicher Form.

Wünschen Sie noch mehr über unser umfangreiches Buchschaffen zu erfahren, dann verlangen Sie bitte das neue ausführliche Verlagsverzeichnis. Es geht Ihnen umgehend kostenlos zu, wenn Sie es mit einer Postkarte anfordern beim Arena-Verlag Georg Popp, 8700 Würzburg 2, Postfach 11 24.

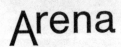

**Preiswerte Arena-Geschenkbände
in neuer Ausstattung**

Georg Andrees
Alle Abenteuer dieser Welt
»Es handelt sich um eine nach Inhalt und Qualität recht anspruchsvolle Anthologie moderner Kurzgeschichten, von denen man keine einzige überblättern möchte.«   Stuttgarter Zeitung
320 Seiten, reich illustriert, Großformat.

Wimm Willborg
Zwischen Mitternacht und Hahnenschrei
»Wer Spaß hat am schaurigen Schmökern, an Hexenbräuten und mancherlei Satansbrut ist hier bestens bedient.«   Rhein-Neckar-Zeitung
240 Seiten, mit einfarbigen und vierfarbigen Illustrationen, Großformat.

Hugo Kocher
Der tötende Blitz
»Hugo Kocher hat 39 Tiergeschichten zusammengestellt, die von Gefahr und Not berichten, von Angriff und Gegenwehr, von Flucht und Verfolgung. Wir erleben mit, wie es draußen lauscht, wittert, schleicht und sich verbirgt. Wir sind aber auch erstaunt, von Tiergemeinschaften zu lesen, von gegenseitiger Hilfeleistung, ja sogar vom Zusammenhalt verschiedener Tierarten gegen gemeinsame Störenfriede . . . Es ist das schönste Tierbuch, das ich kenne.«
312 Seiten,   Deutsche Jugend-Presse-Agentur Frankfurt
50 Zeichnungen, Großformat.

Thomas Burger
Das Gespenstergespenst
»Unheimlich geht's hier zu, haarsträubend, gänsehauterregend, zähneklappernd . . . Doch es ist ein fröhliches Buch, denn am Ende . . . steht ein helles, befreiendes Lachen.«   Saarländischer Rundfunk
304 Seiten, reich illustriert, Großformat.

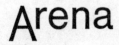

Arena

Arena-Großbände in repräsentativer Ausstattung

Hans-Christian Kirsch
Gewalt oder Gewaltlosigkeit?
Der Ruf nach einer Neuordnung unserer Welt ist in allen Ländern
der Erde unüberhörbar geworden. Was wissen wir über die bedeuten-
den Revolutionäre, ihre Biographie und Programme? Kennen wir die
Absichten von Martin Luther King, Mao Tse-tung oder Angela Davis?
380 Seiten, 16 Kunstdrucktafeln, Großband.

Max Schäfer
Die Mächtigen der Wirtschaft
Dieser Arena-Großband vermittelt eine direkte Begegnung mit den
Männern, Mächten und Kräften, die am Anfang des Kapitalismus standen und damit »die schicksalvollste Macht unseres modernen Lebens«
schufen.
380 Seiten, 16 Kunstdrucktafeln, Großband.

Georg Popp
Die Großen des 20. Jahrhunderts
Künstler und Wissenschaftler, die das Gesicht unseres Jahrhunderts
entscheidend mitgeprägt haben. Eine Porträtsammlung von Persönlichkeiten, deren Leistung für unsere Zeit schon jetzt unbestritten ist.
384 Seiten, 16 Kunstdrucktafeln, Großband.

Georg Popp
Die Mächtigen des 20. Jahrhunderts
Dieser Band entwirft mit der Schilderung der Lebensschicksale
bedeutender Persönlichkeiten ein Bild der politischen Strömungen und
Doktrinen unserer Zeit. Er zeigt Politiker und Staatsmänner, deren
Entscheidungen die politische Situation unserer Zeit schufen.
400 Seiten, 16 Kunstdrucktafeln, Großband.

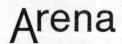

Arena-Bibliothek der Abenteuer

Eine Auswahl der wichtigsten und spannendsten Abenteuerromane
der Weltliteratur in moderner und einheitlicher künstlerischer Gestal-
tung. Die Reihe wendet sich an junge und erwachsene Freunde
der Abenteuerliteratur, die einzelnen Bände sind prächtige Geschenke
für den Jugendlichen.

Diese Reihe wird eine Bibliothek der großen Abenteuerromane, die
kein Jugendlicher in seinem Bücherschrank missen möchte, die aber
ebenso einen Grundstock für Bibliotheken darstellt.

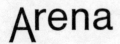